Hervé Commère

Hervé Commère est né en 1974 à Rouen et vit aujourd'hui à Paris. Après *J'attraperai ta mort* (2009), il a publié *Les Ronds dans l'eau* (Fleuve Noir, 2011 – Prix marseillais du Polar et prix du roman de la ville de Villepreux), *Le Deuxième Homme* (Fleuve Noir, 2012), *Imagine le reste* (Fleuve Éditions, 2014 – prix Plume de Cristal du Festival international du Film policier de Liège) – et *Ce qu'il nous faut, c'est un mort* (Fleuve Éditions, 2016) dont les droits ont été optionnés pour une série télévisée. Hervé Commère est traduit en Chine et au Japon.

IMAGINE LE RESTE

DU MÊME AUTEUR
CHEZ POCKET

J'ATTRAPERAI TA MORT
LES RONDS DANS L'EAU
IMAGINE LE RESTE
LE DEUXIÈME HOMME
CE QU'IL NOUS FAUT, C'EST UN MORT

HERVÉ COMMÈRE

IMAGINE LE RESTE

fleuvenoir

MIXTE
Papier issu de
sources responsables
FSC® C003309
www.fsc.org

Pocket, une marque d'Univers Poche,
est un éditeur qui s'engage pour la préservation
de son environnement et qui utilise du papier fabriqué
à partir de bois provenant de forêts gérées
de manière responsable.

ISBN 978-2-266-25731-2

Pour ma mère, et en mémoire de mon père
Pour Chloé, et ses pas de côté

« You can't always get what you want
But if you try sometime, you just might find
You get what you need. »

The Rolling Stones

Prologue

Aux alentours du 21 mai 2011, quelque part sur une route de Sicile, se volatilisait Nino Face, un emblématique chanteur aux cheveux orange. La dernière personne à l'avoir vu vivant était un réceptionniste du sud de l'île, travaillant dans un hôtel où le chanteur venait de passer quelques heures, enfermé dans une chambre qui n'avait rien révélé de particulier durant l'enquête. Le jeune chanteur de vingt-huit ans avait paraît-il l'air étonnamment calme en comparaison de la boule de nerfs qu'il était sur scène.

Au port de Messine, les employés des navettes reliant l'île à l'Italie continentale demeuraient formels : si tous avaient bien vu Nino Face pénétrer en Sicile, aucun ne l'avait jamais vu franchir le détroit en sens inverse. Le chanteur, originaire du nord de la France, avait par la suite été vu aux quatre coins du monde, aucun des témoignages ne débouchant jamais sur la moindre piste sérieuse.

Après deux ans de carrière, et deux albums ayant chacun dépassé les dix millions d'exemplaires vendus de par le monde, le groupe Light Green se trouvait donc réduit au silence, le producteur se refusant à trouver un remplaçant à celui dont la disparition demeurait un mystère.

Nino Face avait-il mis fin à ses jours, était-il toujours en vie, était-il toujours en Sicile ? Aucun mouvement sur son compte, aucune rançon réclamée. Avait-il été kidnappé, et par qui, dans quel but ?

Quelle conjonction d'événements avait-il fallu pour que cette étoile se volatilise ainsi ?

Première partie

Karl

I

Pour le moment, il n'y a pas le moindre chanteur à l'horizon, aucun hôtel en ligne de mire, rien d'italien, rien qui brille. Il n'y a ni rires ni groupies, c'est tout juste si l'on distingue un murmure, la musique qui sort du poste, juste là derrière le bar, la radio qui crachote. Pour le moment, il n'y a que deux types, Fred et Karl, aussi balèzes l'un que l'autre, la tête cabossée, des épaules et des bras de déménageurs, et le silence autour d'eux. Ils ont la trentaine, et n'inspirent pas confiance à grand monde d'une manière générale. Dans ce bar, ils n'inspirent, pour être exact, confiance à absolument personne. On les guette du coin de l'œil, on s'en méfie. Quelque chose dans leur attitude annonce l'embrouille, peut-être même un drame, on dirait qu'ils s'amusent et que l'orage approche, la tension monte, sans savoir d'où elle vient.

— Les chats noirs ont-ils peur de passer sous les échelles ?

L'un des deux, Fred, ne touche pas à son verre, il s'emporte tout seul, les mains à plat sur le comptoir. Il lâche cette phrase à la cantonade. Un petit bonhomme, à côté, le regarde comme s'il était débile. Fred prend le patron à témoin, lui demande son avis sur les chats noirs et les échelles, le type ne répond rien, hausse les épaules en étalant son torchon sur la machine à café, l'air de dire qu'il en a vu d'autres, et Fred rigole. Il change de sujet, impossible de savoir comment ça lui vient, ça fait rire Karl à chaque fois qu'il le voit faire, il se met soudain à parler des vaches dans les champs, il se demande si elles sont comme nous, si, entre elles, elles se trouvent des rivalités, des attitudes qui en disent long. Karl est à une table et il est le seul à rire.

— Si ça se trouve, explique Fred en fixant son voisin qui le regarde sans rien dire, si ça se trouve, parmi toutes les grosses vaches qu'on voit marcher en troupeau, et qu'on trouve toutes identiques, il y en a une qui est hautaine, ou pimpante, qui a une démarche d'allumeuse, toutes les autres se le disent à l'oreille : « Tu as vu celle-là ? Non mais pour qui elle se prend ! Elle se croit à Monaco, ou quoi ? »

Le silence se réinstalle. Fred boit une gorgée. Tout le monde espère qu'il va se taire pour de bon, en rester là, sortir. Mais il délaisse son verre et reprend, se met à énumérer au hasard, pourquoi cite-t-il tout à coup l'Arizona, le Kansas, la Floride, le Mississippi, le Nevada, comme s'il récitait sa leçon ? Il accentue chacune des syllabes qu'il prononce, le Missouri, le Wisconsin. Autour de lui, les quelques clients présents font depuis le début mine de ne pas l'entendre, mais là, commencent à vraiment se méfier de ce mec qui semble incontrôlable.

— Le Dakota, le Wyoming !

Il en rajoute, se demande tout haut s'il ne connaît pas plus d'États américains que de départements français. Il cite des villes, New York, Chicago, Los Angeles, et son voisin immédiat lui dit soudain qu'on a compris. Le petit bonhomme tout rond dans son veston, la chemise boutonnée jusqu'en haut, les joues rosées, les lunettes un peu grasses. Fred s'interrompt net, tourne vers lui des yeux surpris, heureux qu'on s'intéresse enfin à ce qu'il raconte. L'autre le regarde, pétrifié par ce qu'il vient d'oser. Loin de le faire taire, Fred retrouve d'un coup des forces. Il le prend à témoin, il lui lance un grand sourire.

— L'Alabama, le Colorado ! Et nous, on a quoi ? La Drôme, le Doubs, Limoges !

Le petit bonhomme n'ose plus rien dire.

— On a aussi Chartres, et le Jura, ajoute Fred.

Il y a ça.

Ça, ça compte. Fred qui fait un scandale au beau milieu d'un bar blafard, qui parle de grands espaces à des poivrots qui l'observent en coin d'un regard incrédule, il leur pose des questions auxquelles ils ne comprennent rien, il les imite, il met les bras le long du corps et le ventre en avant, prend une tête d'ahuri, marmonne les yeux au ciel, avant de redevenir dur, de taper sur le comptoir.

Il y a ça, Fred qui ne sait s'il veut rire ou s'il est un brin sérieux, qui se lance, parle de Cadillac et de bus en alu, et de buildings en écorchant les mots, il crie, l'Empire State, le Waldorf Astoria, la Paramount, le mont Rushmore et Vegas, ajoute illico qu'il ignore où tous ces lieux se trouvent et s'en fout, rêve de s'y rendre et de tout enflammer, mélange Elvis et le Jack Daniel's, les dollars et les ailerons des Buick. Fred qui s'envole au milieu du bistrot tandis que, sur l'écran, tournent sans un bruit les chiffres du Rapido.

Ça, ça reste, ça, c'est du sérieux. Ce genre de scène, Karl s'en souviendra longtemps. Son pote qui dompte en ayant l'air d'un boxeur, qui couvre les mots qui sortent du poste, intimide ses voisins de comptoir et se calme juste à temps pour ne pas les faire fuir.

Fred aime les gens. Malgré sa tête cabossée, sa voix qui porte, ses bras de brute et son blouson râpé, malgré les coups fourrés, les bagarres et les nuits en cellule, Fred est un gars qui aime. Une grosse cicatrice sur le haut du crâne, en plus de celle qu'il porte au coin de l'œil gauche, il a la tête d'un cogneur capable du pire. C'est pour cette raison que les types du bar le laissent dire, continuer d'égrainer des noms d'États, de villes – il en est à San Francisco, Minneapolis – ou poser des questions sans réponse. Tout à l'heure, il a demandé tout haut à combien se chiffrait exactement le nombre de choses qui n'existent pas, ça a jeté la consternation, au milieu de laquelle Karl a éclaté de rire. Il déclame comme un poète sur son rocher face à la mer, aussi grotesque que génial, dans ce bar si minable, ils attendent que l'orage passe, que ce dément déguerpisse.

Il s'arrête à nouveau, tend le doigt vers son oreille, comme s'il y distinguait un murmure, une sorte de voix intérieure, tout le monde continue de se taire mais d'une façon plus silencieuse encore, il les tient, les captive. Il sourit.

— *Et dans ce bouquin, y a écrit*, commence-t-il comme s'il traduisait une petite musique intérieure, *que des gars s'la coulent douce, à Miami...*

Il semble émerveillé, contemplant une lumière qu'il aurait vu éclore. Puis sursautant soudain :

— Et nous, on est où ? demande-t-il comme une lame froide. On est où ?

Et détachant bien les syllabes, sa voix résonnant contre le carrelage mural et les néons jaunis :

— Messieurs-dames, nous sommes en train de boire un verre au café Gambetta, rue Gambetta.

Il ajoute que c'est un bar glauque et sans âme et

que des travaux seraient nécessaires, il y reviendra plus tard. Et après un silence, comme un couperet final :

— À Calais !

Il est consterné, fait claquer ses mains contre ses cuisses.

— Calais, répète-t-il plus fort, comme s'il n'en revenait pas lui-même.

Il interroge en haussant les sourcils, demande de façon muette si des questions demeurent, balance la tête de droite à gauche, désolé mais pas surpris. Chacun fait profil bas.

Karl se souviendra de tout cela parce que Fred improvise, toujours, et s'amuse. Fred est un funambule, et laisse parfois le hasard ou le temps décider s'il tombera du côté sombre ou bien dans la lumière. Fred joue et défie. Même s'il est dans ce bar pour une raison précise, même si aucun hasard ne l'a fait s'échouer là, même s'il sait exactement ce qu'il est en train de faire, et pour qui, Fred laisse néanmoins le vent s'engouffrer dans ses voiles, et Fred offre son numéro. Voilà pourquoi ça restera. Sans ça, il n'y aurait que le Fred-homme-de-main, le dur aux ordres d'un caïd, le Fred qui devait entrer au Gambetta, renverser deux ou trois tables et surtout casser tous les verres en balançant une chaise, coller des gifles au patron en lui disant que c'est de la part de Mario, et repartir aussitôt, s'engouffrer dans la voiture et déguerpir. Voilà ce qui devait se passer, la mission que ces deux gars avaient. Seulement, Fred s'amuse et enlumine, remplira sa mission, oui, en bon professionnel, mais s'offre deux ou trois petits plaisirs en sus, boit trois ou quatre bières, enchaîne et savoure, et joue les clowns en piste.

Au final, Fred cassera bien quelques bouteilles et donnera bien deux ou trois coups de tête, tout comme prévu, il assènera bien « De la part de Mario » au patron à genoux tandis que Karl fracassera la vitrine d'un coup de tabouret, ils sortiront parmi le verre pilé. Au final, Fred aura bien terrorisé ce mauvais payeur qui joue les fortes têtes, mais ça n'est pas ça qui compte : ce qui compte, c'est Fred qui profite de sa présence au milieu de ce rade à la dérive, et lui en minable redresseur de torts, pour transformer le lieu en théâtre, même s'il n'y a que Karl à trouver ça beau. C'est surréaliste et tout devient possible, tout se déforme et s'étire. Fred a ce don : il porte en lui des parcelles de douceur et de lumière qui surgissent parfois dans les situations les plus bizarres. Ça cueille toujours Karl à la base, même s'il l'a vu faire des milliers de fois. Il le regarde en attendant l'étincelle, le moment qui basculera et tout qui deviendra superbe, brillant, les chaises semblant voler en musique, la vitrine se brisant comme une symphonie qui dérape, le patron qui supplie comme dans une tragédie, et les deux caïds qui détalent.

La suite est brève, Fred qui se retourne sur le trottoir, fait avec son téléphone une photo de la vitrine en vrac, les portières qui claquent et les pneus qui crissent. Pendant qu'ils roulent à fond de train à travers les rues de Calais, il l'envoie à Mario, sans ajouter de commentaire.

La réponse est presque immédiate et tout aussi lapidaire, juste une adresse, au nord de la ville, ils pilent et font demi-tour. Vingt minutes plus tard, ils s'arrêtent devant une maison triste et à l'abandon, perdue le long d'une route. C'est Fred qui descend, s'approche en jetant un œil alentour, Karl l'attend au volant, le moteur tourne. La boîte aux lettres est là, sur un piquet de bois planté de travers dans la terre. Même pas verrouillée. Il ouvre, prend l'enveloppe qui s'y trouve, vient se réinstaller.

Ils n'ont plus qu'à rouler vers la côte et ses plateaux de fruits de mer. Les deux petites frappes qu'ils sont malgré tout se restaurent toujours une fois la tâche accomplie. Ils n'en tirent jamais la moindre gloire, pas vraiment de honte non plus. Il y a juste que Fred et Karl se connaissent depuis l'enfance, et c'est ensemble qu'ils vivent le mieux. Ensemble, ça va. Un jour, à la sortie d'une discothèque, Fred a trébuché et, complètement imbibé, s'est écroulé sur le trottoir. Une fille s'est aussitôt penchée sur lui, elle lui a demandé s'il s'était fait mal. Karl se rappelle encore sa réponse, il a dit : « Oui, il y a longtemps. » On ne sait pas ce que la fille a compris, qu'il ne se faisait jamais mal, tellement jamais que la dernière fois remontait à un bail, ou bien qu'il s'était jadis fait mal au cœur et à l'âme et qu'il continuait d'en souffrir. Peu importe. Ce qui importe, c'est que Karl aime Fred.

Il y a ça. Fred qui casse un bar en prenant des allures de prêcheur. Fred qui palpe une enveloppe le long d'une route de campagne et qui, une fois revenu à bord, souffle qu'un boulot pareil commence à l'étouffer. Fred qui cherche la sortie, fait des plans, échafaude, Karl qui écoute. Leur voiture qui file vers un restaurant qu'ils connaissent. Là-bas, ils mangeront dans le calme, presque heureux. Voilà ce qu'ils veulent. Être au calme. Voilà ce que tout cela veut dire. Leurs missions tapageuses et leurs enveloppes clandestines, c'est un peu de bruit et de fureur pour des journées de calme ensuite. Un de ces quatre, ils trouveront. Ils trouveront le moyen de se retirer à la campagne, ou même en ville, mais plus de bagarre ni de grands cris, ce sera fini. Karl, ça va encore, mais Fred en parle de plus en plus souvent. Fred guette la sortie. Il sent qu'il va exploser s'il ne change pas de vie, le mur se rapproche, il faut se préparer au choc, s'écraser contre ou bien le transpercer, pulvériser la brique et en sortir, couvert de terre, d'ombres noires et de poussière, mais en sortir. Voilà ce qu'il raconte tandis qu'ils roulent. Là, on ne peut pas l'imaginer, à peine trois mois plus tard, propriétaire d'un petit hôtel face à la mer au Portugal. On n'imagine pas qu'il ira chaque matin acheter des sardines à vélo sur le port, puis au retour, portant un café à sa mère à l'étage, la chambre douze, la plus belle, la réveillant doucement. Cet hôtel, il en parle parfois, il y a passé une semaine avec Carole il y a des années, juste avant qu'ils se séparent, et cela reste le plus beau moment de sa vie, c'est sa bouée. Il a de temps en temps l'air triste en silence et Karl devine qu'il pense à ça. Sûr qu'au milieu des coups de poing qu'il assène, il y en a parfois un plus fort que les autres, ou différent, pour Carole et le Portugal, et tout ce qui s'est enfui. Pour l'heure, personne n'imagine qu'il débarquera bientôt chez Karl et que ce sera le moment de partir. Il sera livide et tendu mais à la fois serein, sûr de lui.

— C'est parti, répétera-t-il sur le pas de la porte avant d'entrer. C'est parti.

Pour le moment, même lui n'y pense pas. Pour le moment, ils roulent vers le Grand Hôtel et son restaurant panoramique, ses serveurs en noir et blanc, son plateau de fruits de mer Impérial. Pour le moment, Fred Abkarian et Karl Avanzato sont deux gars qui font ce qu'ils peuvent.

II

Des images comme celle-là, d'un Fred dur et pourtant tendre, fragile mais redoutable, Karl en a beaucoup, rangées dans sa tête, cela remonte à loin. Une des plus anciennes dates de l'école primaire, ils devaient être en CM1. Karl arrivait de la banlieue parisienne, tout seul au premier rang puisque l'institutrice voulait dès le départ le mettre au pas : on l'avait prévenue, il fallait faire attention au nouveau, un petit dur. Une des plus anciennes images, c'est lors de la première récré, Karl est seul dans son coin, les enfants jouent tout autour, et Fred s'approche, il a déjà cet air déterminé qu'il gardera par la suite, un air têtu, obstiné malgré les sourires et les blagues. Il a déjà en lui autant de force que de douceur.

— Ça te dirait de te servir de ta bite ?

Karl ne répond rien, ils se regardent, Fred s'approche encore.

— C'est pour samedi matin. Il me faut au moins dix bites et pour le moment, on n'est que quatre.

Fred espiègle et à la fois vicelard, rancunier mais blagueur, déjà l'utile et l'agréable : le samedi suivant, vers dix heures, ils sont neuf petits gars qu'il a su mener jusque-là, sur un pont enjambant l'autoroute. Leurs vélos sont couchés dans un champ, ils sont en ligne et regardent les voitures qui défilent en dessous, appuyés à la rambarde. Parfois, l'une d'elles klaxonne et ils agitent les bras en retour. Ils trépignent. Les grands verres d'eau que Fred a voulu qu'ils boivent commencent à se faire sentir. Lui aussi s'agite, qui est au centre de la brochette. Il a les jumelles de son père autour du cou, vissées contre ses yeux, aux aguets. La ligne droite est longue, les voitures arrivent de loin, celle qu'il attend est rouge. Ils rigolent à l'avance. Celle qu'il guette est une décapotable. Tout à l'heure, il y en a eu une. Ils se sont tous regardés quand elle leur est passée dessous, ils se sont tous clairement rendu compte de ce qu'ils étaient sur le point de faire et ça les a fait rire autant qu'intimidés.

Tout d'un coup Fred crie qu'il arrive, il sursaute, les yeux écarquillés, il enlève les jumelles et crie qu'il leur faut aller vite, être prêts, ils ouvrent leurs braguettes, en ligne, ils distinguent le cabriolet rouge qui roule tout droit vers leurs vessies gonflées.

Le conducteur a dû voir ces gamins côte à côte sur le pont, il a dû se rendre compte qu'ils faisaient tous le même geste, les mains vers l'entrejambe, il a dû d'un coup réaliser qu'il roulait à ciel ouvert, il n'a sans doute pas distingué leurs visages, peut-être a-t-il accéléré, ou bien freiné, trop tard de toute façon, là-haut c'était parti, Fred avait crié « À l'attaque ! », les petits gars pissaient en fanfare et en hurlant de rire, zigzaguant dans les airs pour être certains de faire mouche, et la bagnole a traversé le rideau de pisse.

Ils ont couru de l'autre côté pour la voir s'éloigner, ils pleuraient de rire, ils voyaient le conducteur se passer la main sur les épaules comme si elles avaient été pleines de poussière, les essuie-glaces balayaient le pare-brise, et puis il a incliné son rétroviseur pour regarder derrière et vers le haut, vers eux. Il n'a sans doute jamais su qui ils étaient, surtout qui était ce petit meneur qui lui faisait des bras d'honneur, bientôt imité par les autres. Il a disparu. En rentrant, Fred a dit à sa mère qu'elle était vengée de son chef, qui lui en faisait voir de toutes les couleurs à l'usine, chantant en prime sur tous les toits qu'il roulait chaque samedi matin, cheveux au vent, droit vers la mer. Sa mère en rigole encore, vaguement honteuse mais complètement hilare.

De son côté, Karl a dit à la sienne qu'il avait un copain, qu'il s'appelait Frédéric, et qu'il avait plein d'idées drôles.

*

Ils ne se sont jamais quittés. Ils ont toujours été côte à côte, présents l'un pour l'autre quoi qu'ils fassent. Ils ont essayé plusieurs choses, différents métiers, passé deux ou trois frontières, le Nord voisin de la Belgique et de la Hollande, croisé des tas de gars clairs ou un peu moins, et roulé dans des voitures de toutes les marques possibles, ils ont poussé ensemble. Ils ont convoyé quelques substances un peu secrètes, ils ont même fait passer un type dans le coffre parmi leurs sacs de voyages, noué des milliers de contacts et navigué dans des eaux troubles. Ils ont fait de leur mieux. C'est ce que Karl a dit à son avocate lors de son dernier passage en correctionnelle, elle a acquiescé, elle sait qu'il ne ment pas. Ils ont essayé. Ils ont cherché du boulot, ils en ont parfois trouvé, ils ont vraiment essayé de vivre en dérangeant le moins de monde possible, y compris dans les affaires, ils ont réellement tenté de se faire une place au calme. Ils ont même monté une entreprise il y a presque dix ans, de vente des beignets sur la plage du

Touquet, ça s'appelait « Ça baigne ». Chacun son panier, ses baskets et son secteur, eux deux face à face et marchant l'un vers l'autre, comme un étau qui se resserre sur les gamins qui jouent et leurs jolies mamans, ils se voyaient déjà être obligés de réapprovisionner toutes les demi-heures, acheter plus gros, pourquoi pas faire aussi des gaufres. Si tout allait bien, ils auraient bientôt un truc en dur, une sorte de bar derrière une dune, des cocktails et des concerts jusque tard dans la nuit. « Ça baigne », c'était l'idée du siècle, ils étaient presque les premiers sur le coup. Ils étaient juste les deuxièmes. Et ce qu'ils ont rapidement découvert, c'est que le premier protégeait son monopole, connaissait tout le monde, surtout les flics et l'hygiène, un, deux, trois contrôles, et « Ça baigne » a pris l'eau. Fred et Karl sont retournés à leurs vieilles magouilles et leurs anciens amis.

Ils se sont toujours dit que le premier à décrocher le gros lot attendrait l'autre et qu'ils prendraient la tangente ensemble. C'était devenu une sorte de mirage, un rêve qui planait au-dessus de leurs têtes, la timbale qui leur tomberait dessus comme un fantôme d'argent qui surgit, leur promettant monts et merveilles. Ils en parlaient parfois, la bonne fortune, la grille du Loto, le diamant tombé du ciel. Karl, ça allait mais Fred, on voyait bien qu'il en voulait, on voyait bien qu'il s'impatientait, il était temps que les lingots déboulent. Il s'impatientait tellement que pour enfin décrocher la lune, il a pris des risques insensés. Même s'il sentait quelque chose, Karl ne pensait pas que Fred étouffait à ce point dans sa vie. Il ne pensait pas que, pour s'extraire, Fred s'exposerait ainsi au pire.

III

Ça a cogné contre la porte et Karl a su que c'était Fred, il était le seul à ne pas utiliser la sonnette, pas l'habitude, dans son immeuble elles étaient toutes hors d'usage. Chez Karl, il en restait par miracle quelques-unes en état de marche, dont la sienne. Il a frappé comme à chaque fois, ni plus ni moins fort, juste trois coups, et Karl a ouvert. Il avait le sourire, l'air figé, comme hypnotisé. On aurait dit une statue. Dans sa main droite, il portait un petit sac en cuir marron.

— Ça va ?

Pour toute réponse, Fred a dit :

— C'est parti. Il l'a répété deux ou trois fois calmement. Il est entré, il regardait autour, stupéfait, puis Karl, puis autour à nouveau, il semblait ne même plus savoir comment on faisait pour respirer. Il s'est assis sur une chaise dans la cuisine et a poussé un long soupir, exténué et ravi, presque en apesanteur.

— C'est parti, a-t-il répété.

Là, il a ouvert le sac, et les deux copains se sont fixés sans en revenir.

Il était rempli de billets. Il y en avait plein, à ras bord, des liasses violettes cerclées de bandes blanches élastiques, calées les unes contre les autres jusqu'à la fermeture Éclair, ils n'en avaient jamais vu autant. Le virage attendu depuis toujours, le changement radical et définitif, c'était peut-être ça. Le pic. Le moment fort où tout change. Ils se sont regardés, il y avait entre eux tout ce fric et ils n'en revenaient pas. C'était ça, oui, le moment où tout change, mais pas pour les raisons qu'on imagine. C'était le moment où tout change parce que quand Karl lui a demandé d'où sortait tout cet argent, il l'a fixé en redevenant dur, il fallait qu'il reprenne corps pour balancer la vérité, il fallait prendre son élan, oser de nouveau pour tout dire.

— C'est le fric de Cimard.

Il n'a rien ajouté, ils sont restés là, à presque rire tellement ils avaient peur. Un paquet de fric pour filer droit devant, ils en avaient toujours rêvé, d'accord, mais là c'était autre chose, avec ou sans fric à la clé. Voler Cimard, c'était différent de tout le reste, cela n'était ni de l'art, ni grand, ni bon, ni jouissif ou savoureux, ni rien : c'était suicidaire.

*

Cimard, Karl ne l'avait jamais aimé. Quand il avait débarqué, avec ses pompes vernies qui claquaient sur le trottoir, ses lunettes de soleil qui lui faisaient une tête de grosse mouche, quand du haut de leurs dix ans ils avaient vu surgir au milieu des HLM ce vieux cador qui devait en avoir quarante, ils en avaient pris plein les yeux. Rien que sa voiture, ils n'en avaient jamais vu de comme ça en vrai. C'était une italienne. Et puis ses costumes à moitié mauves, son col en fourrure en hiver, son panama sous le soleil, Cimard tenait son rôle d'un bout à l'autre, ça impressionnait, Fred en était carrément tombé fan. Cimard marchait en chaloupant, jouait les caïds au milieu des tours, cela faisait rigoler Karl. Pour lui, et malgré ses dix ans, Cimard était le déséquilibre incarné, le type qui claudique en croyant se mouvoir, la lourdeur qui se croit légère, le ridicule qui réussit. Fred et Karl, dans leurs histoires au ras du sol, se sont souvent trouvés pitoyables, ils ont fait des coups minables et volé des broutilles, pas toujours classe, mais eux, n'ont jamais débordé du cadre. Ils ne se sont jamais pris pour d'autres. Cela ne les a pas empêchés de rêver, ça leur a juste fait garder les pieds sur terre. Cimard déambulait comme un veau maladroit en prétendant surfer, ses talonnettes mal ajustées, sa gourmette lâche et son rire gras.

Mais ses billets... Fred ne voyait qu'eux, ils gommaient tout le reste. Cimard avait réussi, prenait, se servait, la vie facile et des belles filles. Un énorme Noir lui servait d'homme à tout faire, sûr qu'il l'avait pris noir pour faire comme dans les films. Malgré ses manières, ses costumes, son gros Black, et la soul qui sortait des enceintes quand il ouvrait sa portière, Cimard, aux yeux de Karl, avait simplement l'air d'un charcutier.

Il s'approchait d'eux et de tout le monde, surtout des gamins, leur proposait des trucs, des services à lui rendre. Cimard faisait passer des kilos de drogue dans les sacs à dos des mômes, c'était certain, ils sont nombreux à avoir pédalé pour lui sur un chemin courant vers la Belgique, Karl l'a fait une fois, à treize ans. Cimard l'avait amené au plus près, le vélo dans le coffre, en lui racontant qu'en face, le ciel était plus bleu, ce genre de choses. Il se faisait les ongles. Il s'était tu d'un coup, se tournant vers la banquette arrière, l'index en l'air, pour souligner la musique, du funk, un truc sensuel.

Et puis arrivé pas loin du but, le gros Noir avait sorti le vélo du coffre, et avait mis le sac à dos à Karl, et Cimard lui avait serré la main pour lui dire qu'il était bientôt un homme, et lui faire promettre de pédaler tout droit. Une heure plus tard, il le retrouvait de l'autre côté, vérifiait le contenu du sac et lui glissait un billet avant de décamper. Il l'avait ramené le soir, après avoir attendu trois ou quatre heures au pied d'un arbre, seul en pleine forêt, pendant qu'il *traitait* à Bruxelles. Un gamin du quartier, un jour, avait attendu jusqu'au lendemain matin, terrorisé et grelottant.

Fred et Karl, dans ces années-là, étaient déjà inséparables. Ils n'étaient pas vraiment du même avis sur Cimard, un mélange de fascination, d'ironie, de doute aussi, tout le monde avait son avis sur le personnage. Ce que Karl, plus que tout le reste, n'aimait pas chez Cimard, c'est l'ascendant qu'il avait sur Fred. Ça se voyait déjà.

Cimard allait et venait, leur foutait ses bagues en or sous les yeux, sa grosse montre, changeait de voiture, le grand Noir la faisait vrombir en traversant la cité au ralenti. Les anecdotes sur lui se multipliaient, un gamin qui se trompe de route en forêt et Cimard qui lui aurait arraché les ongles pour lui apprendre à rouler droit, Cimard qui laisse négligemment traîner sur la banquette arrière de son bolide le menu d'un restaurant qui a flambé la semaine précédente en plein Lille, et qui leur glisse un sourire carnassier quand ils font le rapprochement, Cimard qui sort un billet de cinq cents francs pour un croissant devant tout le monde, et qui laisse la monnaie quand il voit le visage soupçonneux de la boulangère, Cimard qui dit qu'il est interdit de séjour à New York parce qu'il a retourné un flic en pleine rue, du vrai et du faux, à chaque fois un peu plus et du nouveau, toute une espèce de brouillard dans lequel Fred et Karl ne distinguaient pas grand-chose.

Ce qui était sûr pour Karl, c'est que Cimard en rajoutait, qu'il jouait les durs face à eux, des mômes même pas majeurs, et qu'il n'aurait jamais la moindre classe. Ce qui était sûr pour Fred, c'est que Cimard était fascinant, peut-être mythomane et ridicule et faible, mais aussi peut-être pas. Fred brûlait d'envie de savoir qui était pour de vrai cet homme.

Il n'a jamais su.

IV

Fred et Karl ont un jour eu vingt ans, et Cimard a commencé à prendre de plus en plus de place entre les deux amis. À cette période-là, ils n'avaient pas encore vraiment de chemin à eux. Parfois, ils travaillaient, même s'ils pressentaient déjà que leur vie active serait différente, un peu plus périlleuse que la moyenne. Ils cherchaient le coup qui décoiffe, la délinquance astucieuse ou le gros braquage efficace, réparaient des voitures qu'ils allaient vendre en Belgique ou en Hollande, ils ramenaient des contrefaçons d'Italie, ils aimaient les voyages. À chacun de leurs trajets, ils s'arrêtaient manger dans un bon restaurant au calme en rêvant que cela dure toujours.

Cimard traînait dans le coin, plus discret qu'avant, il avait pris des kilos et troqué son grand Noir pour une espèce de Yougoslave immense qui conduisait très mal. Cimard était passé aux allemandes, il se pavanait dans une sombre Mercedes à rallonge, il achetait et vendait de la drogue, c'était sûr, il devait aussi faire autre chose, personne ne savait quoi. Il toisait toujours Fred et Karl, mais différemment. Ils avaient pris de l'âge, eux aussi. Il les jaugeait, cela se sentait, Fred était certain qu'il les craignait parfois, ça lui plaisait, il se sentait prendre de la carrure. Karl essayait de faire diversion, de parler d'autre chose ou d'autres gens, mais c'était peine perdue. Fred et Cimard, c'était une histoire qui ne demandait qu'à naître.

*

Cimard est venu voir Fred en tête à tête un soir, après les avoir suivis de loin toute la journée, guettant le moment où ils se sépareraient. Karl l'avait déposé devant chez lui, au volant d'une jolie Fiat qu'ils avaient volée sur un parking dans l'après-midi. Le lendemain, ils allaient la repeindre, lui enlever cinquante mille kilomètres à la perceuse, et la revendre.

Tandis que Fred marchait vers son immeuble, Karl, en passant la première pour filer, avait vu dans son rétroviseur Cimard interpeller son pote par la vitre baissée. Il avait reconnu sa 500 SEL aux vitres noires, avait failli faire demi-tour mais il était finalement rentré.

Le lendemain, Fred était arrivé chez Karl à l'aube, il n'avait pas dormi de la nuit. Cimard l'avait fait grimper dans sa berline impériale, l'avait emmené boire du champagne dans une boîte en Belgique, le patron avait fait dégager des clients pour leur donner la meilleure table, ils avaient traversé la salle à pas lents et s'étaient installés là comme des pachas, pendant que le Yougoslave buvait un jus d'orange au comptoir. Vautré dans les banquettes, Cimard s'était mis à parler, à poser des questions, Fred devait passer la seconde, il végétait comme un minable, avec son potentiel, c'était un gâchis énorme. Cimard avait surtout dit à Fred que des millions traînaient partout, l'atmosphère regorgeait d'argent qui dort, il suffisait d'ouvrir les yeux, de bien penser, et la vie, soudain, pouvait s'illuminer. Fred en avait encore des étoiles plein les yeux. Karl buvait son café, regardait sa tapisserie jaunie, son pantalon râpé, sentait l'haleine de Fred pleine de bulles et de rêves, et se disait que si, pour sa part, il refuserait toujours de côtoyer de plus près ce type qui suintait la fourberie, son pote, lui, était sur le point de craquer. Sûr qu'il y avait un coup fourré. Sûr que Cimard n'avait rien d'autre à proposer que des risques à prendre à sa place. Karl le laissait dire, se réservant pour la fin, il allait tout envoyer valser en bloc et tirer un trait, enfoncer le point final. Fred avait encore lâché quelques trucs gros comme des maisons – *je crois qu'il voudrait me confier la responsabilité du Maroc ou de la Colombie, je suis sûr qu'il a des champs là-bas, il me parlera de ça plus tard, je le sens* – et puis il s'était relevé d'un coup, avait dit qu'il devait dormir, et était reparti sans lui avoir laissé le temps d'en placer une. Karl l'avait regardé marcher vers le couloir, ouvrir la porte avec difficulté ; il était ivre mort, il lui parlerait plus tard. Sur le pas de la porte, Fred lui avait fait une sorte de clin d'œil maladroit, tout en force, en lui répétant qu'il savait ce qu'il faisait, prenant un air qui se voulait malin. Karl avait failli rire.

Ce jour-là, Karl est allé seul vendre la Fiat en Hollande, et, à la douane, on l'a fait se garer sur la gauche. Formellement identifié par des témoins, on lui a reproché le vol de trois voitures. Il s'en sortait bien, avec Fred, ils en avaient ouvert au moins cinquante. Il n'a pas parlé de lui, pas de complice, malgré les pressions du procureur et les conseils de son avocat. Il a pris quatre mois. Il en a fait trois.

À sa sortie, Fred l'attendait. En le voyant de loin, là-bas, appuyé sur le capot d'une BM au fond du parking, tandis qu'il marchait vers lui, son sac sur l'épaule, Karl a senti que quelque chose avait changé chez Fred. Karl a senti que, trois mois durant, Fred avait marché dans les traces de Cimard.

*

Dès sa première nuit d'incarcération, Cimard avait invité Fred dans ce qu'il appelait *ses locaux*, une sorte de hangar en brique rouge perdu dans une zone artisanale aux allées boueuses. Ils avaient garé la Mercedes au milieu de l'entrepôt, Fred avait découvert un foutoir indescriptible, un taxi criblé de balles, un échafaudage, des palettes de cartons marqués Lacoste, une moto de la police allemande, il avait tout regardé sans en revenir en sortant de la voiture puis en le suivant jusqu'au fond. Là, Cimard avait ouvert une porte à code, tandis que le Yougoslave restait à l'écart. Ils étaient alors entrés dans un salon sombre et riche, tournant le dos au bordel, une sorte de luxueuse tanière. Un bureau en acajou, trois grands canapés en cuir molletonnés, un lustre et des lumières douces, de la moquette. Il faisait bon. Cimard avait enlevé son manteau, l'avait accroché au mur, soigneux. Fred avait eu l'impression de pénétrer son intimité. Un peu timide et à la fois grisé, il s'était assis comme l'y avait invité son hôte, qui lui avait servi un whisky. Côte à côte au fond du beau cuir noir, ils avaient trinqué.

Contrairement à ce que pensait Fred, ce soir-là, ça n'avait pas été long. Une fois les verres terminés, Cimard avait même été bref et direct : il avait besoin de Fred pour un boulot, un gars solide, et Cimard sentait qu'il l'était, il l'observait depuis longtemps. Pour lui, c'était réglé. Ne restait qu'à savoir si Fred marchait. Il fallait dire maintenant oui ou non.

Fred avait pris un air grave, se sentant presque adoubé, et avait dit oui.

Puis il avait demandé du bout des lèvres de quoi il s'agirait mais Cimard s'était levé, ravi, s'était excusé de ne pas pouvoir fêter leur accord plus longtemps mais une soirée l'attendait, et avait éludé la question. Il avait remis son manteau, subitement devenu chef, et Fred, petit larbin derrière. Fred avait au passage senti qu'il ne pouvait plus reculer, que Cimard avait brisé la glace, oui, mais seulement en surface, une toute petite couche, juste ce qu'il fallait pour l'amadouer, le faire venir jusque-là, lui faire miroiter ci ou ça, et surtout le ferrer.

Avant de sortir de l'entrepôt, Cimard lui avait dit de le suivre dans un autre coin, quelque chose à lui montrer avant de le laisser partir, Fred avait obéi. Cimard avait alors ouvert une porte épaisse et lourde, une serrure cinq points. Une chambre froide. À l'intérieur, une pauvre ampoule au bout d'un fil, que Cimard avait allumée sans prévenir. Une pièce de trois mètres sur trois, du béton au sol et des murs dégueulasses, et Cimard qui lui dit d'entrer, s'agace et tend le bras vers l'intérieur. Fred a un haut-le-cœur immédiat, ça fait rire le Yougoslave derrière lui, Cimard ne le quitte pas des yeux tandis qu'il fait un pas vers l'avant : il fait zéro degré et, à deux mètres, il y a un type à poil, attaché à une chaise. Il est violet dans la lumière blafarde, immobile, le mec est mort, du sang séché sur tout le corps, les yeux exorbités.

— N'essaye surtout pas de me baiser, lâche Cimard. Ce merdeux me devait dix mille francs. Il m'a promené pendant deux mois avant de me dire qu'il ne me les rendrait jamais.

Il a le regard vif et fixe, prêt à mordre ou à tuer, il parle les dents serrées.

— Imagine le reste, lâche-t-il comme un couperet avant d'éteindre d'un coup franc.

V

— Et tu sais ce qu'il a fait, le lendemain ?

Fred ne tenait pas en place, racontait tout à Karl sans faire de pause, tournant les yeux vers lui, il roulait vite, excité. Karl regardait autour en l'écoutant. Il était sorti de prison depuis une heure à peine, se sentait libre, mais pas tant que ça.

— Il m'a emmené voir un truc, c'était pour les affaires. On n'était que tous les deux, c'est lui qui conduisait. À un moment, il y a un pigeon qui a frôlé le pare-brise, on l'a vu piquer vers nous. Eh bien tu sais ce qu'il a fait ? Devine ce qu'il a fait !

Karl ne devinait rien, la bouche plissée. Fred exultait, fasciné, soignant ses effets.

— Il a sorti un flingue de sous son siège, et il a tiré à travers le pare-brise ! En roulant ! Ça s'est fait en une demi-seconde, le pigeon, le flingue, PAN ! Du verre partout !!

Et reprenant son calme, admiratif et respectueux :

— Il a des putains de réflexes.

Karl imaginait la scène, Cimard dégainant dans sa berline, flinguant un pigeon et son pare-brise au passage, au milieu de la circulation, puis continuant de rouler en jurant ou bien comme si de rien n'était, la bagnole ouverte à tous les vents, et Fred à côté, tétanisé mais sous le charme. Il voyait ça d'ici. Super coup de bluff, la mise en scène exceptionnelle, la poudre aux yeux qui flashe, le truc épatant pour asseoir son personnage. Cimard savait y faire.

— À quoi tu penses ? a demandé Fred, que le silence gênait un peu.

Karl a soufflé qu'il avait faim, et surtout très envie de baiser. Fred a rigolé, il a dit qu'il était content de le retrouver. Il a dit aussi qu'une nouvelle fille très jolie rôdait dans le quartier. Elle s'appelait Carole. Il était sûr qu'elle lui plairait.

— Elle fait quoi, c'est qui ? dit Karl qui reprenait d'un coup goût à la vie.

— Je connais juste son nom. Je ne lui ai même pas parlé, j'ai trop de travail.

Et après un rictus dans lequel Karl avait vu briller tous ses rêves :

— Je vais te raconter.

*

La combine de Cimard, elle était toute simple. Ils s'étaient fait des tas de films sur son compte, ils avaient imaginé tous les scénarios possibles, du plus minable au plus périlleux, le bonhomme les avait toujours intrigués. Au final, Cimard donnait juste dans le trafic de drogue. Mais avec une astuce bien à lui : dix ans avant qu'on ne parle des *go fast* à la télé, Cimard semait déjà les flics à coup sûr. Pour cela, il suffisait d'une moto capable de friser les 280 km/h, d'un sac à dos solide, et d'un pilote, tellement terrorisé par la vue du cadavre qu'il lui avait montré dans sa chambre froide qu'il n'oserait pas dévier d'un pouce une fois aux commandes du bolide. Chaque matin, Fred arrivait à l'entrepôt, Cimard lui remettait une grosse enveloppe cachetée à la cire, remplie de cocaïne, de crack ou d'héroïne, peu importait, c'était de la drogue. Dessus, un nom fictif et une adresse, et c'était tout. Fred enfourchait la bécane, baissait sa visière, et jouait les chauffeurs-livreurs, la plupart du temps en banlieue parisienne. La consigne était simple : rouler dans le calme et parmi les voitures quasiment jusqu'au bout. Mais arrivé sur le périphérique ou à proximité, tourner la poignée sans desserrer les dents, partir dans une course insensée propre à semer n'importe qui, rouler comme une toupie folle et sans axe, au hasard, et soudain disparaître. Prendre une sortie comme dans un souffle, revenir à la normale en se fondant de nouveau dans le trafic et la masse. Rouler piano jusqu'à l'adresse indiquée, sans néanmoins quitter des yeux les rétroviseurs.

L'adresse était à chaque fois différente, une boîte aux lettres au milieu d'autres, dans des halls d'immeubles. Fred avait le code, entrait sans enlever son casque, trouvait le nom recherché, il avait aussi la clé, ouvrait, posait sa belle enveloppe, refermait, et disparaissait aussitôt. Ensuite, il rentrait dans le Nord, avec là encore la consigne de rouler tranquille. Retour à l'entrepôt, où Cimard lui donnait son enveloppe à lui, pleine de billets, celle-là.

Le reste – d'où venait la drogue, à qui il la vendait, combien pesaient les livraisons au juste, et combien de livreurs travaillaient pour lui par ailleurs, comment Cimard trouvait les boîtes aux lettres, et les clés, les codes –, tout le reste, ils n'ont jamais rien su. Cimard écoulait des kilos chaque semaine, c'était sûr, et il organisait son trafic depuis son entrepôt pourri. Et il manipulait des sommes très certainement faramineuses.

*

Le lendemain de la sortie de Karl, Fred se faisait mettre à la porte par Cimard. Il l'attendait devant l'entrepôt, les pieds dans la boue, ça tachait le bas de son pantalon de costume et ses chaussures italiennes, les mains dans les poches de son grand manteau. Le Yougoslave se tenait à dix mètres de là, les deux bras dans le dos. Fred s'était approché, prêt à enfourcher la moto pour la livraison du jour, et Cimard l'avait arrêté d'un geste, lui disant calmement qu'il se passerait désormais de ses services. Fred avait ouvert de grands yeux, avait voulu savoir pourquoi, où il avait merdé, mais Cimard avait coupé court, c'était fini, c'était tout. Fred avait voulu insister mais le Yougoslave avait ramené une main devant lui, Fred avait aussitôt reculé, et avait déguerpi.

Fin de l'histoire. Ou plutôt, fin de l'apprentissage.

VI

Parce que Fred avait désormais une idée très précise du mode opératoire. Le coup des boîtes aux lettres et de la pointe en bécane, c'était imparable et superbe. Discret à souhait, peu risqué. Et rentable. Presque facile, en fait. Le tout était de trouver les quelques clients. Là, il partait de zéro, il n'avait pas osé rester planqué près d'un immeuble pour voir qui viendrait relever un de ses colis. Mais trouver un client dans ce genre de commerce, ce devait être possible. Le second volet du boulot, c'était la marchandise. Là encore, Fred n'avait aucun contact, il partait de loin mais il avait vingt ans, les distances sont plus courtes à cet âge-là. Tiens, c'est le genre de phrase que Karl était capable de prononcer. Fred lui disait souvent qu'il parlait bien. Cela les faisait rire. Parfois, Fred répétait en le regardant la phrase de Karl, prenant un air admiratif. Il disait qu'avec son vocabulaire, il aurait pu être maire d'une petite commune.

Pour la marchandise, Fred s'était mis en tête de gagner Marbella, d'y dénicher un grossiste, et de faire affaire avec. Ensuite, il faudrait juste rentrer, planquer le tout, et partir à Paris démarcher.

La mise de départ, il l'avait. Hormis la BMW qu'il s'était offerte, le pactole accumulé lors de ses missions pour Cimard était intact, et sommeillait chez sa mère sans qu'elle s'en doute, dans le faux plafond du salon, juste au-dessus de la télé.

Mais Fred a voulu faire vite, et partir en Espagne aussitôt. Il refusait d'attendre que Karl ait à nouveau le droit de quitter le territoire, c'était pourtant court, six mois seulement à devoir rester dans l'Hexagone, vingt-quatre petites semaines avant de pouvoir s'y rendre ensemble, cela aurait tout changé. Fred avait faim, et soif, voulait rouler vite et s'y mettre aussitôt, maintenant, tant qu'il le sentait.

Il est parti un samedi, a passé trois ou quatre jours à chercher çà et là sous le soleil et dans les quartiers périphériques, a trouvé, goûté, marchandé puis acheté, est rentré, et s'est fait tomber dessus par les flics et la douane à la frontière. Sous la banquette arrière, il y avait trois cents grammes de cocaïne, dont on a appris lors du procès qu'elle était coupée comme pas possible. Son avocat l'a martelé pour prouver son amateurisme, cela le cisaillait à chaque fois. En plus de s'être fait prendre du premier coup, Fred s'était aussi complètement fait baiser par ses fournisseurs.

Au final, il a pris huit mois ferme. On est tous différents face à une cellule, personne ne peut savoir comment il réagirait, on voit des gentils se transformer en fauves, et l'inverse. Karl, par exemple, cela ne lui a quasiment jamais rien fait, lui-même ne pourrait dire pourquoi. Fred, lui, ces huit mois derrière les murs si hauts à regarder les avions lui passer au-dessus pendant la promenade, ça l'a retourné pour toujours.

En tout cas, c'est ce qu'a longtemps pensé Karl.

VII

Karl est le premier des deux à avoir embrassé Carole. Fred était en prison depuis quelques semaines, il se débrouillait seul, cherchait du travail, faisait des missions de manutention sur des chantiers, parfois la plonge dans des brasseries, rien ne durait jamais. À côté, il bricolait quelques voitures à sa façon, et visitait parfois quelques caves à la recherche de trucs à revendre. Un jour, il a trouvé un mannequin revêtu d'un costume un peu pompeux, entreposé parmi des cartons, dans la lumière de sa lampe torche. Il l'a emmené, c'était beau, un galbe un peu bizarre, assez classe, ça valait certainement quelque chose, il l'avait posé dans sa chambre en attendant de savoir. C'est resté là des semaines, avant qu'il voie un reportage à la télé sur les croisières et qu'il reconnaisse la coupe et le tissu : c'était le costume des serveurs du paquebot France. Ce que cela foutait dans cette cave, si cela valait cher ou non, il n'a jamais su. Il l'a offert à sa mère pour son anniversaire, elle a trouvé ça superbe.

Carole, elle était belle. Brune, et quelque chose de masculin sur le visage, des épaules carrées, il lui trouvait un charme dingue. Ses cheveux longs et épais, en bataille sur ses épaules, elle avait toujours l'air naturelle et presque brutale. Et puis son côté viril ne l'empêchait pas d'avoir le corps d'une femme. À l'époque, elle avait vingt ans comme eux. Elle venait d'arriver, hébergée par une de ses tantes, pour faire une école de cirque. En sortant du tabac, il était tombé sur elle qui passait, elle avait un sac à dos d'où dépassaient des quilles. Il lui avait demandé ce que c'était, elle l'avait ignoré, juste un sourire un peu distant en continuant sa marche. Il avait fait quelques pas derrière elle, et lui avait dit que c'était quand même vachement dommage. Il avait accéléré pour se mettre à son niveau et avait expliqué, avec regret, qu'elle aurait été vraiment belle si elle avait été heureuse.

Elle avait un peu sursauté, et s'était aussitôt défendue. Heureuse, elle l'était. Karl s'en était trouvé galvanisé. Il s'était laissé aller à une de ses envolées bancales sur les gens qui marchent tête baissée, qui foncent en ignorant le paysage et les bonjours qu'on leur lance, lui avait dit qu'il ne la croyait pas, une fille comme elle ne serait heureuse qu'avec un gars comme lui, il était en pleine forme. À la fin de sa tirade, il lui avait lancé le défi d'aller boire un verre ensemble. Effectivement, elle avait refusé. Mais avant de le planter là sur le trottoir, elle avait quand même répondu à la question qu'il lui avait posée au départ : c'étaient des quilles de jonglage. Elle lui avait souhaité une bonne soirée avec un grand sourire.

La suite est assez brève, ils se recroisent, elle accepte un jour un café, il fait de son mieux, sans toutefois retrouver l'éloquence de leur première entrevue. Il lui plaît quand même suffisamment pour qu'elle se laisse embrasser un soir en bas de chez elle. Lui, elle lui plaît suffisamment pour tenter de la suivre dans la cage d'escalier en lui caressant la taille mais sa tante est là-haut, elle sourit, c'est impossible. Dommage.

Mais pas si grave.

Pas si grave parce que ce soir-là en la quittant juste après leur premier baiser, Karl sait déjà que Carole et lui n'iront jamais très loin, il ignore pourquoi il en est à ce point certain mais il le sait, il le sent complètement, c'est déjà gravé quelque part : Carole, c'est Fred qu'elle aimera. Et ce sera mille fois réciproque.

*

Ils sont allés le voir au parloir ensemble. Carole n'avait jamais mis les pieds dans une prison, et ça l'intimidait un peu. Bizarrement, elle n'avait en revanche absolument pas peur de côtoyer un gars comme Karl, ni qu'il lui présente son frère d'arme. Ça non, cela semblait faire partie des possibilités, faire quelques trucs répréhensibles ou interdits, se faire prendre et payer, tenter de s'évader, la vie qu'ils menaient, même si cela n'était pas la sienne, ne lui semblait pas incroyable. Ça épatait Karl. Pour elle, voler des voitures et trafiquer ce qu'on pouvait, ou avoir un travail et mener sa vie dans le rang, c'était à peu près la même chose. Et surtout, peu importait. Avec Carole, les horizons s'élargissaient. Karl avait eu tort de l'aborder de cette façon, il s'en rendait compte : Carole était heureuse. Vraiment. En profondeur, même sans grands éclats de rire. Elle était heureuse parce qu'elle n'avait pas peur, la vie lui appartenait d'un bout à l'autre. Sans qu'elle ne se le soit jamais formulé, riche ou pauvre, seul ou accompagné, d'ici ou d'ailleurs, face à Carole, les gens n'avaient pour eux que ce qu'ils avaient au fond des yeux.

Fred, ce jour-là, avait au fond des yeux des larmes que son ami ne lui connaissait pas. En trois semaines, Fred le roc avait commencé à se fendiller. C'était dur. Pas par manque d'espace ou de liberté, il savait que cela n'allait pas durer toujours, encore un peu plus de six mois et il serait de nouveau dehors. Ça, ça allait. Ce qui était dur, c'est que Fred pressentait que sa vie serait compliquée, le départ était mauvais, leur histoire de beignets sur la plage s'était soldée trois semaines plus tard par une interdiction de remettre les pieds sur le secteur, et puis leurs magouilles foireuses en guettant la lumière, puis Cimard qui lui avait fait pousser des ailes avant de les lui couper sans prévenir, et enfin ce vol plané vers l'Espagne, qui se terminait menottes aux poignets sans plus un sou, le tout sur deux ou trois ans à peine. Fred faisait un bilan triste derrière la vitre du parloir en jurant qu'il perdait pied, Karl lui remontait le moral comme il le pouvait, Carole le regardait sans rien dire. Elle ne semblait pas triste. Elle l'écoutait, simplement. Sans reculer. Fred s'arrêtait parfois, lui lançait un regard gêné, sans arme, tout nu face à elle avec ses failles et sa tristesse. Il ne voyait pas ce qu'il pourrait faire pour que sa vie change un jour, décolle et s'embellisse. Karl lui glissait des clins d'œil gorgés de promesses en tous genres, lui, il avait des tas d'idées, tu vas voir ça, je ne peux pas t'en parler ici. Cela tombait bien parce que des idées, il n'en avait en vérité aucune.

Carole n'a presque pas parlé, elle lui a dit à bientôt quand ils se sont levés, a plaqué sa main contre la vitre en le regardant dans les yeux, c'était ça, une main tendue. Fred a regardé quelques instants cette paume collée au plexi, immobile, ça a semblé lui parler, puis il a relevé les yeux vers eux deux. Il leur a enfin souri, a dit à Karl qu'il était fier que son pote soit avec une fille pareille, Carole n'a pas été gênée, elle a pris cela comme si c'était normal, ni provocant ni impudique. Karl a souri de toutes ses dents.

Quand ils sont sortis, Karl en était encore plus certain qu'avant : Fred et Carole s'aimeraient aussitôt qu'il serait libre. Carole le savait sans doute aussi. Karl la regardait en douce. Ils n'en ont pas parlé par la suite, ils se sont juste remémoré ses paroles, le mal qu'il avait à distinguer la lumière, le temps qu'il lui restait à tirer, et ce qu'ils pouvaient faire pour lui ou non.

Ce soir-là, Carole et Karl ont fait l'amour, et aujourd'hui encore, Karl est certain qu'avoir vu Fred y a été pour quelque chose. Il a mesuré ses gestes, a été tendre, elle aussi, et ça a été bien, très bien, calme et sensuel. Elle était superbe. Karl écarquillait les yeux sur elle, sans cligner, pas une fois. Entre eux, cela durerait quelques semaines. Ensuite, ce serait le tour de Fred, et ça prendrait tout son sens, déménagerait, rougeoierait, scintillerait, c'était maintenant une évidence. C'était bien aussi. Fred, c'était presque lui.

VIII

Quand Fred est sorti, Karl tenait deux bouteilles de champagne à bout de bras, et Carole faisait des allers et retours en monocycle sur le trottoir et sous la pluie. Il était neuf heures du matin, un mercredi de novembre, et Fred semblait émerveillé. Il la regardait tenir en équilibre au milieu des flaques, prenait son pote à témoin, ils rigolaient tous les trois.

Dans la journée, Karl a senti que Fred avait changé, qu'il était fragile malgré les kilos de fonte qu'il avait soulevés quotidiennement huit mois durant, il a senti que les arnaques seraient différentes, sans deviner en quoi. Prêt à se battre encore, oui, mais il n'y croyait plus de la même façon qu'avant, on aurait dit qu'un voile bizarre le séparait du monde. En vérité, ce petit salopard de Fred mijotait un tour de magie, aujourd'hui on le sait, l'idée était là sous son crâne depuis des semaines sans qu'il n'en ait rien dit. Même par la suite, il n'en a jamais parlé. Mais son plan, il l'avait depuis le départ, depuis ses mois de taule et même avant, depuis Cimard et la bécane à 280 sur l'autoroute, c'est là qu'il avait eu le flash, la révélation, son coup d'éclat en ligne de mire. Le tout, c'était de savoir attendre. C'était de savoir attendre cinq ou dix ans.

C'est long, cinq ou dix ans, c'est interminable. Surtout quand on sort d'un trou noir pour en rejoindre un gris très foncé, la vie d'avant, la petite vie qui serpente entre les arnaques et les planches pourries, comme si vraiment, ces huit mois de taule n'avaient servi à rien. Voilà pourquoi Fred pleurait sans un mot sous le crachin, c'est parce qu'il voyait Carole qui zigzaguait sur un fil, et qu'il se disait que, elle, elle n'aurait peut-être pas cinq ou dix ans à perdre.

*

Ils se sont aimés tout de suite et cela n'a gêné personne. Carole et Karl ne se sont même pas quittés, elle est simplement passée de l'un à l'autre, ça s'est fait tout seul et avec naturel. Quand les deux copains se retrouvaient, il lui parlait d'elle et Karl avait l'impression de la redécouvrir, Fred lui décrivait ses manies, ses attentions. Il rayonnait. Elle aussi. Elle continuait ses cours bizarres, participait à des stages improbables, et leur faisait parfois quelques démonstrations. Une nuit, sur la plage, elle a craché du feu pour eux, qui la regardaient, assis sur le sable. C'était magique. Ils voyaient de grandes gerbes rousses jaillir de sa bouche dans un bruit qui faisait presque peur, ça déchirait le ciel noir et gommait soudain toutes les étoiles, elle se reculait à mesure que le jet s'essoufflait, souple et fière, et les dernières flammèches venaient s'échouer sur ses lèvres, tandis qu'elle tournait sur elle-même. Ils étaient émerveillés.

Côté boulot, ça piétinait. Ça a toujours piétiné. Ils ont toujours été deux costauds qui rêvent, qui tapent fort et dans le mille, mais juste avec leurs poings, au fond pour pas grand-chose, des risques et des fulgurances, sans jamais de trésor au final. Ils guettaient, ils suivaient des pistes en pagaille, ils échafaudaient des plans. En attendant, ils volaient une voiture, ils cambriolaient une maison, échangeaient des tuyaux sur le marché aux puces le dimanche matin, autour de cafés qu'ils buvaient dans des gobelets plastique qui leur brûlaient les doigts. Parfois un sursaut, un bon plan, un possible beau coup. Souvent l'inverse. Malgré tout, chaque jour, presque chaque heure, malgré leurs embrouilles et leurs faux pas, leurs rêves sans suite et leurs petits coups foireux, ils rigolaient. Karl a des centaines de souvenirs. Le jour où ils étaient allés dans cette fête foraine, par exemple. Personne ne sait ce qu'ils étaient venus faire là, ils se sont retrouvés dans un train fantôme, serrés l'un contre l'autre dans les wagons minuscules, à traverser l'épouvante, des trucs qui les frôlent, surgissent, ça criait tout autour, eux tous les deux là-dedans, ça devait avoir quelque chose de grotesque. Dans un virage, un gros zombie a fait irruption, sortant de nulle part, et s'est rué sur eux pour s'arrêter à quelques centimètres de leurs visages. Sauf que Fred n'a pas eu le réflexe de se recroqueviller sur son petit siège. Fred a bondi face au monstre, qui s'est mis à crier des « Non ! Non ! » en joignant les mains sur son visage, mais il était trop tard. Fred, sous le choc de la frayeur, lui avait mis un énorme coup de poing dans la gueule, faisant s'écrouler le zombie dans l'obscurité, entraînant un vacarme que les rires de tout le train n'ont pas réussi à couvrir. À la sortie, le gérant du manège les attendait, furieux. À côté de lui, il y avait le fameux zombie, écarlate dans son costume de terreur, le masque sous le bras, les cheveux collés sur le front par la sueur. Il avait un gros coquard et ses lèvres tremblaient. Fred s'était fait sermonner, les deux types n'en revenaient pas, c'était quand même que du faux, tout ça, on le savait bien, non ? Autour, les gens rigolaient en partant.

Dès que Fred avait quelques billets, il emmenait Carole à l'hôtel. Durant deux ou trois nuits, il avait l'impression de vivre dans la peau d'un autre, de la faire voyager, même en plein Lille, comme s'ils étaient partis en vacances. C'était son luxe. Il dilapidait tout en quelques jours, et puis retour au HLM, et elle chez sa tante, et les deux gars côte à côte dans une voiture volée. Quand Carole n'était pas disponible, il flambait au casino de Boulogne-sur-Mer, rien à investir, impossible et complètement inutile de songer à plus gros, un projet, un truc qui leur aurait fait grimper les marches. Quand Karl tentait de lui faire remarquer que d'un côté, il voulait émerger, mais que de l'autre, il dépensait sans voir plus loin qu'un week-end au Mercure ou tout sur le rouge à la roulette, Fred le regardait en cherchant ses mots. Karl insistait, disait que même acheter un flingue ou des faux papiers ou je ne sais quoi d'autre lui était impossible. Ils étaient condamnés à en rester là, ou bien dénicher l'affaire du siècle, ce qui tardait à se produire. Fred formulait de vagues excuses, essayait d'expliquer sans y parvenir, et Karl devinait alors dans les yeux de son ami les reflets non éteints de son séjour à l'ombre, l'étau de la cellule et des grilles qui vivaient encore sous son crâne, il le voyait presque clairement, et s'arrêtait de parler.

*

Ça a duré six mois et un matin, Carole est partie. Fred a raconté à Karl qu'elle s'était levée, elle lui avait dit que tout ça se terminait, et il avait compris qu'elle avait des pistes à parcourir et des clowns à aimer, il l'avait regardée comme un mirage en train de se réduire, sans parvenir à comprendre ce qui se déroulait là, que cette fille avait décidé de le laisser continuer seul, et elle, de voyager sans lui. Carole partait. Il s'était mis à trembler, avait tenté de la retenir, lui avait parlé du Portugal, où ils avaient passé une semaine le mois précédent, lui avait juré qu'un jour, bientôt, ils iraient de nouveau, et longtemps, mais cela n'avait rien changé. Carole avait sans doute une autre vie à vivre, sans violence et sans haine, sans autre risque que ceux qu'elle prendrait sur ses trapèzes ou en domptant des tigres. Il l'avait regardée partir comme un rêve qui se termine, en n'ayant jamais vraiment réussi à intégrer le fait qu'une fille pareille se soit un jour intéressée à lui, encore moins à comprendre qu'aujourd'hui, tout ça prenait soudain fin. Elle lui avait juste dit que la vie ici n'était plus possible, qu'elle regagnait Paris. Pour elle, cela n'avait pas semblé être un déchirement, Fred n'a jamais compris. Karl non plus.

Les années ont passé, ils ont fait tout un tas de coups, ont couché avec plusieurs filles sans en aimer vraiment aucune, ils ont beaucoup bu et rigolé aussi un peu. Parfois, Fred disait que les années passaient pour rien. Karl n'était pas d'accord, ils vivaient, ça allait. Par la suite, Karl a compris pourquoi Fred disait cela : il attendait.

L'enfoiré.

IX

Fred est assis sur une chaise au milieu de la cuisine, un petit sac en cuir marron entre ses jambes, il fixe Karl sans en revenir lui-même.

— C'est parti.

Il a dit ça dix fois depuis qu'il est entré mais il continue, il n'a que ça à la bouche.

— C'est parti.

Il souffle comme après une course, les mains sur ses cuisses écartées, comme s'il cherchait son air, et les yeux dans le vague, et parfois sur Karl. Le fric de Cimard. Un sac plein, des liasses comprimées les unes contre les autres, le cuir est tout bombé. Ils ont vu des tas de choses et traversé nombre de feux mais là c'est différent. Voler Cimard, ça veut dire au revoir, et ça signifie déguerpir, prendre la fuite. Et vite.

— On part au Portugal, dit Fred. On part ensemble. Tous les trois.

Et devant l'air incrédule de Karl :

— On prend Carole au passage.

Il le regarde enfin et, face à son étonnement, parle plus lentement, il explique :

— Elle est à Bordeaux, elle travaille dans un cirque. Ça fait trois mois. On s'arrête là-bas, et on l'emmène.

Carole qui ressurgit dans la cervelle de Karl, depuis combien de temps a-t-elle disparu ? Six ou sept ans au moins, peut-être même huit ou dix, et la voilà qui refait surface, qui existe encore, elle est dans le Sud-Ouest. Elle vit. Elle est là, à huit cents kilomètres, et c'est une révélation. Il voit le Portugal, la chaleur des jours et des nuits, assis sur cette fortune en liquide pour ne plus rien redouter ou presque, et Fred, et Carole, il voit les années tant rêvées de calme et de douceur qui leur tendent enfin pour de bon les bras, un avenir beau comme une mer d'huile. Des années que Carole a disparu de leurs vies, que Fred et lui enchaînent les coups foireux, et tout s'éteint d'un coup, ou au contraire, s'embrase avant d'exploser dans des couleurs vives comme un soleil orange.

Fred a raison : c'est parti.

*

Il fallait déguerpir tout de suite, prendre deux ou trois vêtements et filer vers le sud, tourner le dos à la mer du Nord et ne jamais revenir. L'ombre de Cimard planait dans la cuisine, elle caressait déjà les meubles, et bientôt leurs visages. Dégager vite. Karl commençait à réunir quelques affaires sans savoir lesquelles prendre, et les reposait, bientôt en panique, Fred le regardait faire, sans trop savoir non plus comment ils devaient s'y prendre.

— Avant de partir, je veux te montrer quelque chose, a-t-il fini par dire.

Il avait son petit sourire à lui, le Fred espiègle et insolent, presque vicieux, le même qu'en proposant à Karl de pisser du haut d'un pont sur une décapotable. Il le regardait en jubilant d'avance.

— Un truc pas mal, a-t-il ajouté. Et après on part.

Cela tournait à toute vitesse dans la tête de Karl, prendre le large, quitter l'immeuble et Calais sans faire de détour, sans parvenir à voir comment tout ça pouvait se passer.

— Il faut que j'aille chez ma mère, dit-il soudain. Lui dire au revoir.

Et sans laisser à Fred le temps de répondre :

— Et on part avec quelle voiture ? On pourrait prendre la sienne !

— Sa Supercinq ?

— Oui. Elle a des papiers, une assurance, elle a même passé le contrôle technique. Tu imagines si on se fait contrôler ?

Fred a réfléchi trente secondes, peut-être même moins, il a dit OK. Il a ouvert le sac entre ses jambes et en a sorti une liasse, un petit paquet de billets bien lisses, il l'a tendu, tiens, pour ta mère, pour la voiture. Karl n'a pas discuté, il a mis l'argent dans sa poche, pas de temps à perdre. Ils se sont donné rendez-vous pour midi, au pied de son immeuble. Lui au volant de la Supercinq blanche, Fred avec son sac de billets. Et à nous le Sud.

*

Sa mère n'a pas cherché à savoir, elle lui a donné les deux jeux de clés, les papiers, et a rangé les billets dans un placard de la cuisine sans rien dire. Elle l'a serré fort dans ses bras, sans vraiment pleurer, trop habituée, depuis tout ce temps, à le voir faire n'importe quoi. Karl n'a pas pleuré non plus, trop habitué, de son côté, à lui planter des aiguilles dans le cœur. Mais celle-là, c'était la dernière, il n'y en aurait plus d'autres, tout ça se finissait enfin, il reviendrait la chercher vite. Elle n'a pas relevé. Il est sorti. Au dernier moment, elle lui a dit de faire attention comme si elle avait parlé pour elle-même, et l'a regardé fermer la porte sans le quitter des yeux.

En descendant les escaliers, en marchant vers sa voiture, puis en roulant dans Calais vers son immeuble, et en montant jusqu'à chez lui, Karl voyait ses yeux, son regard vide et à la fois tellement chargé, là, le regard de sa mère qui le fixait, et lui disait de prendre garde, deux si jolies prunelles vert clair qui redoutaient déjà le pire. Sans le savoir, Karl venait pour la dernière fois de regarder sa mère en face.

X

Fred était calme. Après des années de stress et de faux pas, guettant le grain de sable ou redoutant la fausse info, il avait soudain l'air serein. Il avait posé le sac sur la banquette arrière et s'était assis au volant de la Supercinq blanche, bouclant même sa ceinture. Il souriait presque, l'air reposé. Karl, lui, avait les mains crispées sur les genoux, ses yeux allaient et venaient des rétroviseurs à la route. Fred le rassurait, tout allait bien, ils en avaient au total pour une petite demi-heure sur place. Il ne lui avait pas dit ce qu'il voulait lui montrer. Ils longeaient la côte vers le bas, ils avaient déjà passé Boulogne. La Supercinq tournait bien, aucun gyrophare ne se profilait à l'horizon et l'aiguille était stable à 110. Rien d'anormal derrière. Devant, en revanche, loin devant, là où les deux gars se rendaient avant de détaler, un petit truc, presque rien, n'irait pas.

*

Ils sont vite arrivés au Touquet et Fred a roulé vers la plage, ils ont quitté le centre et laissé les belles boutiques derrière eux, puis se sont enfoncés dans les allées cossues. Tout était calme, presque mort. Ils serpentaient au pas parmi les villas en sommeil. Ils n'étaient pas revenus rôder par là depuis l'époque de leurs glacières et beignets. Parfois ils en parlaient, ils se disaient que ces maisons fermées appartenaient sans doute à des riches, ils se demandaient ce qu'ils pourraient trouver à l'intérieur, mais toutes ces baraques sans barrières et quasiment offertes, ça semblait tellement simple que ça cachait à coup sûr quelque chose, il y aurait des alarmes, des sociétés privées, des vigiles armés. Mieux valait rester dans le domaine qu'ils connaissaient. Un jour, à Paris, marchant tous les deux au hasard en ouvrant grands leurs yeux, ils regardaient les façades, les immeubles, les voitures et les ponts, et s'émerveillaient, et à la fois, scrutaient les visages et les digicodes, les dorures au plafond qu'on distingue depuis les trottoirs, certaines rues transpiraient le fric, ça semblait presque en libre-service. Le clou du week-end avait été place Vendôme, les bijoutiers à la file, le front collé aux vitrines sans en revenir, on aurait dit des coffres-forts en verre, ça scintillait sans un bruit. Ces vitrines, elles les avaient emmenés loin. Ils avaient échafaudé mille et un plans, vécu mille et une cavales, offert tous les diadèmes du monde à leurs mères, ils en avaient rêvé comme des fous, sans jamais sauter le pas, ni même pousser la moindre porte de ces magasins surprotégés, c'était certain, cela n'était pas pour eux. C'était devenu une sorte de blague quand ils croyaient une chose impossible, « Autant braquer place Vendôme », une blague entre eux qui voulait tout dire. Un jour, Fred avait dit que s'il voulait se suicider, il entrerait là-bas pour commettre un braquage et se ferait abattre.

— Et je mourrais dans les éclats de verre, au milieu des diamants, et ça aura de la gueule, avait-il conclu.

Ils étaient dans une sorte de chemin au bout duquel se trouvait la mer, on la voyait d'ici, derrière une petite dune couverte d'herbes hautes qui se balançaient doucement. Fred s'est garé.

Il n'y avait pas un bruit, pas un chat, pas un volet ouvert parmi les grosses maisons qui les entouraient, ils étaient les deux seules âmes en vie à plusieurs kilomètres. Ils sont sortis de la voiture en silence, Fred a pris le sac et l'a mis dans le coffre qu'il a refermé à clé. Karl le regardait faire, attendait la suite, et Fred s'est tourné en lui désignant une maison du bras, la dernière, superbe, face à l'océan.

Ils s'en sont approchés, Karl se retournant plusieurs fois, un peu inquiet, Fred paraissant toujours aussi calme. Arrivé au pied de la villa sur l'arrière, Fred a soulevé une grosse pierre, sous laquelle se trouvait une clé, qu'il a prise, la mettant ensuite dans la serrure. Il avait le sourire. Karl, pas vraiment. Ils sont entrés.

Une maison comme ça, ils n'en avaient jamais vu, c'était immense. Du sous-sol, un escalier en pierre menait à l'étage. Fred a allumé la lumière en actionnant l'interrupteur avec le coude, ils étaient au milieu d'une sorte de hall desservant plusieurs pièces. Toutes les portes étaient doubles, des carreaux de verre ornementés, des moulures au plafond. Ça respirait le faste des années folles, des baies vitrées gigantesques par lesquelles on contemplait la mer immense quand les volets étaient ouverts, un endroit fait pour boire un verre et danser le charleston. D'un côté, un salon grand comme un appartement, de l'autre, une cuisine digne d'un restaurant, au fond un bureau avec un canapé anglais, un truc en cuir capitonné, tout avait une classe incroyable. Karl regardait ça en suivant Fred qui lui montrait chaque nouveauté d'un bras tendu, le prenant à témoin en silence. Karl était au spectacle. Il se demandait par ailleurs ce qu'ils étaient venus foutre ici, ce qu'il y avait de si important, tandis que la route les attendait, qu'un sac plein de billets poireautait dehors dans la voiture de sa mère, et qu'ils auraient bientôt Cimard aux trousses. Fred l'a senti, et l'a regardé en souriant.

— Je vais te montrer le truc, a-t-il dit pour atténuer son impatience.

Dans le hall, il a éteint les lumières et refermé les portes.

— À l'étage, il y a des chambres, et en haut, il y a un grenier qui fait toute la surface de la maison, avec la toiture qui monte en pointe, tu te croirais dans une église, a-t-il résumé. Et à la cave, il y a un trésor.

Il jubilait. Ils ont repris les marches dans le sens de la descente, sans un mot. Là, il a ouvert sur sa droite, ici se trouvaient des rayonnages emplis de bouteilles de vin pleines de poussière, certainement des grands crus. Il a refermé, et s'est approché de la porte de gauche.

— Et là, c'est le garage, a-t-il dit comme une révélation. Le super garage.

Il a insisté d'un hochement de tête, passant son bras par l'entrebâillement pour que son ami ne distingue rien, et a allumé. Il s'est reculé.

— Vas-y. Entre.

Il était hors de lui de bonheur, comblé. Karl souriait enfin, ouvrant en silence, il est entré, et a compris tout de suite, il a trépigné, a lâché deux ou trois mots sans en revenir en s'approchant, stupéfait. Il y avait deux voitures côte à côte, deux œuvres d'art italiennes produites dans les années soixante-dix et intactes malgré les ans, rutilantes, bestiales, si pures et tellement agressives, dont il a fait le tour en écarquillant les yeux. Une Maserati Indy bleu métallisé et une Lamborghini Espada complètement blanche. Ça respirait les anciens francs, les costumes à rayures et les cigarillos. Deux fauves au sourire carnassier, même gueule de requin rital, capables du grand écart, le pire et le meilleur goût dansaient sous la même tôle, en sachant qu'au final, enfoncer le pied droit mettrait le monde entier d'accord. Leurs deux voitures ultimes, là, côte à côte et sous ses yeux, les deux voitures dont ils avaient toujours rêvé, il pouvait les toucher, les palper, les sentir.

— On prend laquelle ?

Fred avait les deux bras tendus, écartés. Au bout de chacune de ses mains se balançait un trousseau de clés, et son sourire au centre, comme une étoile qui scintillait.

— Pour le voyage, on prend la Supercinq, mais avant, on fait un tour sur la plage.

Il a d'un coup fermé ses poings et a fait signe de choisir, de trancher net, tous les deux excités comme les enfants qu'ils étaient soudain. Karl a choisi et tout s'est enchaîné, ils ont ouvert la Maserati, ont humé l'intérieur en s'installant contre le cuir beige, ils touchaient le tableau de bord, le ciel de toit, bordel, qu'est-ce que c'était beau, et Fred a sorti de sa poche une sorte de télécommande, qu'il a montrée comme si ça avait été un diamant. Ils ont refermé les portières, Fred a appuyé sur le petit bouton vert, qui a fait basculer la porte du garage, et tandis que la lumière du jour pénétrait jusqu'à eux, il a mis le contact et fait s'ébrouer le fabuleux V8.

— Celle-là, c'est la plus grosse, a-t-il dit à voix basse et tout en exultant. 4L9, 320 chevaux !

Il a accéléré dans le vide et le bruit les a foudroyés, enveloppant comme une armure, et diabolique, rugissant, on sentait la voiture entière prête à bondir, lourde mais vive, aussi dangereuse qu'un cobra qui sommeille. Il a passé la première et a embrayé, ils sont sortis au pas vers l'air libre. De l'autre côté de la voie, la Supercinq avait l'air d'un morceau de plastique rejeté par la marée. Il n'y avait toujours personne, pas le moindre mouvement, ils étaient au bout d'une allée déserte, bordée de maisons fantômes, seuls au monde, la Maserati pénétrait l'air comme un boa. Fred a tourné à droite, et, tout doucement, s'est engagé dans le chemin qui descendait vers la mer. Il a lâché les pédales et a laissé le moteur au ralenti, entraînant les roues tandis qu'ils mordaient sur le sable, ça a fait de petits sursauts au gré des bosses de la plage, la voiture avançait en ronronnant, et en les bousculant, avalant les creux et les bosses avec régularité. Ils roulaient vers la mer.

Et puis Fred s'est arrêté, l'eau n'était plus qu'à trois ou quatre mètres, les vagues venaient presque mourir sous les pneus. Il a serré le frein à main, et a coupé le contact. Le V8 a tremblé en s'éteignant, et le silence a refait complètement surface à bord. Il a regardé Karl, il avait toujours autant l'air calme et satisfait, sûr de la suite. Il a sorti de sa poche un CD, il a montré la pochette, James Brown à genoux, micro en main, et l'a glissé dans le lecteur que le propriétaire avait fait installer.

Une batterie sensuelle et qui cogne, une basse roublarde et pugnace, bientôt l'orgue qui plane, et qui parfois s'agace, et la guitare qui sautille, qui s'échauffe, qui tente, un boxeur qui tourne autour de sa proie en la défiant tout sourire. Et puis les cuivres en masse, qui soutiennent et qui scandent, tout qui s'enflamme et bientôt James, sa voix qui brûle et nous enrobe, chaude comme une braise et douce comme de l'ébène, et qui frappe et caresse, James Brown au sommet qui balance des « Good God ! », et leurs têtes en cadence.

— Je voulais te montrer ça, dit Fred, je voulais qu'on s'offre ça avant de partir. Et t'expliquer.

Et devant l'air interrogateur de Karl, tandis que James Brown hurlait sa soif de vivre :

— Je t'ai dit que le fric, c'était le fric de Cimard.

Karl a acquiescé en rythme. Fred a tendu le pouce en arrière et fait un mouvement de l'autre main.

— Eh ben là, c'est sa maison, et ça, c'est sa bagnole.

XI

Karl s'est aussitôt raidi, prêt à sortir en courant pour regagner la Supercinq et démarrer en trombe, mais Fred a posé une main sur sa cuisse en le rassurant, tout allait bien, Cimard était en Thaïlande, comme tous les ans à cette période, il n'y avait rien à craindre. Ils pouvaient même passer la nuit là s'ils le souhaitaient. Son calme depuis le départ commençait à sembler bizarre. Karl a délaissé la poignée intérieure de la portière. Dans quoi Fred l'embarquait-il, que lui avait-il caché, quelle serait la suite, lui qui semblait tellement avoir tout préparé, tout bien manigancé ? Karl l'a regardé dans les yeux, plissant un peu les siens, et Fred a eu un sourire éclatant, suivi d'un hochement de tête.

— Je vais tout te raconter, a-t-il concédé, je vais tout te dire.

Il a souri de nouveau :

— Ça fait sept ans que je te mens.

Et tandis que James Brown chantait, sautait, caressait et frappait, tandis que face à eux les rouleaux tournaient fort, Fred s'est mis à parler, un débit doux et lent pour avouer : Fred menait une double vie depuis sept ans.

*

Ce qu'avait raconté Fred sur Cimard à l'époque était vrai, l'entrepôt pourri regorgeant de trésors improbables, le bureau cosy vers le fond, où se trouvait le même canapé que celui qu'ils venaient de voir dans la villa derrière eux. Fred avait bien fait la navette du Nord à Paris, tous les jours à moto, trois mois durant. Il avait bien semé tout le monde à 280 chaque matin, il avait bel et bien glissé des colis, sans jamais les ouvrir, dans des boîtes aux lettres à chaque fois différentes, il s'était au final bien fait virer un matin, les pieds dans la bouillasse, devant l'entrepôt clos. Tout ça était vrai.

Ce que Fred avait caché à Karl, c'est que s'il n'avait pas osé observer de plus près le trafic de Cimard, comment ça fonctionnait, comment il fallait s'y prendre, il avait en revanche très vite pensé que Cimard lui-même était peut-être une proie facile. Karl l'écoutait sans y croire, il le revoyait tremblant encore en lui décrivant le type violet, certainement déjà mort, que Cimard lui avait fait voir en guise d'exemple dans sa chambre froide. Fred était terrorisé. Sept ans plus tard, Fred avouait que ça ne l'avait en vérité pas effrayé longtemps. Un matin, lors d'une pointe sur le périphérique parisien, Fred avait eu une révélation : le gros coup dont ils rêvaient, c'était de s'en prendre à Cimard. Continuer à se faire passer pour un minable à ses yeux, le maintenir le plus possible dans son rôle de chef et de terreur, et lui fondre un jour dessus. Prendre son temps. Disparaître de son champ de vision, se réduire comme une brindille que le vent fait voler. Tout organiser. Et un beau jour, inverser la vapeur, arroser l'arroseur et détrousser Cimard.

Deux jours après, Fred n'avait pas pris la route pour Paris. À la sortie de Calais, il avait retrouvé une de ses connaissances, lui avait donné l'enveloppe et l'adresse, ils avaient échangé leurs vêtements et leurs bécanes, et le type avait pris la route à sa place. Pendant ce temps-là, Fred était revenu sur ses pas, et avait de loin observé l'entrepôt de Cimard. Il l'avait vu sortir, accompagné de son Yougoslave. Ils étaient montés dans la Mercedes, et avaient démarré.

Il les avait suivis de très loin, il avait vu Cimard descendre devant une maison de la presse, en ressortir avec des journaux sous le bras, comme le grand bourgeois qu'il voulait être. Puis, plus loin, entrer dans une pharmacie, certainement pour y acheter son bidon de pommade antihémorroïdes, ou des suppos pour nuit tranquille, Fred avait rigolé dans son casque. La balade avait continué, Cimard entrant dans une autre boutique, avant d'en ressortir avec un bouquet de fleurs. Le Yougoslave restait au volant, moteur allumé. Et puis ils s'étaient remis en route, et avaient roulé vers le Touquet. Fred commençait à regarder sa montre, espérant qu'un sursaut se produise. Et le sursaut s'était produit, oui, mais pas dans le sens espéré : sur une quatre voies, la berline s'était engagée sur un rond-point, et avait fait demi-tour, et pareil au suivant, et ce trois fois de suite. Fred avait filé tout droit, craignant de s'être fait repérer.

Dans l'après-midi, il avait retrouvé le type qui avait endossé son rôle le matin, ils s'étaient rendu leurs affaires et leurs motos, et Fred avait pris le chemin de l'entrepôt, craintif.

Cimard lui avait alors donné sa paye du jour, sans lui faire le moindre commentaire, sans paraître ni plus ni moins inquiet qu'à l'ordinaire. Cimard n'avait rien remarqué. Il prenait les ronds-points plusieurs fois de suite par simple précaution. Cimard vivait la peur au ventre. Cimard avait donc gros à perdre.

— Quand il m'a viré, ça a été magique. Les pieds dans la bouillasse, avec son grand Yougo qui me toise, et lui qui me dit que c'est fini, il croyait que j'allais pleurer ou vouloir le convaincre, continuer d'être à sa botte, tu parles, ce que je voulais c'était arrêter, et avoir tout mon temps pour le suivre !

Alors quand juste après, Fred avait dit qu'il voulait investir, partir en Espagne et mettre en place un système, c'était vrai mais pas seulement, il avait un projet parallèle. Fred passait tout son temps libre dans les traces de Cimard, sans savoir ce qu'il cherchait mais avec une profonde certitude : quoi qu'il découvre, il fallait que des années s'écoulent. Il fallait que Cimard ne le recroise jamais, l'oublie intégralement, parmi la foule de petits mecs qu'il avait çà et là fait travailler. Devenir une poussière.

Et le suivre.

Se mettre sur le bord de la nationale, après les ronds-points de la dernière fois, en espérant être sur le bon chemin, essayer de le précéder. Le lendemain, se mettre à nouveau sur le bord, avec un nouveau casque, un blouson différent, attendre. Recommencer, tenter différentes pistes. Cimard prenait la route tous les jours, achetait un bouquet dans un magasin différent à chaque fois, presque à heure fixe, et roulait comme une toupie, en virant sans cesse, accélérant, roulant au pas, faisait trois fois le tour de l'église, s'arrêtait dix minutes sans raison apparente : le pister était un vrai calvaire.

Le soir, Fred examinait des cartes routières en tentant de faire des rapprochements, faisant des croix, des traits rouges et des étoiles, essayait de deviner la destination quotidienne du gros Cimard et de son chauffeur.

— Enfin, son chauffeur… Plutôt sa chauffeuse, en fait.

Il s'arrête et regarde Karl, il a l'œil qui pétille, content de sa blague.

— Son Yougo ! appuie-t-il.

Après deux mois passés à rouler dans tous les sens, à faire chaque jour des centaines de kilomètres, visière abaissée, en espérant le croiser, le suivre ou le précéder, Fred avait fini par savoir où Cimard allait chaque jour en cachette : le gros Cimard, les pompes pointues bien cirées, quittait quelques heures durant son entrepôt boueux, et se rendait au Touquet, dans une villa face à la mer, isolée du reste du monde, dont il planquait la clé sous une grosse pierre du jardinet. Fred était parvenu à le pister sans se faire voir, sans quoi la berline n'aurait pas stoppé là. Cimard était un vrai parano.

Le lendemain, Fred s'était posté entre les pins, à l'abri de tout regard, la belle villa en ligne de mire. La Mercedes avait fini par se montrer, s'arrêtant à l'entrée de l'allée, restant sans bouger plusieurs minutes, avant de redémarrer, au pas, jusqu'à la dernière des maisons. Cimard et le Yougoslave étaient alors descendus de voiture, et Fred avait soudain sursauté en les voyant se caresser la main. L'heure qu'il venait de passer, immobile, à attendre dans le silence et le froid l'avait peut-être un peu endormi, il s'était ressaisi, concentré de nouveau. Mais pendant que le Yougo entrait la clé dans la serrure, Fred avait cette fois bien vu Cimard l'encourager d'une main tendre et ferme plaquée sur son cul. Fred n'en avait pas cru ses yeux. Le Yougo semblait glousser. La porte s'était refermée, et Fred était rentré sur Calais, médusé, sans savoir si cette découverte était bien utile pour le projet qu'il nourrissait.

Le lendemain, même endroit, même heure, Fred avait attendu. Même rituel, la Mercedes avait pointé son nez, s'approchant, stoppant, reprenant, puis s'arrêtant enfin. Cimard était descendu, et avait cette fois carrément mis sa main entre les cuisses du Yougo pendant que ce dernier se penchait pour attraper le sac sur la banquette arrière. Cimard frétillait, arborait un sourire de comédie musicale, et le garde du corps paraissait soudain svelte. Ils étaient entrés.

Fred avait alors déserté sa cachette, et s'était fondu dans les dunes, en essayant d'approcher la villa côté plage. Un volet ouvert lui permettrait peut-être de voir ce qui se déroulait là-dedans, une fois les deux amants certains d'être à l'abri des regards. Il avait rampé dans le sable, gravissant un monticule, et s'était bientôt trouvé face à la si jolie terrasse. Les baies vitrées grandes ouvertes, le caïd et son gros bras buvaient une coupette en regardant au loin, serrés l'un près de l'autre comme dans un télésiège. Fred écarquillait les yeux, se demandait où pouvait bien se trouver la chambre, et combien coûtait un téléobjectif. Shooter Cimard en train de dorloter son Yougoslave en travers d'un édredon rose pâle, il lui semblait que ça vaudrait de l'or.

— Sauf que deux jours plus tard – et là j'avais des jumelles – je les ai vus faire beaucoup mieux. Ils sont restés dans le salon, Cimard a posé un sac sur la table. Le Yougo a débouché une bouteille de champagne, même chose, deux coupes, et Cimard a ouvert le sac en fourrant les mains dedans, il a fait voler des billets en l'air, je croyais voir un gamin avec une machine à faire des bulles ! Le Yougo souriait, pareil, une tendresse incroyable, on aurait dit un dessin animé !

La suite avait été haute en couleurs, le gros Cimard se mettant vite à poil mais conservant sa cravate à pois, tenu en laisse par le Yougoslave qui se déshabillait de l'autre main, découvrant au passage un caleçon moulant qui lui arrivait aux genoux, mais ajouré devant et derrière, Fred ne savait même pas que ça existait, façon short de cycliste dans les violets mauves. Fred était au spectacle. Et ne perdait rien du trésor qu'il voyait là, sur la table, tandis que les deux athlètes s'échauffaient au second plan.

XII

Ce que Fred avait surtout constaté ce jour-là, c'est que le fric était resté dans la villa quand les deux tourtereaux avaient regagné Calais. Ils étaient ressortis sans bagage, sans rien, s'étaient réinstallés dans la Mercedes, et avaient démarré, calmés, de nouveau durs. Sans le sac. Cimard déposait régulièrement le fruit de ses multiples magouilles dans une grande et belle maison bourgeoise, au Touquet, dont la clé était là, juste là, sous une pierre. À quelle fréquence effectuait-il ses dépôts, combien de temps l'argent restait-il ici, combien y avait-il au juste, tout ça, Fred n'en savait rien.

Quelques jours plus tard, Fred partait pour l'Espagne avec deux idées fixes en tête. La première, c'était de trouver là-bas pas mal de cocaïne et de mettre en place une mécanique similaire à celle de Cimard une fois revenu ici. La deuxième était qu'il fallait continuer de pister Cimard, et patienter dans l'ombre. C'était la clé du succès. Se laisser mourir dans son souvenir. Ça prendrait certainement des années. Rôder dans les parages et préparer tout ça, surveiller les allées et venues de ce sac en cuir brun qu'il utilisait pour convoyer ses liasses. Le moment venu, faire un sans-faute. Ce jour-là, ce serait la timbale, le jackpot sans aucun bruit, le bouquet qui claque et, d'un coup, la belle vie. Cimard en avalerait sa culotte à frou-frou.

*

Fred était rentré d'Espagne les poches vides la semaine suivante à l'arrière d'un fourgon verrouillé, sous escorte policière, enterrant au passage pour plusieurs années ses ambitions de businessman aux dents longues. Changement de décor. Ces mois passés à l'ombre, à ruminer les billets de Cimard roupillant au Touquet avaient été interminables. L'idée n'avait pas bougé d'un pouce, attendre, disparaître, se faire oublier de lui. Dans un sens, la fugace image du type à moitié mort, ou complètement, ligoté dans la chambre froide, avait fait son effet.

— Sauf qu'en prison, j'ai eu le temps de réfléchir.

La Maserati faisait face à l'eau, le soleil perçait parfois un nuage, et venait faire luire le bleu métal du long capot. Les remous des vagues couvraient presque leurs voix, celle de James Brown y compris, mais ni sa fougue ni celle de Fred. Le chanteur se battait contre la terre entière, et Frédéric Abkarian se vidait avec bonheur, remuant tout ça, revivant les joies et les peines, heureux, surtout, de tout avouer enfin à Karl Avanzato, son complice pour la vie.

— Tu sais, tout mon fric, je te disais que je le flambais au casino ou dans les hôtels avec Carole, mais non. Un peu parfois, oui, mais vraiment, le plus gros est passé dans la mise au point du moment qu'on est en train de vivre.

Fred avait caché tout cela à Karl pour ne rien risquer, pour rester concentré, pour ne pas l'embarquer dans un plan qui pourrait s'avérer mortel si jamais ça dérapait en cours de route, et s'en excusait presque. Karl trépignait. Parfois, il tournait la tête vers la lunette arrière pour voir si cela bougeait, si quelqu'un arrivait, si on les voyait. Il avait aussi de gros passages à vide, des instants de plénitude en écoutant son pote lui raconter tout, la face cachée, le voyage qui les attendait, et cette voiture dans laquelle ils se trouvaient, comme dans un rêve, et les vagues, et Cimard.

— Le truc le plus important que j'aie découvert sur lui, c'est que tous les ans, en mars, il part trois semaines en Thaïlande.

Fred l'avait appris par hasard, en le suivant un matin de loin, comme il le faisait depuis des mois, à la recherche de la faille dans laquelle il s'engouffrerait un jour. La Mercedes n'avait pas roulé vers Le Touquet. Elle n'avait pas non plus tenté de brouiller les pistes en virant sans cesse ou en tournant trois fois de suite autour des ronds-points. La berline avait filé tout droit vers l'A1. À proximité de la capitale, ils avaient semblé suivre Roissy, et Fred avait compris qu'ils se rendaient à l'aéroport, aiguillé par les valises qu'il avait vu le Yougoslave charger dans le coffre avant de partir. Roissy, aéroport, le grand terminal, et Cimard en long manteau comme un seigneur, et son sbire qui tirait les bagages à roulettes, le couple allait se balader à l'autre bout du monde, boire à la paille dans le même verre et marcher main dans la main sur la plage. Fred avait réussi à les pister parmi la foule des voyageurs, l'oreille tendue aux annonces dans les haut-parleurs, l'œil vif, en se faisant discret. Une petite heure plus tard, Cimard et son Yougo se levaient à l'appel porte D et se dirigeaient vers elle,

Cimard sortant une enveloppe Air France de sa poche intérieure. Vol 813, destination Bangkok.

Fred marque une pause. Il semble hésiter, veut ajouter quelque chose mais ne sait pas comment faire, sourit presque timidement, avant de lâcher :

— Quand il y est retourné l'année d'après, j'ai payé un mec pour faire le voyage, il l'a suivi là-bas pendant vingt et un jours.

Il rigole, il voit bien qu'il passe pour un dingue, ça ne lui déplaît d'ailleurs pas. Après des mois de traque et de filature, Fred avait acquis la certitude que Cimard travaillait seul. Il n'appartenait à aucun gang, aucune hiérarchie, pas d'associé, juste lui et un sbire. Et à son premier retour de Thaïlande, justement, Cimard n'était plus accompagné du Yougoslave. Un Maori rond comme un pylône avait pris sa place, comme garde du corps et homme de main, et aussi comme jolie soubrette. Le colosse avait fumé une cigarette en nuisette au balcon de la villa dès le premier jour. Fred, allongé dans les dunes, avait failli s'étrangler.

— Qu'il parte en voyage avec un mec et revienne avec un autre, j'ai trouvé ça vraiment louche. Je me suis demandé pourquoi il partait là-bas, pourquoi il avait besoin de partir aussi loin pour se dénicher son homme à tout faire. Ça m'a obsédé.

Il laisse passer un silence, il ravale sa salive, soudain grave.

— J'ai su, lâche-t-il en regardant au loin.

XIII

Ce que Fred avait découvert *via* les yeux du type qu'il avait payé pour le suivre en voyage, c'est que Cimard, aussitôt le pied posé en Thaïlande, emmenait celui qui lui servait depuis un an d'homme à tout faire et d'amant dans le nord du pays, à la frontière du Laos et de la Birmanie, le fameux triangle d'or, paradis de tous les trafics. Les deux tourtereaux s'enfermaient alors dans un gîte. D'où Cimard ressortait, seul, dès le lendemain, pour continuer sa route. L'énorme Maori, et combien avant et combien d'autres après, tous, à en croire la détonation qui avait déchiré la nuit, avaient péri d'une balle en pleine tête dans cette cabane au beau milieu de l'enfer vert. Cimard était un malade, un fou furieux paranoïaque qui tuait à l'autre bout du monde, partait en vacances pour changer de personnel, éliminant l'ancien, puis allant faire le joli cœur dans les bars sombres de Pattaya, allait de massages en combats de boxe thaïe, enchaînant les conquêtes sans presque jamais parler, mais souriant en permanence, dénichant un nouvel homme, rentrant en France avec.

Karl était livide, ailleurs et terrorisé, l'identité de ce mec que Fred avait envoyé en Thaïlande importait peu, un gars croisé en prison, que Fred avait un jour défendu au self. Alors qu'un autre détenu voulait manger sa part, Fred avait fracassé l'assaillant sur place, le petit mec lui disant qu'il pourrait, tôt ou tard, lui demander n'importe quoi en échange. Karl n'écoutait plus. Cimard tuait un type tous les ans. S'amusait comme un petit fou dans les bras d'un costaud toute l'année, qu'il écrasait comme un insecte une fois l'hiver venu. Il était tétanisé. Il fallait partir. Laisser ici le sac de fric, dégager, gagner le Sud quand même, mais sans s'arrêter, faire vite, disparaître. Son téléphone a vibré dans sa poche mais il avait autre chose à faire, ouvrir la portière et convaincre Fred de fuir au plus vite. Il allait poser les pieds dans le sable et se mettre à courir mais Fred l'a retenu par la ceinture, il avait une main ferme et ses paroles ont sonné comme un ordre. Karl s'est tourné, Fred a plongé dans son regard en lui assurant, cette fois pour la dernière fois, que tout était calme, qu'il n'y avait pas le moindre risque.

— Ça fait sept ans que je prépare ça. Sept ans. Je te dis que c'est OK.

Karl a doucement reposé les pieds contre la moquette beige, a refermé la portière sans y croire, sans non plus le quitter des yeux, attendant la suite, la preuve, pour se calmer vraiment. Fred a souri.

— Cimard, je l'ai tué ce matin. Il est au sous-sol de la baraque, enroulé dans un tapis, on dirait qu'il dort. Tu vois, tout va bien.

Il regardait les vagues, les mains sur le haut du volant, un petit sourire au coin des lèvres. Karl avait les yeux rivés sur lui, écarquillés, Fred était fou, complètement fou, il était beaucoup trop tard, et depuis très longtemps. Depuis sept ans, sans doute.

— Mais non, il est pas mort ! a-t-il soudain rigolé. Tu crois que j'aurais mis sept ans à trouver le moyen de l'enrouler dans une carpette ? Il est en Thaïlande, c'est tout ! Il est parti ce matin avec son dernier mec.

En trois secondes, Karl venait d'imaginer tout et son contraire, surtout le pire, un cadavre découvert, un crime crapuleux dans les beaux quartiers, une enquête et des types infaillibles munis d'un attirail de pointe, un cheveu retrouvé dans les lattes du parquet, une empreinte sur le bois ciré d'une porte, et leurs casiers, tout un étau qui se resserre comme si le monde était soudain minuscule, et leurs pieds bien trop gros, et eux qui se font mettre les menottes au milieu des passants tandis qu'ils marchent incognito sur un trottoir au soleil, et la vie qui s'arrête, les mains dans le dos, le sol qui les écrase. Karl a repris son souffle doucement comme s'il venait de trébucher le long d'un précipice. Il a collé son dos au moelleux des sièges, en a palpé le cuir, puis a regardé la mer en face. Dans le coin, Fred lui souriait.

— Tu me prends vraiment pour un débile, a-t-il murmuré.

À l'heure qu'il était, Cimard et son dernier homme en date survolaient probablement la Turquie. Peut-être que l'avion traversait une zone de turbulence, Cimard se cramponnant aux accoudoirs en murmurant une prière, peut-être dormaient-ils, ou bien regardaient-ils un film, sans doute un truc de guerre, ou bien une comédie. D'ici quelques heures, les deux amants poseraient le pied sur la Thaïlande, se souriraient dans le soleil et le dépaysement. Quelques heures plus tard, l'un de ces deux hommes abattrait l'autre, et continuerait sa vie comme si rien ne s'était passé.

— Je sais à quoi tu penses. Tu penses à Cimard, à tous les gars qu'il a tués, tu trouves ça incroyable, et puis tu penses à nous, au tunnel dans lequel on vit depuis qu'on est nés et tu as du mal à te dire que le soleil est juste là, enfin là, et que tout ça, c'est fini. Mais c'est fini. Vraiment. On part au Portugal, avec Carole. Tout le reste, on le laisse ici pour toujours. On y va ?

Les vagues venaient mourir sous leurs roues, des embruns mouchetaient même le pare-brise, ils étaient au bord du monde. Fred avait raison, Karl pensait à ça, à tout cela, à tout ce qui l'attendait, tout ce qui lui tendait les bras, tout ce qu'il laissait faute de place, tout ce sur quoi il faisait une croix, il en avait presque le vertige. À cet instant, James Brown chantait pour lui, des *paid the cost to be the boss !* qui lui allaient droit au cœur et lui donnaient des frissons jusqu'à l'intérieur du ventre, et il a pris son souffle, et a répondu oui. On y va.

Fred lui a lancé un sourire incroyable, qui venait de tellement loin, un sourire d'aventurier, de chercheur d'or, plein de force et d'envie, et d'audace. Il a mis la main sur le contact, l'air d'un caïd enjôleur pour démarrer l'Indy, faire vrombir le V8 et reculer doucement, quitter la plage et leurs si petites vies. Il suffisait d'un clic, deux fils qui se touchent, un peu d'essence et les pistons qui s'emballent, reculer sur la grève, et enfin disparaître.

L'image était sans doute un peu trop belle : le moteur a refusé de vrombir.

XIV

La panique a aussitôt envahi l'habitacle, ils se sont regardés, Fred a baissé le son de la musique, il a tourné de nouveau la clé, plusieurs fois, lentement, sans que ça ait le moindre effet. Pas un mouvement, pas un son. Un « clic » qui tombait à plat, dans l'indifférence générale.

— Qu'est-ce que c'est que ce bordel ? a lâché Fred.

Ils étaient silencieux, concentrés, soucieux, il a répété « bordel » plusieurs fois à voix basse en faisant des mouvements vifs avec la main. La Maserati était plantée dans le sable, les vagues montaient à son assaut, mouillaient les roues avant. Il a insisté, tapotant le tableau de bord, Karl disait qu'il fallait partir, laisser la belle ici se faire avaler par la mer mais il refusait, s'acharnait, voulait continuer d'y croire.

Ils ont fini par sortir, l'eau montait trop. Ils ont trempé leurs chaussures, leurs chevilles, il fallait abandonner la voiture et partir, remonter la plage à pied, et laisser la mer l'engloutir, il n'y avait rien d'autre à faire. Au dernier moment, Fred est retourné à bord, il a remis le disque au début, ils ont laissé James Brown accompagner le naufrage, le volume à fond.

Ils sont remontés vers la digue, et sont restés un

peu là à contempler la scène, c'était bizarre, cette voiture magnifique en proie aux vagues, le bleu métallisé se faisait assaillir par la Manche, le vent soufflait en tournant tout autour. Parfois, suivant son sens, il amenait jusqu'à leurs oreilles quelques hurlements de cuivre, une trompette refusant la noyade, un chanteur qui crie jusqu'au bout, se battre jusqu'à la dernière goutte et tenir le plus longtemps possible la tête hors des flots, même si l'on sait qu'on en boira tôt ou tard, une gorgée ou bien la tasse, mais se raidir, et dire non tant qu'on peut. Fred a tendu le bras vers tout ça, vers l'eau verdâtre qui léchait la tôle, il a voulu dire quelque chose mais rien n'est sorti, il semblait dépassé, désarmé, les yeux pleins de détresse. Il était beau. Combien de temps sont-ils restés ainsi face au bolide qui disparaissait dans les vagues, fier et superbe malgré les circonstances ? En se tournant une dernière fois vers la voiture, les larmes dans les yeux de Fred ont résonné en Karl. Il l'a pris par l'épaule, il lui a dit qu'il fallait déguerpir, qu'ils ne pouvaient rien y faire, et se sauver pour de bon. Au loin, la Maserati disparaissait parmi les flots, James Brown défiait tous les cieux, ils l'entendaient, il criait des *Good god !* et le vent tournoyait.

XV

Prendre le large et la route, ils en avaient parlé souvent. Dans la cour de l'école, Fred parlait déjà de se tailler, de partir vivre dans une forêt, *loin des connards*. Cela devait sonner drôlement dans la bouche d'un garçon de huit ans, le regard traversé par des éclairs étranges. Karl rigolait. Ils faisaient des plans, des histoires de cabane et de pêche à la ligne, d'animaux sauvages et de fruits frais. Ils avaient un but, quelque chose en ligne de mire, et les années qui avaient suivi n'avaient été qu'une suite de rêves plus ou moins réalistes pour y parvenir, dont aucun ne les avait cependant jamais menés à la Supercinq blanche dans laquelle ils se trouvaient maintenant, des billets plein le coffre, le Portugal au bout de la route.

Ils avaient fait une pause au-dessus de Rouen, avaient fumé une cigarette en regardant passer les voitures depuis le bas-côté, appuyés sur le capot. Pour des voyous, ils étaient quand même plutôt dociles, ça les avait fait rire. Qu'est-ce que cela pouvait bien faire qu'ils fument ou non dans la voiture de la mère de Karl ? Ils avaient à l'arrière largement de quoi lui en offrir une neuve, et de toute façon, ils ne la lui rendraient que dans plusieurs semaines, quand ils remonteraient pour ça, ou bien pour l'emmener. Emmener leurs mères au soleil. Ils en vibraient tous les deux, coincés à 110 derrière un poids lourd hollandais depuis vingt kilomètres au moins, puisqu'ils avaient préféré prendre les nationales, cela leur semblait plus prudent, ils se demandaient maintenant pourquoi. Traverser tous les bleds de France, les ronds-points, les gendarmes embusqués, les vieux à leurs fenêtres, les gamins à vélo qui regardent les plaques d'immatriculation de ceux qui s'arrêtent au stop, ils n'avaient finalement sans doute pas choisi l'itinéraire le plus sûr. Karl avait l'impression qu'on les regardait en permanence. Fred passait d'un sujet à l'autre en serrant le volant, mélangeait un peu tout, les maisons qu'ils voyaient, les voitures qu'ils croisaient, ce putain de poids lourd qui les traînait dans son sillage, ils se demandaient ce qu'il transportait, des briquets Bic ou des sacs en croco, des cravates, des violoncelles, ils auraient bien aimé savoir. Quelques années plus tôt, Fred et Karl auraient été capables de le suivre, ce camion, rien que pour guetter le moment où le chauffeur prendrait sa pause, le regarder s'éloigner vers les WC pendant qu'ils se seraient approchés, le coupe-boulon planqué dans la manche, tête baissée, les yeux rivés sur son dos, et à la fois sur sa remorque. Un jour, dans un bar, ils avaient rencontré une fille assez élégante, elle était avec toute une bande, elle se levait pour recommander au bar, ils essayaient de la draguer au passage, elle les renvoyait dans les cordes à chaque fois, et bizarrement, ça les faisait rire. Elle était saoule mais distinguée, drôle. À un moment, le barman lui avait dit qu'il n'y avait plus de vodka, elle avait balayé l'air d'un geste ample et avait dit : « Pas grave, on improvise, on s'adapte, on domine ! Mettez-moi du gin. » Ils l'avaient regardée en rigolant, elle les avait soudain toisés, en plein numéro.

— Elle me fait penser à Carole, avait dit Fred.

À la fermeture, la fille et sa clique avaient disparu dans de grands éclats de rire. Fred et Karl étaient allés prendre un verre ailleurs, un peu dans l'espoir de l'y retrouver par hasard mais non, ils ne l'avaient jamais revue. Il leur restait sa phrase, qu'ils reprenaient parfois, « On improvise, on s'adapte, on domine ! », cela continuait de leur plaire. On leur avait dit par la suite que cela provenait d'un film, ils avaient oublié lequel. Ils préféraient croire que ça venait d'elle et qu'ils étaient là le jour où ça lui était venu. Parfois, ils se la disaient l'un à l'autre avant de faire un saut dans le vide. S'ils avaient suivi ce camion pour l'ouvrir, au moment de sortir de la voiture pour aller tordre une porte à l'arrière, ils se la seraient certainement murmurée pour se sentir inébranlables.

Mais ce genre de coup, justement, c'était désormais terminé. Il allait falloir apprendre à penser différemment, cela risquait de prendre un certain temps. Démarrer une voiture sans les clés, la tête enfouie sous le tableau de bord, ouvrir la porte d'une cave au pied-de-biche dans le faisceau d'une lampe torche, c'était fini. Ils avaient un paquet de billets sur la banquette arrière, sans même savoir combien au juste mais beaucoup, énormément, de quoi vivre sans plus jamais avoir besoin de penser au fric.

— À ton avis, il y a combien ? a dit Karl.

Le sac était gros comme une boîte à chaussures, un sac en cuir assez joli, brun, patiné, et un logo brodé sur le côté, en rouge, deux lettres qui s'entrecroisaient, un D et un A. Et à l'intérieur, serrés les uns contre les autres, des billets tout lisses regroupés en liasses compactes, un gros élastique autour de chacune d'elles, plein à ras bord, un petit sac trapu, lourd et dense. Si ce camion de merde ne leur avait pas barré le chemin depuis si longtemps, Fred n'aurait sans doute pas eu la même réaction, ils auraient continué de rouler en faisant des plans sur la comète, ils se seraient délectés du doute dans lequel ils planaient, sachant de toute façon que la somme serait énorme, au moins trois cent mille, ou le double, il n'y avait que des billets de cinq cents, ils auraient fantasmé à deux, et la route aurait été joyeuse. Mais il y avait ce Hollandais qui prenait tout son temps, bloqué à 90 depuis des lustres, et eux derrière, qui fixaient le panneau TIR accroché sur son cul, ils avaient imaginé toutes les significations possibles, *Toute Intervention Risquée, Très Intéressantes Réductions, Totalement Inconscient – Reculez*, ils avaient bien rigolé mais cela suffisait, Fred a lâché un « *Trouver Imaginer Rêver* » qui tombait à pic et a soudain freiné, clignotant sur la droite.

— On va compter.

Ils ont viré dans un crissement de pneus, la Supercinq a tangué et Fred a freiné fort tandis qu'on klaxonnait derrière, un type a fait une embardée, ils l'ont vu s'agiter tandis qu'il les dépassait, suivi d'un autre, debout sur le frein à bord d'une vieille BMW. Ils se sont arrêtés là, sur une espèce de terrain vague pourvu de toilettes publiques, et entouré de haies. Il n'y avait qu'eux. Fred a coupé le contact, Karl a ramené le sac sur ses genoux, ils se sont regardés en retenant leur souffle, et puis ils l'ont ouvert, les billets mauves étaient tout chauds, tout sages, prenant le volume d'une boîte à chaussures, ça n'était presque rien. Pourtant, dans ce sac, il y avait un hôtel en bord de mer, le Portugal et le soleil, et la vie douce, et pour toujours. Et Carole. Et aussi une odeur, une odeur bizarre, forte comme de l'eau de Cologne. Ils se sont regardés, surpris.

— C'est le parfum de Cimard ?

Ils se penchaient en fronçant les narines, ça sentait l'après-rasage de chantier, ils imaginaient le gros Cimard s'en asperger tous les matins face au miroir en se prenant pour un esthète, on aurait dit les petits sapins à la violette pendus aux rétroviseurs dans les voitures de vieux.

— Ça sent la BX, a rigolé Karl.

Ça aussi, cela restait gravé dans leurs têtes, une BX au milieu d'un parking désert, c'était un dimanche matin sur le parking d'un supermarché, ils s'étaient approchés, il n'y avait personne nulle part, une voiture posée là comme une survivante, cernée par le bitume. Pas leur genre de marchandise, pas vraiment de quoi faire fortune, mais l'occasion qui se présentait, et pas un chat autour, ils avaient forcé la portière. L'odeur leur avait aussitôt sauté au nez, un mélange de guimauve et de vanille écœurante, ils avaient eu un mouvement de recul et s'étaient regardés, ils avaient refermé, pas possible de la voler, ça sentait trop fort, il aurait fallu rouler vite et toutes vitres ouvertes et en novembre, par ce froid, ça aurait semblé louche. Ils s'étaient éloignés, le nez traumatisé par tant de douceur, et se demandant si le propriétaire avait conscience de posséder le meilleur des antivols à bord de sa bagnole. Depuis, quand cela sentait beaucoup trop bon pour être agréable ou réaliste, ça *sentait la BX.*

Cela aurait pu les alerter, les ébranler un peu, un tout petit peu au moins, leur dire qu'il y aurait un problème, mais l'odeur de l'argent était plus forte encore, ils ont plongé leurs mains sales dans cet argent liquide, ils ont baissé la nuque dessus comme des affamés, ils ont oublié les bruits autour et les odeurs à l'intérieur, et ils ont tout compté.

XVI

Cimard avait sans doute posé le pied à Bangkok, la mère de Karl devait avoir rejoint sa chaise à la caisse du supermarché, passant les codes-barres devant les rayons rouges, celle de Fred empaquetait probablement ses colis sous la houlette de son chef qu'elle et ses copines appelaient en cachette « le pisseux » depuis une vingtaine d'années. Fred et Karl, eux, roulaient sur un tapis de billets depuis deux heures au moins, voguaient à leur rythme. La Supercinq avait des allures de Concorde, et la nationale ressemblait à l'autoroute du soleil. Le bras sur la portière comme accoudés sur le pont d'un yacht, les sièges étaient soudain moelleux. Il y avait deux millions d'euros dans ce petit sac en cuir brun.

— Et Carole ?

Karl a posé la question du bout des lèvres, sans savoir vraiment quoi dire mais ils n'avaient pas parlé d'elle depuis leur départ de Calais, ils avaient même plutôt évité le sujet, l'un comme l'autre, et son ombre planait. Ils roulaient vers elle. Ils étaient riches, oui, et en fuite ou presque, mais tout cela ne comptait pas. Le plus important, énorme, magique, partout, était ailleurs : ils allaient retrouver Carole.

— Quoi, Carole ?

Débarquer chez elle après presque dix ans de silence, le coffre chargé d'or, pour l'emmener vivre au soleil avec eux ne semblait pas éveiller le moindre doute en Fred. Karl a souri tout seul, Fred continuait de le regarder, attendant la suite. Karl n'a pas cherché à savoir si Fred et elle s'étaient parlé durant toutes ces années, s'il l'avait retrouvée par hasard ou bien ne l'avait jamais perdue, il n'a plus parlé d'elle. Au bout d'un petit moment, Fred a lui aussi tourné ses yeux vers la route, et le silence s'est imposé. Peu importaient les millions, la fuite et tous les risques. Ils roulaient en silence vers un rêve évanoui, au fond vers la lumière. Carole, Karl y avait pensé tous les jours ou presque, il s'était à chaque fois demandé où elle avait bien pu partir, quelle vie avait bien pu la séduire, si la piste aux étoiles était son domaine à elle, fière dans des cris d'enfants, maquillée comme une fée. Il s'était souvent demandé si elle pensait encore à Fred, ou même à lui, au temps qu'elle avait passé dans ses bras au départ, s'il lui restait quelque chose de tout cela ou bien juste une ou deux images, peut-être même quelques regrets, d'avoir arrêté là ou au contraire d'avoir perdu son temps, il se demandait ce qu'elle en gardait, si ça la faisait parfois sourire, ou pas du tout, si elle y pensait encore.

Entre eux, ils n'en parlaient plus depuis longtemps, évitaient le sujet soigneusement. Le matin, dans sa cuisine, puis dans la Maserati, Karl s'était rendu compte qu'en vérité, Fred n'avait toujours pensé qu'à elle. Carole, c'est ce qui leur était arrivé de mieux.

Il a fallu qu'ils s'arrêtent refaire le plein, ils arrivaient au Mans. Ils ont trouvé une station-service le long de la route, un truc assez moderne, un garage à poids lourds au bout, une boutique. Il y avait deux ou trois camping-cars, un petit groupe de motards, les faces congestionnées par le casque et les kilomètres. Ils se sont arrêtés devant les pompes et Fred est sorti directement ouvrir le clapet du réservoir. Karl l'a laissé faire et a couru aux toilettes, il trépignait sur son siège depuis au moins une heure.

Quand il est ressorti quelques minutes plus tard, Fred avait terminé et attendait, les bras croisés contre la voiture. Les deux gars se sont regardés. Jusqu'ici, ils avaient roulé sans encombre, évitant les excès de vitesse et les gyrophares, le sac bien sage à l'arrière, incognito. Ils avaient roulé sans attirer le moindre regard sur eux, peut-être cela leur manquait-il, ou bien avaient-ils simplement envie d'entamer le gâteau dès à présent : ils se sont regardés, et sans même se parler, ont eu le même geste vers la banquette arrière, ils trépignaient, Fred a ouvert le sac tandis que Karl surveillait que personne autour n'en distingue le contenu. Et puis ils ont refermé, et ont verrouillé les portières malgré les dix petits mètres qui les séparaient de la caisse. Là, un employé bien pâle dans son uniforme rouge a pris leur billet en main, relevant les yeux vers eux, qui le fixaient. Le petit mec a encaissé le plein qu'ils venaient de faire, leur rendant la monnaie, impressionné par ces deux costauds manipulant des billets neufs, et Fred et Karl ont regagné la voiture en se retenant de sauter de joie.

Bordel, ils venaient de craquer leur premier billet mauve.

XVII

Carole avait quitté Fred un jeudi matin, cela s'était passé chez lui, au réveil et presque en douceur. Ce jour-là, Karl et lui devaient aller ensemble repérer un vieux garage qui semblait à l'abandon, il y aurait probablement des choses à l'intérieur, des pièces, peut-être même une épave, ils allaient jouer les brocanteurs.

Il était resté tétanisé, l'avait regardée se lever, elle s'était approchée de lui, lui avait caressé les joues à pleines mains. Il avait essayé de la retenir, avait balbutié des « je t'aime » et des « t'en va pas » qui n'avaient rien changé, il avait parlé du Portugal, de projets, mais elle était partie.

L'après-midi, ils n'étaient pas allés voir le garage à l'abandon. Fred était cloué au lit pour huit jours, une infection pulmonaire autour du cœur.

Carole était retournée chez elle, c'est tout ce qu'ils avaient pu obtenir auprès de sa tante, qui leur avait entrouvert sa porte sans ôter la chaînette. Ils avaient insisté, avaient voulu savoir où était ce « chez elle », quelque part en banlieue parisienne, ils avaient tenté de glaner deux ou trois indices, lui avait-elle parlé, dit quelque chose, la femme avait fini par les éconduire, les affaires de cœur de sa nièce ne la concernaient pas, encore moins quand elles mettaient en scène des gars dans leur genre. Elle avait refermé. Derrière, sa voix étouffée les avait menacés d'appeler les flics s'ils ne dégageaient pas sur-le-champ. Ils avaient fini par partir, leurs voix et leurs pas résonnant dans la cage d'escalier. À son école de cirque, aucune info non plus. La femme à l'accueil leur avait simplement dit que Carole Sauvage avait mis fin à son cursus en cours de route, elle n'en savait pas plus.

— Dommage, avait-elle ajouté, sur un monocycle, elle faisait des merveilles.

Ils avaient marché le long de la mer ce jour-là, Fred recommençait à peine à respirer sans souffrir, il sortait de huit jours de piqûres, reprenant doucement l'air. Ils avaient regardé vers l'Angleterre, peut-être était-elle en face, dans un bus à étage, ou devant une pinte au pub, heureuse. Eux, ils marchaient le long de Calais au milieu des sacs plastique qui se gonflaient comme des voiles et roulaient en boule dans le sable mouillé, rentrant la tête dans leurs cols fermés hauts. La vie leur paraissait soudain vide et silencieuse, il n'y avait plus que le bruit du vent. Fred ne regardait nulle part, il était comme un boxeur terrassé dans les cordes, et pourtant intact, soufflé net en plein vol et sans un coup, amorphe et les yeux grands ouverts, même pas souffrant, anesthésié.

*

Et Karl.

Karl Avanzato.

Il marchait sur le sable aussi, peut-être le long du même abîme. Il regardait Fred et ses larmes sèches, et il ne savait plus ce qu'il ressentait vraiment, de la tristesse et quasiment de la douleur pour son ami, qu'il voyait soudain seul au monde. Mais une absence, aussi, comme si Carole était morte d'un coup, la seule femme avec laquelle il ait parlé pour de vrai depuis toujours, il s'en rendait compte sur cette plage, du sable dans les chaussures qui le démangeait. Lui aussi, depuis qu'elle avait disparu, marchait au bord du vide. Lui aussi, vivait grâce à elle, son sourire et ses mots. Carole, c'était une fenêtre ouverte sur le reste du monde, la seule à laquelle il se soit jamais penché. C'était la douceur et la fermeté, des bouffées d'air frais qui balayaient les doutes, c'étaient des ailes à portée de main pour survoler les choses, élargir les horizons, éclater les perspectives. Et puis sa présence, sa grâce qui s'était posée sur eux comme si le monde avait basculé, simplement ça. En six mois seulement passés à ses côtés, les deux jeunes hommes avaient cessé d'être recroquevillés sur le bord à regarder passer les trains, Carole les avait épinglés sur les revers de sa veste, elle était leur sésame universel. Avec elle, visiter un musée était devenu possible. Avec elle, entrer dans une épicerie fine, un salon de thé ou une galerie de peinture, c'était possible et permis. Il y a des tas de gens qui ne comprendront jamais, qui ont eu les cartes en main dès le départ, pas forcément du prestige ou des relations, ni même de l'argent, mais la confiance : ils savent qu'ils sont égaux aux autres et qu'ils ont les mêmes droits. Ils ont sans doute aussi leurs failles, leurs problèmes, leurs misères, mais se savoir en vie et légitime où qu'on aille, ou au moins savoir qu'on en a complètement le droit, la possibilité, sans avoir besoin de se le répéter pour s'en convaincre, ceux-là ne savent pas dans quelle aisance ils évoluent. Avant

Carole, Frédéric Abkarian et Karl Avanzato regardaient la vie comme une vitrine trop chère pour leurs moyens. Voilà ce qu'ils avaient découvert dans le regard et le sillage de cette étoile filante : la vie, en vérité, appartient à tout le monde.

La vie, justement, avait repris quand même, pas à pas. Une maison de campagne dont ils n'avaient rien pu tirer tellement tout était tarte, une mission d'intérim ensemble, dix jours à casser du béton à la barre à mine en respirant de la poussière, l'impression d'être des bagnards. Le vide les entourait, Fred ne parlait presque plus.

Et puis bien sûr, la vie avait continué. Karl avait pris le parti de ne plus parler d'elle, pensant que cela les aiderait, au moins que ça aiderait Fred. En vérité, il pensait à elle en permanence et, pour Fred, c'était à peu près la même chose, peut-être pas pire, simplement la même chose. On leur avait enlevé leurs petites roulettes, il fallait maintenant pédaler seuls comme des grands. Parfois, Karl passait devant son ancienne école de cirque et entrait, se mêlait aux étudiants qui le regardaient tous en douce, il guettait les visages, espérait croiser le sien comme on guette un fantôme. Il finissait par sortir sans avoir reconnu personne.

Il avait cherché son nom çà et là, un jour, près de Nancy où il était allé voir un ancien copain pour une cargaison de blousons de ski sur laquelle il lui proposait de faire main basse ensemble – plan qui s'était effondré lorsqu'il avait appris que le container ne renfermait que des tailles enfant qui n'intéresseraient aucun receleur – il s'était arrêté dans un bar et avait feuilleté l'annuaire. Il avait cherché son nom, Carole Sauvage, patiemment, il n'en avait trouvé aucune. Il avait payé son café, il avait rejoint Calais en roulant au pas. En tournant les pages du bottin, il avait espéré un miracle. Sur la route, il avait l'impression de l'avoir perdue une deuxième fois. Le lendemain, il n'en avait pas parlé à Fred.

Fred aussi l'avait traquée durant toutes ces années, c'est ce qu'il lui racontait tandis qu'ils roulaient vers elle, qu'ils fendaient l'air de plus en plus chaud à mesure qu'ils s'éloignaient du Nord. Ils venaient de passer Poitiers, ils avaient vu des panneaux La Rochelle, ça sentait la mer et les vacances. Les vitres baissées, la Supercinq ronronnait dans le soleil. Ils parlaient enfin d'elle, enfin, après toutes ces années, ils mettaient enfin les pieds, et les mains, et le corps tout entier dans ce qui les reliait l'un à l'autre plus que n'importe quoi d'autre. Fred ne l'avait jamais oubliée non plus. Lui aussi avait scruté çà et là au hasard. Il était retourné chez sa tante, qui ne lui avait pas ouvert plus grand sa porte que la fois précédente, il lui avait simplement demandé de lui transmettre un baiser, elle avait dit qu'elle le ferait, elle avait refermé.

Et puis il y avait eu Internet, les sites de copains, les réseaux sociaux, tous ces trucs auxquels Karl ne comprenait pas grand-chose si ce n'est que quelque part, dans un coin, sur une île, se trouvait peut-être Carole. Fred, lui, s'était inscrit partout, y passait parfois des nuits entières, tapait au hasard, la cherchait à l'étranger. Carole semblait absente de la Toile, disparue pour de bon. Une Carole Sauvage l'avait fait sursauter un soir, surgie près de Lyon, il avait cliqué, découvert une coiffeuse de soixante ans sortie grande gagnante d'un concours de grande bouffe : la belle avait avalé huit kilos de chair à saucisse lors de la fête communale, terrassant ses concurrentes et terminant sur un podium, bien rouge et satisfaite. La presse locale avait relaté l'exploit. Fred avait écarquillé les yeux sur l'article et la photo, le dos courbé sur l'écran. Karl aussi avait découvert sans le lui dire l'existence de cette ogresse, qui portait le même nom que leur déesse à eux, lui aussi avait cru l'avoir retrouvée, cela avait duré quelques secondes, le temps que la photo apparaisse, et que la belle Carole fasse place à l'autre. Par la suite, Karl s'était un peu éloigné de ses recherches sur le Net, il y revenait parfois tout à coup, scrutant dans tous les sens, et puis ça disparaissait comme un orage prenant fin. Fred, lui, continuait méthodiquement depuis toutes ces années. Chaque jour, il se connectait et cherchait, parfois quelques minutes et parfois plusieurs heures, sans jamais de nouveauté mais avec un espoir intact quand la recherche se lançait.

Tout ça jusqu'à ce que Fred sursaute un jour, les yeux dans ceux de Carole, en se mettant à trembler de bonheur et quasiment de peur face à l'écran : c'était elle, Carole, en photo sur un site, son nom en légende, suivi d'un court article, Carole qui refaisait surface comme une apparition, intacte et radieuse, vivante, là, pas loin, à Bordeaux. Carole venait d'être embauchée dans une école de cirque, la gazette du quartier faisait un rapide portrait d'elle, vantait ses mérites et ses compétences, Fred en avait pleuré d'émotion. Il s'était retenu de sauter dans sa voiture pour foncer la rejoindre, s'était rongé les doigts pour ne pas en parler, s'était concentré comme jamais jusqu'à présent dans sa vie cahotante, et avait joint ses mains pour tout mettre au point sans trembler, comme une sorte de prière.

Trois mois plus tard, il pénétrait chez Cimard, fouillait la maison de fond en comble, dénichait son trésor, fonçait chez Karl au matin et lui annonçait tout en bloc. Trois heures après, les pneus de la Supercinq de Jacqueline Avanzato crissaient sur le parking, Fred et Karl quittaient Calais pour toujours.

Le soir, à dix-huit heures onze, ils passaient le panneau Bordeaux sans parler, noyés dans la circulation, les deux millions posés sur la banquette arrière, et tous les rêves du monde sur les deux sièges avant.

XVIII

Fred s'est assis sur une chaise au beau milieu de la piste, les bras lui en sont tombés. La fille le regarde sans trop savoir que dire, un peu désemparée. Ils sont sous un chapiteau rouge, le sol est couvert de sable, un cheval blanc leur tourne autour, il décrit de grands cercles dans un bruit magnifique, ses sabots, son souffle, on a d'un coup l'impression d'être dans un western et Karl s'accroche à ça, il regarde cette nana qui leur parle, Fred assis les bras ballants, et tout ce foutoir qui sent les clowns à une roue et les femmes en morceaux, les éléphants jongleurs et les musiciens fous, les enfants qui rigolent, qui crient, et une fille dans les airs en collants à paillettes, il laisse tout ça l'envahir parce qu'il n'y a rien d'autre à faire sous ce chapiteau vide, les gradins résonnent, ce cheval tourne et la fille leur répète que Carole n'est pas là, pas à Bordeaux, pas même en France.

— Elle encadre un groupe d'enfants, ils sont partis faire un stage de pantomime à Rome.

Elle veut leur redire ce que c'est que la pantomime mais Karl lui fait signe que c'est inutile, elle s'excuse avec les mains, lui glisse un regard hébété, Fred est désemparé comme un gamin, il a les yeux dans le vague, ils sont sous un cirque désert et Carole n'est pas là. Elle est partie ce matin, tôt ce matin. Pendant qu'ils tremblaient face au trésor de Cimard dans la cuisine, Carole aidait un à un les marmots à grimper dans un car. Peut-être leur racontait-elle que là-bas les pizzas étaient merveilleuses et les pâtes, diaboliques, qu'il y avait des Vespa jaunes et des Fiat 500 roses, des Ferrari bleues et des plumes sur les casques, que le pays danse tellement que la tour de Pise penche, voilà tout ce qu'elle devait leur dire pendant qu'ils tremblaient devant le magot.

Ils ont mille cinq cents kilomètres de voyage, deux jours de car, à l'heure qu'il est ils doivent être entre Aix et Monaco. L'idée de prendre la voiture et de foncer à ses trousses traverse l'esprit de Karl, acheter une voiture plus puissante en urgence, faire du 200 jusqu'à elle. Karl fait quelques pas en rond et au hasard, ses pieds dans le sable, il regarde autour et il aimerait s'asseoir, faire une pause, il a l'impression d'avoir couru un sprint interminable, d'avoir retenu son souffle des heures durant mais le voilà vaincu, il lui faut faire une pause, une toute petite pause, il marche vers la sortie sans rien dire, ni à Fred ni à cette fille, il se demande ce qu'elle fait ici, il la verrait bien les bras en croix sur une planche en forme d'étoile, cernée de couteaux qui se plantent, l'œil rieur et goguenard dans les cris du public. Il arrive au bord de la piste, l'enjambe, va vers la sortie, arrive bientôt dehors, où le soleil l'assomme comme s'il sortait de terre après une longue apnée. Il écarte les bras, le reçoit en entier, s'accroupit, les mains sur le sol, et il ferme les yeux.

Il veut convaincre Fred de rester ici, et de l'attendre ensemble. Prendre une chambre dans un bel hôtel, visiter les vignobles, goûter deux ou trois pinards incroyables sans en recracher une seule goutte, avaler ça comme des sagouins sous les yeux horrifiés du sommelier. Voilà ce que Karl veut proposer à Fred pour le convaincre de ne pas reprendre la route. Sûr qu'il va dire oui.

Il revient sous le chapiteau, sûr de lui, mais il ouvre grands ses yeux en découvrant Fred perché sur le cheval blanc, la fille lui tient la bride et marche à côté, elle lui fait faire le tour de la piste. Fred est comme un gamin, pas rassuré mais souriant, il regarde Karl et rigole sans oser parler, de peur d'effrayer la bête. Le cheval marche au pas, il lui caresse tout doucement l'encolure, les jambes arquées contre ses flancs pour ne pas tomber. Ça aussi, ça reste. Fred le casse-cou qui se transforme en enfant, qui laisse la magie l'envahir et surgir la tendresse. L'image est belle et surréaliste. Quand le trio passe devant Karl, Fred se penche imperceptiblement et lui dit tout bas, en guettant du coin de l'œil les réactions du cheval, qu'ils n'ont qu'à rester là quelques jours, il a eu exactement la même idée, profiter de la vie dès maintenant, dès ce soir et pourquoi pas dès à présent. Le cheval s'ébroue et Fred change illico de tête, regarde le sol et la fille, qui rigole en le voyant sauter n'importe comment, il roule dans le sable, ça fait un nuage de poussière. Le cheval s'arrête et tourne ses gros yeux vers lui, incrédule, et Fred réalise combien cet animal est doux. Il se relève tout doucement, s'époussette sans le quitter du regard.

— On va rester là une petite semaine, qu'est-ce que tu en penses ? répète-t-il.

Karl acquiesce dans un sourire, et la fille les voit faire, voit leur connivence et leur joie, elle sourit aussi.

— Vous arrivez d'où ? leur demande-t-elle, comprenant qu'ils viennent certainement de loin, vu l'air fatigué qu'ils ont.

Quand ils lui disent « du Nord », son expression change, elle a comme un doute, qu'elle semble chasser. Puis elle sourit de nouveau et un silence embarrassé s'installe, qu'elle rompt d'elle-même :

— De Calais ? avance-t-elle.

Ils lui disent que oui, surpris, ils se regardent et attendent la suite, ils la veulent, ils veulent savoir et la suite arrive dans un murmure, un « Ah, c'est vous… », qui leur va droit au cœur. Leurs yeux vont et viennent, ils ne savent pas si ce « vous » est pour Fred ou pour eux deux, ils ne savent pas ce que Carole a dit de lui ou Karl ou eux, qui est cette nana pour elle, ce qu'elle sait de leurs histoires. Ils en restent là face à la fille, ils en savent assez, ne veulent pas la déranger, ils prennent congé, elle a l'air étonnée de les voir partir mais ne tente pas de les retenir. Elle leur tend le bras vers la sortie en leur souhaitant bon séjour, leur dit qu'ils peuvent repasser quand bon leur semble chevaucher Beau-du-Sol, ils sortent, ils n'entendent probablement pas tout, les deux hommes ne pensent qu'à une seule chose : toutes ces années après, Carole pense encore à eux.

XIX

Le bar s'appelait Les Cadrans, un gros néon jaune courait sur la façade, et ça avait de l'allure, les murs bardés d'horloges, des banquettes en cuir fauve, une grande salle rectangulaire ornée de cadres, des photos uniquement, surtout des chanteurs, des groupes, des images de concert, et puis le bar, un vieux comptoir en bois de plusieurs mètres de long, les pompes à bières lustrées, et parmi les étagères de verres, des bocaux remplis de rhum avec tous les fruits possibles, éclairés par l'arrière, vraiment, ça avait de la gueule. Ils avaient découvert tout cela en entrant, émerveillés, et avaient pris ça comme un coup de chance. C'en était un puisqu'ils avaient choisi ce bar uniquement parce qu'il y avait, au moment où ils passaient, une place de parking exactement devant. Ils cherchaient à boire un verre, un bar, n'importe lequel, pour se sentir en vacances, mais un bar devant lequel serait posée la Supercinq. Ils la surveilleraient du coin de l'œil depuis le comptoir en trinquant. Ils avaient sillonné la ville pendant presque deux heures, ralentissant dès lors que la moindre enseigne Kronenbourg pointait son nez, étaient allés de clubs en bouges sans sortir de la voiture, trop risqué là, pas assez sûr ici, et Les Cadrans apparaissent, et une place, un miracle. Ils se garent. Ils verrouillent les portières, le petit sac au chaud derrière le siège avant droit, bien calé. Ils vérifient. Ils entrent. Ils ouvrent les yeux, bonne pioche, super bar, toute une ambiance, exactement le genre de bar dans lequel ils ne seraient jamais allés s'ils n'avaient pas croisé Carole des années plus tôt. Ils n'auraient pas osé, auraient trouvé ça trop classe, ou trop branché, trop bien pour eux. Et puis la musique. La leur, du funk, un morceau terrible qui nimbait l'endroit, leurs pas en rythme qui s'avancent, déjà dans la danse.

Ils étaient au comptoir, deux belles pintes de bière devant eux, le serveur les avait posées en remuant la tête, le cou se baladant dans une chemise en lin, ils lui avaient tous les deux dit merci en cadence. Il y avait un peu de monde, quelques groupes çà et là, plutôt des jeunes mais pas seulement, il était vingt heures et la soirée commençait. Ils avaient trinqué. En faisant ça, ils s'étaient regardés droit dans les yeux comme s'ils venaient d'accomplir un boulot phénoménal, ou de vaincre quelque chose, un ennemi ou une peur, ou bien de s'être sauvés mutuellement d'un naufrage annoncé. Ils étaient libres, enfin, et pour toujours, le magot à dix mètres, la voiture en ligne de mire.

— Tu as vu, elle a dit « Ah, c'est vous ».

Fred était fier comme un paon, sûr de son fait, le sourcil en accent circonflexe. Il était sûr que ce « vous », c'était lui, Karl s'en est rendu compte à ce moment-là et n'a pas réussi à lui en vouloir de le laisser un peu sur le bord. Et puis quoi, il le sentait, il le savait, qu'il prendrait ce « vous » pour lui seul, il en était certain. Il n'a rien dit de ses doutes, n'a pas essayé de partager un peu, ou bien d'évoquer l'idée qu'elle ait pu parler d'eux, oui, ou de Fred seulement, d'accord, mais en mal. En mal. L'idée qu'elle ait pu dire ça un soir, dans une discussion sur les erreurs de jeunesse ou sur les destins malheureux, la possibilité qu'elle en ait parlé, en effet, mais pour dire à quel point la rupture avait été salvatrice, lumineuse, évidente. Karl y pensait. Karl se disait que, Carole, ils lui avaient peut-être un peu nui, sans trop savoir comment mais peut-être, peut-être que côtoyer la bricole et les arnaques, à la longue, pouvait causer quelques dégâts, si légers soient-ils. Eux, avaient l'impression qu'elle les avait tirés vers le haut, mais elle, de son côté, avait peut-être le sentiment d'avoir été coulée des mois durant, ralentie par deux poids morts, gênée dans son souffle et serrée vers le cou. Peut-être. Peut-être mais il n'a rien dit. Il n'a pas voulu gâcher la fête. Il a pris son verre, Fred a fait la même chose, et ils ont trinqué, ils ont dit « À nous ! », et ont plongé dans leurs verres à pleines lèvres. Au même moment, le serveur a monté d'un cran le volume de la chaîne, il a tourné le gros bouton en leur jetant un coup d'œil complice, ils lui ont fait un petit signe de la main qui voulait dire « encore », la basse énorme et les cuivres, la batterie sautillante, c'était lui, de nouveau lui, James Brown l'insubmersible qui leur chantait ses merveilles et ses drames. Le barman a fait un tour sur lui-même un peu ridicule, ils ont rigolé en le voyant faire, il s'est approché d'eux, la danse et lui, c'était une vieille et belle histoire.

— À douze ans, j'ai dévalé la cage d'escalier de chez mes parents en m'entraînant au moonwalk sur le palier, la catastrophe. Et la semaine dernière je me suis pris la commode de ma chambre.

Le petit malin typique, le gars qui ménage ses effets, le patron de bar sur scène.

— Toujours sur le moonwalk ? a demandé Karl.

— Non. J'essayais de bouger comme Jamiroquai, au ras du sol et tout en souplesse – ce faisant il l'imitait vaguement, on aurait dit un pantin bien pataud – et je me suis pris les pieds dans un vieux slip qui traînait par terre.

Il s'éloigne en leur lançant un sourire, content de l'effet qu'il produit, il croit qu'il les fait rire et c'est un peu le cas, mais ils sourient parce qu'ils sont bien. Fred, pour les millions, pour Carole et ce « Ah c'est vous » qui l'enchante. Karl, parce qu'ils sont à Bordeaux ce soir, qu'ils n'ont pas bougé pour on ne sait où, parce que Fred a dit comme lui, on reste, on est là, il est content pour ça. Il est avec son pote. Il sourit pour ça.

*

Ça s'est rempli petit à petit, les tables ont progressivement vu des verres multicolores se poser sur elles, de toutes les tailles, des petits vidés d'un trait par des jeunes en colère et rigolards, des grands aux formes élégantes, tout en dégradés, dégustés à la paille par des filles en petites robes, des pichets çà et là, pleins de bière fraîche formant des gouttelettes sur les parois de verre, les allées et venues ont commencé, quelques regards échangés, un mot saisi au vol à la banquette voisine et la discussion qui s'engage, des sourires, des charmeurs et des vaines tentatives, de l'humour, de la joie. Ils étaient toujours au comptoir, il faisait bientôt nuit, ils avaient repris une pinte, puis une autre. La musique était à présent forte, ils parlaient dans le brouhaha général. Le serveur volait d'une commande à l'autre, ils le regardaient faire, il draguait en masse, à l'aveugle, servait vite et encaissait, sa tête et ses bras s'agitaient, puis il se faisait soudain tendre, droit dans les yeux d'une fille en lui rendant sa monnaie, parfois même devant son mec, il s'en foutait, passait au client suivant dans l'allégresse, comme un poisson dans l'eau. Les Cadrans s'embrasaient. Qu'aurait ressenti Karl s'il avait su que c'était la dernière soirée que Fred et lui passaient ensemble, qu'ils vivaient leurs dernières heures de connivence, que tout allait se briser net, dans une ou deux heures à peine, à cent mètres de là ? Cela aurait-il changé quelque chose ? Peut-être aurait-il tenté de raisonner Fred, peut-être lui aurait-il dit que Carole était loin depuis longtemps. Il n'aurait tenu qu'à elle de venir le rejoindre si elle l'avait souhaité, il vivait dans un songe. Peut-être qu'il lui aurait dit que lui aussi aimait Carole, peut-être que ça lui aurait sauté aux yeux, qu'il aurait trouvé les mots pour le lui avouer, et que le possible bonheur de son pote avec elle le rendrait fou de douleur, et de honte, bien sûr, mais quand même, quelque chose de bien plus fort que tout ça, le sentiment que tout le quitte s'il devenait heureux pour de bon, et lui pas. Peut-être que tout cela lui aurait paru facile à dire en comparaison du drame qui les attendait, dans une heure, juste une heure pour tout se dire avant que tout périsse. Personne n'en sait rien. Tellement de chansons parlent de ça, et tant de livres aussi. Les chanteurs le crient, disent qu'il faut vivre, que tout peut prendre fin demain, qu'il faut vivre, s'aimer tant qu'on le peut, mais ça ne marche pas comme ça, on vit sans épée de Damoclès, même des voyous comme Karl et Fred qui ont le sentiment d'avancer dans l'instant, sur un fil, même des gars comme eux ne vivent pas autrement. On fait des plans, on se projette. On est certain qu'on vivra encore un peu, peut-être moins que la moyenne mais on sera encore en vie dans huit jours, c'est certain. Karl n'a rien dit à Fred de ses tourments pendant qu'ils buvaient leur belle pinte au milieu de ce grand bar. Ça n'aurait sans doute rien changé. Il l'aurait regardé sans comprendre, tout était évident pour lui depuis le matin même. Se doutait-il que Karl aimait Carole aussi, comme lui, de la même façon que lui, et qu'il ne s'était consolé de la voir partir dans ses bras qu'en se disant qu'elle était encore là, tout près, presque encore dans les siens ? Ce soir-là, Karl a envié une chose à Fred, dont il s'est souvenu souvent par la suite, au moins une, eux qui étaient pourtant si semblables : Fred avait confiance. Pas dans la vie, pas dans leurs arnaques, ni même en lui, non. Ce soir-là, Fred avait confiance en l'amour. Fred était certain des pieds à la tête que Carole le verrait revenir comme un miracle et que tout reprendrait. Peu importe que ça ait eu du sens ou pas, peu importe qu'il fût ou non aveugle, ou fou, ou débile. Il a eu cette certitude. Il a été certain, complètement, d'être deux, d'être aimé. Il a connu ça. Karl, jamais.

*

Le barman a changé de disque, et pendant qu'il en engageait un nouveau dans la platine, il leur a lancé un grand sourire, comme s'ils avaient été amis.

— Gingembre ou framboise ? a-t-il crié.

Ils l'ont regardé sans comprendre, la musique a démarré, provoquant quelques cris de bonheur à une table derrière, une fille s'est levée et s'est mise à danser, bientôt suivie d'une autre, et d'un gars un peu plus loin que le besoin de se dépenser saisissait. C'était *Deee-Lite*, leur morceau le plus connu, il avait été repris dans une émission quelques années plus tôt, et c'était fait pour ça, pour danser, pour être léger, pour se trouver beau les uns les autres, ça remuait déjà la tête.

— Du rhum, a-t-il précisé en se penchant vers eux, en mimant le verre avalé d'un trait.

— Gingembre, a rugi Fred.

Karl a acquiescé, épaté qu'on leur offre un verre dans un bar comme celui-là. Visiblement, leurs têtes ici ne dérangeaient personne et ça l'étonnait, c'était rare. Peut-être que s'il avait su que Fred allait mourir dans quelques minutes, il aurait réalisé qu'on ne se sent bien parmi les autres que quand on est bien avec soi-même, ce qui devait être le cas ce soir-là, ce genre de phrase à la con, peut-être qu'il l'aurait serré dans ses bras en le remerciant d'être là, et en vie, peut-être l'aurait-il retenu par la manche pour qu'il n'aille pas danser. Peut-être aurait-il tenté de le convaincre de rebrousser chemin.

Le barman a posé deux petits verres devant eux, et a sorti de ses frigos une bouteille en verre blanc, remplie d'un liquide jaune pâle, qui s'est aussitôt couverte de buée. Il l'a penchée, ils ont regardé la mixture sortir du bec verseur chromé, jusqu'au bord du petit verre, suivi d'un « Santé ! », à la suite duquel il a rangé sa bouteille et a couru vers d'autres gars au comptoir. Ils ont pris les deux verres en main, ils ont trinqué en essayant de ne pas trembler, de ne pas déborder, et ils ont bu ça cul sec, c'était fort et frais, délicieux, comme un coup de fusil qui réveille sans faire aucune victime, le temps de claquer le verre sur le comptoir et Fred était debout, électrisé. Le barman a rigolé, et Fred fait un pas de côté, puis un autre, en rythme, hilare et à la fois convaincu que la chose est sérieuse. Il en fait un autre, plus petit, revient sur ses pas, se concentre, se laisse enrober, puis s'écarte, ses bras qui caressent l'air, son visage qui change, s'évade, et son corps qui palpite.

Il y a ça. Il y a Fred qui danse, qui envahit mais se laisse absorber, qui remet tout en jeu, qui échange tout, absolument tout, avec le reste du monde. Karl le regarde, il le voit encore, l'image est là pour toujours. Fred surfe en arrière, il a un sourire incroyable, on a l'impression qu'il vole, il ondule, et reprend d'un coup corps, se raidit, comme un rappel, une piqûre au creux des reins, valse et swingue, presque en apesanteur. Une fille le voit faire, bouge la tête à son rythme et l'encourage, il reçoit, monte en puissance, lève les bras vers le ciel et les fait tourner comme des hélices en balançant ses hanches, plusieurs clients du bar le regardent, s'arrêtent dans ce qu'ils font, quelques-uns dansent aussi çà et là, et Karl est émerveillé, Fred est superbe. Il l'aime. Ça, ça reste. Fred qui danse, qui s'anime et qui jouit, au milieu des cadrans qui donnent l'heure tandis que le temps s'arrête comme un coup de feu qui claque : Fred qui hurle en bondissant, les yeux écarquillés sur la vitrine du bar et la Supercinq qui bouge, sort de sa place, Karl saute du tabouret, ils courent comme des rugbymen en bousculant tout le monde, les gens s'écartent sans comprendre et cessent de danser quand ils les voient se ruer dehors, le petit moteur hurle quand ils arrivent et les pneus crissent, ils courent comme des dératés dans les gaz d'échappement, ils la voient partir en zigzag au milieu de la rue, le mec n'a pas allumé ses phares, il fonce et eux aussi, ils courent et Fred hurle. Il est devant, Karl juste après, ils croisent un groupe de jeunes qui se collent au mur d'une boutique, l'air terrorisés. L'écart se creuse, elle fonce. Sûr que le gars les voit dans son rétroviseur, ou les entend, sûr qu'il entend Fred hurler sa rage, ils peuvent l'avoir, ils peuvent se ruer sur une voiture et sortir son chauffeur de force, lui prendre ses clés, foncer, rattraper la Supercinq, ils peuvent mais il n'y a qu'eux et leur trésor qui s'enfuit tous feux éteints dans la lumière des réverbères. La rue est étroite et donne au bout sur un boulevard, ils courent droit vers lui, la petite voiture blanche encore en ligne de mire mais elle disparaîtra bientôt, elle va tourner, rejoindre le maigre flot nocturne, elle roule vite et frôle celles qui sont garées de part et d'autre, au bout il y a un feu, il est rouge mais le gars ne ralentit pas, il est déjà à cent mètres d'eux au moins, il s'enfuit, part avec tout sans savoir ce qu'il transporte, ils le voient freiner, Fred reprend d'un coup des forces et Karl avec, ils serrent les dents mais il grille le feu rouge, traverse la grande avenue, un klaxon retentit, il traverse et disparaît en face, mais Fred, lui, ne freine pas. Il a les yeux rivés sur l'arrière de la Supercinq, Karl sait déjà qu'il est trop tard mais ils courent encore et Fred refuse d'abandonner, il fonce en travers du boulevard, à bout de souffle, et ne voit certainement qu'au dernier moment la voiture qui le percute de plein fouet.

*

Le bruit a été énorme, le choc du corps de Fred contre la carrosserie, puis contre le bitume, démantibulé, projeté à plus de dix mètres, et les freins qui ont hurlé, la voiture en travers du boulevard, qui s'immobilise, une déflagration, une violence incroyable et soudaine puis un silence de plomb. D'un coup, plus un mouvement. Karl reste tétanisé, la conductrice aussi, les mains crispées sur son volant, les yeux exorbités derrière son pare-brise. Quelqu'un s'est arrêté, s'est mis en warning. Un autre en face a ralenti, puis a stoppé aussi, a allumé ses feux de détresse, est sorti timidement. Derrière, deux personnes ont crié au moment du choc et se sont approchées, livides. Ils sont allés voir la jeune femme raidie sur son siège, et Karl a marché vers Fred sans y croire, tout doucement. Il était sur le dos, du sang se répandait sous son crâne et Karl s'est mis à pleurer en se baissant vers lui, il a balbutié son prénom, Fred le regardait. Il souriait comme le petit gamin de huit ans qui l'avait accosté dans la cour de l'école le premier jour, il n'a pas fait le moindre mouvement, il n'avait pas l'air de souffrir, et Karl pleurait sur tout ça, sur lui, il voulait le sauver, lui dire, l'aimer, Fred lui a souri plus encore et ses lèvres ont bougé, Karl s'est rapproché de lui, sa main a frôlé son épaule, maladroit, mort de peur, il n'a pas parlé de Carole, ni du trésor, il a juste dit :

— Cimard, je l'ai bien baisé.

Il avait son sourire de chercheur d'or, ses yeux de sale gamin qui préférera toujours la nuit au jour, et faire rigoler les filles plutôt qu'apprendre en classe. Karl a souri avec lui en tremblant plus encore. La Supercinq devait être loin. Quelques badauds s'approchaient. La conductrice est sortie, elle pleurait en tremblant, un type lui a dit de ne pas aller voir, qu'elle n'y était pour rien, il avait tout vu, un autre parlait aussi. Une sirène grossissait vers eux, une ambulance ou les flics, ils seraient bientôt cernés. Karl s'est passé la main sur le visage pour tenter d'enlever les larmes qui coulaient sur ses joues, il a frotté ses paupières et son front à la fois et quand il a rouvert les yeux, Fred avait fermé les siens, il a sursauté, à genoux devant lui, a collé son front à celui de son unique ami en lui serrant les épaules. Fred était là, dans une auréole de sang qui finissait de se répandre, et Karl était seul pour toujours.

Deuxième partie

Nino

I

— *You don't have to disappear, you just have to love and live !*

Le public hurle dans la nuit tombante, Nino à genoux, torse nu et en sueur, micro dans la main droite et la gauche tendue vers le ciel, enveloppé, enroulé, complètement cerné par la basse implacable, la batterie contre ses tempes, les deux guitares qui s'agacent, l'une en pleine mélodie, l'autre qui file on ne sait où, l'orgue en balade, comme hors du temps, et puis les cuivres en masse, le trombone, le saxophone, la trompette, qui lui envoient à lui et au public des coups de poing d'une tendresse envoûtante.

— *You just have to live and love !*

Et lui, Nino, Nino Face, meneur de revue terrassé, les cheveux orange dans la lumière des spots, un petit mètre soixante-dix de nerf et d'amour, les veines saillantes et le torse en feu, vingt-huit ans d'énergie, soixante kilos de chair et de sang, de désir et de rythme, et deux kilos d'eau en moins par concert ruisselant sur sa peau blanche couverte de taches de rousseur, un diable bondissant, une boule de feu qui hurle comme si c'était son dernier souffle, et sa poitrine se soulève dans la clameur du public, comme une énorme vague qui leur arrive depuis le fond du parc, grossissant jusqu'à la scène pour les submerger tout entiers, il compte en silence dans sa tête et son corps, les autres aussi, ensemble, et tout s'abat d'un coup dans les bras du batteur, le choc final qui marque la fin du match.

Il crie « Merci, bonsoir ! », il le répète deux fois, et le silence se fait sur scène comme un couperet qui tombe, et la vague repart dans l'autre sens, comme un raz de marée qui enfle et s'égare, comme si la terre tremblait, une monumentale rumeur qui monte de toutes parts, une ovation fabuleuse, les gens se lèvent, tous, jusqu'au dernier rang, tous ceux qui s'étaient assis çà et là dans l'herbe en buvant des bières ou en fumant des joints, tous ont les bras en l'air, les projecteurs éclairant le parc s'allument et le public devient dingue, chauffé à blanc.

Nino tourne la tête vers les autres membres du groupe, ils se regardent les uns les autres, Pedro fixe la foule, les mains serrées sur ses baguettes, comme s'il était en train de se faire photographier par les flics, le numéro autour du cou, on dirait qu'il va se battre, sa batterie comme une arme. Stefan 1 et Stefan 2 serrent leurs guitares contre eux, ils ont le sourire, impressionnés, ils se regardent de part et d'autre de la scène comme des garçons timides. Entre eux, Dan à la basse, et Marcel, cerné de claviers, observent la foule et reçoivent ces cris, exténués et ravis. Les cuivres continuent de se balancer, Pento et Sandra tiennent leur saxophone et trombone à bout de bras, offerts au public des pieds à la tête. Sandra fait un clin d'œil à Nino. Seul Jérémy semble s'en foutre totalement, ou bien n'a-t-il même pas remarqué que plus de cent mille personnes les acclament, il est penché sur son téléphone, sans doute en train de répondre à un SMS. En coulisse, Nino voit Mayerling, les mains croisées devant lui, dans son costume de prince, sa chevelure blanche luisant dans la nuit, la rose à la boutonnière, qui le toise, un imperceptible sourire au coin des lèvres. Nino lui ouvre grand ses bras de loin. Il se recule aussitôt d'un centimètre à peine. Et puis il lui fait un signe de tête, un mélange de respect, de douceur, comme une pause minuscule, avant de décroiser ses mains pour faire signe à Nino qu'il en faut une dernière, que le public est à vif, qu'il faut l'achever, le coup de grâce, sous les étoiles de Glastonbury.

Pedro frappe un coup sur la caisse claire, ça fend la nuit, la foule hurle. Puis un second. Les cris redoublent. Marcel enfonce une touche de son piano, au hasard, et Sandra presse ses lèvres contre l'embouchure du trombone, et souffle, le bruit monte, elle tient la note, le stade entier vibre avec elle, la terre entière sent gronder l'orage et Nino avec, qui crie un sec et gros « han ! ». Stefan 1 et 2 enchaînent, partant chacun dans un sens. Ils font toujours ça, c'est un truc de Mayerling, il adore, commencer le dernier morceau dans une immense cacophonie, un foutoir sans queue ni tête et obscur, chacun dans son coin faisant n'importe quoi durant plusieurs minutes, parfois Nino chante les yeux fermés en improvisant des paroles, ça donne des choses surréalistes, ça part comme ça vient, il ne se rappelle la plupart du temps pas quels mots il a prononcés quand il ouvre soudain les yeux, tous réveillés par les coups que Pedro donne sur sa caisse claire : le silence s'impose en une seconde et, trois coups clairs plus tard, le groupe est en ordre de bataille, Nino dit *Sunny* en traînant sur le « i » final et le public s'enflamme, il arrose le ciel, *yesterday my life was filled with rain*, c'est la batterie et l'orgue, et la basse qui s'immisce, *you smiled at me and really eased the pain*, ça plane un peu comme ça, la scène comme un tapis volant sensuel, comme une ombre qui plane, et ça cogne d'un coup, il pousse un cri brutal, et la bagarre se lance. Ils font une version de *Sunny* à la James Brown, il l'a chantée en 71 à l'Olympia et Nino a vu la vidéo mille fois, il continue de croire qu'ils ne lui arrivent pas à la cheville mais Mayerling lui jure qu'il a tort d'un bout à l'autre et quand Mayerling parle, il l'écoute, et danse et chante et crie et aime, le groupe au cordeau pour le bouquet final. On dit qu'ils sont le plus grand groupe de rock depuis des décennies et ça aussi, Nino a du mal à y croire. Des choses incroyables ont été écrites dans toutes sortes de magazines et sur Internet, il paraît que Jamiroquai les déteste, que Steevie Wonder et Bono les admirent, et que la planète les aime, Nino n'en sait rien et il s'accroche à ses doutes comme à une bouée de sauvetage pour ne pas devenir fou, mais cent mille personnes leur crient de continuer, vibrent et dansent, et vraiment, vraiment, parfois, il est sur le point d'exploser tellement tout ça lui semble dingue, tellement tout ça va bientôt l'engloutir, et le noyer. Chacun a une vision différente et déformée de ce qui leur arrive depuis un an, depuis la sortie de leur album, que Billboard a classé dans son top cent dès la première semaine, disant de Light Green qu'ils sont *la preuve vivante qu'il reste des choses à dire, à jouer, et donc, à vivre.* Mayerling les couve, sans jamais la moindre goutte de sueur sur ses tempes ; lui, ça ne l'étonne pas. Il est le grand capitaine de ce qu'ils vivent tous comme une odyssée miraculeuse. Tous sauf Jérémy, l'enfant lune de l'équipe. Le corps d'un petit garçon malgré ses vingt et quelques années, des cheveux bouclés, des lunettes rondes et une candeur permanente, une innocence qui semble paradoxalement le préserver de tout ou presque. Par ailleurs, Jérémy joue de la trompette en virtuose, parfois même avec une méchanceté brutale, comme si tout cela ne comptait pas, en prise directe avec son cœur et ses palpitations. Sur *Love Power Peace*, leur premier single, il fait un solo incroyable, qu'il modifie sans y penser à chacun de leurs concerts, et c'est à chaque fois magique, on dirait qu'il vole. Parfois, Nino s'arrête progressivement de danser tant il l'écoute, et finit tourné vers lui, dos au public et sans plus bouger, il le regarde et croit être sur le point de voir des choses apparaître.

Il y a une photo qu'on a beaucoup vue, elle est encore parfois postée sur Internet, en noir et blanc, prise durant leur premier concert, c'était à Paris, à La Cigale, les gens sont debout. On y voit Jérémy durant son solo, il s'est avancé d'un pas, un spot braqué sur lui, il est posé là, léger, les yeux fermés, sa trompette étincelle, ses mains autour, sa bouche gonflée d'air, ses lèvres contre le cuivre. Nino est sur le côté, à deux petits mètres. On devine que l'ambiance est torride aux mouvements du public, les cheveux longs d'une fille volent sur sa droite, une autre a les bras en l'air, on voit le mouvement, la chaleur et les cris, et Nino est complètement immobile. Il le regarde, les jambes fixes, il a les bras le long du corps, il est émerveillé. Cette photo magnifique montre tout le bien que peut lui faire Jérémy quand il joue.

Mais ça n'est pas vraiment pour cette raison que Nino a passé des heures à la regarder d'aussi près, toujours seul et en silence après avoir fermé sa chambre d'hôtel à double tour. Il y a autre chose : parmi le public et les cris qu'on devine, là, juste là, entre l'objectif et la scène, parmi tous ces crânes vus de dos, quelqu'un tourne la tête, et l'on voit son visage. Il ne danse pas, lui, ne sourit pas, on ne sait même pas s'il écoute, ou entend, il est seul au milieu du public. Il a trente ans passés, une tête de dur, et Nino sait que tout ça, ces concerts et cette foule, ces filles et ces passe-droits, cette vie incroyable prendra fin tôt ou tard, même dans la clameur de Glastonbury, tandis qu'il répète *I love you*, sur la fin de *Sunny*, il pense à ce gars dans un coin sous son crâne et cette photo le hante. Il est là. Dans le public, droit et dur.

Il y a deux ans, Nino a volé une voiture à ce type. C'était une Supercinq blanche, c'était à Bordeaux. Il s'appelle Karl Avanzato. À l'arrière, dans un petit sac en cuir brun, il y avait deux millions d'euros.

II

À l'époque, Nino habitait un deux-pièces miteux à la sortie de Calais depuis quelques mois. Il était arrivé là par dépit mais, même s'il avait du mal à se l'avouer, pas vraiment par hasard. Depuis qu'il avait arrêté la fac d'anglais six ans plus tôt, sans autre diplôme que celui de meilleur danseur lors des soirées étudiantes, il n'avait véritablement rien fait de bon, lui dont on disait pourtant qu'il était un chanteur-né. Il avait au départ enchaîné les boulots sans saveur, donnant toute son énergie le soir dans des répétitions souvent foireuses au sein d'une multitude de groupes. Pas grave. Il cherchait, faisait des rencontres, un pianiste aérien un jour, un bassiste diabolique un autre, s'intégrant à différentes formations plus ou moins stables, et puis surtout, il chantait. Sûr qu'un jour, ça déboucherait sur quelque chose. Il avait au départ eu des rêves démesurés, des salles surchauffées, des stades enflammés, sa tête en couverture de magazines et bras dessus bras dessous avec Prince le long d'une piscine rose. Au départ, il imaginait finalement de manière très précise ce qui lui est arrivé par la suite, Mayerling et tout le reste. Mais pour l'heure, il fallait bien se rendre à l'évidence : le chanteur-né vivait à Calais dans une HLM grise et livrait des pizzas sur un scooter à des familles se pâmant devant La Nouvelle Star. À mesure que le temps passait, les champs se réduisaient et les espoirs s'amenuisaient. Il avait envoyé des maquettes à plusieurs maisons de disques, a cappella ou bien accompagné, et n'avait jamais eu le moindre retour. Quant au casting de La Nouvelle Star, il n'avait pas osé le passer.

Quand il avait emménagé dans cet immeuble jauni par les gaz d'échappement dans lequel plus aucune sonnette ou presque ne fonctionnait, il était au niveau auquel il pensait désormais devoir stagner jusqu'à la fin, le point culminant de sa carrière : il animait un karaoké dans un bar près du terminal d'embarquement des ferry-boats. Après six ans d'errance professionnelle et financière, Nino Face avait un contrat à durée indéterminée, un salaire et parfois des pourboires, et un micro devant lui. Il avait aussi une chemise en soie mauve brodée *Le Paradiso,* qui s'harmonisait à merveille avec sa chevelure orange, une collègue plus large que lui qui lui faisait les yeux doux tandis qu'elle servait les verres, et, chaque soir, une cinquantaine d'Anglais ivres morts qui massacraient à tour de rôle, et parfois à plusieurs, les tubes de leur jeunesse, se déhanchant sur *Hotel California*, criant leur joie de vivre sur Tom Jones, leur révolte sur U2, et recommandant des pintes sur les Pogues. Ils vomissaient la plupart du temps en hurlant un dernier Rolling Stones avant d'embarquer. Le ferry quittait le port tandis que Nino passait la serpillière.

Il rentrait ensuite vers son deux-pièces, et se disait que ça n'allait pas si mal. Il traversait la ville endormie sur une Vespa rose, vêtu d'un blouson en daim tout droit sorti d'un vieux film, un casque sans visière à rayures jaunes et noires, et parfois, fumait une cigarette en roulant le long de la mer, traversant les halos des réverbères. La photo devait avoir de la gueule. Chez lui, il allumait la lampe d'ambiance achetée lors d'une brocante, les formes orange se tordaient dans l'aluminium, il ouvrait son frigo recouvert de papier collant argenté, on aurait dit un bus américain tout en alu, se décapsulait une bière qu'il buvait au goulot, fenêtre ouverte, sous l'œil de Sly Stone grandeur nature punaisé au mur. L'épaisseur des cloisons lui interdisait de mettre un disque pour se laver les oreilles, impossible, il entendait le voisin de droite pisser au milieu de la nuit, celui de gauche tourner les pages de son journal au petit déjeuner, celui du dessous appuyer sur les touches de son téléphone quand il envoyait un SMS, et celui du dessus murmurer à l'oreille de sa femme qu'on était samedi soir. Sûr qu'ils l'entendaient tous décapsuler sa deuxième bière en soupirant. De temps en temps, Nino vivait son heure de gloire au sein de *Fabuleux Voyage,* le groupe de référence dans la région en matière d'animation de mariage-départ en retraite-anniversaire ou toute autre fête. Huit musiciens, trois chanteuses, un fourgon, et un répertoire allant de Piaf à Lady Gaga. Quand le budget le permettait, *Fabuleux Voyage* embauchait un collègue supplémentaire, un accordéoniste ou un magicien, et parfois lui. Parfois, ils l'invitaient en star américaine à chanter quelques tubes de soul, à genoux sur *Midnight Hour*, en larmes sur *The Dock of the Bay*, en pantalon moulant sur *Sex Machine*. Durant quelques instants, il y était. Il chantait.

Pour tout le reste, il suffisait de fermer les yeux.

Il habitait au quatrième. Plus bas, il y avait ce mec, il l'avait vu le jour même de son emménagement, il l'avait trouvé en train de regarder sa Vespa à l'arrière de la camionnette qu'on lui avait prêtée, il lui avait posé plusieurs questions, il avait l'air de s'y connaître en mécanique. La tête cabossée comme la plupart des types qu'on croisait dans le quartier, une espèce de tatouage bleuté à la jonction du pouce et de l'index, et des épaules de lutteur. C'était en plein mois de novembre et il portait un petit pull de rien, une force de la nature. Avant de partir – il avait *des trucs à faire* – il lui avait dit que s'il avait besoin d'un coup de main pour changer la chaîne ou régler le carburateur, il n'avait qu'à sonner chez lui.

— Je m'appelle Karl, je suis au deuxième.

Nino l'avait regardé s'éloigner vers une grosse voiture au volant de laquelle l'attendait un gars dans le même style, une tête de taulard. Ils étaient partis au pas, Nino avait compris que ce Karl parlait de lui et sa Vespa quand l'autre avait tourné les yeux dans sa direction avant de disparaître au coin du parking. En passant sur le palier du deuxième, il avait vu quatre portes, dont une comportait par miracle une sonnette en état de marche, intacte, quasi neuve. Dessus, il y avait un nom, qu'il s'était penché pour voir, *Karl Avanzato*. Nino avait deviné tout de suite que cet Avanzato n'était ni notaire ni pharmacien, ni même mécano. Il avait senti tout de suite qu'il valait certainement mieux s'en faire un copain plutôt que l'inverse, peut-être même s'en méfier un peu. Il n'avait en revanche pas deviné que c'était aussi un gars sur lequel il pourrait compter, bientôt, une nuit de pleine lune sur les quais. Il n'avait pas non plus deviné que cet Avanzato l'entraînerait un matin dans une de ses histoires et que, quelques années plus tard, rock star internationale, il achèterait un flingue un soir, dans une ruelle du sud de Londres.

III

Nino Face venait alors de décrocher son contrat au Paradiso, grâce auquel il avait dans la foulée pu quitter la chambre de bonne au sixième qu'il occupait dans le centre, et prendre cet appartement. D'une certaine façon, il accédait enfin à ce après quoi il courait depuis qu'il avait arrêté la fac, l'indépendance, ni à l'usine ni derrière un bureau, de la musique autour de lui. D'une autre façon, beaucoup plus évidente et sombre, Nino avait parfois le sentiment d'arriver au terme de ce qu'il appelait sa *conquête du show-biz*, le sentiment vague et pourtant bien présent que ce tableau de misère serait le plus brillant de sa vie d'artiste. Ça ne l'empêchait pas de sourire, de danser, de voir la lumière quand elle se profilait, parfois même de ramener une fille et de la trouver encore belle au réveil, d'enregistrer quelques démos, puis de moins en moins, et de s'accrocher au micro comme si sa vie en dépendait lors de ses interventions dans *Fabuleux Voyage*. Nino attendait, sans savoir exactement quoi.

Il voyait Karl Avanzato çà et là, le croisait dans l'escalier, parfois en pleine nuit, parfois en ville, à n'importe quelle heure et presque toujours accompagné de son pote. Ils se ressemblaient. Ils passaient des heures à la terrasse du bar-tabac au bout de la rue, toujours l'air sérieux et solides, comme s'ils avaient attendu quelque chose ou quelqu'un, comme s'ils avaient été en train de mettre au point une combine. Exactement le genre de type dont Nino pensait aussitôt qu'ils avaient des vies minuscules et vivaient d'arnaques enfantines, mais qui l'impressionnaient au premier regard, et encore au second. Karl Avanzato lui disait toujours bonjour d'un signe de tête, la plupart du temps sans un sourire ni même un mot, l'autre aussi, et Nino prenait ce hochement comme une marque de respect, sûr que ces deux balèzes ne saluaient pas tous les gars qu'ils croisaient. Un soir, tandis qu'il tentait de motiver la maigre assistance à venir s'époumoner sur *London Calling* ou *We Are the Champions*, il les avait vus tous les deux pousser la porte du Paradiso et s'installer au bar. Ils avaient pris une pinte et avaient regardé autour en trinquant, ils l'avaient distingué dans le fond, drapé dans sa soie mauve, ses dents lumineuses dans la lumière noire. Ils avaient froncé les sourcils, mis leurs mains en visière, et l'avaient reconnu, ils lui avaient même souri. Nino leur avait fait signe de s'approcher, de venir chanter quelque chose, ils avaient décliné de loin, ça ne l'avait pas surpris. Il avait continué à distribuer ses papiers à remplir, prénom et morceau, avait montré le catalogue des chansons disponibles à plusieurs personnes, sans succès. Au bar, les gars avaient pris une deuxième pinte. Nino était retourné à son poste d'observation et s'était fait un petit plaisir comme ça lui arrivait parfois dans les gros creux comme ça : il avait mis la bande de *Get Up Offa That Thing*, de James Brown, et avait chanté les yeux grands ouverts en tenant sa console à deux mains, il adorait ce morceau, à la limite du disco mais en plein funk, il le chantait tout en tension comme s'il allait se passer quelque chose de grave ou fabuleux, pour lui tout seul et pour dire à tout le monde un gros « Fuck, je vous emmerde », et personne ne s'en rendait jamais compte, au contraire, les clients finissaient à coup sûr debout en applaudissant. Dans sa cervelle, ça palpitait. Ce soir-là, tandis qu'il criait la mélodie plutôt que de s'ouvrir les veines, il avait vu les deux costauds s'arrêter de parler, et tourner de grands yeux vers lui. Karl Avanzato avait remué la tête en rythme, un sourire en travers du visage, et l'autre était doucement descendu de son tabouret, et s'était mis à danser avec calme et ferveur, Nino avait rigolé sous son crâne et avait vite arrêté, en constatant qu'il dansait bien, très bien, qu'il n'était ni saoul ni ridicule, tout du moins pas plus que lui derrière ce micro flexible.

Le lendemain, il était passé devant eux en terrasse du bar-tabac, ils lui avaient d'autorité offert une chaise, et payé un café, lui disant vingt fois bravo pour sa performance de la veille au soir. Il avait retourné le compliment au danseur, qui du coup s'était présenté : il s'appelait Fred.

Dans les mois qui ont suivi, Karl Avanzato et Fred lui ont rendu visite au Paradiso de manière épisodique, mais toujours dans le but qu'il leur interprète quelque chose. Quand ils entraient, il les voyait plisser les yeux vers le fond pour vérifier qu'il était là, puis ils s'installaient au comptoir et commandaient. Peu importait le nombre de candidats au micro, arrivait toujours un moment où l'un des deux se levait pour venir lui demander de se mettre à chanter. Quand c'était impossible, la liste d'attente étant trop fournie, Fred ou Karl insistait sans comprendre. Un soir, Fred avait sorti de sa poche un billet de cinquante euros et le lui avait glissé dans le col de la chemise pour appuyer ses dires. Nino s'était intercalé entre deux ivrognes et avait chanté *My Girl.* Fred était resté là face à lui, Nino avait cru voir ses yeux briller.

Un matin, ça avait tapé à sa porte. Il avait ouvert en slip, Karl Avanzato lui avait tendu un carton de pièces détachées pour sa Vespa, sorti d'on ne sait où, c'était un cadeau. Une autre fois, il lui avait déposé un sac contenant au moins trois cents CD sur son paillasson. Même chose, un cadeau. Sauf que tous les CD avaient déjà été écoutés, cela se voyait, les emballages rayés çà et là, les livrets écornés. Il avait tout gardé quand même, il n'y avait de toute façon rien d'autre à faire, et n'avait pas osé demander où ils avaient déniché ça, quelle serrure ils avaient bien pu forcer.

Et puis un soir, Karl Avanzato et Fred étaient apparus comme par miracle, comme des sauveurs. Il rentrait du Paradiso, roulant le long de la plage, et avait fait une pause pour s'allumer une cigarette, celle qu'il fumait en roulant, en trouvant soudain la vie chouette, seul dans la nuit. En redémarrant, les phares d'une voiture avaient brillé dans ses rétroviseurs, elle arrivait en trombe mais avait freiné fort à proximité de son petit deux roues qui pétaradait dans le silence et le bruit des vagues. Elle s'était mise à sa vitesse, s'était approchée tout près, il avait tourné la poignée à fond mais ne dépassait de toute façon pas les 70 km/h, ça ne servait à rien. Ce faisant, Nino avait entendu des voix lui crier d'aller plus vite, les voix de types déchaînés par l'alcool qui l'insultaient déjà. La ligne droite faisait au moins cinq kilomètres, le temps de le faire valser cent fois, il s'était cramponné au guidon en priant pour qu'ils se lassent et dégagent. La voiture s'était bientôt mise à sa gauche, des têtes penchées vers lui, quatre mecs en sueur, toutes vitres baissées, la voiture zigzaguant, le frôlant chaque fois d'un peu plus près. Le chauffeur débrayait en accélérant dans le vide comme un dément, ils hurlaient en même temps, le traitaient de pédé, de tout un tas de choses, et criaient qu'ils allaient l'éclater, lui hurlaient de dégager, voyant bien qu'il était totalement bloqué.

Et puis l'aile avant droite s'était approchée plus près encore d'un coup trop vif et l'avait touché, son scooter avait vibré tout entier en prenant de la vitesse sur lui-même et Nino avait perdu tout contrôle, percuté le trottoir et fait un vol plané de plusieurs mètres tandis que sa Vespa traversait la route dans une gerbe d'étincelles. La voiture avait pilé, les quatre gars étaient sortis en titubant, laissant les portières ouvertes et le moteur tourner, ils avaient couru vers lui en continuant de le haïr, et les coups avaient commencé sous un torrent d'insultes, il en avait pris partout, recroquevillé sur le bitume, un des gars le tenait par le cou pour lui enlever son casque et Nino avait vu en sens inverse apparaître de nouveaux phares. La voiture était arrivée, et avait pilé d'un coup quand la Vespa était apparue devant elle. Les deux portières s'étaient ouvertes. Karl Avanzato et Fred Abkarian étaient sortis comme des diables de leur boîte. Les quatre gars s'étaient redressés vers ces deux caïds, prêts à leur infliger le même traitement qu'à Nino, un premier s'était avancé en hurlant et Fred lui avait pulvérisé le visage d'un coup de poing incroyable, qui l'avait envoyé s'écraser contre le capot de la voiture, Karl Avanzato explosant l'arcade du deuxième exactement en même temps, en quelques secondes à peine ils avaient ravagé ces quatre connards au milieu de la route déserte avec une science incroyable du gros pain dans la gueule, un carnage propre et net. Ils avaient traîné les quatre mecs sur le bitume et les avaient forcés à se tasser dans le coffre de leur propre voiture, leur balançant encore quelques marrons au passage, et avaient refermé d'un coup d'une violence définitive et inouïe, Nino en avait eu mal partout de douleur et de joie. Et puis ils l'avaient porté jusqu'à leur voiture à eux, une nouvelle, qu'il n'avait encore jamais vue, ils avaient attrapé sa Vespa et l'avaient chargée dans le coffre comme si ç'avait été le vélo d'un gamin, et avaient démarré.

En partant, Nino avait regardé la voiture des dingues auxquels il venait d'avoir affaire, les portières toujours ouvertes en travers de la route, le moteur tournant encore, la caisse bougeait un peu, il avait pensé aux quatre terreurs comprimées comme des sardines à l'arrière et dans le noir, en remerciant ses deux sauveurs.

— On t'emmène à l'hôpital, avait dit Karl Avanzato.

— Tu as un beau casque, avait ajouté Fred en lui jetant un coup d'œil dans le rétroviseur.

IV

Il était ressorti des urgences deux heures plus tard la poitrine bandée, trois côtes cassées, une entorse, et des ecchymoses partout sur le corps. Ils étaient encore là, sur le parking en train de l'attendre, ils l'avaient ramené chez lui. En descendant de leur coffre sa Vespa tout éraflée sur le côté gauche, Karl Avanzato lui avait dit qu'il lui donnerait le numéro d'une de leurs connaissances qui lui referait ça pour le prix de la peinture. Nino n'avait jamais appelé le type, il avait continué de rouler sur son scooter cabossé jusqu'au matin où il avait quitté la ville, en théorie le temps de deux ou trois jours, pour ne finalement y remettre les pieds que deux ans plus tard. Fred les avait laissés là, Karl Avanzato et Nino avaient gravi ensemble les escaliers jusqu'à sa porte, devant laquelle ils s'étaient dit au revoir. Nino n'en finissait pas de le remercier, il répétait qu'ils l'auraient tué, il en tremblait encore, proposait mille et une choses en échange, dîner au restaurant, un concert ensemble, il lui aurait tout donné. Karl Avanzato lui avait seulement serré la main en le regardant droit dans les yeux, et lui avait dit qu'un jour, demain ou dans dix ans, un jour, il lui rendrait un service en retour. Nino avait acquiescé en silence, convaincu, et prêt à tout pour lui renvoyer l'ascenseur tôt ou tard.

Il était retourné au travail en boitant, la lèvre supérieure gonflée comme un ballon, un œil un peu clos, le cahier de chansons du Paradiso pesant soudain des tonnes quand il fallait le tendre aux clients dans la salle. Fred et Karl étaient revenus quelques semaines plus tard et Nino avait insisté pour mettre leurs deux verres sur son compte. Pour la première fois depuis qu'il y travaillait, ce soir-là, il s'était d'un coup senti bien au Paradiso. Il s'était senti en vie. Il les avait regardés boire leur pinte au comptoir tandis qu'un petit rougeaud massacrait *Born in the USA* dans les cris d'encouragement de ses collègues de boisson, et s'était dit que la vie n'était faite que de ça, de hasards et de creux, de bosses et de rencontres. Sans ces deux petites frappes au cou de buffle, il serait sans doute mort, ce fameux soir le long de la plage, il aurait peut-être boité toute sa vie, perdu son souffle pour toujours, ou ses doigts, ou ses yeux. Ils étaient là, ils buvaient un verre, et lui était intact, et tout était soudain limpide, un instant, un court instant, voilà, c'était comme ça, peu importaient tous les calculs, la vie était en vérité plus simple que tout ce que l'on pouvait en dire, il suffisait de vivre, de regarder, d'entendre et, peut-être, d'aimer. Personne ne s'était rendu compte à quel point Nino Face était soudain léger.

Le rougeaud avait reposé le micro en épongeant d'un revers de main la sueur qui lui dégoulinait du front, et était retourné s'asseoir, hilare. Nino avait monté le volume des enceintes, et s'était penché sur sa console : il allait à son tour chanter quelque chose. Certains avaient protesté, le balèze qui attendait son tour était parti aux toilettes en lui lançant un regard noir, et Nino avait dédié le morceau à venir à ses sauveurs, *Those who saved me*, personne n'avait su de qui il parlait, ni de quoi. C'était un peu le brouhaha, même si un vague suspense planait dans la salle, quelques regards froncés vers lui, et ceux de Fred et Karl Avanzato droit dans le sien sans un seul geste. Ses jambes tremblaient sous la console. Il n'avait pas engagé de disque dans la platine, il avait respiré lentement, et le silence s'était progressivement fait, comme si les lumières s'étaient éteintes. Quand il avait été presque complet, il avait pris son souffle et avait ouvert la bouche, sans la moindre idée de ce qu'il allait chanter, cela s'était fait dans l'instant, il avait sauté dans le vide et en douceur, et le premier mot qui lui soit venu était *une*, et le deuxième avait surgi, *petite*, et *fille* aussitôt et la suite avait coulé dans les airs en rythme et en saccade, vite, *une petite fille en pleurs dans une ville en pluie, et moi qui cours après*, quelques cris avaient fusé, des encouragements, des moqueries, deux ou trois sifflets, et les cris du rougeaud qui se lançait dans un nouveau Springsteen a cappella, debout devant sa chaise pour lui faire concurrence, toujours hilare, et aussitôt rappelé à l'ordre par la table voisine, *et moi qui cours après, au milieu de la nuit, mais qu'est-ce que je lui ai fait ?* le ton était monté et le silence s'était imposé, le patron s'était arrêté de servir au comptoir en le regardant, éberlué, Nino n'avait jamais rien chanté sans musique, encore moins en français, *une petite idiote qui me joue la grande scène de la femme délaissée, et qui veut me faire croire qu'elle va se noyer*, il avait chanté le morceau entier sans quasiment reprendre son souffle et ses côtes lui faisaient encore mal et c'était tellement bon, *l'amour, son bel amour, il ne vaut pas bien cher contre un calendrier, le battement de son cœur, la douceur de sa chair, je les ai oubliés*, il ignorait si Karl Avanzato et Fred aimaient Nougaro mais il savait qu'ils écoutaient, qu'ils couraient ensemble après cette fille en larmes sous la pluie, là, pile à ce moment-là, il avait crié la fin, les *je t'aime* en cadence, et tous les clients du Paradiso s'étaient levés pour applaudir quand le morceau avait pris fin. Il s'était fait tout petit derrière sa console.

Le chanteur éconduit de tout à l'heure était ressorti des WC et était venu vers lui dans les derniers claps, avait pris le micro comme si ç'avait été le sien, et lui avait signifié l'impatience qu'il avait de tout donner sur *Stairway to Heaven.* Nino avait engagé le disque dans la platine, et la mise à mort avait démarré sous les sifflets des clients. Au comptoir, les deux costauds avaient laissé un billet sous leurs verres vides, refusant qu'il les leur offre. Avant de sortir, ils lui avaient fait un signe de la main.

Il n'était pas repassé par les quais le long de la plage depuis son agression, il faisait un long détour par le centre pour revenir chez lui. Ce soir-là, en sortant, il avait repris le chemin de la digue et ça lui avait semblé naturel, et tout simple. À l'endroit où les coups avaient plu quelques semaines plus tôt, il s'était arrêté, et s'était allumé une cigarette en prenant son temps, le sourire aux lèvres. Il l'avait fumée en entier. On voyait les étoiles.

V

Les mois ont passé sans que Karl Avanzato et Fred ne lui demandent quoi que ce soit, sans qu'ils soient plus proches qu'avant ni plus distants, sans que rien non plus ne change dans le quotidien de chanteur-né de Nino Face. Depuis son Nougaro a cappella, le patron le regardait juste avec un petit peu plus de respect. Parfois, il lui offrait même un verre quand la soirée tournait fort. *Fabuleux Voyage* l'appelait épisodiquement pour jouer les stars américaines, sa collègue au physique de camionneur avait démissionné pour aller travailler au bowling, elle était dans la cage où se louaient les godasses, le patron l'avait remplacée par une petite brune aux bras tatoués qui rendait les Anglais dingues, et qui le rendait dingue aussi, lui, Nino, une ou deux nuits par semaine. Elle s'appelait Laurie.

Tout aurait pu continuer longtemps comme ça. La routine l'enveloppait, qui formait une manière de barrage autour de lui, et qui filtrait à peu près tout. Il avait alors vingt-six ans, quelques admirateurs au Paradiso, qui ne lui faisait plus l'effet d'être un bar à bière tiède et aux tables poisseuses mais d'être désormais un endroit pas si mal puisqu'il y gagnait sa vie. Le papier métallisé se décollait progressivement de son frigo sans qu'il s'en rende vraiment compte, sa Vespa rouillait sur le flanc gauche au milieu des éraflures, il n'avait plus découvert aucun disque depuis plusieurs mois, bien au chaud dans les siens. Nino Face continuait à sourire, il s'était simplement peu à peu endormi.

Tout ça jusqu'au matin où Karl Avanzato l'a réveillé en cognant contre sa porte. Il a entendu les bruits sourds depuis son lit, Laurie était là, elle s'est tournée sous la couette en maugréant tandis qu'il se levait. Il a mis un slip et est allé ouvrir, il pensait au facteur. Karl Avanzato a dit « J'ai besoin de toi » en s'invitant chez lui. Nino émergeait de quelques heures de sommeil, plissant les yeux pour essayer de comprendre. Avanzato lui demandait de voler une voiture. Il était onze heures.

— Tu as le permis ? a-t-il demandé comme si la réponse était évidente.

Nino a bredouillé un « oui » sans comprendre, Avanzato a fait un geste définitif de la main pour entériner l'accord qu'il venait de passer tout seul, et l'a regardé pour mettre un terme à la discussion qui allait démarrer.

— Tu me dois un service.

Nino a aussitôt baissé les yeux.

— Et puis c'est un faux vol, a-t-il ajouté en sortant deux trousseaux de sa poche. J'ai la clé, c'est ma voiture. Enfin, celle de ma mère.

Nino l'a regardé, les parois de l'immeuble et les sons qui se propageaient comme des ouragans, Laurie dans la pièce d'à côté qui devait tout entendre, il est parti dans la cuisine, en sachant déjà qu'il ne pourrait pas reculer, Avanzato qui le suivait. Il s'est appuyé contre l'évier pour qu'il lui explique ce qu'il avait à faire, il l'a écouté sans rien comprendre, il a même cru qu'il mélangeait tout : le premier trousseau était celui d'une vieille BMW garée en bas depuis la veille, au volant de laquelle il allait devoir prendre la route, pour suivre une Supercinq blanche, dont il aurait également la clé, mais surtout, à bord de laquelle Karl et Fred se trouveraient. Il fallait les suivre. Voilà. Il fallait les suivre, de loin, de très loin, même, sans jamais les perdre.

— Et pas un mot à Fred, il n'est au courant de rien.

Au signal d'Avanzato, il ne savait pas encore ni quand ni où, mais à son signal, il lui faudrait se faufiler jusqu'à la Supercinq, l'ouvrir en douce, grimper à bord et démarrer en trombe, foncer, disparaître. Puis se planquer dans un coin en attendant son appel. Voilà.

Nino était perdu, tentait de le faire répéter plus lentement et à voix basse, de trouver le sens de tout ça, le pourquoi, mais Karl a tranché net :

— Donne-moi ton numéro.

Il a sorti son téléphone et a attendu que Nino le lui dicte, il l'a enregistré dans son répertoire et l'a appelé aussitôt, la sonnerie a retenti dans la chambre, bientôt suivie d'un cri de rage de Laurie qu'on réveillait pour la deuxième fois. Nino a couru chercher son portable pour l'éteindre, elle l'a regardé d'un œil noir, il a adoré, et est revenu dans la cuisine, remettant d'un coup les deux pieds sur terre : Karl Avanzato le regardait droit dans les yeux.

— Tu as mon numéro aussi, maintenant. Mais sauf urgence, c'est moi qui t'appelle. Prépare-toi. On part dans une heure, je t'envoie un SMS pour te prévenir.

Nino a voulu le retenir, le faire répéter, tenter de

se défiler mais Avanzato s'est tourné d'un mouvement sans appel :

— Tu as très bien compris. Tiens-toi prêt. Bonjour, mademoiselle, a-t-il ajouté avant de disparaître.

Derrière Nino, Laurie se tenait nue dans l'encadrement de la porte de la chambre, les cheveux en bataille, des mots durs plein la bouche. Il a levé un bras avant qu'elle parle, elle a fait demi-tour et est retournée au lit. Nino est allé se doucher comme un somnambule, sonné d'avance par ce qu'il s'apprêtait à faire et se demandant comment il avait pu se fourrer dans un pétrin pareil. Même si en vérité, la réponse était simple : il avait failli mourir et il avait ensuite promis un truc à ceux qui lui avaient sauvé la vie.

Une petite heure plus tard, il recevait un SMS bref et cinglant, un « C'est parti » tout simple. Il était au volant de la BMW depuis au moins vingt minutes, il avait réglé le siège et les rétros dix fois, passé les vitesses et débrayé dans le vide, une boule de nerfs, la Supercinq blanche en ligne de mire, et il les a vus arriver tous les deux, ils portaient un petit sac en cuir brun qu'ils ont mis sur la banquette arrière, ils se sont installés et ont démarré. Il a mis le contact, et a passé la première, il a embrayé et la BM a bondi en avant, il a pilé, le moteur a calé, il a remis le contact en panique en maudissant son stress, il avait neuf cents kilomètres à faire, Avanzato lui avait dit qu'ils allaient à Bordeaux, ça allait être interminable, il a respiré à fond plusieurs fois de suite, et a réussi à quitter le parking sans percuter personne, à s'engager sur la route, la Supercinq loin devant, c'était Fred qui conduisait, il a fait un ou deux écarts, le temps de trouver petit à petit son calme et ses repères, de se détendre. Il a même failli mettre de la musique d'un geste machinal mais il l'avait constaté sur le parking, à la place du poste radio, il n'y avait qu'un trou béant d'où sortaient des fils multicolores. Dans le coin du pare-brise, il y avait le papillon vert d'une assurance. Sûr que l'échéance était passée. D'où provenait cette grosse bagnole à bord de laquelle il devait paraître minuscule ? Il suivait Fred et Karl Avanzato sans rien comprendre, c'était grotesque, mais un truc tout bête le rassurait : il avait confiance en ces mecs. Une petite chose, quand même, l'intriguait un peu plus que les autres : il lui avait dit qu'ils fileraient vers Bordeaux, mais ne semblaient pas, pour le moment, vraiment emprunter le plus direct des chemins. Pour le moment, la Supercinq blanche semblait surtout filer vers Le Touquet.

VI

Les suivre lui demandait un effort de concentration épuisant. La BM semblait accélérer toute seule ou bien se laisser semer, Nino était en nage malgré le froid sans avoir mis le chauffage, perdu dans ce gros fauteuil, tenant cet énorme volant à bout de bras. Et confirmant ses doutes, la Supercinq a bifurqué vers la gauche, direction Le Touquet. Nino n'y comprenait rien. Personne entre eux n'a tourné, il a dû ralentir encore pour ne pas se faire repérer, et agrandir la distance qui les séparait. Ils ont freiné, se sont mis à rouler au pas ou presque. Ils se sont engagés dans une impasse au bout de laquelle on distinguait la mer, Nino aux aguets loin derrière.

Il les a vus rouler doucement jusqu'au bout, tout petits en ligne de mire, puis se garer, il s'est aussitôt arrêté. Ils sont descendus de voiture, Karl Avanzato regardant dans sa direction sans le moindre geste, et se sont dirigés vers une villa. Il a attendu, les yeux rivés sur l'horizon, son portable dans la main, prêt à vibrer pour lui donner le signal. Au bout de plusieurs minutes, au moins dix, rien n'avait bougé au loin. La voiture était là, à cinq cents mètres, sans le moindre témoin, le moment correspondait complètement à ce qu'avait imaginé Avanzato en lui expliquant sa tâche deux heures plus tôt mais en l'absence de feu vert, Nino restait à bord de la BM.

Il a fini par sortir. Il a avancé lentement, sur ses gardes. Il n'y avait pas un chat. Il longeait les pins d'un grand parc sur sa gauche, au bout duquel se trouvait la Supercinq, en serrant le trousseau dans la main. Ils étaient entrés dans une villa magnifique sur la gauche qui faisait face à la Manche, et semblaient y rester. Son téléphone n'avait toujours pas sonné, il était sur le point de devancer l'appel, d'ouvrir la voiture et de la démarrer, un demi-tour en panique et la fuite à fond de train, la voiture n'était plus qu'à quelques pas mais il a bondi derrière un arbre en voyant s'ouvrir la porte du garage de la maison dans laquelle ils se trouvaient, il l'a vue basculer dans un souffle, les mains contre l'écorce, et un bolide bleu azur a doucement pointé son nez dans un bruit de moteur incroyable mais doux, on aurait dit le ronflement d'un fauve. La voiture est sortie au ralenti, a grimpé la petite allée, ils étaient tous les deux à l'intérieur, Fred conduisait, il avait un grand sourire. À côté, Karl Avanzato a jeté un regard circulaire. Il ne souriait pas, lui. Nino n'y comprenait rien. Ils ont fait un demi-cercle sur la gauche, se dirigeant vers la plage. Le vaisseau bleu métal est arrivé sur le sable, progressant doucement, ils ont fini par stopper face à l'eau, à deux cents mètres de là, seuls au milieu de la grève. Ils ont coupé le contact. Nino était recroquevillé derrière ce pin, le garage grand ouvert sur sa droite, de l'autre côté de l'allée, la voiture qu'il devait voler juste là devant lui, la clé bien au chaud dans sa paume, et pour le moment, pas le moindre SMS. Ça n'allait certainement pas tarder.

Ça a duré longtemps et rien n'est venu, ils étaient tous les deux face à la marée montante, Nino aurait eu le temps de déguerpir cent fois dans la petite Renault blanche mais Avanzato ne bronchait pas, c'était dingue, Nino avait vérifié son portable, il avait envoyé des bises à Laurie dans un texto bref pour voir si tout fonctionnait, il lui avait demandé de répondre, elle avait dû prendre ça pour une demande de tendresse, elle avait envoyé un « Je t'emmerde » qui en d'autres circonstances l'aurait bien fait rire mais pas là. Là, il savait juste que tout était en état de marche et qu'Avanzato piétinait. Il a décidé de faire le premier pas, il a sélectionné son numéro et a tapé un court message, un simple « OK ? » qu'il lui a envoyé, les yeux rivés sur son dos qu'il distinguait dans l'habitacle. Là, Nino a vu la portière bleu métallisé s'ouvrir d'un coup, et les pieds d'Avanzato se planter dans le sable, il a fléchi ses jambes, mort de trouille, en essayant de se faire le plus petit possible derrière ce pin mais Avanzato n'est pas sorti, quelques secondes plus tard il a refermé la portière, et leur tête à tête a continué. Nino venait d'avoir la frayeur de la journée sans savoir pourquoi, et a décidé de ne plus prendre la moindre initiative, de se tenir prêt sans tenter un seul geste, et sans un mot. Il a simplement attendu.

Ça a duré longtemps, au moins deux heures, sans savoir ce qu'ils foutaient et pourquoi ils ne reculaient pas à mesure que la marée montait, ça baignait déjà les roues avant. Et puis ils ont fini par revenir, oui, mais à pied, laissant le bolide se faire avaler par les vagues, Nino a détalé vers la BM en les voyant remonter, mort de trouille à l'idée qu'ils l'aperçoivent. Une fois à bord, il a baissé le loquet. Au loin, les deux silhouettes contemplaient le spectacle de la voiture se faisant brasser par la mer. Ils sont revenus vers la Supercinq sans se retourner vers la maison. Le garage était toujours grand ouvert. Ils sont montés à bord, Fred toujours au volant, ont fait demi-tour avec beaucoup plus de vigueur qu'en arrivant, et ont filé droit sur lui pour partir. Il s'est fondu sous le volant, a entendu le petit moteur rugir quand ils l'ont frôlé sans ralentir. Il a démarré à son tour.

La suite a été chaotique et il a cru cent fois les perdre ou bien se faire repérer par on ne sait qui. Il ignorait pourquoi il devait voler pour leur compte une voiture à bord de laquelle ils se trouvaient déjà et cette question allait et venait dans sa cervelle en permanence. Il ignorait aussi à quoi carburait la BM. Il allait lui falloir s'arrêter pour faire le plein, Karl Avanzato lui avait dit de prendre sa Carte Bleue pour les éventuels frais, qu'il lui rembourserait ensuite, le niveau baissait, et il allait les perdre en remplissant de gasoil un réservoir prévu pour du super, ou l'inverse, le ratage se profilait, la voiture qui tousse au milieu des pompes et ses yeux qui s'écarquillent en réalisant la connerie qu'il vient de faire tandis qu'ils filent droit vers le sud. Mais il fallait s'arrêter, un gros voyant orange clignotait dans un bruit mécanique, il pourrait sans doute les rattraper ensuite, il y avait une station devant, il a mis son clignotant.

Devant les pompes, il a constaté qu'il était du mauvais côté, le bouchon de réservoir était sur la droite. Pas grave, même si ça ressemblait comme deux gouttes d'eau à un mauvais présage. Sur l'arrière, il y avait écrit 525E, sans doute un E comme essence, et en croisant mentalement les doigts, Nino a tiré sur le tuyau en essayant de se convaincre que oui, c'était ça, et il a commencé à verser, les litres ont défilé sur l'écran, en serrant plus fort le pistolet, sentir le réservoir se remplir en se disant que les dés sont bien jetés, presque soixante-dix litres, de quoi plomber son compte en banque jusqu'au prochain salaire. Il a couru payer en priant pour que sa Carte Bleue passe, a récupéré le ticket pour le remboursement ultérieur et claqué la portière. Contact. Le moteur a vrombi, Nino a accéléré fort deux ou trois fois dans le vide, tout d'un coup heureux, et a démarré en trombe.

Sur la nationale, il a foncé droit devant en guettant chaque route qu'on pouvait croiser, aucune idée de l'endroit où ils pouvaient se trouver, peut-être avaient-ils tourné quelque part, aucune idée non plus de l'avance qu'ils avaient pu prendre pendant qu'il remplissait ce réservoir sans fond. Il a vite atteint les 120, bientôt 130, du pain bénit pour un radar mobile mais le coup du super au pif lui avait donné des forces, finalement peut-être avait-il de la chance. Il a doublé deux poids lourds à la suite dans les appels de phare de ceux qui arrivaient en face, un klaxon énorme a retenti tandis qu'il se rabattait mais il a souri de toutes ses dents sans avoir peur : loin devant, la Supercinq venait de refaire son apparition, bloquée derrière un semi-remorque, seule une voiture rouge le séparait d'eux, il était à sa place. Mais après les risques qu'il venait de prendre, il roulait à 120 sans plus avoir l'impression de foncer, il a mal évalué tout ça : il s'est rapproché d'eux trop vite et sans s'en rendre compte, bientôt tout près de la voiture rouge. Juste au moment où Fred et Karl Avanzato ont bifurqué sur une aire de repos sans prévenir. Il a écrasé le frein mais le tank était lancé, le type devant a fait la même chose avec beaucoup plus d'efficacité en même temps qu'une embardée, le tout en klaxonnant, Nino a failli le percuter, ça s'est joué à rien, il a dû le voir dans son rétroviseur comme s'il avait été sa remorque. Les deux voitures sont passées comme des flèches tandis que la Supercinq stoppait sur ce parking bordé de haies.

Le type devant, probablement de rage, a rétrogradé et accéléré comme un dingue, il a doublé le poids lourd dans une côte et Nino est resté derrière à reprendre son souffle, au pas, en se demandant ce qu'il allait bien pouvoir faire, à présent qu'il précédait la voiture qu'il était censé suivre.

VII

Nino roulait seul depuis au moins cinquante kilomètres, il avait décidé de continuer vers Bordeaux et on verrait bien, quand son téléphone a sonné : c'était Karl Avanzato. Il a ralenti et a décroché, avide.

— Tu es où ?

Avanzato parlait à voix basse et sa voix résonnait comme contre du carrelage mural.

— Je suis près de Tours. Et vous, vous êtes où ?

Il n'a pas répondu. Il a juste dit OK, il lui a dit de continuer comme ça, d'arriver à Bordeaux et d'attendre qu'il lui fasse signe pour lui dire où et quand. Nino a insisté, lui a demandé si tout allait comme prévu, ce que tout ça voulait dire, où ils étaient, mais Avanzato n'a rien ajouté, disant juste « À tout à l'heure » avant de raccrocher.

Il a roulé tranquille. Parfois, il a même pensé à autre chose que ce qu'il était en train de faire, il pensait au Paradiso, il faudrait suggérer au patron d'acheter de nouveaux spots, il pensait aussi à Laurie, elle était la fille la plus brute qu'il ait croisée. Il aimait bien leur relation, ils passaient une nuit ensemble de temps en temps sans se demander quelle attitude adopter au réveil, ça ne les empêchait pas de partager des choses, d'écouter des disques, son funk à lui et son métal à elle, ils se faisaient hurler l'un l'autre. Pourtant, ça continuait. Ils s'aimaient bien.

S'il n'y avait pas eu cette jauge à essence qui se foutait ouvertement de sa gueule et de son compte en banque – c'était incroyable, soixante-dix litres, et à peine trois cents kilomètres plus tard, il entamait le dernier quart du réservoir – s'il n'y avait pas eu ce gouffre écologique et financier, il se serait même complètement, par moments, senti bien. Il se sentait libre, c'était bizarre. Ça n'allait pas se reproduire avant longtemps.

Il a passé le panneau Bordeaux vers dix-sept heures après avoir été contraint de reprendre du super, un petit quinze litres suffisant pour faire saigner son compte en banque, suffisant aussi, du moins l'espérait-il très fort, pour sillonner la ville tout à l'heure à la recherche du lieu de rendez-vous que lui fixeraient les gars. Il s'est garé et est sorti dans la douceur. Ça semblait être une jolie ville. Il essayait de penser à autre chose, marcher dans les rues ou bien boire un verre, attendre le signal en se demandant combien de temps cela pourrait bien prendre. Il a retiré vingt euros au distributeur en prenant bien soin d'imprimer le ticket qu'il a joint aux deux autres dans sa poche arrière, et s'est finalement installé sur une terrasse, un Coca devant lui. Il l'a bu en fumant une cigarette et en essayant de rester calme. Ça a presque marché, en comparaison de tout ce qui lui était arrivé par la suite : ce jour-là, sur cette terrasse, Nino Face était en vérité dans un état de calme qu'il n'a plus connu que des années plus tard, au petit matin, au beau milieu de la place de la Concorde.

La nuit est tombée et il a pris un second verre à l'intérieur, au comptoir. Il était presque vingt heures, toujours pas la moindre nouvelle, ni texto ni appel. Peut-être allaient-ils lui faire signe le lendemain, ou bien au milieu de la nuit, tandis qu'il dormirait recroquevillé sur la banquette arrière de la BM, son petit sac d'affaires en guise de polochon, l'oreille contre la fermeture Éclair. Au moment où le patron du bar annonçait qu'il bouclait aux quelques clients présents, son téléphone a sonné, il l'a pris d'un mouvement vif, le sang lui revenant aux tempes en une seconde à peine.

— Allô ?

— On est dans un bar, ça s'appelle Les Cadrans.

Bizarre mais c'était comme tout à l'heure, Avanzato parlait à voix basse, et la même résonance, sans doute un truc dans son téléphone.

— La voiture est garée devant. Tu fais gaffe, on est à l'intérieur, au comptoir. Tu attends qu'il y ait du monde. Tu te mets en face. Et dès que tu vois que Fred s'absente ou fait autre chose ou parle à quelqu'un…

— … ou danse, a dit Nino en souriant, comme si Avanzato et lui avaient été en train de lui mijoter une farce ensemble.

— … oui, ou danse, dès que tu vois ça, tu te faufiles, tu démarres et tu fonces. Après tu vas où tu veux, au calme, hors de la ville, et tu attends que je t'appelle. OK ?

Il a dit OK, et ça a raccroché.

Il a demandé au patron s'il connaissait Les Cadrans, c'était deux rues derrière. La chance, encore une fois.

— Vous allez voir mon fils, a-t-il ajouté en souriant, il est barman là-bas. Un petit marrant qui danse !

Après être sorti sans répondre, déjà concentré sur la suite, Nino est allé à la BM prendre son sac d'affaires.

Il s'est au passage demandé ce qu'allait devenir cette voiture, sans doute lui faudrait-il en rendre les clés à Karl en même temps que celles de la Supercinq. On verrait ça plus tard. Il est parti en sens inverse, direction Les Cadrans.

Il faisait déjà nuit, Nino se mettait doucement dans la peau du guetteur à mesure qu'il approchait des néons jaunes ornant la façade, il les voyait d'ici, sur le trottoir d'en face, et a bientôt distingué la voiture, elle était garée devant, pile devant, il a ralenti en serrant la clé dans sa poche.

Il a marché lentement en tournant imperceptiblement les yeux vers le bar, juste le temps de les apercevoir : ils étaient au comptoir, personne entre la vitrine et eux, il a accéléré d'un coup, de peur qu'ils l'aperçoivent, et s'est arrêté plus loin. D'ici, il était invisible et, les yeux rivés sur la porte, il allait pouvoir compter les gens qui entreraient. Il n'était pas si mauvais dans son rôle de voleur. À mesure que des groupes de clients pénétraient aux Cadrans, il a commencé à espérer qu'il n'y ait pas une salle sur l'arrière. Un second passage en sens inverse, presque deux heures qu'il faisait le guet dans cette rue sombre, une bonne quarantaine de personnes était entrée sans que personne ne ressorte.

On ne les voyait plus.

Il s'est arrêté, il a scruté la salle, un gars derrière le bar gigotait devant une fille, Fred et Karl Avanzato étaient noyés dans la masse et l'ambiance, ce serait bientôt bon. Et puis il a soudain vu comme une sorte de mouvement pendant qu'il jaugeait tout cela, des bras en l'air ici et là, une fille s'est levée de sa chaise et s'est mise à danser, suivie d'une autre un peu plus loin, le barman avait la main sur le bouton de volume de la chaîne, Nino s'est tendu par instinct, Fred est descendu de son tabouret comme il l'avait vu faire au Paradiso des mois plus tôt, et il s'est agité doucement, un grand sourire sérieux sur son visage. Prendre une grande inspiration et sauter dans le vide, serrer la poignée de son sac, la clé dans l'autre main, traverser vers la voiture sans quitter Fred des yeux, l'ouvrir en apnée, ses mains tremblantes et frénétiques, voilà ce qui s'est passé, claquer la portière en balançant son sac à l'arrière et fourrer la clé dans le Neiman, le petit moteur qui hurle et passer la première en braquant, marche arrière en haut à gauche en soulevant la bague, comme précisé par Avanzato, et marche avant à nouveau, ça passe. Il sort de la place comme un lézard qui prend la fuite et voit les deux durs courir vers lui, Fred en tête, qui fendent la foule tête baissée, les gens s'écartent et la Supercinq bondit hors de sa place, il fonce en évitant les voitures garées de part et d'autre, ils sont dehors, courent au milieu de la rue en hurlant, il pousse le moteur à fond sans passer la seconde tant il est obsédé par ce qu'il voit devant, un feu rouge, et derrière, ces deux gars qui lui courent après alors qu'il travaille pour eux, le feu se rapproche, le griller sans quoi ils le rattrapent et lui coupent les mains. Le moteur hurle et il passe la seconde, il approche, freine un peu, revient en première et tente, pointe le capot sur le boulevard éclairé, personne à droite, quelqu'un à gauche qui arrive mais l'a vu, il enfonce l'accélérateur et bondit, l'autre pile en klaxonnant, il lui passe devant en criant de peur et de joie, arrive en face et voit dans son rétroviseur que Karl Avanzato a ralenti derrière mais Fred est lancé, ses cent kilos foncent et une voiture arrive, de plein fouet, un bruit énorme et des cris tandis qu'il disparaît, tétanisé par ce qui vient de se produire. Il roule au hasard sans parvenir à retrouver son souffle, tournant sans savoir où il va mais il veut s'éloigner, trouver une place au calme, il sort bientôt de la ville le long d'un grand boulevard. Au loin, on distingue les contours de ce qui semble être une forêt, il y arrive bientôt et s'enfonce parmi les arbres, un chemin plus petit qu'un autre encore, en bout de course, et s'arrête enfin, couper les phares et le contact, haleter dans la nuit. Karl Avanzato va l'appeler, attendre, respirer, se calmer. Son téléphone ne sonne pas, il reste là, sur place, les mains crispées sur le volant sans parvenir à reprendre son souffle. Et finit par s'endormir, sans avoir bougé d'un pouce.

Au petit matin, il se réveille sans que son portable ait sonné, toujours aucune nouvelle. C'est un peu étrange. Il sort et fait quelques pas, regarde cette voiture en se demandant dans quoi il a mis les pieds, la contourne et l'observe, s'étire, pense à Fred, dans quel état est-il ? Et pourquoi lui a-t-on demandé de partir en trombe avec cette voiture ? Il la regarde sans comprendre, une vieille bagnole, ouvre le coffre, vide, la boîte à gants, et, en attrapant son sac à l'arrière, découvre un petit bagage de cuir, glissé derrière un des sièges. Il le sort avec difficulté de son emplacement, étonné par son poids. Il le pose sur le capot, seul au milieu des peupliers. Il fait frais, clair, il n'y a pas un bruit autour. Il palpe ce petit sac en cuir brun, et il l'ouvre doucement.

Nino Face a levé les yeux au ciel en sursautant comme s'il avait mis les doigts dans une prise, les phalanges et les pupilles brûlées, il a fixé le sac en bondissant en arrière comme s'il y avait découvert un cadavre, une main, ou bien un crâne. Il a regardé le sac sans y toucher, immobile au milieu des fougères, en comprenant soudain qu'un volume pareil de billets valait certainement une ou deux entourloupes, il en avait même des vertiges. Il croyait avoir mis les pieds dans une embrouille un peu minable, il se retrouvait en possession d'un magot terrifiant, il mesurait la pression qu'une somme pareille engendrait, les problèmes en tous genres qu'elle charriait avec elle, et lui au centre de tout cela, qui revoyait Fred se faire projeter quinze mètres plus loin par une voiture surgie de nulle part. Sans doute n'aurait-il pas couru après la Supercinq avec autant d'acharnement sans la présence de ce petit sac à son bord. Nino est resté cloîtré parmi les arbres, seul au milieu des herbes hautes, le sac posé sur le capot, sans le quitter des yeux. Il faisait des cercles autour de la voiture immobile, sans avoir la moindre idée de ce que serait la suite. Sans la présence de ce petit sac posé là devant lui, Nino Face aurait certainement répondu quand son portable a fini par sonner, affichant le nom de Karl Avanzato. Là, il est resté face à l'écran bleu sans bouger, mais tremblant, le téléphone posé près du sac, il l'a regardé vibrer sans pouvoir faire le moindre geste. Ça s'est enfin arrêté et il a continué à regarder l'appareil, attendant un message, une directive ou je ne sais quoi mais rien, Avanzato n'avait rien dit.

Les heures ont passé et Karl Avanzato a rappelé plusieurs fois, parfois deux ou trois de suite, revenant à la charge une heure plus tard. Plus il insistait, plus Nino craignait sa réaction quand il décrocherait enfin, il se mordait l'intérieur des joues sans rien faire d'autre, Avanzato cherchait à le joindre, dérouler son plan jusqu'au bout, conclure et déguerpir et lui restait là, le trésor à ciel ouvert, le téléphone vibrant méthodiquement sous les appels qui vidaient la batterie. Bientôt, ça ne sonnerait plus. Bientôt, Nino Face n'aurait plus la moindre chaîne. Bientôt, son portable allait sombrer dans un silence salvateur et lui, allait être libre. Les petites barres indiquant la charge clignotaient déjà. Il démarrerait, et roulerait droit devant sans savoir vraiment vers où mais au sud, loin, et sa vie ne serait plus la même. Il allait s'échapper, le plan grossissait sous son crâne à mesure que la batterie fondait, Avanzato se réduisait sur le petit écran bleu, les horizons prenaient forme.

Il allait mettre le contact et disparaître, sans la moindre idée de la destination mais les deux millions le guideraient, la décision était quasiment prise. Il attendait encore un peu sans savoir vraiment quoi, et en route pour la suite, laissant Bordeaux et Calais derrière lui, et le Paradiso, et Laurie, tant pis, filer droit devant.

Sauf qu'à ce moment-là, son téléphone a sonné de nouveau. Il a regardé d'où ça venait, et a vu s'afficher un numéro qui lui était inconnu, loin d'ici, cela commençait par 04. Il serait parti, il aurait filé. Sauf qu'il a répondu, sans quasiment s'en rendre compte.

— Nino, pourriez-vous être à Sainte-Maxime demain matin ?

Il allait partir, là, juste là, il allait disparaître, se fondre, et ce vieux fou de Mayerling lui a demandé de le rejoindre. Nino a aussitôt songé qu'il allait, pour commencer, se cacher quelques jours dans le Sud. Nino Face a dit oui.

VIII

Il avait croisé Mayerling un an plus tôt, lors de ce qui s'annonçait comme étant le plus gros concert de *Fabuleux Voyage*, celui dont on parlerait autour d'eux des mois durant, photos à l'appui, leur ouvrant au passage la porte de nouveaux cercles professionnels. Un gros concert. Privé, là encore, un mariage, d'accord, mais un énorme cran au-dessus de tous les précédents : *Fabuleux Voyage* transportait pour la première fois son talent hors de France, et pas en Suisse ni en Belgique, non, *Fabuleux Voyage* allait poser le pied sur une terre de musique, une vraie, une île regorgeant de groupes en tous genres et parmi les meilleurs. L'Angleterre, le pays de naissance de la plupart des tubes, pour le mariage ultra médiatisé d'une star montante du rock'n'roll : Rob Coltman, vingt-sept ans, trois albums, six mois avec sursis pour détention d'héroïne, dix mille livres d'amende pour le tabassage d'un paparazzi dans Lisbonne, et la une du Parisien pour exhibitionnisme lors d'un concert à l'Olympia, épousait, après quelques mois d'une relation tumultueuse sa top model de compagne, Katy Philips, vingt-trois ans, diaphane et, selon la rumeur, presque analphabète. La noce aurait lieu à Brighton dans un manoir surplombant la Manche en présence de quatre cents invités parmi lesquels la presse annonçait Keith Richards, Mike Tyson, et Traci Lords. Aux fourneaux, Jamie Oliver, dont le travail d'orfèvre allait faire l'objet d'une retransmission sur la chaîne culinaire de la BBC. Côté musique, le couple avait en revanche voulu garder tout ça secret, c'était une surprise.

Et la surprise, c'était eux.

La maison de disques de Rob Coltman, organisatrice principale de l'événement, avait contacté *Fabuleux Voyage* trois mois plus tôt, exprimant les souhaits des futurs mariés : un groupe d'environ dix personnes, bien rodé, ayant joué dans de multiples circonstances, une sorte de tout-terrain du music-hall. Et pour l'occasion, un répertoire exclusivement français, allant de 1986 à 1990, pas avant, ni après, les dates correspondant aux années de naissance des deux tourtereaux. Le cachet était mirobolant, les gars de *Fabuleux Voyage* avaient invité Nino à se joindre au groupe, ils avaient trois mois devant eux, largement de quoi mettre au point soixante ou quatre-vingts morceaux. Sur le ferry fendant les vagues et les brumes matinales, ils n'en revenaient toujours pas. Une des chanteuses se recoiffait en permanence, une autre enchaînait les fous rires sans plus rien contrôler, l'ensemble du groupe était tétanisé.

À leur arrivée à Brighton, un minibus les attendait, pourvu d'une remorque afin d'acheminer le matériel, les bagages et leurs talents respectifs vers le manoir de Hampton Road. Là, un type bardé de tatouages s'était présenté à eux, talkie-walkie en main, et les avait guidés vers le lieu de leur triomphe. Le hall desservait une cuisine que l'on devinait immense, et dans laquelle s'affairait déjà l'équipe de Jamie Oliver qui, dans l'encadrement de la porte, répondait à une interview devant les caméras d'on ne sait quelle chaîne. De l'autre côté, on apercevait une salle monumentale, au fond de laquelle une scène était dressée, déjà garnie d'instruments en tous genres, une batterie, des guitares, ils marchaient vers elle à petits pas timides mais le grand gars tatoué les avait détournés sans prendre le soin d'employer des mots simples ou de parler moins vite. Eux, c'était par là. Ils s'étaient regardés en silence en le suivant, leur matériel à bout de bras, il les avait emmenés vers un grand escalier, leur avait dit de descendre et de l'attendre.

En bas, ils avaient attendu deux heures au moins avant qu'il apparaisse à nouveau, le temps pour eux de tout imaginer, les instruments posés par terre dans les housses. Dans un coin, des grosses caisses renfermant visiblement une sono étaient entreposées. Ils avaient fini par s'asseoir le long d'un mur, et le silence s'était petit à petit imposé. Là-haut, ils entendaient des allées et venues, des ordres et des cris, ça semblait s'affairer. On ne leur avait même pas proposé un café, c'était un peu bizarre. Pourquoi les faire attendre ici, dans leur coin, entre les vestiaires et les toilettes ? Toilettes dans lesquelles la chanteuse aux fous rires du ferry s'était rendue cinq ou six fois pour vérifier la perfection de sa frange, c'était pratique, mais tout ça commençait à leur sembler suspect. Ces Anglais n'étaient décidément pas comme nous.

Quand le type était enfin redescendu, ils n'avaient plus échangé la moindre parole depuis vingt minutes au moins et deux d'entre eux dormaient. Il était apparu sans leur faire la moindre excuse pour les deux heures écoulées, et s'était d'un coup emporté en voyant qu'ils n'avaient rien installé du matériel qu'ils transportaient avec eux. Étant le seul à parler anglais, Nino avait dit qu'ils ne savaient pas quoi faire, le type avait répondu, un dialogue s'était improvisé, qui avait vu s'affaisser le menton de Nino, et s'arrondir ses yeux. L'imposant tatoué avait fini par tendre le bras vers la sono, avait aboyé quelque chose dont chacun avait bien compris qu'il s'agissait d'un ordre, et était remonté en courant, le laissant face aux visages avides de tous ses camarades. Là, Nino avait cherché ses mots en constatant le naufrage et leur avait expliqué en quoi tout ça consisterait : ils allaient jouer là. Voilà. Ici même, entre les chiottes et les vestiaires, sans scène et sans spot, sans public non plus, tandis que, là haut, Coltman ferait le bœuf avec Clapton et Brian May. La sono dans les caisses était prévue pour eux, il leur fallait l'installer, tout mettre en place en occupant le moins d'espace possible, il y avait bien quatre cents invités, comme annoncé dans le Daily Mail, il y aurait probablement beaucoup de passage aux environs de vingt heures. Ils allaient distraire les invités le temps qu'ils se rendent éliminer le champagne ou récupérer leurs chapeaux melon, ils allaient se trémousser dans le vide et l'indifférence générale, un *Fabuleux Voyage* au cœur du ridicule.

Ils ont déballé le matériel sans en revenir, tournant çà et là les yeux vers ce grand escalier qui menait à la fête et leurs espoirs de grandeur. Incroyable. Ils se sont serrés dans un angle, de façon qu'on les voie que l'on arrive ou reparte, c'était l'unique point sur lequel ils pouvaient encore faire semblant d'être satisfaits de quelque chose, mais le tatoué les a fait tout déplacer vers seize heures en leur descendant des sandwichs : ça n'allait pas. Ils allaient gêner le flux des invités, ils devaient se poster dans l'angle inverse, et prendre moins de place encore. Le pire était passé : quand Nino a traduit les consignes aux membres du groupe, le batteur a proposé au bassiste de s'asseoir sur ses genoux, les filles disant qu'elles pouvaient, elles, prendre place sur les épaules des mecs à tour de rôle. Pour sa part, il a dit qu'avec un micro sans fil, il pouvait éventuellement se glisser sous un des sèche-mains dans les toilettes, il adorait sentir le vent chaud contre son crâne, ils ont rigolé en déplaçant tout comme ils ont pu, déballant en même temps les sandwichs au pain de mie dont ils ont fait semblant de se délecter, ce Jamie Oliver était un magicien, personne, vraiment, n'avait jamais aussi bien que lui tartiné la margarine.

Vers dix-sept heures, tout était prêt et ils étaient à peu près calmes. Ils étaient à tour de rôle passés dans ce qu'ils avaient finalement décidé d'appeler « les loges » afin d'y enfiler leurs tenues de scène, pantalons rouges et chemises blanches, ils avaient fait quelques réglages, ils étaient prêts. Quand ils installaient le matériel pour les fêtes habituelles, ils étaient toujours un peu fiers, faisant des blagues entre eux face aux invités qui arrivaient, ils représentaient la fantaisie des saltimbanques, paillettes à vendre au creux de la paume. Là, ils se sentaient au contraire tellement petits qu'ils parlaient presque à voix basse, et si d'un côté ils en étaient un peu mal à l'aise, d'un autre, ils avaient le sentiment d'être une véritable équipe. C'est l'époque vers laquelle le Paradiso commençait à ne plus être aussi minable aux yeux de Nino, l'époque à laquelle il commençait même à s'y sentir à peu près bien. Ce jour-là, dans les catacombes de ce qu'ils avaient imaginé comme le décollage de leur carrière, ça lui a fait la même chose : il s'est d'un coup senti à son aise au sein de *Fabuleux Voyage*.

Le tatoué est finalement redescendu, après avoir

revêtu sa tenue de soirée : pantalon de smoking et pompes bicolores, une chemise à fleurs ouverte au col sur un gros collier doré. Il était avec trois filles, qui ont salué le groupe sans s'approcher, visiblement plus à leur aise qu'eux, et qui se sont dirigées d'elles-mêmes vers ce qui allait être le vestiaire. Un rideau de fer s'est levé au beau milieu du mur qui leur faisait face, découvrant une seconde pièce, immense et pleine de portants sur lesquels se balançaient des centaines de cintres vides. Le tatoué a jeté un regard sur leur installation, a dit on ne sait quoi aux trois filles, et leur a ensuite demandé de se mettre à leurs postes et de démarrer. Il était l'heure. L'ultime consigne était de ne pas faire la moindre pause, d'enchaîner même sans personne en face.

— *Hmmm, have fun !* a-t-il crié avant de remonter.

— *Hmmm, that's entertainment*, a murmuré le guitariste en soupirant.

Ça les a fait rigoler, ils ont penché les yeux vers les listes de morceaux qu'ils avaient scotchées à leurs pieds tandis que le batteur comptait « un-deux-trois-quatre », et ils ont commencé sur un des plus gros tubes de l'année 1987, *Joe le taxi*, dans le silence de cette salle des pas perdus.

Là-haut, Jamie Oliver devait flamber des homards au Lagavulin pendant qu'on réglait la Stratocaster de JJ Cale, les limousines devaient gravir la côte avec à leur bord les mariés excentriques et des écrivains de nuit, des rock stars déchues ou non et des starlettes à l'œil vif. Les trois filles du vestiaire les ont regardés et ont applaudi tout doucement à la fin comme pour ne pas faire de bruit, hilares. Ils ont pris ça comme un encouragement, et ont poursuivi la liste, sautant un an plus loin, *Nuit de folie*, de Début de Soirée.

Les premiers candidats au vestiaire sont arrivés peu après, chacun se raidissant dans son coin, un couple d'octogénaires habillés comme dans un film, lui en queue-de-pie, elle en petite robe faite pour danser le charleston, ils ont déposé leurs pelisses au comptoir, bientôt suivis d'un autre couple dans les mêmes âges et tout s'est enchaîné. Les invités arrivaient à la chaîne, faisant la queue face aux trois filles sans prêter la moindre attention aux tubes que le groupe interprétait pour eux après trois mois de scrupuleuses répétitions. Il y avait des lunettes bleues, d'autres roses, des cols en fourrures sur des robes ultracourtes, une fille en après-ski arborant un vertigineux dos nu, des sortes de clochards en costume Pierre Cardin, et Nino a chanté son premier morceau, *L'Aziza* de Balavoine, sans quitter des yeux un type un peu défraîchi qu'il croyait bien reconnaître parmi l'assistance mais dont le nom lui échappait.

Le ballet a duré environ une heure, durant laquelle ils n'ont pas molli, enchaînant les tubes du Top 50 fin 1980, sans entraîner la moindre réaction ni le moindre applaudissement. Nino s'est au passage payé le luxe, sur *Papa Chanteur* de Jean-Luc Lahaye, de remplacer les mots « bonheur » et « douceur » par « ta sœur », provoquant l'hilarité de ses compagnons d'infortune dans l'indifférence générale. Et puis le sous-sol a fini par redevenir le désert qu'il était au départ, tous les invités s'étaient semble-t-il délestés de leurs affaires et faisaient à présent la fête à l'étage. Ne restaient que les trois filles du vestiaire, qui ont de nouveau applaudi à la fin d'un morceau, un peu plus chaleureusement qu'avant, ruisselantes de sueur après le coup de feu qu'elles venaient de subir. Elles ont contourné leur accueil et ont sorti de leurs sacs des sandwichs qu'elles s'étaient préparés elles-mêmes, donnant au passage à Nino et aux autres l'occasion de se rendre compte qu'ils avaient en vérité été traités comme des vedettes. Elles se sont assises par terre et ont mangé en les écoutant. Le tatoué est réapparu, il s'est adressé directement à Nino, lui a dit de continuer comme prévu. C'est ce qu'ils ont fait.

Les heures ont passé, ils ont joué et chanté tout ce que la France avait pu produire de variété de 1986 à 1990, ils ont vu Keith Richards passer en leur lançant un grand sourire, s'enfermer aux toilettes et en ressortir à peine une minute plus tard à leur grande déception, ils ont aussi vu une sexagénaire enlever son soutien-gorge et le donner aux vestiaires, avant de remettre son chemisier et de retourner là-haut, d'où se devinaient des cris et les grondements d'une batterie. Un type s'est penché vers eux d'un air complice et leur a dit que McCartney était ivre mort. Les allées et venues s'enchaînaient, la plupart sans un regard vers eux. Parfois, ce qui était pire, on leur lançait un coup d'œil gêné comme on s'excuse auprès d'un SDF de ne pas avoir d'argent pour lui.

Et puis, une espèce de vieil aristocrate était arrivé au bas des marches. Il avait fait quelques pas. Visiblement, il n'allait ni aux toilettes ni au vestiaire, il regardait vers eux, sans avoir pourtant l'air ivre. Il portait un costume bordeaux impeccable, le pantalon plus foncé que la veste, et une chemise, bordeaux elle aussi mais plus clair encore, le genre de dégradé qui peut faire basculer un homme dans le ridicule le plus profond mais qui, sur lui, était d'une élégance folle. Ses cheveux blancs étaient drus comme ceux d'un adolescent, il avait la prestance d'un châtelain sur ses terres, et un sourire d'une tendresse évidente. Il s'est approché, se tenant en retrait des trois filles pour qui le groupe jouait depuis maintenant plusieurs heures, et a écouté. Quand le morceau a pris fin, il a applaudi avec calme et ferveur, et a fait un pas en avant. Ils l'ont regardé sans trop oser enchaîner sur le morceau suivant, sentant qu'il allait parler, et puis son charisme, ajouté au fait qu'il était le premier invité à vraiment écouter ce qu'ils étaient payés pour jouer, tout cela les a d'un coup rendus fébriles. Il regardait Nino, a fait un pas de plus, et s'est exprimé dans un français parfait, quoique avec un accent bizarre.

— Auriez-vous à bord une chanson de Nino Ferrer ? avait-il demandé.

Décidément, ce type était une apparition : il lui demandait une chanson de celui auquel il devait son prénom, Nino Ferrer, ses parents en étaient dingues. Nino a regardé les membres du groupe en lui répondant que non, que le répertoire choisi n'incluait que la variété française sur une période assez précise. Le vieil homme a semblé réfléchir en hochant la tête. Et en ne s'adressant plus qu'à lui :

— Indépendamment de la période, peut-être connaissez-vous quand même un morceau de cet artiste ?

Le plaisir que ce vieil homme voulait prendre semblait avoir quelque chose de profond, de sérieux, il ne posait pas cette question à la légère.

— Savez-vous qu'il n'existe en vérité que trois chanteurs de soul ? a-t-il ajouté. James Brown, Otis Redding, et Nino Ferrer. S'il vous plaît.

Le bassiste a fait à Nino un geste du bras signifiant qu'après tout, chaque invité pouvait être considéré comme un client. Il a réfléchi mais *Fabuleux Voyage* n'avait rien de ce chanteur en stock, il s'en est excusé.

Le vieil homme a alors demandé aux filles du vestiaire si elles n'avaient pas une chaise pour lui, il s'est exprimé dans un anglais parfait, l'une a fait le tour et lui en a posé une au beau milieu de la salle, là où il se trouvait. Il l'a remerciée, s'est assis et a fixé Nino droit dans les yeux avec un intérêt croissant.

— Connaissez-vous *Je voudrais être noir* ? Ou bien *Le Blues anti-bourgeois* ?

— Oui, je connais, ou *Le Roi d'Angleterre*, ou *La Rua Madureira*...

Le vieil homme a croisé ses jambes d'un mouvement vif, posant ses mains l'une sur l'autre, sur ses genoux.

— Vous pourriez m'en chanter deux ? Ou trois, ou même les quatre ?

— Mais... sans musique ?

— Peu importe. Allez-y, jeune homme.

Alors il y est allé, sans choisir l'ordre, il a chanté le premier morceau qu'il avait cité, *Je voudrais être noir*, que lui et son père chantaient en voiture. Puis *Le Blues anti-bourgeois*, que sa mère fredonnait, juste derrière. La scène avait quelque chose de surréaliste, ce vieil homme si distingué, dont l'œil était si vif, assis là dans ce hall en sous-sol entre les chiottes et les vestiaires, ce groupe de bal comprimé face à lui dans un coin, et ce petit chanteur aux cheveux orange, s'époumonant a cappella. Nino a chanté les quatre morceaux à la suite. À la fin, l'homme s'est levé et est venu le saluer en le remerciant chaleureusement, tenant sa main dans les siennes.

— J'ai déposé mon manteau tout à l'heure à ces demoiselles, vous chantiez je ne sais quelle chanson dont vous aviez, me semble-t-il, plus ou moins modifié les paroles, a-t-il souri. J'aime beaucoup votre voix. Comment vous appelez-vous ?

Il a timidement répondu qu'il s'appelait Nino Face, démasqué dans sa blague sur le Jean-Luc Lahaye de tout à l'heure, et l'homme a répété son nom, Nino Face, plusieurs fois de suite, pour lui-même, en souriant.

— Et où habitez-vous, Nino ?

— À Calais.

Il a acquiescé, semblant continuer à réfléchir. Autour d'eux, le silence était total. Les autres membres du groupe assistaient à ce bref échange sans ajouter le moindre mot, les trois filles du vestiaire les fixaient en attendant la suite. L'homme a coupé court à ses réflexions et a tourné les talons, s'éloignant d'une démarche elle aussi élégante. Arrivé au pied de l'escalier, il s'est tourné vers eux tous et s'est excusé pour l'intrusion. Puis il a encore regardé Nino, et l'a remercié de nouveau.

— Vous êtes un grand chanteur, Nino, a-t-il conclu.

Puis il a disparu.

Le batteur a compté « trois-quatre », et les filles ont enchaîné sur Jeanne Mas, *En rouge et noir*.

Là-haut, le volume a progressivement baissé à mesure que les invités passaient récupérer leurs affaires aux vestiaires. Il était six heures du matin, ils avaient vu deux ou trois mecs, la main sur la bouche, courir en direction des toilettes, ils avaient revu Keith Richards qui, cette fois, ne leur avait pas fait le moindre signe, Nino avait tressailli d'un coup en reconnaissant le vieux qu'il n'était pas parvenu à identifier lors de son arrivée, c'était Roger Daltrey, le chanteur des Who, il avait même repoussé les œillades d'une probable starlette anglaise de téléréalité, le vieil aristocrate en bordeaux était venu enfiler son manteau et s'était coiffé d'un chapeau, le tout dans les tons crème, et l'avait à nouveau fixé, lui disant au revoir de loin d'un discret signe de la main sans laisser paraître la moindre fatigue, ils avaient finalement passé une soirée tellement étrange que ça n'avait pas été désagréable. Sans compter qu'une fois les vestiaires quasiment vides, ils avaient enfin vu débarquer les mariés. Une sorte de brouhaha bizarre les avait précédés, ils étaient arrivés, eux deux seulement mais faisant du bruit comme cinq ou six, parlant en même temps et parfois même dans des directions différentes mais accrochés l'un à l'autre. Rob Coltman était d'une maigreur affolante, la chemise ouverte jusqu'au nombril et sortie du pantalon, la sueur coulait sur ses tempes et son front, collant des mèches de cheveux çà et là et l'air prêt à tout casser de joie, le sourire jusqu'aux oreilles. Katy Philips était, elle, presque nue, même si l'on voyait bien qu'elle portait sa tenue complète. Les filles du vestiaire et les chanteuses ont machinalement tiré sur leurs jupes et boutonné leurs chemisiers plus haut en la voyant ainsi apparaître. Katy Philips était une petite liane d'un mètre soixante-cinq à peine à la crinière et aux lèvres provocantes, un mini-short blanc évoquant probablement la traîne de la mariée, une brassière aux couleurs de l'Union Jack et des bottes montant jusqu'à mi-cuisses. Katy Philips et Rob Coltman étaient ivres morts et leur avaient dit dans de grands éclats de rire qu'ils pouvaient maintenant arrêter, boire un coup, et baiser à même le sol. Ils s'étaient contentés d'un verre.

Ils se remémoraient tout ça sur le ferry quittant Brighton au matin sans avoir dormi, économisant au passage la nuit d'hôtel prévue dans le forfait. Crevés mais heureux, l'impression d'avoir tous ensemble vécu quelque chose d'un peu dingue. Ils étaient sur le pont, dans le froid, et l'un d'eux avait toujours une nouvelle anecdote à pointer du doigt, un nouveau spot à braquer sur ces heures passées dans la variété tandis qu'à l'étage, quelques légendes vivantes du rock'n'roll croisaient le fer sur scène. Personne n'avait vu Mike Tyson, était-il ou non présent ? Combien tout ça avait bien pu coûter ? Ils se demandaient si l'on verrait, en France, un reportage sur Jamie Oliver et sa cuisine. Et puis ils parlaient de ce vieil homme si classe qui avait écouté Nino comme dans une parenthèse, le batteur était certain d'avoir déjà vu ce visage quelque part et pianotait sur son téléphone à la recherche d'un indice. Les hypothèses sur son origine se succédaient, Italien pour certains, Russe pour d'autres, tout le monde s'accordait sur son charme et son charisme, son élégance et ses façons. Ils en étaient à peu près là quand le batteur a gueulé tout d'un coup, les yeux rivés sur son écran.

— J'en étais sûr. C'est lui, a-t-il dit en tournant son appareil vers les autres.

Ils ont vu le visage apparaître, en effet, c'était lui.

— C'est Ralph Mayerling, a-t-il repris, avant de baisser de nouveau les yeux pour leur faire la lecture de l'article qu'il venait de trouver. *Né le 19 septembre 1935 en Autriche, dans une famille d'industriels.*

Il s'est tu pour lire la suite, cherchant à dénicher l'essentiel, ils étaient suspendus à ses lèvres et il a bondi sur lui-même en relevant la tête :

— *Durant l'été 57, profitant de l'absence de ses parents qui se sont offert quelques jours en Italie, il hypothèque le château familial et, avec l'argent récolté, traverse l'Atlantique et produit le premier album d'un chanteur alors totalement inconnu : Elvis Presley.*

Ils ont tous poussé le même cri, ils ont rigolé en imaginant la scène, les parents outrés, un château contre Elvis, et combien de châteaux le fils maudit avait pu leur offrir par la suite mais le batteur les a coupés d'un signe de la main, la suite était à la hauteur :

— *Sa discographie comprend les noms de Earth Wind and Fire, Queen, The Beatles, The Rolling Stones, Kool and the Gang, Marvin Gaye, Otis Redding et Madonna. Sa dernière production est celle de la jeune chanteuse Amy Whinehouse dont la mort prématurée fera dire à Mayerling qu'il ne produira désormais plus aucun disque. Ralph Mayerling partage son temps entre Londres, San Francisco et Sainte-Maxime. À Mayerling, son village d'origine en Autriche, il a fait don du château familial à la commune, qui l'a transformé en maison de retraite.*

Un silence a suivi. Ils se regardaient tous, impressionnés par le destin de cet homme qu'ils avaient vu de si près. Et puis cette élégance, cette discrétion, tandis que Coltman croyait tous les matins accoucher de la huitième merveille du monde.

— Et il t'a dit que tu étais un grand chanteur, a soufflé une des filles. Tu imagines combien de chanteurs il a entendus, ce type ?

Nino a tenté de minimiser en expliquant qu'il était tard, que le brouhaha de l'étage avait sali son audition, qu'on le lui disait aussi tous les week-ends au Paradiso sans que ça ne signifie rien de plus. La fille ne l'a pas quitté des yeux, elle semblait même presque se mettre en colère.

— Tu vas refaire une maquette, ou tu attends qu'Elton John vienne te sucer la bite ?

Ils ont tous rigolé, il a dit qu'il allait réfléchir, elle le fixait en acquiesçant, les remous du ferry les berçaient. Ils arrivaient en France, on voyait le soleil au loin, il allait faire beau. Nino s'est levé, il a mis sa main en visière pour admirer la côte. La sirène du bateau a retenti, énorme, dans le vent du nord. Il s'est tourné vers la cabine du commandant, on le voyait tout là-haut, il a crié :

— J'arrive, Elton !

Tout le monde a rigolé.

IX

Ils s'étaient quittés sur le quai, la chanteuse qui avait évoqué Elton John ainsi qu'une éventuelle maquette avait ramené Nino chez lui en voiture. Au pied de son immeuble, tandis qu'il allait rentrer dans le hall, elle avait baissé sa vitre et s'était penchée vers lui en l'appelant. Il était revenu sur ses pas.

— Tu sais, ce que je t'ai dit tout à l'heure… Enfin, moi, je suis chanteuse dans *Fabuleux Voyage*, et je trouve ça très bien parce que je sais que je n'irai pas plus haut, je chante en rythme, juste, et ça s'arrête là. Je suis une bonne ouvrière. Mais toi…

Elle semblait embarrassée, émue, cherchait ses mots. Il l'avait aidée d'un petit sourire.

— Toi tu es un chanteur, un interprète. Un artiste.

Elle avait dit ça d'un air presque dur, et avait planté ses yeux dans les siens.

— Tout le monde le dit, Nino, et on n'est pas tous des mauvais. Tu passes à côté de ta vie.

Un silence avait suivi, durant lequel ils avaient tous les deux baissé les yeux. Ils étaient lessivés.

— Allez, dors bien, avait-elle fini par souffler en passant la première.

Il était monté doucement, croisant au passage Fred et Karl Avanzato, qui lui avaient fait un signe de tête. Chez lui, il avait posé son sac par terre et avait regardé ses disques. Les paroles de cette fille et celles de Mayerling tournaient dans sa tête comme un moustique dans une chambre. Il s'était endormi tout habillé sur le canapé en essayant de trouver le calme.

Le soir même, il était au Paradiso dans sa chemise de soie mauve.

Quinze jours après, il n'avait pas enregistré la moindre maquette et parvenait presque à considérer Mayerling comme un vieillard un peu sénile, et la chanteuse, comme une fille très sympa mais qui n'y connaissait pas grand-chose.

Au début du mois suivant, le patron embauchait Laurie, et elle et lui passaient une première nuit ensemble environ trois semaines plus tard.

Tout était doucement rentré dans l'ordre.

Jusqu'à ce que Karl Avanzato le tire du lit un matin et le pousse au volant d'une Supercinq à fendre la nuit bordelaise, semant un corps fracassé dans son sillage. Jusqu'à ce qu'il s'arrête, à bout de souffle et en panique, au beau milieu d'un bois perdu, et découvre deux millions d'euros sur la banquette arrière. Jusqu'à ce que Mayerling l'appelle, juste à ce moment-là, pour lui proposer de devenir chanteur.

*

Il a démarré et a roulé au hasard, doucement, sans savoir où il allait. Il ne connaissait de toute façon ni Bordeaux ni l'itinéraire qu'il devait emprunter pour gagner la Côte d'Azur. Il craignait surtout à chaque instant de croiser Karl Avanzato, qui ne devait pas être loin, à quelques kilomètres à peine, c'était certain. Il conduisait les mains crispées sur le volant, guettant sa silhouette et les panneaux qu'il apercevait. Il s'est finalement arrêté dans un bar le long de la nationale, une espèce de relais routier, en garant la Supercinq à l'abri d'un poids lourd. Il s'est faufilé jusqu'au comptoir, au fond de la salle déserte. Deux serveuses dressaient les tables pour le service à venir, l'une s'est approchée, lui a fait un café et a ouvert de grands yeux quand il lui a demandé comment se rendre à Sainte-Maxime.

— Il y a une carte au mur, là-bas, a-t-elle dit en tendant le bras vers le fond. Ça fait un euro cinquante.

Il a pris sa tasse en main et s'est approché de ce mur coloré, la France en deux mètres sur deux. Il y avait Calais tout là-haut, Laurie, son boulot, sa chemise de soie mauve et son micro flexible, et Bordeaux, plus bas sur la gauche, où il n'aurait passé que quelques heures mais qui constitueraient à coup sûr le virage de sa vie. Et puis il a trouvé Sainte-Maxime, c'était loin, en bas à droite, il a pris l'échelle entre son pouce et son index et a plaqué ses doigts entre ici et là-bas, ça devait faire dans les sept ou huit cents kilomètres, une bonne journée de route. Il a mémorisé les villes par lesquelles il devait passer, Agen, Montauban, Toulouse, Montpellier, se faisant un itinéraire mental qu'il s'est répété de plus en plus vite en retournant vers le bar pour y poser sa tasse vide, plus vite, chasser tout l'air, les doutes et les craintes qu'il pouvait y avoir sous son crâne, Montpellier, Nîmes, Aix-en-Provence, il a couru vers la voiture, Agen, Montauban, Toulouse, et a enfoncé l'accélérateur en tournant la clé de contact. Karl Avanzato a tenté d'appeler encore et il a regardé son téléphone, la batterie clignotait, c'était la fin, il s'est éteint, enfin, exténué, sous ses yeux. Le petit moteur tournait rond, il était libre et le soleil pointait son nez : il a passé la première et a foncé vers le sud.

À dix-neuf heures, il découvrait le panneau Sainte-Maxime après avoir longé la mer sur au moins dix kilomètres, c'était magnifique. Ici, plus le moindre nuage. Il avait roulé sans encombre, s'étonnant au passage de la faible consommation de la Supercinq. Cette fois, il n'avait pas pris le moindre risque au moment de faire le plein, il s'était garé à l'écart, ouvrant la boîte à gants dans laquelle il lui semblait bien avoir vu le matin même un carnet d'entretien. Il l'avait consulté consciencieusement, vérifiant même le numéro d'immatriculation griffonné sur la page de garde, et avait ainsi découvert que la voiture carburait au gasoil. Au passage, il avait aussi lu le nom et l'adresse de sa propriétaire, Jacqueline Avanzato, la mère de Karl, domiciliée dans une cité HLM très à l'écart de celle de son fils et lui. Au moment de payer, il n'avait pas osé se servir dans le sac de billets derrière, par peur de se brûler, et avait, encore une fois, réglé avec sa carte.

Ralph Mayerling lui avait communiqué une adresse, Villa Guillaume II, chemin des Ambres. Il n'y avait pas de numéro. Quand il avait regardé un plan public à l'entrée de la ville, il avait constaté que ledit chemin se jetait dans la mer. En pénétrant chemin des Ambres au ralenti, il constatait en outre que cette impasse ne comportait que deux habitations, de part et d'autre du chemin, toutes deux délimitées par un mur de pierre haut comme un étage au moins. Derrière, on devinait des arbres, des parcs arborés et, à coup sûr, une vue à couper le souffle. La villa Guillaume II était là sur sa droite, il avait serré le frein à main en tentant de rassembler ses forces, était sorti vers l'interphone, et il avait enfin sonné. Une voix, à l'autre bout, qu'il ne connaissait pas, l'avait accueilli d'un :

— Monsieur Nino Face ? Suivez le chemin, M. Mayerling vous attend sur le perron.

Le portail s'était ouvert sur ce qu'il avait imaginé, un décor idyllique, et il avait engagé la Supercinq dans l'allée bordée de pins, les deux millions d'euros bien au calme derrière son siège. Devant lui, au bout, la silhouette de Mayerling se dessinait sur les marches d'une maison magnifique. Dans le rétroviseur, le portail se refermait. À mesure qu'il voyait ce décor l'envelopper, grandissait en lui la rassurante certitude que ni Avanzato ni personne d'autre ne viendrait jamais le chercher là.

Sur le perron, Mayerling l'avait accueilli, s'excusant de l'avoir appelé dans une telle apparente urgence.

— À vivre ainsi hors du monde, on perd la notion du temps, avait-il dit en tendant le bras vers la mer.

Elle était là, d'un bleu scintillant, au bout du parc verdoyant. Puis il l'avait invité à pénétrer dans la villa, où il avait alors été pris en charge par une femme âgée aussi, quoique plus jeune que Mayerling, Rosa, qui l'avait guidé jusqu'à sa chambre. Elle était habillée en soubrette, ronde, la peau noire, et ne semblait pas bavarde.

Nino avait pris possession de sa chambre. Il avait posé son petit sac sur une sorte de sellette à l'entrée. En ouvrant une armoire à côté de la porte de la salle de bain, il avait été un peu déçu de ne pas trouver tout une panoplie de costumes à sa taille mais non, elle était simplement vide. Le sac aux millions avait trouvé sa place, là, dans le fond, et Nino était allé prendre une douche.

Aux environs de vingt heures, Rosa était revenue frapper contre sa porte.

— Monsieur Mayerling me charge de vous dire qu'il serait bon que vous vous reposiez, il vous a trouvé l'air fatigué.

Nino s'était regardé dans le miroir une fois seul. En effet : il était livide.

X

Le lendemain soir, ils étaient huit à se sentir petits, dans le salon, le long d'un buffet dressé par Rosa, qui se tenait à l'écart. Mayerling présidait, coupe de champagne en main.

— Je voudrais commencer par vous remercier d'avoir tous répondu à mon appel.

Nino était parmi les autres, se retenant de trembler comme une feuille, le dos moite. Aucun ne semblait vraiment plus à l'aise que lui, ça le rassurait un peu. Il avait passé la journée sans sortir de sa chambre, en plein doute et exténué. Sa fuite en Supercinq l'avait mis à plat, les horizons sur la route lui donnant des vertiges, contre lesquels il avait fallu lutter pour ne pas s'endormir, l'ombre d'Avanzato se profilait dans les virages et le sac de billets sur la banquette arrière le regardait parfois dans les yeux. Une fois allongé dans sa chambre, il avait refait cent fois la route et revécu mille fois la scène du choc, le corps de Fred et les cris. La fuite et les hauts murs, le lourd portail se refermant derrière lui, rien de tout ça n'était parvenu à le calmer, au contraire. L'angoisse avait grandi, semblait s'être installée, déployée dans son corps et sous son crâne. En milieu d'après-midi, un plongeon sonore, sous sa fenêtre, un énorme bruit sourd accompagné d'un cri, l'avait tiré de son sommeil agité. Il avait bondi de son lit, s'était rué dans l'armoire : le sac était là, plein, qui n'avait pas bougé d'un pouce. À la fenêtre, il avait écarté le rideau en glissant un œil à l'extérieur, ébloui par le soleil. Dans la piscine, un gros type nageait comme une baleine, un air de ravissement sur son visage, en faisant de curieux moulinets avec les bras. Nino avait laissé le rideau retomber, en même temps qu'une goutte de sueur avait glissé entre ses omoplates.

La baleine s'appelait Marcel, il était là parmi eux face à Mayerling, l'air débonnaire et ravi, le polo à rayures rentré dans le pantalon, la soixantaine, l'air impatient de se ruer sur le buffet. Nino le regardait, et Sandra à côté, belle brune pulpeuse, les yeux pétillants dans une jolie robe à fleurs. Elle aussi semblait avide de quelque chose. Un des gars la regardait tout autant, mais lui, sans se cacher le moins du monde. Une tête de garçon boucher, un cou de buffle et des bras d'ours, celui que Mayerling avait présenté en premier : Pedro. Stefan 1 et Stefan 2 se tenaient sur la droite, d'instinct côte à côte. Le même genre, des gars fins et filiformes, une allure d'étudiants en lettres. Dan était derrière Marcel, et semblait méfiant. La quarantaine, lui, l'air pas facile. Il trépignait en silence. Au beau milieu se tenait une espèce de rockeur d'un autre temps, la banane impeccable et luisante, une chemise de cow-boy et des santiags multicolores. Il s'était spontanément présenté sous son surnom : Pento, tatouage à l'appui, les cinq lettres ornaient son avant-bras. Et puis il y avait ce petit mec fluet qui regardait chacun d'eux avec un sourire aussi innocent qu'émerveillé, des manières d'enfant, la candeur incarnée : Jérémy.

Et Nino, parmi eux, seul rouquin, et le plus petit de tous. Probablement aussi le plus en ébullition.

En sortant de sa douche, il s'était habillé de propre. Il avait au passage fait le point sur les affaires qu'il avait emportées en quittant Calais la veille, et s'était rendu compte qu'il lui faudrait bientôt faire quelques courses : trois polos dont un déjà sale, autant de slips et de chaussettes, et un seul pantalon.

Et deux millions d'euros, et deux mecs à ses trousses.

Il était sorti de sa chambre en guettant, avait voulu fermer à clé mais c'était impossible, la porte ne comportait pas le moindre verrou. Dans le couloir, il était tombé sur Sandra, dont la sensualité lui avait immédiatement sauté aux yeux.

— Salut, lui avait-elle dit dans un grand sourire.

Ils s'étaient présentés l'un à l'autre, elle lui avait tendu la main, calmant du même coup ses ardeurs naissantes, et ils avaient marché ensemble vers le salon, ouvrant de grands yeux sur cette maison incroyable. Il leur semblait voir la mer par chacune des fenêtres. Ils étaient arrivés dans le salon, découvrant Pento, blouson de cuir aux manches relevées, qui fumait en silence. Derrière la baie vitrée, le gros Marcel prenait son élan depuis le bord, et sautait, tous membres dehors, le plus loin possible dans la piscine.

À présent qu'ils étaient tous face à lui, Ralph Mayerling leur expliquait de nouveau la raison de son appel et de ces heures d'attente. Ils l'écoutaient comme des élèves un premier jour de classe.

— Pour me présenter brièvement, je m'appelle Ralph Mayerling, j'ai soixante-quinze ans. Mon accent vient d'Autriche, et je suis – du moins l'ai-je été cinquante ans durant – producteur de disques. J'ai obtenu quelques belles réussites.

— Tu m'étonnes, a rigolé Marcel en jetant un regard circulaire.

Mayerling l'a regardé en souriant.

— Vous êtes ici chez vous, Marcel.

Et s'adressant de nouveau à eux tous :

— Je vous ai rencontrés les uns les autres par hasard depuis environ un an, et vous m'avez tous, séparément, procuré quelques émotions. Je pensais ne plus jamais produire d'album et simplement profiter du temps qu'il me reste, et de cette vue magnifique. Mais chacun d'entre vous m'a çà et là donné à penser qu'il y avait peut-être encore quelque chose à faire. Quelqu'un en particulier, parmi vous, m'a fait me dire, en l'écoutant, qu'il me restait un album à créer, un groupe de musique à accompagner, et un ultime et superbe tour de piste à accomplir.

On aurait pu croire que Marcel allait faire une blague sur cette tirade un peu pompeuse mais non, il regardait lui aussi Ralph Mayerling, visiblement ému. Chacun l'était, qui avait pris cet hommage pour lui-même, ils s'en rendaient compte les uns les autres, ajoutant à leur gêne.

— Chers amis, a repris Ralph Mayerling d'un ton jovial en écartant les bras comme s'il inaugurait une salle, regardez-vous dans ce miroir derrière.

Ils se sont tous tournés lentement, et rapprochés les uns des autres pour parvenir à entrer dans ce grand cadre de trois mètres sur deux au moins. Ils se sont mis là, comme un panel représentatif d'on ne sait quoi, on aurait dit un groupe de touristes sortant d'un aéroport à l'autre bout du monde. Mayerling était en retrait, hors du reflet. Pedro ne semblait pas prêter la moindre attention aux paroles de leur hôte, il n'avait d'yeux que pour Sandra, dont il détaillait les moindres courbes. Les deux Stefan semblaient mal à l'aise, les yeux en biais vers le sol. Dan continuait à se demander ce qu'ils foutaient là, sur le point de partir en claquant la porte. Jérémy semblait émerveillé. Quant à Nino, il n'osait pas se regarder en face, ni personne d'autre, et tentait de se faire plus petit encore qu'il ne l'était déjà.

— Regardez, a soufflé Mayerling, regardez bien. Vous êtes les premiers à découvrir cette image, qui bientôt fera le tour du monde.

Et quasiment dans un murmure :

— Si j'ai vu juste, devant vous se trouve le plus grand groupe de rock des décennies à venir.

Pas facile.

Pas facile de voir dans ce troupeau difforme le renouveau d'une musique faite pour danser dans la sueur et les larmes. Mayerling l'avait senti. Après leur avoir expliqué qu'ils toucheraient un salaire hebdomadaire, dont le montant avait semblé plus que confortable à chacun d'eux, Mayerling avait souri : il avait bien conscience du bizarre de la situation. Pour les convaincre, il les avait invités à se rendre au sous-sol. Seul Marcel avait parlé dans les escaliers, demandant à qui appartenait la Supercinq garée dehors. Nino s'était aussitôt raidi, balbutiant que c'était la sienne.

— J'ai eu la même, avait répondu Marcel, heureux de la connivence qu'il sentait naître. C'est increvable. J'ai toujours regretté de l'avoir vendue.

En bas, Mayerling leur avait ouvert la porte d'une salle immense dont ils avaient constaté, quand il avait allumé, qu'il s'agissait d'un studio d'enregistrement. Ils étaient entrés les uns après les autres, émerveillés par le spectacle. Un des murs était couvert de disques d'or, les autres étaient blancs. Le sol en parquet, de grands canapés dans un coin, une batterie rutilante, et des instruments, parmi lesquels un piano à queue noir. Derrière une vitre, on devinait une incroyable table de mixage. Là, chacun des musiciens s'était de lui-même dirigé vers son instrument, on avait vu Pedro s'asseoir derrière la batterie sans la moindre hésitation, les deux Stefan avaient pris les guitares en constatant qu'ils se ressemblaient de plus en plus, Pedro avait rugi de plaisir en voyant Sandra faire coulisser son trombone. Le petit Jérémy avait pris sa trompette en main, son sourire ne l'avait pas quitté. Marcel avait caressé le piano sans plus faire la moindre remarque, et avait enfoncé quelques touches en s'asseyant derrière.

Pas facile de voir Pedro démarrer, et d'entendre dès ses premières frappes qu'il est aussi doux que bagarreur, vraiment pas facile de constater que oui, la basse de Dan est aussitôt dans les mêmes traces, que ces deux-là sont soudés quoi qu'il arrive dès les premières mesures. Un miracle. Stefan 1 s'engouffre et s'immisce, glisse entre eux deux comme un diablotin qui rit, sa guitare les agace, plane et pique, et Stefan 2 en rajoute, les deux deviennent des oiseaux virevoltants, que tente soudain de capturer Marcel. La baleine qui s'ébattait dans le bassin quelques heures auparavant se transforme en athlète, il surfe et voltige, effleure les touches et s'emballe. Il devient aérien, sa tête ronde et rose devient celle d'un esthète, et la musique que ces cinq mecs produisent sans s'être jamais croisés fait déjà danser Nino, il pousse un cri dans le micro qui se tient devant lui sur son pied, l'empoigne, y met sa crainte et sa terreur, crie, se recule et voit Pento prendre son saxophone en bouche, il fait une descente incroyable et dissonante, le fait vibrer d'un bout à l'autre, Sandra presse ses lèvres contre son trombone et s'avance d'un pas, hors de tout micro, la rythmique est implacable et elle entre dans l'arène, elle fait rugir le cuivre comme un gros Noir de La Nouvelle-Orléans, Nino la regarde sans en revenir et sans bander, pas encore, cloué, soufflé par sa force et l'énergie qu'elle dégage. Pedro cogne une cymbale en serrant les dents, les yeux rivés sur elle. Mayerling est là sur le côté. Il assiste au premier vol des talents qu'il a réunis, et voit son flair le ravir, la combinaison se fait là sous ses yeux, il acquiesce en silence. Une de ses jambes bat la mesure, il a croisé les bras dans le dos. Il approuve chacun de leurs gestes et chacune de leurs notes, les encourage et les flatte. À côté de lui, Rosa a le sourire jusqu'aux oreilles. La vieille servante se trémousse comme une adolescente.

Pas facile.

Pas facile de constater que oui, quelque chose est là sous ses yeux, de tellement évident que c'en est presque brutal. Pas facile de voir qu'il n'y a pas le moindre obstacle, pas la moindre raison de ne pas y aller, de foncer, chanter, pas la moindre faille et donc pas la moindre excuse, il a vu ce truc au loin et maintenant tout est là, il est l'heure, et c'est dur, même si c'est merveilleux, il est au centre d'un groupe de rêve, une machine à danser. Pas facile d'organiser sa vie comme une existence parallèle, et d'un coup, de faire le pas de côté qui rend les choses réelles. Pas facile d'assumer ça. Encore moins sous les yeux de Ralph Mayerling, qui le regarde avec un sourire évident quand il se lance dans un scat sans filet, le beau Nino au bord du vide. Pas facile, parce qu'un fantôme est là qui rôde : celui de Karl Avanzato.

Ils ont joué une heure sans discontinuer, une improvisation durant laquelle ils ont traversé plusieurs thèmes, planant sur la tombe de Curtis Mayfield, serrant la main d'Elvis, il a embrassé Ella Fitzgerald sur la bouche et Ike Turner a probablement caressé les hanches de Sandra, ils ont descendu des rapides ensemble, et de longs fleuves, ont dévalé des cascades et dansé comme des diables et, quelques minutes par-ci par-là, Karl Avanzato avait disparu de son cerveau. C'était fabuleux. Mayerling, à la fin, s'est avancé vers le centre, amenant le silence avec lui. Il était ému, presque autant qu'eux. Il les a regardés tous ensemble, leur a souri avec réserve, sûr de son charme et sûr de la démonstration qu'ils venaient de se faire à eux-mêmes.

— Vous serez le plus grand groupe de rock de la planète, a-t-il affirmé. N'est-ce pas, Jérémy ?

Jérémy a acquiescé, tout sourire, en balbutiant on ne sait quoi, sa trompette serrée contre lui. Ils le regardaient tous avec surprise. Il avait passé l'heure à se dandiner comme un enfant de cinq ans écoutant son premier disque. Il n'avait pas joué la moindre note.

XI

Tout cela tournait en boucle, le Paradiso, le plus grand chanteur de Calais, *Fabuleux Voyage*, toutes ces années passées à croire qu'il rêvait de quelque chose et à présent que la chose était là, même juste un peu, maintenant que l'occasion se présentait, Nino Face ne savait plus qui il était. Ils avaient passé la journée suivante à jouer tout et rien à nouveau, dans tous les sens et dans la fureur, ils s'étaient découverts, avaient fait une reprise de *Cold Sweat* d'au moins trente minutes, cela se confirmait, il fallait bien l'admettre : le groupe imaginé par Mayerling, et dont il faisait partie, allait tout dévaster sur son passage. Seul Jérémy n'avait pas joué, assis dans un coin à les écouter, ravi. Aucun d'entre eux n'avait osé lui demander pourquoi il n'entrait pas en piste.

En fin d'après-midi, Nino avait puisé dans tout ce qu'il avait de courage et avait franchi le portail, tremblant derrière le volant de la Supercinq, courage, faire vite, mais je ne peux de toute façon pas rester là avec deux malheureux T-shirts : il s'était rendu en ville pour acheter quelques affaires. Il avait pris quatre billets dans le sac, qu'il avait enfouis au fond de sa poche à côté de sa Carte Bleue, pour une première sortie dans le monde depuis son exil vers le sud. Et puis, dépenser quelques billets l'aiderait peut-être à exorciser le souvenir de ce choc, Fred qui vole sous les roues d'une voiture en travers et lui qui file, mettre les mains dans cet argent serait un peu se l'approprier, et faire une croix sur le reste, tout du moins essayer, tenter de reprendre les rênes.

Il était rentré le soir avec quatre sacs chargés d'affaires. Le reste du groupe était sur la terrasse, en train de prendre l'apéritif. Marcel lui avait fait un grand geste du bras, tandis qu'il descendait de la Supercinq, il lui avait fait signe qu'il allait prendre une douche avant de les rejoindre. Mayerling, qui était avec eux, avait semblé réfléchir, presque soucieux, en le regardant faire.

Deux choses obsédaient Nino Face : la première, c'est qu'en ville, il avait acheté un chargeur de téléphone et n'avait pas résisté à l'envie de le brancher sur l'allume-cigare de la voiture. Aussitôt sorti du magasin, il était retourné au parking et avait voulu voir. Deux SMS de Laurie, le premier disait « T'es où ? », le second, le lendemain, disait « Tu es où, Nino ? ». Il n'avait pas répondu. Il avait aussi eu plus de trente appels en absence. Un de son patron au Paradiso qui lui demandait ce qu'il foutait. Le reste, tout le reste, trente-six appels exactement, venait de Karl Avanzato, le dernier avait été passé à peine une heure plus tôt. Il n'avait pas laissé un seul message. Karl Avanzato devait être fou de rage, fulminant, le magot lui avait filé entre les doigts, Nino avait transpiré seul dans ce sombre parking en l'imaginant tout mettre en œuvre pour retrouver sa trace, il avait soudain regardé son téléphone comme le plus beau des GPS, on pouvait paraît-il localiser un appareil à trois cents mètres près, il suffisait qu'Avanzato connaisse un flic ou quelqu'un chez Orange ou n'importe qui, il lui suffirait de ça pour savoir qu'il était là, entre Fréjus et Saint-Tropez, à peut-être mener la vie d'un prince. Il était ressorti de la voiture en tremblant, marchant à petits pas rapides vers le port. Là, face aux bateaux amarrés, il avait une dernière fois utilisé son appareil, il s'était rendu sur Internet, scrutant le petit écran dans le soleil à la recherche d'une info, un éventuel fait divers qu'il avait bientôt déniché sur sudouest.fr, un banal accident en pleine nuit, à Bordeaux, sur le cours Carnot deux jours plus tôt, faisant suite à un vol de voiture. Les deux propriétaires du véhicule avaient couru dans la nuit pour tenter de rattraper le fuyard, l'un se faisant percuter par une infirmière rentrant du travail, tandis que le voleur prenait la fuite : Fred était mort sur le coup. Nino avait été pris de tremblements plus prononcés encore et avait jeté son portable au fond du port comme s'il avait été l'arme du crime, il avait respiré fort, tétanisé, et avait fait un effort dont il ne se serait jamais cru capable pour revenir sur ses pas, retourner vers la vieille ville, ses boutiques et ses glaces, même en morte saison, prendre sur lui, se reprendre, faire le point, se calmer. Et entrer dans un des magasins, dans une de ces rues piétonnes, comme hypnotisé. Des chemises, des pantalons, des caleçons, des T-shirts. La base. Se concentrer sur ça. Respirer.

En sortant de sa douche, il continuait de tout faire pour se calmer, stabiliser les battements de son cœur. Il se regardait dans la glace, dans sa tenue couleur vert clair. Il était chic. Il se le répétait, il était là, il était beau, ça irait. Combien de temps est-il resté comme ça à tenter de se convaincre que tout allait bien, qu'un groupe monumental était en train de se monter dans ces murs, qu'il en était le chanteur et qu'il aimerait l'avenir ? Il avait les mains dans les poches et les yeux tout au fond des siens dans le reflet lui faisant face, et ça a frappé à la porte. Derrière, la voix de Mayerling qui prononçait son nom, il a dit oui et il a ouvert, Mayerling est entré, refermant à sa suite. Il était calme, ce qui semblait être son unique façon d'être, une sorte de force tranquille tellement élégante qu'elle paraissait infaillible.

— Comment allez-vous, Nino ?

Sans attendre sa réponse, il s'est assis sur le lit en le regardant droit dans les yeux avec son infinie douceur.

— Ne me dites pas « très bien », s'il vous plaît, a-t-il aussitôt souri.

Ce vieux fou de Mayerling qui hypothèque le château familial à vingt ans pour produire Elvis le regarde, et Nino sait déjà qu'il ne pourra rien lui cacher très longtemps. Il reste là sans parler, se sent déjà presque tout nu. Ralph Mayerling le regarde furtivement, et ouvre la bouche :

— C'est l'heure des choix, murmure-t-il comme pour lui-même en regardant ailleurs. La difficile heure des choix…

Une vague de souvenirs semble le traverser, il pense à une foule de choses, aux choix compliqués qu'il a dû faire dans sa vie pour qu'à son âge il en frissonne encore. Et relevant les yeux :

— C'est cela, n'est-ce pas ?

Ça n'est pas vraiment une question mais Nino balbutie un « Oui » sans être capable d'ajouter quoi que ce soit. Mayerling s'en satisfait, acquiesce en silence, et comprend. Il le regarde à nouveau :

— Vous êtes un grand chanteur, Nino, et vous le

savez. Le groupe auquel il faut que nous trouvions un nom sera parmi les plus grands de son époque. Cela aussi, vous le savez.

Il est aussi émerveillé qu'embarrassé.

— De quoi avez-vous peur, Nino ?

Mais il se reprend aussitôt, met les mains devant lui en s'excusant d'avoir été trop brusque, balaye sa question d'un geste lent comme s'il connaissait déjà la réponse. Le vieil homme paraît ému.

— Depuis votre arrivée, Nino, vous semblez coincé. Pourtant, vous n'avez jamais été si près d'être enfin libre, c'est-à-dire de vivre votre vie, la vôtre, dans votre vérité d'un bout à l'autre.

Il laisse passer un silence.

— Que font vos parents, Nino ?

Ledit Nino doit parler, se lance, mais s'en tient aux faits, lui parle de son père professeur de musique en collège, il évoque sa guitare, les premières chansons qu'il lui a apprises, Ralph Mayerling est avide, le grand producteur l'écoute lui dire que son père swingue dans son salon, qu'il chante et rit, que sa retraite approche.

— Et votre mère ?

— Elle est secrétaire dans un cabinet médical.

— Elle chante, elle aussi ?

— Non. Elle brode.

Nino sourit en disant ça, et Mayerling l'interroge du regard, jovial.

— Elle en met partout, des tableaux brodés sur les murs…

Il sourit à son tour, et semble peser ses mots, comme il le fait depuis qu'il est entré dans la chambre.

— Ne pensez-vous pas que votre père aurait aimé être guitariste ou que votre mère aurait aimé tenir une boutique, je ne sais pas, de fleurs, par exemple ? Ou bien une mercerie ? Je ne dis pas qu'ils n'ont pas été heureux, sans doute ont-ils plutôt bien réussi leur vie, j'imagine qu'ils habitent une jolie maison, qu'ils ont fait de beaux voyages et se sont parfois offert une voiture neuve ou je ne sais quel plaisir. Et puis ils vous ont eu, bien sûr.

Nino l'écoute lui parler doucement et sait que ce vieil homme le connaît, le sent, il sait ce qu'il va lui dire, il le lit dans ses yeux : Nino a tout simplement l'impression de ne pas mériter ce qui lui arrive, ou trop tôt, ou trop bien, ou pas pour lui vraiment, au fond de lui se trouve un nœud depuis toujours. Il paraît qu'en sport, on appelle ça *la peur de gagner*. Depuis deux jours, ses doutes et ses espoirs se mélangent, il pense au Paradiso, ce sous-emploi qu'il occupait avec humour et second degré au départ, ce bar qui s'était peu à peu transformé en cocon, parfois même en écrin. Mais il vivait de sa passion, même d'une façon dérisoire et minime, même au degré le plus bas, même dans un karaoké pathétique, un cap avait été franchi, un petit palier gravi. Il s'était élevé dans la hiérarchie familiale du bonheur.

— Nino, nous n'avons qu'un devoir, un seul : être plus heureux que ne l'ont été nos parents. Nous accomplir un peu plus qu'eux, profiter davantage du temps que nous avons à vivre, ne pas en perdre autant qu'ils ont pu le faire, et regarder plus en profondeur ce que nous voulons vraiment faire de nos vies, voilà ce que nous devons retenir de l'héritage familial. C'est valable pour tout le monde, pour chaque individu, et ça n'a rien à voir avec la réussite financière ou sociale, absolument rien. Dans ma propre famille, je crois que le plus heureux de tous a été mon cousin Hans. Né comme moi dans l'opulence, les relations, la haute société… Il est devenu mécanicien automobile. Il a travaillé trente ans chez un concessionnaire Alfa Romeo et s'est chaque matin rendu au travail en chantant après avoir embrassé sa femme et ses enfants, il a profondément été heureux. Je crois qu'il est jusqu'à présent le Mayerling qui a le plus réussi sa vie.

Il s'arrête et fixe Nino avec un grand sourire.

— Il est parvenu à s'extraire d'un modèle, aucun membre de ma famille n'a jamais arrêté l'école à seize ans hormis lui, aucun membre de ma famille n'a jamais été destiné à vivre sans résidences secondaires ou chaussures sur mesure, nous sommes nés sur ces rails. Moi-même, je n'ai pas échappé à cette réussite programmée, à cette richesse qui tombait sous le sens. À ma façon, j'ai moi aussi couru après. Hans, lui, a été libre. Il n'a vu que sa propre envie, son propre désir. Je l'ai longtemps admiré.

Il dit tout ça sans fausse pudeur, sans poudre aux yeux, il ne cache pas sa fortune, ne tente pas d'en minimiser les avantages, il est d'une honnêteté totale et évidente, désarmante.

— Je déteste les « fils de », comme on les appelle aujourd'hui, avoue-t-il à voix basse en plongeant dans le regard de Nino avec un beau sourire. Ces dynasties de je ne sais quoi… Je déteste les enfants qui n'ont eu d'autre envie que d'effectuer le même travail que leurs parents, qu'ils soient chanteurs, comédiens – ces « fils de » dont on parle dans les magazines – ou boulangers, médecins, peu importe. Ceux-là ne sont allés à l'école pour rien puisque tout ce qu'ils savent, leurs parents eux-mêmes auraient pu le leur apprendre. Nous sommes là pour nous emparer de la vie, du moins notre devoir est-il de tenter l'expérience. De prendre ce risque.

Il s'arrête, regarde dans le vague. Il parle un peu pour lui-même, c'est curieux, et Nino est comme hypnotisé.

— Mon cousin a su très tôt ce qu'il aimait, dit-il en le regardant de nouveau, il avait une passion véritable pour ces moteurs italiens. Je n'ai d'ailleurs jamais compris, la graisse et les pistons m'ont toujours totalement laissé de marbre.

Nino tremble, sûr que Mayerling s'en rend compte mais il continue, parle avec douceur, pénétré par ce qu'il dit, convaincu, il le vit, et Nino devine que sa vie si remplie, si dorée, n'a été qu'une lente recherche, bien à côté des strass et des stars, un petit ruisseau tout fin sur lequel on se penche, un souffle d'air frais, quelque chose d'intemporel et subtil et ces mots se mélangent dans la pièce et dans l'air, et dansent, et s'éparpillent.

— Nino, nous sommes cernés par l'inutile et le vide, les vaines tentatives, les jeux de dupes... Regardez autour de vous : que de vies sans lumière, sans intérêt pour rien, sans le moindre but, que de gens qui vieillissent sans avoir rien goûté, pas même leur propre sève, que d'hommes et de femmes à vivre ensemble sans le moindre partage, simplement parce que c'est la norme. Au fond, que de vies inutiles, quel gaspillage. Que de vies pour rien. Je dis cela sans mépris, je parle à hauteur d'homme, je ne vaux pas mieux, ni moins bien. Mais je sais une chose, et je vais vous la dire comme une vérité, presque un ordre : quand un événement se produit, Nino, regardez. Quand, au milieu du tumulte, vous entendez quelqu'un parler, écoutez-le. Si, dans la vie, vous avez quelque chose à dire : dites-le. C'est l'unique devoir que nous avons, l'unique rôle que nous devons endosser. Je suis certain que vous vous êtes jusqu'à présent, souvent, composé un personnage un peu fantasque, je suis certain que vous aviez quelques attitudes bien à vous piochées çà et là, une chemise extravagante, une moto d'un autre âge, je ne sais pas, un décor que vous transportiez avec vous, qui vous donnait un peu l'impression de vivre dans un film, et du même coup, le sentiment que votre quotidien n'était pas vraiment réel, donc pas si terne. On s'arrange comme on le peut.

Nino tire une chaise à lui sans le quitter des yeux, sa Vespa, sa lampe d'ambiance et son frigo d'alu, il revoit la chanteuse de *Fabuleux Voyage* lui dire qu'il gâchait son temps, se revoit au lit avec Laurie, un matin, en trouvant la vie belle, pourquoi n'avoir jamais voulu aller plus loin qu'une ou deux nuits par semaine ? Il s'assoit pour ne pas trembler davantage, et Ralph Mayerling lui parle, le pousse dans le vide avec vigueur.

— Je sais que vous êtes impressionné par mon parcours, vous avez certainement surfé sur Internet depuis votre arrivée ici, vous avez vu ces grands noms, ces disques d'or au sous-sol, cette villa. Sachez que vous m'impressionnez tout autant, Nino. Quand je vous ai vu, pendant ce mariage à Brighton, je suis rentré à Londres à l'aube. Le lendemain matin, durant le petit-déjeuner, j'ai dit à Rosa que j'avais rencontré quelqu'un. Ce quelqu'un, c'était vous.

Il se lève, fait quelques pas. Nino est immobile, sous le charme et en apesanteur. Et d'un coup sa voix change, la compassion s'éloigne, il prend un air distant, presque chargé de mépris, l'heure n'est plus au pardon, Ralph Mayerling lui montre un côté sombre, l'intransigeance et la dureté.

— J'ai croisé quelques artistes de talent aux ambitions tellement démesurées qu'ils n'ont finalement jamais rien fait. Un vernissage dans le restaurant d'un ami, quelques concerts dans des bars, des représentations théâtrales dans des gymnases municipaux. Pas parce que cela leur convenait comme ça, non. Simplement parce que rien n'était jamais assez bien pour eux, quoi qu'on leur propose. Une peur de chaque instant, dissimulée sous ce qu'ils voulaient faire passer pour de l'exigence, une forme de supériorité, pourquoi pas de l'arrogance. En vérité, la peur au ventre, rien d'autre, soupire-t-il pour lui-même comme s'il crachait sur le sol.

Puis, son regard devenu d'un coup doux :

— N'ayez pas peur de franchir le cap, Nino. N'ayez pas peur de sauter dans le vide, plus que vos parents, plus que la majorité des gens que vous croisez, n'ayez pas cette pudeur, n'ayez pas peur d'être libre. Prenez ce risque. L'éducation, les convenances, sont faites pour être dépassées, digérées, ce ne sont que des tremplins, des manières de rails au départ. La suite, la vie, le reste, c'est à vous de l'imaginer.

Il s'approche doucement de la porte. Il va mettre la main sur la clenche mais suspend son geste en se tournant vers son hôte, il est ferme et décidé, pourtant il sourit.

— Vous êtes un chanteur, Nino, vous le serez toujours, ici ou ailleurs. Et vous ne vous contentez pas de chanter dans votre cuisine, puisque vous avez fait partie de ce groupe, au sein duquel je vous ai découvert. Vous avez envie, Nino, je le sais. Et vous avez le talent, immense, rare. Faites le pas de côté nécessaire, mettez les deux pieds dans votre vie. Vous avez rêvé de musique, de concerts et de disques et vous êtes au pied du mur. Il est temps de cesser d'être le meilleur chanteur de votre immeuble, celui dont les amis disent qu'il aurait pu briller. Il est temps d'être chanteur pour de vrai, et de tenter de briller pour de bon, quitte à tomber. Vous n'êtes plus dans un film, tout ça n'est pas une blague. Vous êtes dans votre vie.

Il ouvre la porte et lui lance un dernier sourire.

— Rassurez-vous, je crois très sincèrement que vous ne tomberez pas. Mais sachez que si dans huit jours, vous n'avez toujours pas dévoilé le formidable chanteur que vous pouvez être et que j'ai vu à Brighton, je serai contraint d'abandonner ce projet, et de renvoyer chacun chez soi en présentant de plates excuses.

Nino reste là sur sa chaise sans en revenir, remué par tout ce que cet adolescent de soixante-quinze ans vient de lui dire, il voit sa vie et ses rêves et cet incroyable choix qui s'offre à lui, ce producteur immense qui le condamne à l'accomplissement, il tremble doucement devant ce précipice dans lequel il le pousse à plonger. Il voit ses parents, sa pudeur et ses freins, il l'entend dire « oser », il entend son père lui jouer *Malagueña*, tout là-haut, à Calais, il voit ces murs et le piano du sous-sol, la musique et Mayerling, vingt-six ans passés dans l'ombre de sa propre vie, il est temps, tout ça est vrai, s'avancer, s'ouvrir et sauter, oui, tout ce bordel a du sens et Nino le distingue, le sait, le sent depuis longtemps.

En parallèle, une autre chose est vraie, qui l'obsède et le cisaille, et le condamne davantage encore. Depuis qu'il a marché tétanisé vers la voiture, ses vêtements à bout de bras dans des sacs. Le séjour sera long, bloqué ici, dans la Villa Guillaume II, chemin des Ambres, à Sainte-Maxime, injoignable depuis que son téléphone sommeille au fond du port, voilà ce qui l'obsède, le séjour sera long parce qu'il n'a pas d'autre choix, il lui faut rester, se trouver, s'exprimer, déployer ses ailes entre les murs de cette villa pour avoir le droit d'y rester. Il est coincé là depuis la première boutique, où la vendeuse a pris soin d'empaqueter la chemise en lin vert pâle qu'il porte ce soir dans sa chambre silencieuse où flotte encore le parfum de Mayerling. Depuis que cette vendeuse a passé le billet qu'il lui tendait sous un rayon bleuté. Il a pris peur et a refusé l'évidence mais une deuxième enseigne a confirmé les dires de cette fille, un second rayon bleu l'a fait trembler tout entier, les quatre boutiques ont eu le même système, lui expliquant dans de grands sourires polis que la mafia russe et l'Italie toute proche incitaient à la prudence. Il a à chaque fois sorti sa carte en s'excusant sans y croire, quatre boutiques à la suite ont fait flamber son compte et plombé ses espoirs, tout s'est mis à tourner, perdant pied jusqu'à la voiture, et roulant comme un chauffard jusqu'au chemin des Ambres, sa cellule pour toujours.

Bloqué ici, oui, et condamné, Ralph Mayerling le lui a dit sans savoir à quel point c'est vrai, à quel point la situation ne comporte aucune alternative, à quel point Nino est dans un cul-de-sac inextricable. Oui, il va rester là, chanter, devenir chanteur et s'extraire de ses peurs, les pulvériser en hurlant face au ciel car il n'a pas d'autre choix. Il n'a plus de travail, un découvert faramineux, plus de possibilité de remonter sur Calais sans craindre pour sa vie, un mort dans son sillage et gravé dans ses pupilles, plus de téléphone et un tueur à ses trousses, une Supercinq qui n'est pas la sienne, et un sac au fond de l'armoire. Un sac d'argent liquide absurde et dérisoire qui lui a fait tout quitter, absolument tout, et qu'il regarde en se retenant de le brûler.

À l'intérieur, il y a deux millions d'euros, et pas un seul des billets n'est vrai.

XII

Après quatre nuits sans quasiment fermer l'œil, Nino était arrivé un matin le long de la piscine, sous le regard des membres du groupe, qui prenaient le petit-déjeuner. Mayerling l'avait invité à prendre place autour de la table, tout le monde regardant le petit chanteur en s'étonnant en silence de sa pâleur. Nino tombait de fatigue et de stress. Dans trois jours, la retraite prendrait fin. Dans trois jours, le vieux producteur mettrait un terme à l'expérience et renverrait chacun chez soi en s'excusant du dérangement, et Nino n'aurait d'autre choix que de poursuivre sa route sans repasser par Calais, fuir. La question l'avait empêché de dormir, la réponse était cinglante, immédiate et brutale, évidente : inutile d'aller voir Avanzato pour lui rendre le sac et la voiture, tenter d'effacer la trahison, la fuite et son silence, Avanzato le collerait contre un mur en le défigurant. Que les billets aient été vrais ou faux n'y changeait rien, peu importait. Il avait trahi ce type qui lui avait sauvé la vie, et qui avait perdu son ami dans l'aventure. Sûr qu'il tuerait Nino tôt ou tard.

Ce matin-là, après une nuit blanche peuplée de cauchemars éveillés, remplis de coups, de fureur et de voies sans issues, Nino était arrivé sur la terrasse comme s'il s'était mis de lui-même au bord d'un gouffre. Les autres l'avaient regardé, ses cheveux orange brillaient dans le soleil et le bleu du ciel, il était là, immobile et raide et face à eux, et s'était mis à chanter sans prévenir et sans filet, sans non plus savoir pourquoi, mais habité d'un coup, et libre, ou presque.

— Le vert pâle va doucement tout recouvrir, avait annoncé Mayerling dans un petit sourire à la fin de la chanson.

Les autres avaient tourné leurs visages vers lui sans comprendre, qui regardait Nino en arborant un franc sourire.

Le vert pâle. La magie des couleurs dans les yeux de Ralph Mayerling. À chaque émotion, chaque son, chaque idée, correspondait une couleur dans la tête de ce type incroyable qui pourtant, n'avait pas le moindre goût pour la peinture, et souffrait même de daltonisme. Nino avait ainsi appris que les trois bordeaux différents qu'il portait le soir de leur rencontre à Brighton, ce camaïeu qui l'avait fait dire de lui qu'il était d'une élégance et d'une audace évidentes, ce dégradé n'était pas volontaire. Mayerling était au contraire certain d'être complètement uniforme. C'était Rosa, à son retour à Londres, qui l'avait regardé en lui demandant pourquoi il avait choisi ce pantalon, cette chemise et cette veste, si proches et pourtant si différentes. Il s'était planté devant un miroir sans y croire, Rosa l'avait rassuré dans un sourire : il était superbe.

Peu importait que cette palette fût ou non universelle ou intime, Ralph Mayerling fonctionnait avec elle, grâce à elle, et pour elle, depuis toujours. Sous son crâne, des couleurs s'associaient en permanence à ce qu'il entendait, et se gravaient dans sa mémoire, ce phénomène continuant de l'étonner à soixante-quinze ans passés. L'association se faisait sans rapport avec l'intérêt ou la sensation qu'il éprouvait au moment où elle se faisait dans son cerveau. David Bowie, par exemple, lui avait immédiatement évoqué un jaune vif, c'était en 1971 et ça n'avait pas varié depuis. Il adorait David Bowie, et détestait ce jaune criard, mais c'était comme ça. Sans que lui-même ne sache pourquoi, Barry White, par exemple, était fuchsia clair. Pas sûr que le mâle ait apprécié, mais c'est ainsi que le vieux producteur fonctionnait malgré lui depuis toujours : les couleurs dirigeaient sa vie, s'imposaient d'elles-mêmes et guidaient sa musique, et ses disques.

La première fois que le vert pâle était apparu dans ses pupilles intérieures, c'était un an plus tôt. Ralph Mayerling était en Italie chez des amis pour quelques jours, à Rome. Un soir, ils étaient sortis ensemble manger en ville, et s'étaient rendus dans un chouette restaurant où le couple avait ses habitudes, Mayerling se laissant guider. Les antipasti avaient été excellents, les pizzas délicieuses, et l'ambiance, adorable. Au fond de la salle, un patio comportait un bar, où la jeunesse romaine venait boire quelques verres en écoutant parfois un groupe sous la nuit scintillante. Un brouhaha parvenait à leur table, aiguisant les sens de Mayerling, sous les yeux amusés de ses vieux amis qui l'avaient déjà vu faire par le passé ce qu'il fit vers le dessert : Mayerling se leva, marcha vers le fond en se mêlant à tous ces jeunes gens si bruyants et si beaux, et s'approcha de la minuscule scène. Un groupe de rock 60's, blousons de cuir noir et bananes au cordeau, faisait des reprises de Bill Haley en twistant dans tous les sens. Le contrebassiste faisait tourner son instrument sur lui-même en ouvrant de grands yeux, le batteur passait autant de temps à frapper ses toms qu'à se tenir les bras en l'air en souriant aux jolies filles, le guitariste était à genoux, sans doute sous le poids des trois seuls accords qu'il maîtrisait, et le chanteur parlait un anglais très spécial et très rare, celui du sud de la Sicile. L'ensemble avait fait naître un curieux rose à paillettes dans l'esprit de Ralph Mayerling, qui s'était laissé charmer par l'évident plaisir que prenaient ces gars sur scène. Seul un des musiciens avait, dans son coin quoique complètement soudé au groupe, évoqué une couleur bien à lui, dans ses notes et son regard, son attitude, son jeu : un vert pâle entourait le saxophoniste. Mayerling l'avait écouté plusieurs morceaux durant, se faisant bientôt rejoindre par son couple d'amis, curieux d'entendre ce qu'il avait bien pu découvrir. Ce soir-là, Mayerling n'avait encore pas découvert grand-chose, simplement une couleur, nouvelle, un joli vert pâle, et un saxophoniste qu'il chercherait quelques mois plus tard, le dénichant à Paris dans un grand pub du boulevard Saint-Germain, la banane toujours aussi parfaite, son surnom tatoué sur l'avant-bras : Pento.

Mais à bien y réfléchir, ce vert pâle surgi au beau milieu de son séjour à Rome, Mayerling l'avait déjà croisé quelque part. Le même vert, pâle, indescriptible, exactement le même. Il se cachait quelque part dans un recoin de son cerveau depuis des années, le souvenir lui était apparu quelques jours plus tard, revenu à Sainte-Maxime, en pleine nuit. Ce vert pâle existait. Ralph Mayerling avait épluché tous ses disques, le cherchant sur chaque plage, en éliminant certains d'office, dont la couleur était évidente, mettant de côté ceux dont l'unité n'était pas aussi claire. Trois jours plus tard, des centaines d'albums éparpillés sur le parquet du sous-sol, il s'arrêtait soudain, levant les yeux au ciel en écoutant la basse, l'implacable basse d'un groupe obscur, *Fabulous Ping*, un unique album enregistré dans une cave à Saint-Étienne huit ans plus tôt. Les noms des musiciens étaient inscrits au dos sous une photo d'ensemble : le bassiste, ce vert pâle évident qui nimbait chaque morceau, n'avait vraiment pas l'air commode. Il portait en revanche un prénom plutôt sympathique : il s'appelait Dan.

— Ce vert pâle, j'aimerais vous le décrire, j'aimerais vous expliquer comment cela se passe mais je crains de ne pouvoir être plus clair, avait dit Mayerling en leur racontant comment tout ça s'était passé.

Ils étaient autour de la table, c'était en fin de repas, un midi. Cela faisait environ deux mois qu'ils vivaient là, en bande du matin au soir, constatant chaque jour davantage qu'ils étaient faits pour jouer ensemble, c'était une évidence.

— Le vert pâle, répétait Mayerling, le vert pâle !

Ce vert pâle lui avait de nouveau sauté aux yeux quelques jours plus tard, les disques étaient toujours éparpillés sur le sol du studio en bas.

— Je n'avais même pas eu le temps de tous les remettre à leur place. Il y en a tellement, et puis peut-être avez-vous constaté qu'ils ne sont pas rangés au hasard. Bref. Je m'accordais une pause, je prenais le soleil, émergeant de ma caverne. J'étais ici, sur cette terrasse, Rosa et moi prenions le thé. Cela nous arrive rarement mais ce jour-là, nous avions mis la radio, je ne sais plus quelle station. C'est là que le vert pâle a de nouveau fait surface, un abominable morceau, pardonnez-moi, Stefan.

Stefan 1 avait rigolé en se tordant sur lui-même, le rouge aux joues de honte, comme un gamin pris en faute.

— Inaudible, vraiment, Stefan, vous ne pouvez qu'en convenir, avait-il ajouté avec une grande douceur. Toujours est-il que ces trois minutes de souffrance prétendument pleines d'énergie comportaient une surprise au second plan, qui m'apostrophait ouvertement : le vert pâle était là, dans cette guitare sautillante et légère, au milieu de ce désert incolore et bruyant. Je n'en revenais pas. Rosa s'en est rendu compte, m'a demandé ce qu'il y avait mais a compris bien vite à mon air. « Un nouveau disque se profile », m'a-t-elle dit. Elle me connaît tellement bien.

Mayerling n'avait pas cherché le vert pâle par la suite, il était simplement venu à lui. L'entendre leur raconter ça aurait presque pu faire croire en une sorte de magie, quelque chose de supérieur qui lui aurait envoyé des flèches ou l'aurait mis sur les bonnes voies.

— C'est curieux, s'était-il amusé, mais cela a été ainsi ma vie durant : les choses sont venues à moi. Il me semble que mon plus grand talent aura été de savoir écouter, savoir regarder, et savoir tirer sur les fils lorsqu'ils se présentaient.

Il avait croisé le regard de Nino, les deux hommes s'étaient imperceptiblement souri.

— Savoir saisir les mains que l'on vous tend, avait-il conclu.

Le vert pâle était effectivement revenu à lui peu de temps après, dans une salle de concert à Angers, le Chabada, par une nuit surchauffée. Ralph Mayerling s'y était rendu sur les conseils d'un vieil ami producteur, comme lui, qui avait depuis peu jeté son dévolu sur un groupe jusqu'alors totalement inconnu, et dont Mayerling avait depuis oublié le nom, tant il n'avait vu que du vert, effaçant tout le reste, un vert pâle incandescent, explosif et superbe, sortant du trombone, Sandra sur le devant de la scène au milieu d'un solo torride, ses notes s'éparpillant dans l'univers, sous les yeux écarquillés de Mayerling qui commençait à croire à un miracle. Cerise sur le gâteau, un des gars du premier rang s'étant penché vers elle pour lui caresser les cuisses sous la jupe, Sandra avait bondi en arrière, puis en avant, sans que son solo ne perde en intensité, au contraire, et s'était accroupie, écartant suffisamment les cuisses pour hypnotiser le goujat qui n'avait rien vu venir : Sandra avait redoublé de puissance, et avait sonné le mec d'un coup de coulisse en plein travers des yeux, un coup sec et brutal comme un pain dans la gueule, le mec s'était écroulé dans les bras d'un gars derrière, le retenant par les aisselles, Sandra bondissant vers les spots en enchaînant, sous une ovation sans borne.

Le vert pâle, ensuite, s'était imposé. Il lui était apparu à l'aéroport de Roissy en la personne de Stefan 2, ressemblant étrangement à ce Stefan 1 croisé quelques semaines plus tôt sur les ondes dans un morceau proche de la torture, ce Stefan 2 grattant une guitare dans la salle d'embarquement, sous les yeux distraits d'une blonde ravissante, partie depuis dans les draps d'un chanteur folk. Stefan 2 jouait bas, chantait plus bas encore, mais le vert pâle était là, de nouveau là, Mayerling s'était approché. Pour la première fois depuis l'apparition de cette couleur en Italie, Mayerling avait sauté le pas, prononcé quelques mots, devinant qu'il serait probablement temps d'agir bientôt.

— Jeune homme, pourriez-vous me donner vos coordonnées ? avait-il demandé.

Sans se méfier une seconde, sans non plus deviner le moins du monde l'identité de ce vieil homme élégant, Stefan 2 avait griffonné son numéro sur un papier froissé et l'avait tendu à Mayerling, qui s'était présenté à son tour, et cela s'était arrêté là. Une heure plus tard, Stefan 2 avait déjà oublié son nom quand l'avion décollait, tout à sa jolie blonde qui, elle, trouvait l'uniforme des stewards redoutablement sexy.

Pour Pedro, la rencontre avait eu lieu sur Internet, Mayerling allant un jour de clips en vidéos, de tout et rien dans ses oreilles et ses yeux, principalement des musiciens seuls enregistrant quelques morceaux chez eux. Une chanteuse enchaînant les morceaux de variété dans son salon, quelque part dans le Massif central, une tête de cerf empaillée au mur, juste à côté de la cheminée. Un jeune rappeur penché sur sa webcam, s'arrêtant en pleine performance quand sa casquette tombe sur le clavier, coupant court à l'enregistrement. Un guitariste dont on ne voyait pas le visage, jouant *Dire Straits* à la perfection, certains internautes se demandant s'il ne s'agissait pas de Mark Knopfler lui-même, ou de son fils. Un cow-boy habité, jouant seul dans une cuisine, une sangle léopard pour tenir sa guitare, une pin-up dansant à ses côtés. Une violoniste au beau milieu d'un champ. Une batterie, un mur blanc. Une sorte d'armoire à glace qui s'installe, une tête de maçon portugais, des bras comme des pylônes et un cou pyramidal, qui effleure, et soudain, le vert pâle, qui frappe et bientôt cogne, inonde et embrasse, joue, danse, vit et aime, et le vert se propage, pâle et limpide, superbe, et Mayerling décolle son dos du siège, s'avance, plisse les yeux vers les pixels et s'illumine en découvrant *Pedro*. Pedro.

Le seul parmi eux qui aurait pu s'enorgueillir d'une carrière plus prestigieuse que les autres (Mayerling avait raconté dans la foulée les circonstances assez épiques de sa rencontre avec Nino, précisant au passage qu'il avait délaissé le duo Rob Coltman / Keith Richards transpirant sur scène, pour venir l'écouter au sous-sol dans sa belle chemise rouge, le petit rouquin avait bombé le torse sous le soleil), le seul qui aurait pu se vanter un petit peu s'il l'avait voulu, était au contraire celui qui, parmi eux, était le plus débonnaire, le plus à l'aise avec tout ça, au fond le plus serein. Marcel avait appris le piano à Paris, avait fréquenté quelques grands noms du jazz, s'était envolé vers Philadelphie alors qu'il n'avait que vingt et un an, et avait intégré le big band de Dizzy Gillespie. Ils le regardaient sans en revenir, il répondait en rigolant, disant que oui, tout ça était vrai. Il avait ensuite enregistré un album aux côtés de Miles Davis, puis un second, avant de rencontrer Madeleine, qu'il avait décidé de suivre, vétérinaire et peintre au fin fond du Vercors. Il avait encore voyagé çà et là quelques années durant pour différents concerts, ces déplacements lui étant de plus en plus pénibles : Madeleine lui manquait. Marcel avait définitivement posé ses valises dans la ferme de Cognin-les-Gorges qu'ils avaient achetée ensemble, et l'avaient ensuite restaurée, tandis que les aigles passaient au-dessus de leurs têtes. Marcel avait arrêté les concerts et les disques, et était devenu guide touristique. Le soir, il jouait seul dans la grange tandis que Madeleine peignait, et trouvait la vie magique. Cela avait duré plus de trente ans, le temps de faire deux garçons, élevés dans la nature, la musique et les couleurs, deux garçons devenus depuis cuisinier pour l'un, avocat pour l'autre, le temps pour Marcel de jouer des milliers de soirs et d'arpenter tous les sentiers du massif. Le temps pour Madeleine de peindre des centaines de toiles et de ressentir un jour des douleurs dans le ventre, puis dans l'aine, le temps pour eux deux de se rendre à l'hôpital, puis encore, et d'y rester quelques jours, le temps d'apprendre qu'un cancer se propageait en elle, le temps pour Marcel de la voir dépérir, de la sentir encore chaude contre lui, sentir son souffle et sa vie qui s'enfuit, le temps de regarder le ciel en y distinguant les oiseaux, les regarder tourner pour trouver la vie belle, toujours belle malgré tout qui s'enfuit, lui jouer un air de piano, un dernier *Night in Tunisia*, une couverture posée sur elle. Madeleine était morte un matin à l'hôpital, presque dans les bras de Marcel, juste là, devant lui, elle avait fermé les yeux, qui pétillaient jusqu'à la fin quand elle le regardait en face, il l'avait aimée jusqu'au bout, avait pleuré des heures durant, faisant transporter un piano au sommet du Grand Veymont. Tous leurs amis étaient venus, les deux fils accompagnés de leurs femmes, tous s'étaient mis autour du piano derrière lequel Marcel s'était assis, renversant l'urne sur le beau laqué noir. Il avait joué les morceaux que Madeleine aimait, certains avaient frappé dans leurs mains, les notes s'éparpillant dans l'univers et le massif en même temps que les cendres disparaissaient dans le vent du sud, ils avaient pleuré, chanté, et tout s'était terminé le soir dans la ferme, devant les toiles de Madeleine. Chacun en avait emporté une.

Les mois avaient passé, Marcel avait continué de guider les randonneurs le long des sentiers touristiques.

Parfois, quand il apercevait le Grand Veymont, il se disait que Madeleine était là, toute proche, et qu'elle avançait avec lui. La vie avait continué, si vide et à la fois si riche puisqu'elle était là pour toujours, tout autour de lui, où qu'il regardât.

Marcel avait raconté tout ça dans le silence, ils l'écoutaient, intimidés, il était calme et serein, Mayerling aussi le fixait, lui qui semblait pourtant déjà connaître toute l'histoire. Ce gros type aux allures de vendeur de saucisses avait joué avec les plus grands, mais il avait surtout aimé la vie, une femme, les notes et la nature. Nino ne pouvait s'empêcher de penser au cousin Hans, dont Mayerling lui avait parlé en tête à tête, assis sur son lit face à lui, devenu mécanicien quand tout le destinait à une carrière de banquier ou bien de diplomate. Il était fasciné.

Et puis quelques mois plus tard, le fils avocat de Marcel l'avait invité à passer une semaine dans la villa qu'il avait louée, sur les hauteurs de Sainte-Maxime, et Marcel s'y était rendu, sûr que les cendres de Madeleine auraient volé jusqu'à là-bas. À leur arrivée, l'agence immobilière s'était confondue en excuses, un bug informatique avait loué les mêmes biens plusieurs fois. En fait de villa et de hauteur, le père, le fils, et la belle-fille s'étaient retrouvés dans un appartement du centre-ville. Peu leur importait. Et puis l'appartement se tenait au deuxième étage d'un vieil immeuble dont le rez-de-chaussée plaisait aux trois touristes : le Baldéco, vieux bar-restaurant dans lequel, en 1963, Liza Minelli avait chanté en fin de repas, accompagnée au piano par Quincy Jones. Vieux bar-restaurant dans lequel Mayerling venait parfois manger, prêtant toujours une oreille attentive aux différents clients qui ne manquaient jamais d'interpréter quelque chose, avec plus ou moins de succès, sur ce piano devenu mythique. Vieux bar-restaurant dans lequel le vert pâle avait surgi un soir, Mayerling se levant, et distinguant au fond ce gros homme visiblement ému, qui jouait si bien *Night in Tunisia*. Une larme avait coulé le long de ses joues rebondies, et s'était éclatée sur l'ivoire. Mayerling avait hésité mais le vert pâle avait été plus fort : il s'était approché.

— Aucun d'entre vous n'est le meilleur musicien que j'aie croisé, avait dit Mayerling, ni le meilleur chanteur, et peu importe. La musique n'est pas un concours. Ce qui vous relie, c'est que vous avez, chacun votre tour, fait naître la même couleur dans mon esprit, exactement ce même vert pâle, à distance les uns des autres. Vous avez, dans l'espace et le temps, provoqué une alchimie. Ce vert pâle était là, formant petit à petit un groupe, je m'en rendais compte mais le déclic ne s'était pas fait. Le déclic n'avait pas encore traversé le chemin des Ambres, avait-il ajouté avec un air de malice.

Le déclic s'appelait Jérémy, dont les parents étaient propriétaires de la seconde villa de cette impasse, celle du côté gauche, que Nino avait vue en arrivant. De part et d'autre de ce chemin sommeillaient un producteur à l'oreille encore vive qui pensait pourtant ne plus jamais rien devoir produire, et un musicien-compositeur lumineux, qui n'était, lui, jamais sorti de sa chambre ou presque. Jérémy n'avait jamais fait partie du moindre groupe, jouait de tous les instruments, n'avait jamais travaillé, et n'avait probablement non plus jamais embrassé la moindre fille. Ses parents lui versaient un SMIC en l'échange duquel il faisait office de gardien et de jardinier, tandis qu'ils parcouraient le monde. Que faisaient ses parents au juste ? La question avait paru secondaire dès lors que chacun avait entendu ses maquettes.

Mayerling leur avait fait une grande annonce au lendemain du jour où Nino avait découvert qu'il transportait avec lui un trésor inutile et factice : Jérémy n'était pas seulement le trompettiste hors pair qu'ils allaient découvrir, puisqu'il allait tôt ou tard coller ses lèvres à l'embouchure. Jérémy était surtout le compositeur, celui qui avait un jour traversé le chemin, une clé USB dans la main, pour faire écouter à ce vieil homme dont il connaissait le palmarès, le fruit de ses nuits passées à danser seul dans sa chambre transformée en studio.

Ralph Mayerling avait aimé dès les premières mesures, s'était concentré, surpris. Le petit garçon fluet, les cheveux bouclés, se dandinait à ses côtés. Le deuxième morceau avait allumé une ou deux ampoules sous le crâne du vieil homme. Au milieu du troisième était apparu la couleur verte, se précisant sur la plage suivante, un beau vert pâle, total et lumineux, qui avait fait se lever Mayerling, sous les yeux innocents et rieurs du petit Jérémy, dont on apprit quelque temps après qu'il avait en réalité trente ans passés.

Tout était là, les morceaux, les différents musiciens du groupe, croisés un à un depuis un an ou presque, Mayerling s'était mis en mouvement, avait remué les notes qu'il avait prises au fur et à mesure des rencontres qu'il avait pu faire, avait retrouvé leurs traces et noté leurs numéros respectifs sur une grande feuille vert pâle. Concernant Nino, il avait trouvé un Nino Face à Calais, il avait appelé tandis qu'il roulait vers Bordeaux, et était tombé sur Laurie, qui lui avait donné son numéro de portable. Il avait ainsi retrouvé chacun d'eux, les avait tous appelés, les conviant ici pour enregistrer un disque et faire d'eux un groupe, puisqu'il en était sûr, le vert pâle serait là, décuplé, évident, d'une note à l'autre, et superbe.

Le soir où il était venu le voir dans sa chambre, Nino portait une chemise vert pâle et ne savait rien de ces histoires de couleurs sous le crâne du vieil homme. En le voyant comme cela face au miroir, Mayerling avait soudain cru devenir fou. Nino aussi, mais pour d'autres raisons. Nino, parce qu'il n'avait plus rien, plus rien du tout. Ralph Mayerling, parce qu'il était évident qu'ils allaient devenir, là, sous son toit, le plus grand groupe de rock de la planète, le vert pâle était partout, absolument, la preuve, même ce rouquin diabolique en portait. Et le vert pâle, en vérité, était une des couleurs que Mayerling détestait depuis toujours.

XIII

Le lendemain du jour où Mayerling leur avait raconté les circonstances dans lesquelles il avait croisé chacun d'entre eux, Nino s'était approché de lui doucement, à l'écart des autres. C'était en fin de repas, Rosa préparait le café dans la cuisine, Pedro et les deux Stefan fumaient une cigarette sur la terrasse. Il s'était levé, voulait leur faire écouter quelque chose avant de se remettre au travail, et s'était rendu dans le studio en bas. Nino l'avait accompagné. Là, il l'avait regardé consulter ses milliers d'albums rangés selon ses codes, et s'était avancé, sur la pointe des pieds.

— Ralph, avait-il murmuré, hésitant.

Rien que le fait de l'appeler par son prénom, comme il le leur avait demandé, suffisait parfois à l'impressionner.

— Oui, Nino ?

— Vous avez oublié quelqu'un, hier…

Il s'était arrêté, l'avait regardé, interloqué.

— Vous avez oublié de nous dire comment vous avez rencontré Rosa, avait précisé Nino.

Il avait souri, se détendant d'un coup, et avait de nouveau consulté les disques en disant que rien dans cette rencontre ne comportait quoi que ce soit d'important, ou qui mérite qu'on le raconte encore quarante ans plus tard.

— Oui, quarante ans, avait-il répété. Nous sommes à présent comme un vieux couple, quoi qu'elle soit beaucoup plus jeune que moi. Rosa n'a que soixante ans. Mais cela fait quarante ans qu'elle m'accompagne, me soutient, régit mon quotidien. Parfois, le terme « gouvernante » prend avec elle tout son sens. Quant à notre rencontre, c'est très simple. Une petite annonce, une banale offre d'emploi. Rosa s'est présentée, et n'est jamais repartie. Ah, voilà. Voilà l'album que je souhaite vous faire écouter à tous.

Ils étaient remontés, sur cette pâle et assez décevante explication.

Nino avait gagné sa place au sein du groupe imaginé par Mayerling, au matin du quatrième jour, sur la terrasse baignée de soleil. Depuis, il saisissait sa chance, et chantait, puisque sa vie en dépendait. Il sauvait sa peau, et demeurait à l'intérieur. Parfois, le plaisir prenait le pas sur la nécessité, et tout devenait soudain limpide, il se sentait d'un coup presque libre. Presque seulement, parce qu'il n'avait donné la moindre nouvelle à personne, y compris à ses parents, il était cloîtré dans cette bulle d'inquiétude et à la fois de plaisir, sous le soleil de la Côte d'Azur, et l'idée du souci qu'ils pouvaient se faire face à sa disparition lui provoquaient des vagues de culpabilité. Karl Avanzato était probablement allé sonner chez eux pour retrouver sa trace. Il imaginait sa mère craintive et son père incrédule face à ce mastodonte sur le pas de leur porte, lui assurant qu'ils étaient aussi avides que lui de savoir où il était. Peut-être même avaient-ils essayé d'obtenir de lui quelques informations. Sûr qu'il ne leur avait pas dit le moindre mot sur ses arnaques et ce sac de billets. Appeler ses parents, leur dire qu'il allait bien, l'idée s'imposait à lui au moins une fois par jour. Mais les informer ainsi serait aussi mettre les doigts dans l'engrenage qui permettrait tôt ou tard à Avanzato de lui serrer le cou. Mieux valait continuer de faire le mort, attendre, sans savoir quoi.

S'il n'avait pas été çà et là tourmenté par l'image de ses parents qui se faisaient sans doute un sang d'encre, Nino n'aurait plus eu qu'un souci en tête, une question qui revenait sans cesse et à laquelle il craignait de ne jamais obtenir la moindre réponse : Avanzato savait-il que ce magot était faux ?

Bien sûr que non, bien sûr qu'il ne le savait pas. Pourquoi lui aurait-il demandé de faire ça s'il avait su que tous ces billets ne valaient absolument rien, que le trésor était en carton-pâte ? Les questions s'enchaînaient sous son crâne et rien ne se dessinait jamais vraiment. Que manigançait-il sous les yeux de son presque frère jumeau, Fred, qui ne semblait au courant de rien ? Avoir été mêlé à ça, ce vol et ce décès sur le boulevard, sans savoir ce que tout cela voulait dire, à quoi tout cela rimait, faisait de son quotidien une sorte de terrain vague cerné de barbelés, où tout était pourtant si doux. Il lui fallait faire une croix sur ces incertitudes et ces hypothèses qui se bousculaient parfois dans sa tête, c'était une question de survie : il avait volé deux millions d'euros, et peu importait qu'ils soient vrais ou non, peu importait que le trésor soit factice. Avanzato ne le croirait jamais. Et puis peu importait, justement, que les billets soient vrais ou non, peu importait le reste, peu importait la valeur du trésor. Seule comptait à présent la valeur de son geste, sa traîtrise et sa fuite. Il avait lu quelques années plus tôt dans une pièce, une phrase qui lui revenait parfois, la plupart du temps seul face à son miroir : il n'est que l'intention de punissable. L'intention qu'il avait eue, prendre la tangente ainsi, filer sans un mot, voilà, tout ça, tout ça lui tomberait dessus tôt ou tard, même à l'abri des murs si hauts, qu'il lui faudrait franchir un jour. Quand ces visions lui apparaissaient, Nino se recroquevillait soudain sur lui-même comme un enfant sauvage, et tremblait en silence.

Il avait pris le parti de ne pas mettre le nez dehors. Ici, il était protégé.

Marcel lui empruntait parfois la Supercinq pour aller faire un tour en ville, il n'osait pas refuser de peur d'attirer les soupçons. À son retour, Marcel lui rendait toujours les clés en vantant les mérites de ces petites autos increvables.

— Ça, c'est du moulin. Je t'ai déjà dit que j'avais eu la même ? lui disait-il à coup sûr, le sourire en travers de sa grosse tête joviale.

Nino rangeait les clés dans sa chambre en priant pour que Karl Avanzato soit loin, dans le Nord, en tout cas pas sur la Côte d'Azur, encore moins à Sainte-Maxime, il priait pour qu'Avanzato n'ait pas croisé la Supercinq au détour d'une ruelle, un flash, un hasard parmi d'autres, un coup qui claque dans ses errances et la Renault qui s'impose, là, juste là, ce gros type au volant, qui passe, le suivre, le pister sans en revenir en se disant que Nino Face est en vue, presque en ligne de mire, bientôt, bientôt, un virage, puis un autre, s'accrocher, voilà ce que se disait Nino Face en rangeant les clés, voilà ce qui le hantait. Il se penchait à sa fenêtre, le mur d'enceinte lui semblait soudain fragile et bas.

XIV

L'autre souci de Nino était différent, peut-être plus léger, mais le turlupinait aussi, question d'hormones : ce délicieux souci occupait la chambre face à la sienne, il était pourvu d'un sourire lumineux, de lèvres magnifiques, et globalement d'un corps qu'il appelait intérieurement « The Love System », ou plus simplement « Machine À Baiser » quand il était las de la langue de Shakespeare. Sandra l'affolait. Ses plongeons dans la piscine sans faire un seul remous le rendaient dingue. Sandra était probablement la fille la plus excitante qu'il ait croisée de toute sa vie.

Ils avaient tous à peu près tenté de s'en approcher de manière plus intime, à l'exception de Marcel. Marcel qui jouait parfois *Night in Tunisia* pour lui-même, les yeux mouillés de larmes. Les autres, tous les autres, avaient chacun leur tour essayé de se montrer tendre, viril, drôle, ou sensuel, sans le moindre succès. Sandra les repoussait à chaque fois dans les cordes avec un naturel désarmant, jamais dupe mais toujours douce. Sandra ne faisait rien pour attirer les regards à elle, elle était simplement d'une grâce de chaque instant. Lorsqu'elle prenait son trombone en main, ses lèvres et les mouvements de son bras faisaient inévitablement naître en chacun d'eux un amour immodéré des sons qu'elle produisait. Jérémy lui-même, qui semblait hors du monde, se tournait parfois vers elle pour l'admirer autant que pour l'écouter. Nino regardait ce petit mec en coin, goguenard sans se l'avouer. Le petit autiste au permanent sourire était sur le point de faire éclater la bulle dans laquelle il vivait depuis toujours, du moins en crevait-il d'envie, cela sautait aux yeux.

Ils logeaient tous ici, dans cette immense villa progressivement devenue la leur, et leurs journées s'enchaînaient sur la mise au point des morceaux que cet incroyable ado avait concoctés seul dans sa chambre. Le week-end venu, Marcel faisait un saut dans sa ferme du Vercors, Pento se rendait, lui, dans diverses concentrations de vieilles voitures au volant d'une Buick rutilante qu'il avait restaurée, Buick dont il disait qu'elle était faite pour *croiser dans le vent chaud comme un pétrolier dans une mer d'huile.* Il était revenu avec un dimanche soir. Depuis, la belle américaine de 1954 luisait en contrebas de la terrasse, aux côtés de la Supercinq qui, d'un coup, paraissait un jouet d'enfant.

Nino n'était pas sorti d'ici. Il passait ses week-ends le long de la piscine. Jérémy les passait en face, dans la demeure familiale, chacun se demandait ce qu'il pouvait bien y faire. Il était le seul à n'avoir pas emménagé chez Mayerling, et traversait chaque soir le chemin des Ambres pour regagner sa chambre. Un vendredi soir, Nino avait croisé Sandra, un sac à la main. Elle lui avait souhaité un bon week-end, il lui avait demandé où elle allait, et avait failli s'évanouir en l'entendant lui répondre qu'elle se rendait en face, chez Jérémy, que cette bombe et cet avorton, peut-être pur génie mais aussi pur puceau, allaient passer quarante-huit heures ensemble à l'abri de tous les autres. Elle s'était éloignée, plus torride que jamais dans ses yeux de mauvais joueur.

Jérémy et Sandra étaient revenus ensemble le lundi matin, lui égal à lui-même, lunaire et tout sourire, elle, solaire, voluptueuse et béate. Ils les avaient tous regardés se mettre en place dans le studio sans en revenir, même Mayerling et Marcel avaient esquissé un sourire. Le petit à lunettes et aux cheveux tout bouclés avait semble-t-il pris tout un tas de cours sur Internet, et n'en avait oublié aucun. En prime, l'élève studieux n'avait pas l'air d'être du genre à perdre ses moyens quand il passait du simulateur à l'avion de chasse. Les gars n'en revenaient pas.

Cela réglait le problème, tous en convinrent intérieurement. Sandra n'était plus la brune incendiaire autour de laquelle chacun tournerait jusqu'à s'en épuiser, elle devenait l'officielle chérie de Jérémy, copine d'un copain, la fille qu'ils cesseraient de regarder comme une proie. Ça viendrait avec le temps mais l'idée était là. Jérémy, au passage, passait du statut d'enfant-lune, à celui, nettement plus respectable et viril, de salopard universel.

Tout cela roulait finalement à peu près. Trois mois qu'ils étaient là, le vert pâle s'imposait, l'ombre d'Avanzato se réduisait progressivement dans le ciel intérieur de Nino Face. Mayerling était un monstre de rectitude, entendait tout, sentait les choses et les sons avant même qu'ils émergent, leur faisait refaire tous les morceaux sans cesse quand ça leur semblait pourtant parfait. Mais l'un d'eux, jamais le même, partageait à chaque fois son opinion, cela leur faisait penser qu'il avait, à lui seul, la même oreille que toutes les leurs unies. Ils bossaient dur et la vie était presque belle, même isolé du reste du monde, peut-être même grâce à ça. Grâce à ça, d'ailleurs, c'est certain, puisqu'il a suffi d'un coup de sonnette au portail pour tout mettre en péril et que Nino sombre. Rien, presque rien, juste Rosa qui vient le voir, tandis qu'il est au bord de la piscine un samedi soir, qu'avec les deux Stefan et Pedro, ils boivent un verre en lorgnant vers la villa en face, une fenêtre allumée à l'étage, ils essayent de ne pas être trop salaces en imaginant Sandra et Jérémy derrière, ils trinquent, ils rigolent et Rosa arrive. Ils s'interrompent, lui proposent un verre, qu'elle refuse :

— Nino, il y a deux hommes qui souhaitent vous voir.

XV

Il a descendu les marches vers le portail en comptant jusqu'à mille, ça se bousculait sous son crâne, personne, absolument personne ne savait qu'il était là, ses paiements par Carte Bleue signifiaient un passage par Sainte-Maxime, le même jour que le dernier signal émis par son téléphone, c'était tout, impossible qu'on l'ait retrouvé au fond du port et quand bien même, on n'aurait pas cherché son propriétaire, rien, il n'avait pas semé le moindre indice derrière lui, et n'avait pas franchi ce portail depuis dix semaines au moins. Il a accéléré au fur et à mesure qu'il approchait, ça ne pouvait pas venir de l'office HLM de Calais puisque le loyer était directement prélevé sur son compte, il s'attendait à faire face à Avanzato et à la fois il était tellement certain que ça ne pouvait pas être lui qu'il était prêt à se battre avec toute la rage du monde, le faire disparaître pour toujours et lui hurler que tout ça n'était qu'un de ses coups minables, que son fric était factice et qu'il fallait qu'il dégage avant qu'il ne devienne fou, si ce n'était pas encore le cas. Il a fait les derniers mètres en courant, et il a ouvert le portail d'un geste excédé, hors de lui, et ce qu'il a vu l'a calmé d'un coup sec : là, devant lui, dans le jour déclinant, deux gendarmes se tenaient immobiles.

— Monsieur Nino Face ? Vous pourriez venir avec nous, s'il vous plaît ? Nous avons quelques questions à vous poser.

Ils l'ont emmené à la gendarmerie sans mettre le gyrophare, cela l'a d'un coup rassuré. Pendant qu'ils traversaient la ville, il n'a pas prononcé le moindre mot et eux non plus. Il se demandait ce qu'ils lui voulaient, ils ne lui avaient pas mis de menottes, n'avaient pas l'air sur le qui-vive. À un feu rouge, le conducteur a même fait remarquer à l'autre une pizzeria sur le point d'ouvrir au carrefour, ils ont ensemble commenté la couleur de la devanture. Nino commençait à se détendre.

À la gendarmerie, ils l'ont fait s'installer dans un bureau où, là encore, l'accueil a été plutôt cordial. Il marchait sur des œufs.

— Monsieur Face, a commencé l'un des deux, vous êtes ici parce que vous faites l'objet d'une recherche dans l'intérêt des familles. Vous savez ce que c'est ?

Il a émis un timide « Non ». Ils lui ont alors expliqué que ses parents, avec lesquels il entretenait des relations plutôt distantes, quoique excellentes, avaient trouvé étrange qu'il ne réponde plus jamais au téléphone. Ils avaient fini par se rendre au Paradiso en espérant l'y trouver, et avaient alors appris qu'il n'était plus revenu travailler depuis plusieurs semaines, sans fournir la moindre explication. Une serveuse aux bras tatoués les avait au passage informés du fait qu'il avait également déserté son appartement sans emporter grand-chose. Ils s'étaient regardés tous les trois, Laurie se présentant à eux comme une amante occasionnelle, disant qu'elle était là le jour de son départ. Un type assez balèze, qu'elle avait servi au bar deux ou trois fois, était venu sonner chez lui. Une heure après, il sortait, un petit sac à bout de bras. Depuis, plus personne n'avait eu de nouvelles. Le type assez balèze était revenu deux semaines plus tard, seul, lui qui était d'ordinaire toujours accompagné d'un gars tout droit sorti du même moule. Il avait demandé à Laurie si Nino était là, et n'avait pas semblé surpris en apprenant qu'il avait déserté. Il était reparti sans consommer, l'air aussi soucieux qu'abattu.

— C'est là que vos parents ont décidé d'alerter nos collègues, ils sont allés à la gendarmerie de Calais signaler votre disparition.

Il les écoutait, fébrile.

L'enquête, donc, avait démarré.

Mais s'était vite arrêtée, rien, nulle part, ne menant les gendarmes sur une piste quelconque. Mais puisqu'ils l'avaient finalement retrouvé, il redoutait le moment où ils évoqueraient Bordeaux, une vieille BMW à bord de laquelle on aurait trouvé ses empreintes, ou bien ses achats ici, et les différentes boutiques qui auraient discrètement signalé aux gendarmes la présence d'un rouquin trimballant des faux billets de cinq cents dans ses poches, mais là encore, non, rien sur le sujet, les deux hommes prenaient leur temps, n'omettant aucun détail.

— Tout ça jusqu'à ce que nos collègues de Calais fassent un relevé de votre ligne téléphonique. Sur votre portable, ils ont trouvé plusieurs appels entre vous et un numéro qu'on n'a pas réussi à identifier, une carte prépayée.

Il serrait les dents sans le montrer. Derrière ces appels se cachait Karl Avanzato.

— Sur votre fixe, par contre, ils ont trouvé un appel, le lendemain de votre disparition. Et sur votre portable quelques minutes après, passé depuis le même poste. Le dernier appel auquel vous ayez répondu. Il a suffi de regarder dans l'annuaire : c'était le numéro de M. Mayerling.

En prononçant son nom, ils ont pris l'air rassuré qu'ils avaient sans doute eu lors de leur découverte, rien de mauvais n'avait jamais pu provenir de ce vieil homme. Ils avaient alors appelé à la Villa Guillaume II, à peine deux heures plus tôt, et étaient tombés sur Rosa, à qui ils avaient demandé si Nino Face lui évoquait quelque chose.

— Oui. C'est un chanteur magnifique, avait répondu la gouvernante.

— Et… sauriez-vous par hasard où il se trouve ?

— Tout à fait, il est en train de boire un verre de vin blanc sur la terrasse.

Les gendarmes étaient aussitôt venus chemin des Ambres.

— Voilà, a conclu celui des deux qui avait le moins parlé. Maintenant, vous êtes là, nous le savons, et nous n'avons rien à vous reprocher. Vous avez le droit de disparaître. C'est à vous de nous dire si vous souhaitez ou non que nous communiquions vos nouvelles coordonnées à vos parents. Si vous ne voulez pas, nous leur dirons simplement qu'on vous a retrouvé, mais que vous voulez rester caché.

— C'est vous qui décidez, a conclu le second.

Nino les a regardés tour à tour, pas certain d'avoir bien compris, surtout pas certain de réaliser qu'ils n'avaient rien à lui reprocher, ni vol, ni délit de fuite, ni la moindre responsabilité dans la mort d'un homme se jetant sous les roues d'une voiture, ni faux billets sous les rayons bleutés du centre-ville, il était anonyme et pouvait le demeurer, voilà tout ce qu'ils avaient à lui dire.

— Vous allez bien ? Vous voulez un verre d'eau ? a demandé le premier.

— Pourquoi vous avez disparu comme ça ? a demandé le deuxième.

Il s'est assis.

— Qu'est-ce qui vous a pris ? Un ras-le-bol général, un coup de déprime ?

Il prenait un ton chaleureux, Nino ne voyait plus qu'un homme face à lui, qui devait avoir l'âge de son père et qui semblait souffrir de l'absence de son fils. L'autre est revenu, il a posé un verre sur le bureau.

— Alors, a-t-il demandé, vous voulez faire quoi ?

Quand il est rentré à la Villa Guillaume II, les autres l'attendaient comme si de rien n'était. Rosa n'avait mentionné ni le métier ni l'uniforme des deux hommes qui avaient souhaité le voir. Il a foncé vers le bureau de Mayerling, et il lui a dit qu'il voulait enregistrer sur-le-champ. Le vieil homme n'a pas cherché à savoir ou à discuter, il a décroché son téléphone et a appelé Marcel et Pento, l'un dans sa ferme, le second dans un rallye, et leur a demandé de revenir d'urgence. Il est ensuite allé frapper personnellement en face, demandant à Sandra et Jérémy de se rhabiller, d'une part, et d'autre part, de venir dès que possible.

Trois heures après, tous se trouvaient dans le studio et enregistraient *Love Power Peace,* leur premier single, comme si ç'avait été urgent, en plein cœur de la nuit. Sur le refrain, Nino envoyait voler dans les airs les feuilles de paroles qu'il tenait en main, et improvisait le refrain qu'il scandait sans relâche, refrain qui serait plus tard repris en chœur par les cent mille spectateurs de Glastonbury :

You don't have to disappear,
You just have to love and live,
You just have to live and love.

Good God !

XVI

Un mois plus tard, l'album du groupe qui n'avait pas encore de nom était prêt. Quatorze tubes à la suite, quatorze morceaux qui faisaient dire à Ralph Mayerling qu'ils feraient le tour de la planète. Ils se regardaient les uns les autres, certains d'être en effet en présence de quelque chose, mais en se demandant quand même si le vieux producteur n'avait pas un peu perdu la tête. Il écoutait l'album en boucle, le son se propageant dans chaque pièce de l'énorme maison *via* des enceintes fixées dans tous les angles. La Villa Guillaume II était à l'image de ce que serait bientôt le monde, leur expliquait-il, inondée d'un vert pâle auquel il ne serait pas possible d'échapper.

Mayerling avait, autant pour les convaincre qu'il disait vrai que pour *amorcer la pompe* – pompe que chacun d'entre eux agrémentait d'un qualificatif de son choix, « pompe à fric » pour Dan, « pompe à gonzesses » pour les autres, à commencer par Pedro et Nino, « pompe à bière » pour Marcel, hilare, « *pump it up* » pour Sandra, qui dansait au milieu du salon, « pompe à quoi ? » enfin pour Jérémy, qui ne comprenait pas toujours tout – Mayerling avait donc, pour amorcer la pompe aux multiples usages, fait venir une équipe de vidéastes. Le tournage avait duré l'après-midi entière, durant laquelle ils avaient joué *Love Power Peace*, quarante fois au moins dans le vaste studio du sous-sol, filmés sous tous les angles. Deux jours après, le clip était monté, ils le regardaient ensemble, penchés sur l'ordinateur de Mayerling. À la fin du visionnage, ce vieux fou pas si dingue avait posté sous leurs yeux le clip sur YouTube, assorti du simple commentaire : « *No name but who cares ?* »

— Chers amis, avait-il dit en relevant les yeux vers eux, juste avant de cliquer sur « envoi », nous vivons nos derniers instants de calme. Bientôt, la tranquillité ne vous sera plus permise, vous croulerez sous l'amour, et nous vivrons dans les avions. Je vois dans vos yeux que vous en doutez et je vous comprends, vous êtes les plus mal placés pour deviner votre propre avenir. Mais une première preuve arrivera dans les jours qui viennent, sur l'écran de cet ordinateur, je vous l'assure : cette vidéo va se partager un nombre incalculable de fois. Cette vidéo va faire le buzz.

Tout le monde avait souri, surpris d'entendre ce vieil aristocrate parler ainsi. Tous avaient de toute façon tellement envie de le croire qu'ils auraient souri quoi qu'il ait pu dire. Marcel aussi avait souri, mais pour une raison différente, il avait murmuré, suffisamment fort pour que tout le monde l'entende que, de *buzz* à *bouse,* la frontière était peut-être mince. Fier de son calembour, il avait ensuite proposé de boire un verre pour fêter ça.

— Marcel, rappelez-moi de ne jamais vous adjoindre le moindre micro sur scène, avait souri Mayerling.

Marcel avait opiné, hilare, et on avait marché vers le salon. Un buffet les attendait, garni de coupes de champagne et de petits-fours. Rosa se tenait devant, immobile et émue. La musique baignait la pièce entière.

— Je suis fière de vous avoir fait à manger durant quatre mois, d'avoir lavé votre linge et donc, à ma façon, d'avoir contribué à cela, avait-elle dit en embrassant l'air d'un geste du bras. Très fière.

Puis après un silence :

— J'ai une idée pour le nom du groupe.

Ralph Mayerling et elle s'étaient regardés, trop brièvement pour que l'éclat de leurs regards puisse être interprété. Elle avait tourné la tête vers eux tous à nouveau.

— Que diriez-vous de Light Green ?

Le lendemain matin, le clip totalisait déjà plus de six mille visionnages, faisant lâcher à Pedro un très beau « Putain de merde », les yeux rivés sur le compteur. Ses vidéos seul à la batterie n'avaient jamais dépassé les cinq cents, et encore, en deux ou trois ans. Quant aux quelques commentaires, ils émanaient exclusivement d'autres batteurs. Là, les trois cents réactions déjà postées semblaient venir des quatre coins du monde, et de tous les profils. Tous étaient enthousiastes, la plupart comportaient un nombre impressionnant de points d'exclamation, on en demandait encore, on voulait connaître le nom de ce groupe incroyable, on pariait sur sa nationalité, on dansait. *Love Power Peace* était lancé. Ralph Mayerling leur avait alors demandé de sortir de son bureau, une grosse journée de travail l'attendait. Il les avait par ailleurs avertis qu'une styliste viendrait les voir en début d'après-midi pour mettre au point leurs tenues. Sous l'œil faussement incrédule de Marcel, il avait ajouté que dans son cas, bien sûr, il n'y aurait rien à retoucher, et les deux hommes s'étaient souri. Pento avait fait un pas de côté :

— Hors de question qu'on touche à ma banane, avait-il prévenu.

— N'ayez crainte, Pento. Nous braquerons même un spot sur elle.

Le soir, ils n'étaient plus ces musiciens venus des quatre coins de France que Mayerling avait réunis chez lui, cette somme d'individualités ne ressemblant pas à grand-chose. Dans le miroir qui leur faisait face, ils contemplaient ce qu'ils étaient devenus : Light Green. Ils étaient encore tous là, chacun dans son style, aucun n'avait l'air déguisé, même Marcel, dans son costume blanc tout droit sorti d'un bal, semblait naturel. La styliste avait vu en eux les fils sur lesquels il fallait simplement tirer, mettant en valeur leurs caractéristiques, leurs couleurs et ce qu'ils dégageaient. Concernant Nino, il avait suffi d'un jean, dans lequel elle et Sandra lui avaient assuré qu'il était *redoutable,* et d'un T-shirt vert pâle qui deviendrait obligatoire. Les deux Stefan paraissaient immenses, sortes de pantins filiformes à l'allure presque gothique mais d'une façon colorée. Dan et Pento portaient des chemises, des pantalons, des tenues assez élégantes et à la fois passe-partout, mais avec un quelque chose de profondément chic, la tenue de plage du gentleman. Pedro avait dans un premier temps refusé le T-shirt à paillettes, mais avait fini par l'essayer. Il l'avait gardé. Depuis, il n'avait d'yeux que pour lui-même dans le miroir, sans en revenir. Le gros hidalgo découvrait sa face cachée. Jérémy avait une chemise à carreaux d'adolescent, un pantalon un peu trop court. Ne manquait que le sac à dos d'écolier. La styliste n'avait pas suggéré quoi que ce soit à Sandra, la trouvant tellement belle et lumineuse qu'elle l'avait laissée ainsi. Aucun des gars n'avait trouvé à redire.

Ils se regardaient dans le miroir, répétant *Light Green* à tour de rôle, quand Mayerling était arrivé. Il s'était arrêté, les avait contemplés en acquiesçant, un grand sourire sur son visage. Puis il était redevenu sérieux, s'était approché en mesurant ses mots.

— Chers amis, avait-il annoncé en se mettant face à eux, croisant les mains devant lui, vous donnez votre premier concert dans une semaine.

Ils avaient sursauté, s'étaient regardés les uns les autres en trépignant de joie, et Mayerling avait levé un bras pour ramener le salon au calme.

— Ici même, avait-il dit. Dans le jardin, plus exactement, et devant deux cents personnes à peine. Ces deux cents personnes représentent deux cents contrats possibles à travers le monde. Nous avons une semaine pour leur présenter le show qui déchaînera les enchères.

Une semaine de sport, de jus de fruit, et de nuits peuplées de rêves tous plus délirants les uns que les autres plus tard, ils étaient en ordre de bataille. Le clip avait été vu plus d'un million de fois. Des gars s'étaient activés depuis deux jours, montant une scène au beau milieu du parc surplombant la mer, installant la sono. La balance avait eu lieu l'après-midi. Tous les types présents avaient progressivement arrêté ce qu'ils étaient en train de faire, et s'étaient approchés. Au final, une quinzaine de tatoués se tenait face à eux dans le soleil, et les avait applaudis.

Vers dix-neuf heures, les premiers invités étaient arrivés. Certains membres du groupe s'étaient raidis en reconnaissant tel ou tel producteur. Pas Nino. Lui, il ne se raidirait qu'en voyant un couple s'approcher timidement, se demandant ce qu'il faisait là. Il ne se raidirait qu'en réalisant qu'il avait été terrible, odieux, insensé, peut-être fou. Il était allé voir Mayerling en cachette, il avait un service à lui demander, un honneur, un cadeau. Puisqu'il avait, sans en parler à personne, disparu depuis des mois, puisqu'il avait, là encore sans le dire, autorisé les gendarmes à leur annoncer qu'il était en vie, là, pas loin, dans le Sud, il avait demandé à Mayerling d'inviter ses parents à se joindre à la fête. C'est là qu'il se raidirait, quand il les verrait de loin, serrés l'un contre l'autre, pénétrer dans ce parc sans rien discerner, surtout sans rien comprendre. Quand il verrait son père en le trouvant vieilli, quand il verrait sa mère en la trouvant encore belle, quand il les verrait, lui marchant vers eux comme un gamin pris en faute et fou de remords face à leurs yeux grands ouverts, quand ils se serreraient dans les bras tous les trois comme s'ils venaient de ressusciter d'un coup, lui se confondant en excuses et eux le suppliant de ne jamais faire ça deux fois. C'est là, qu'il se raidirait.

Il regardait les invités entrer en se rongeant les ongles, ils jetaient tous un œil à la scène, serraient quelques mains, le public s'installait. La pression montait. Ils étaient massés dans un coin, relisaient la liste des morceaux. Marcel s'était approché de lui, lui avait dit, ému, que c'était lors d'un concert avec Miles Davis qu'il avait rencontré Madeleine, celle qui allait devenir sa femme. Nino n'avait su que dire. Marcel lui avait fait un sourire.

— Peut-être que ce soir, tu vas rencontrer la tienne, avait-il conclu doucement.

Ce soir-là, Nino n'a rencontré personne d'autre que ses parents qui n'ont eu d'yeux que pour lui, le fixant comme un revenant. Autour d'eux, les gens dansaient, prenaient des notes, des cris fusaient parfois, d'autres étaient au téléphone sans les quitter du regard, semblaient prendre des décisions, discutaient avec passion. Ce soir-là, Nino a vu son père, qui aimait la musique, tout ça venait de lui, il opinait du chef en ne cessant de sourire, et sa mère s'en foutait. Elle aimait la musique, oui, mais peu importait, ça n'a jamais changé. Sa mère n'a jamais été impressionnée par tout ce qu'il a pu faire ensuite. Nino était son fils, et la seule chose qui vaille dans le cœur de sa mère, n'était ni qu'il brille ni qu'il tutoie les anges. Peu importaient la réussite, le succès, les groupies qu'ils auraient peut-être un jour. La seule chose importante pour sa mère était qu'il soit heureux, qu'il aille bien. Nino a mis du temps à le comprendre et quand cela lui est apparu, il a eu l'impression d'avoir grandi d'un coup, en s'en voulant de ne l'avoir pas deviné plus tôt.

Mais ce soir-là, dans le parc, une fois le concert achevé, Nino était encore à mille lieues de tout cela. Ce soir-là, il pleurait intérieurement de les avoir tant effrayés. Ils étaient allés se coucher dans une chambre que Rosa leur avait réservée dans le centre. Il pleurait aussi intérieurement en entendant Mayerling leur faire le résumé de la soirée au milieu de la nuit, tandis que les tatoués démontaient la scène et la sono en silence, tous les invités ayant peu à peu regagné leurs hôtels. Le concert avait été triomphal, Mayerling lui-même, qui leur prédisait pourtant la lune depuis le départ, n'avait pas prévu un engouement de cette ampleur. On leur faisait déjà un pont d'or dans deux maisons de disques différentes, un tourneur d'envergure européenne les voulait sous sa coupe, les offres continuaient d'affluer sur le téléphone de leur hôte, il clignotait dans sa main sans qu'il ne prenne plus la peine de répondre. La première date était déjà signée, complètement dans l'urgence mais c'était un pari, une seconde façon de *faire le buzz*, mot que cette fois, Marcel n'avait pas relevé : ils jouaient exactement huit jours plus tard à Paris, à La Cigale, et ce serait leur premier concert si l'on exceptait celui, spécial et privé, de ce soir.

Oui, Nino pleurait intérieurement en entendant Mayerling leur exposer tout cela, il touchait du doigt son rêve et Light Green allait devenir sa vie, il le sentait, et était ivre de bonheur, oui, mais il pleurait intérieurement car cela signifiait que l'idylle prenait fin, la cabane allait exploser, la bulle, éclater, et il allait falloir survivre, mettre enfin le nez dehors après ces mois coupés du monde, affronter les regards et marcher tête haute, l'extérieur avait des airs de fosse aux lions. Son visage avait été vu plus d'un million de fois sur le Net en deux jours et leur nom circulait déjà de part et d'autre de l'Atlantique. Sûr qu'ils avaient été reconnus çà et là par des internautes attentifs et désireux de savoir qui se cachait derrière ces tout nouveaux Light Green, sûr que l'annonce de leur concert à La Cigale serait relayée sur Facebook et consorts, puisque Internet semblait les adorer. Sûr qu'à partir de maintenant, Nino Face ne serait jamais plus tranquille. Sûr que son visage, son nom, les dates et les endroits à venir, s'ils faisaient le tour du monde, arriveraient tôt ou tard en plein dans les pupilles de Karl Avanzato.

Pour chacun des membres du groupe, le rêve allait prendre forme. À l'exception de Marcel, pour qui la vie, simplement, continuait.

Pour Nino Face, en vérité, le cauchemar commençait.

XVII

Il a cru au départ que Karl Avanzato s'était évaporé, une combustion spontanée qui n'avait produit qu'un tout mince filet de fumée ridicule et sans saveur, un minuscule sifflement, puis plus rien. Plus la moindre crainte, plus la moindre menace. La veille de leur départ pour Paris et La Cigale, il était à peu près clair qu'ils ne remettraient pas les pieds chez Mayerling avant des mois, les contrats s'étaient enchaînés, ils avaient je ne sais combien de concerts à la suite, y compris hors de France. En faisant sa valise, le vent du large grisait déjà Nino, Karl Avanzato avait commencé à se dissoudre dans les perspectives. Il avait plié ses chemises, ses pantalons, tout le reste, et s'était finalement retrouvé face à ce sac en cuir brun, sa drôle de broderie rouge sur le côté, ces quatre mille faux billets qui n'avaient pas bougé d'un pouce, il ne les avait même plus touchés depuis tout ce temps. Là, il avait plongé ses mains dedans, avait tenté de sentir quelque chose, un rêve enfoui ou bien une illusion mais rien, cette fortune chimérique ne lui avait pas procuré la moindre sensation, il était déjà loin d'elle, sur une scène, dans un rêve. Il ne fallait néanmoins rien laisser ici, surtout pas ça, Rosa ferait sans doute un ménage intégral après leur départ, et pousserait des hauts cris en imaginant le pire, le voyant en truand, appellerait Mayerling et tout pourrait virer au drame. Non, il fallait faire disparaître ces quatre mille faux billets, loin de lui pour toujours. Il avait pensé au feu, mais ç'aurait été interminable. Un sac-poubelle largué en ville aurait inévitablement fini emporté par les éboueurs, qui l'auraient trouvé si lourd qu'ils l'auraient ouvert. Finalement, il avait regardé par la fenêtre en cherchant une issue, et avait vu la mer. Là, immense, profonde.

Il y était allé avec Marcel. Les deux Stefan auraient eu peur, Dan et Pedro auraient voulu en emmener plein leurs poches, lui auraient demandé quelle avait été sa combine, ça n'en aurait plus fini. Pento aurait ri aux éclats, en aurait brûlé pour rendre hommage à Gainsbourg au milieu des flots. Jérémy et Sandra ne seraient pas venus l'un sans l'autre.

Le seul qui ne dirait jamais rien, qui serait son complice sans rien demander d'autre, était Marcel. En prime, Marcel était titulaire d'un permis bateau, puisqu'il les avait plusieurs fois emmenés faire un pique-nique en pleine mer durant l'été. Il était allé le voir, il avait été assez bref, lui avait simplement dit qu'il avait besoin de son aide, il avait aussitôt dit oui. Trente minutes après, ils garaient la Supercinq sur le port de Sainte-Maxime et louaient un petit hors-bord pour deux heures. Toutes amarres larguées, ils quittaient la digue sous l'œil des plaisanciers, Marcel concentré et mettant dès le départ les gaz, et Nino la main serrée sur l'anse de cet incroyable petit sac.

Ils avaient filé loin, tout droit, sans ralentir et presque en silence, en plein soleil dans le bruit du moteur. Marcel n'avait pas posé la moindre question. Nino regardait la côte se réduire, il pensait aux courants, aux poissons, se demandait si l'un de ces billets referait surface un jour. Au bout d'une heure, selon ce que leur avait dit le loueur sur les caractéristiques du bateau, ils devaient avoir fait près de soixante kilomètres. Marcel l'avait regardé en ramenant la poignée vers lui, et la décélération était arrivée comme un voile, le vent s'arrêtant en même temps que les vrombissements s'amenuisaient, comme s'ils allaient s'échouer, là, en pleine mer au milieu de nulle part. Ils s'étaient mis à bouger doucement, au gré des clapots contre la coque, et Nino avait pris son souffle, et le sac. Il l'avait ouvert, s'était levé, Marcel l'avait regardé sans en revenir mais Nino ne l'avait pas laissé parler, tendant une main vers lui, Marcel l'avait regardé en acquiesçant, rien dans son regard ne lui avait dit qu'il avait peur ou bien qu'il le jugeait. Ils étaient deux hommes qui faisaient ce qu'ils pouvaient.

— Tu devrais garder le sac, avait dit simplement Marcel, qui commençait à deviner quelque chose. Il est beau, il a l'air solide.

Nino avait réfléchi, avait palpé le cuir, il était joli, en effet. Le garder. Il y avait songé aussi. Ça l'avait pris d'un coup, il s'était relevé, il avait mis le sac au bord, Marcel l'avait rejoint, et Nino Face avait pris une liasse, il y avait un gros élastique autour, il l'avait balancée dans la flotte en regardant ce qui se passait, le papier s'était gorgé d'eau, le volume s'était déformé comme un éventail, était passé sous la surface, allant et venant en douceur et s'était enfoncé doucement, et il avait compris, il en avait jeté une autre, tout allait disparaître au fond, éparpillé vers les abysses, les poissons boufferaient des faux billets dans les parages et cela le fascinait, Marcel en avait pris une sans poser la moindre question et avait fait la même chose, il avait un sourire incroyable, éberlué, ravi, ils avaient lancé les liasses autour d'eux comme des gamins faisant des ricochets, ressentant même un plaisir presque violent, l'impression d'être en pleine insolence, à contre-courant, d'être libres. La dernière liasse arrivée, Nino avait enlevé un billet. Ils l'avaient regardé ensemble quelques instants. Et puis Marcel avait remis le moteur en marche et avait doucement fait demi-tour, le nez pointé vers Sainte-Maxime. Ils s'étaient souri, et il avait tourné d'un coup la poignée, faisant s'enfoncer l'arrière du hors-bord dans les flots avant qu'ils bondissent, tous chevaux dehors. La coque s'était projetée en avant, les vrombissements énormes comme des hennissements formidables, Marcel et Nino s'étaient regardés comme deux cow-boys partant ventre à terre en plein désert, Nino avait plié le billet dans sa poche revolver. Ils filaient déjà à pleine vitesse, il avait jeté en l'air la liasse restante après avoir jeté l'élastique, le plus haut possible, mais ils ne s'étaient pas retournés pour voir les billets retomber dans la mer comme un feu d'artifice de confettis minuscules, ils regardaient devant, loin devant, droit devant.

Bordel, ils venaient de faire flamber des milliers de billets mauves.

XVIII

Depuis, le sac en cuir brun servait à Nino Face de bagage à main. Il y rangeait ses papiers, son téléphone, puisqu'il en avait finalement racheté un, avec un nouveau numéro, un peu d'argent, divers documents, un T-shirt vert pâle de rechange.

Le concert à La Cigale avait été triomphal, ils avaient enchaîné tous les morceaux sans que la pression ne retombe jamais, survoltés et ensemble. Trois cents personnes qui n'avaient pas pu se procurer de place avaient paraît-il passé la soirée sur le trottoir devant la salle, pour tenter de ressentir un peu de la chaleur qui grondait à l'intérieur. L'ovation avait duré plusieurs minutes après qu'ils avaient déserté la scène. Dans les loges, Mayerling avait sabré le champagne, et ils avaient trinqué, en sueur. Pedro avait sifflé d'un trait sa coupe, et avait plongé ses yeux dans ceux du producteur.

— On pourrait pas inviter quelques filles à trinquer avec nous ?

Mayerling avait opiné, et s'était lui-même dévoué pour se rendre sur le trottoir où le public s'éparpillait. En le regardant s'éloigner comme cela, sûr de lui, Nino s'était dit que ce papy avait dû en voir, en faire, et en vivre plus qu'eux tous réunis. Il était même, d'eux tous, celui que cette remarque avait le moins surpris. Sandra et Jérémy avaient repris une coupe, qu'ils avaient bue en vitesse, et avaient rejoint la voiture qui les attendait dehors pour les emmener à l'hôtel. Marcel, lui, avait simplement pris une douche, s'était changé, et était parti marcher dans Paris, où il n'était pas revenu depuis si longtemps, seul sur les grands boulevards, dans la lumière des phares, de la lune et des réverbères.

Les gars restants avaient vu Mayerling revenir, suivi d'une dizaine de nanas, toutes choses de les voir de si près. Mayerling avait glissé l'album dans la platine, deux ou trois filles s'étaient aussitôt mises à danser tandis qu'on leur servait à boire, et les discussions s'étaient engagées.

Le lendemain matin, chacun d'eux cinq contemplait un soutien-gorge sur une chaise dans leurs chambres respectives en fredonnant. La chérie d'un soir de Nino était noire comme de l'ébène et chantait *Love Power Peace* en prenant sa douche, et Nino se disait que vraiment, oui, vraiment, sa nouvelle vie allait lui plaire.

Ça lui a plu, oui, tout ce tourbillon l'a emporté, il a tutoyé les anges et mangé avec Dieu, il est devenu une star et a vécu sa vie d'une façon plus intense qu'il ne l'aurait jamais imaginé, Light Green s'est envolé, a fait salle comble partout sur son passage et l'album, aussitôt sorti, s'est placé dans les meilleures ventes mondiales. Ils n'ont rien vu venir. Ils étaient portés par une vague incroyable et tout devenait facile. Nino n'était plus ce petit rouquin un peu maigre, il était un beau mec terriblement sexy. Il ne mettait plus une chemise qui faisait dire à ceux qu'il croisait qu'il s'était mis sur son trente et un, il mettait une chemise qui lui allait comme une seconde peau. Après quelques jours passés dans Paris, il était allé prendre le métro, seul, se disant que ce serait peut-être la dernière fois, tant la folie semblait naître autour d'eux, il avait voulu marcher dans la foule. Il avait arpenté les couloirs, allant de rame en rame, il avait sillonné la ville souterraine sans éveiller la curiosité du moindre voyageur, c'était encore possible, et surtout, sans bousculer personne : il avait d'instinct louvoyé dans la foule comme un poisson dans l'eau, sentant les mouvements s'annoncer, devinant quel type allait virer, quel autre s'arrêterait. Il était bien. Il était simplement à sa place, des pieds à la tête, un truc comme un accomplissement, une sorte de plénitude. Avanzato n'existait plus.

Ça a duré trois mois.

*

Entre deux concerts, quand ils disposaient de plusieurs jours, chacun allait à droite à gauche. Pedro mordait à pleines dents dans ce qu'il vivait comme la plus belle des récompenses, et restait généralement à l'endroit de leur dernier show, trouvant toujours le moyen de se faire héberger chez une groupie, qui de son côté n'en revenait pas. En deux mois, le carnet d'adresses de Pedro l'hidalgo avait triplé de volume. Pento courait les garages à la recherche d'une Cadillac, son rêve de toujours, que le salaire que leur versait désormais Mayerling, revu à la hausse dans des proportions considérables, rendait maintenant accessible. Sandra et Jérémy s'offraient des escapades dans diverses capitales européennes, dont les mecs avaient rapidement deviné qu'elles consistaient à ne pas sortir de la chambre, l'exotisme résidant dans l'intitulé des plats qu'ils commandaient au room service. Dan rentrait à Saint-Étienne, et avait entrepris de faire quelques travaux dans sa maison en brique. Marcel retrouvait son Vercors et les toiles de Madeleine, les sentiers de randonnée et le calme qu'il aimait tant. Les deux Stefan et Nino accompagnaient Mayerling à Sainte-Maxime. Les deux Stefan, parce qu'ils s'y sentaient bien, Nino, parce qu'il n'avait de toute façon nulle part ailleurs où se rendre. Quand bien même il ne se serait pas interdit de se rendre à Calais, il n'en avait plus la moindre envie. Dans son souvenir, tout y était terne et gris. Chez Mayerling, il n'avait plus l'impression de vivre dans une villa délirante et sublime, il avait simplement l'impression d'être chez lui. Rosa n'était plus une servante attentionnée qui l'impressionnait un peu, elle était une femme charismatique à laquelle il pouvait tout demander, et aux côtés de laquelle il lui semblait naturel de vivre, puisqu'ils étaient tous des gens exceptionnels. Ralph lui avait demandé de bouger la Supercinq, qui, lui avait-il dit dans un sourire, gâchait un peu le paysage. Il l'avait calée vers le fond du parc, derrière le bâtiment qui abritait le système d'épuration de la piscine, Mayerling lui avait suggéré de s'en séparer au profit d'une voiture plus moderne et plus coquette mais il avait esquivé, certain, au passage, que le vieux producteur, qui n'avait pas insisté, avait flairé quelque chose. Depuis, quand ils entraient à la Villa Guillaume II, plus rien ne rappelait à Nino ses premiers pas ici, timide et traqué, plus rien ne lui rappelait qu'il était probablement suivi, du moins recherché. Il était libre. Il conservait au fond de sa poche le billet de cinq cents euros qu'il avait sauvé de l'éparpillement en pleine mer comme une sorte de talisman, un pied de nez permanent à ce dont il était certain de s'être extrait comme on sort d'un mauvais rêve.

*

Tout cela, donc, n'a duré que trois mois. Cela n'a duré que trois mois parce que Mayerling faisait effectuer une scrupuleuse revue de presse les concernant par une fille sortant d'une école de communication, qui voyait dans ce boulot le tremplin de sa carrière. Elle passait ses journées sur Internet et dans les kiosques, épluchant la Toile et tous les journaux possibles, regroupant les infos par thématiques, que Mayerling étudiait ensuite, à la recherche de pistes éventuelles. Parmi tous les documents qu'elle lui envoyait jour après jour se trouvaient nombre de photos, dont il avait progressivement tapissé l'un des murs de son bureau. On les voyait sous tous les angles, pris depuis la scène par des photographes professionnels, ou depuis le public, *via* les portables de groupies, en couleur et en noir et blanc. C'est là, sur ce mur tout à leur gloire que Nino a vu la vie se resserrer soudain comme un étau contre son crâne, que tout est devenu d'un coup fragile, explosif et minuscule, quand ses yeux ont fixé un des clichés sans y croire, là, parmi tous les autres. Il avait été pris lors de leur premier concert, à La Cigale, trois mois plus tôt, il y avait la date à droite en bas. Il était sur scène, presque de dos. Devant lui, à deux mètres, se tenait Jérémy, la trompette dressée vers le ciel, dans la lumière d'un projecteur, il le regardait, ébahi, on sentait sa chaleur et tout dans son attitude indiquait l'apesanteur dans laquelle il flottait en écoutant ses notes, sa ferveur et son âme.

— Magnifique, n'est-ce pas ? avait murmuré Ralph Mayerling dans son dos.

Il n'avait pas répondu, hypnotisé, elle était magnifique, oui, et terrifiante comme un couperet qui claque, comme un baiser qui mord ou une maison qui brûle. Entre la main qui tenait l'appareil, et lui, se tenait la réalité, la menace et le rêve qui prend fin. Dans le public, à quelques pas de la scène, parmi les gens qui dansaient et les filles qui souriaient, un souvenir tournait la tête, on le voyait clairement, le crâne cabossé, pas le moindre rictus, il était là comme un iceberg au beau milieu du Pacifique et Nino ne voyait que lui, Karl Avanzato, qui l'avait retrouvé, et à qui il suffisait de suivre leurs dates de concert pour savoir où il se trouvait, et contre qui le seul rempart était le service d'ordre interdisant l'accès aux loges, Karl Avanzato dont il savait qu'il parviendrait tôt ou tard à se montrer plus malin que n'importe qui, à se retrouver face à lui et seul à seul, et à qui il serait inutile de tenter d'expliquer quoi que ce soit.

Ce jour-là, la bulle a éclaté, complètement, et pour des années. Ce jour-là, l'enfer a commencé.

XIX

En sortant du bureau de Mayerling, son épaule a cogné contre la porte. Il a marché au hasard, a gagné le salon, où les deux Stefan improvisaient une bossa à la guitare, alanguis dans les canapés, il ne les a pas rejoints pour fredonner quelque chose, il est sorti sur la terrasse et s'est allumé une cigarette en regardant la mer, dans laquelle les billets s'étaient éparpillés, et a voulu pleurer de colère, il a tiré sur le filtre comme si ça avait été la dernière fois, ses jambes tremblaient. Le soir, il est allé se coucher en ayant à peine touché à son assiette.

Il a fallu vivre avec cette menace permanente, ce spectre envahissant, omniprésent, qu'il ne parvenait à faire pâlir que lors de certaines chansons sur scène, durant lesquelles il chantait comme un damné prêt à mourir d'une balle en pleine tête sur la mesure suivante. Il avait désormais vingt-sept ans, l'âge de rejoindre quelques-unes de ses idoles, foudroyé dans la montée, mais il suppliait le ciel de lui octroyer du rabe, il hurlait dans le micro comme s'il avait vu le diable en face, et là, parfois, oui, il était de nouveau libre, exalté pour de bon, les pieds sur terre et le cerveau dans les étoiles, transpercé de haut en bas par un souffle incandescent qui retombait très vite, qui s'amenuisait, qui se réduisait comme il était apparu, et le morceau se terminait dans la clameur du public, et pour lui, dans l'angoisse qui prenait de nouveau le pouvoir sur tout son corps, sa cervelle et sa voix, dont les critiques disaient depuis peu qu'elle était *habitée.*

Il prenait toutes les précautions possibles pour ne jamais être seul, surtout jamais loin des trois vigiles que Mayerling avait engagés pour sécuriser leurs déplacements. Tous les membres du groupe lui assuraient à tour de rôle que sa méfiance tournait à la paranoïa, Pedro lui jurait qu'une belle brune insouciante suffirait à lui remettre les idées en place, ou bien rousse ou plutôt blonde, peu importait, une nuit torride pour tout faire fondre, mais il arrivait de moins en moins à mener ces affaires à leur terme, même si l'envie, pourtant, était là. Un soir à Berlin, la fille avec laquelle il avait à peine échangé trois mots, mais bon nombre de regards, et qu'il avait finalement emmenée dans sa chambre pour faire fuir les idées noires, avait fini par ressortir une heure plus tard, dépitée, et lui confus sur le rebord du lit, ne sachant comment lui dire qu'elle n'y était pour rien. Il ne parvenait plus à toucher une fille sans s'imaginer qu'Avanzato rôdait dans les couloirs. Le matin, il se réveillait exténué, après avoir rêvé qu'il surgissait par la fenêtre et qu'il ne pouvait plus crier, qu'il barrait soudain la route du bus qui les emmenait sur les lieux de leur prochain triomphe, arme en main, et l'enlevait sous les yeux de tous ses camarades, il rêvait qu'il le plantait dans son sommeil. Il le voyait chez lui prenant des notes, sur son écran s'affichait tout l'emploi du temps de Light Green pour les semaines et les mois à venir, il le sentait en permanence. Il a cru le voir cent fois. Cent fois, derrière les vitres fumées de la voiture qui le conduisait à son hôtel, il a sursauté sur les sièges en cuir en le voyant, lui, là, sur le trottoir, qui le fixe, avant de se rendre compte que c'était quelqu'un d'autre, qui ne le regardait pas du tout, il a cru cent fois le distinguer dans la foule face au groupe, un fantôme qui surgit, son crâne, exactement le sien, et il ne voit plus que lui quelques instants durant, avant que des yeux n'apparaissent, puis une bouche, un menton, le visage entier d'un spectateur inconnu, tandis qu'il sent le sang battre dans ses tempes en enchaînant, il a cent fois trébuché sur une marche, bousculé quelqu'un en pensant l'éviter complètement, il a fait cent fois de faux mouvements parce qu'il était simplement là, sous son crâne de rock star au succès bientôt mondial, vedette adulée dont la vie roule et brille, lui dont la vie, en vérité, n'était plus qu'une immense plaque de verglas sur laquelle il avançait comme un vieillard terrorisé.

Et puis est arrivé Glastonbury, ce qui allait être leur plus grosse date à ce jour, et vers laquelle ils s'avançaient la tête haute puisque la vague les portait, et vers laquelle Nino avançait la boule au ventre. Il voyait ses rêves les plus fous se réaliser un à un, tout devenait jour après jour de plus en plus délirant et pourtant vrai, leur vidéo faite à Sainte-Maxime un an plus tôt avait dépassé les quarante millions de visionnages, et l'album s'était écoulé à plus de dix millions d'exemplaires à travers le monde, tout ça était vrai, irréel et magique, et il voyait tout défiler sans rien goûter, sans jamais s'illuminer face au miroir, sans jamais savourer ça comme un accomplissement total, une reconnaissance incroyable et permanente, il vivait dans son ombre, dans les couloirs de cet incroyable vaisseau, il allait des coulisses à sa suite sans jamais croiser le regard de personne à l'exception de celui de Marcel, qui posait parfois sa main sur son épaule en lui assurant que tout allait bien. Les autres étaient trop haut, trop loin, trop dans les étoiles ou les nuages pour se rendre compte du trouble qui l'entourait chaque minute. Mayerling, lui, devinait quelque chose, sentait une ombre, mais cette ombre le portait, on disait de Nino qu'il avait pris une épaisseur presque surnaturelle, que sa voix surfait sur des abîmes, et Mayerling avait à coup sûr décelé quelque chose mais ce quelque chose était la cerise sur le gâteau, la touche finale au tableau qu'il avait composé, l'ultime étincelle, le joyau, la magie. Il n'avait jamais posé la moindre question sur sa provenance.

Nino mourait à petit feu.

Quand Glastonbury est arrivé, il n'a même pas savouré le fait que Rob Coltman, au mariage duquel il avait jadis chanté, près des toilettes et des vestiaires, soit, lui et son groupe, en charge d'assurer la première partie de Light Green. C'est Ralph Mayerling qui l'avait noté en consultant le déroulé des opérations, faisant se dresser quelques oreilles. Tous avaient retenu les circonstances dans lesquelles le vieux producteur avait croisé le vert pâle de sa voix, et tous riaient en constatant la coïncidence, qu'il trouvait lui aussi cocasse mais qui, hélas, ne lui semblait que secondaire. Glastonbury n'était qu'à trois heures de route de Douvres. Et Douvres n'était qu'à une heure et demie de Calais en ferry. Voilà tout ce à quoi Nino pensait tandis que ce mythique festival allait les accueillir. Karl Avanzato ne quittait ni ses jours ni ses songes.

Et l'idée d'en finir s'est imposée à lui.

Ils ont donné le concert et enflammé Glastonbury, la vague du public est venue du fond du parc et les a engloutis, il a hurlé « *I love you* » sur Sunny jusqu'au bout, il a cru voir mille Avanzato recevoir ses cris çà et là dans la foule et le crucifier sur place, ses jambes ont cédé et il s'est écroulé dans la clameur tandis que tout le monde se levait, tous les membres de Light Green le rejoignant sur le devant de la scène pour le salut final et l'ovation dévastatrice, Marcel le tenant par la taille, son bras fort contre ses reins, il l'a embrassé sur la joue et il a senti sa chaleur, Sandra a ramassé son T-shirt vert pâle trempé de sueur et l'a porté à ses lèvres dans l'hystérie générale avant de le jeter loin devant, des bras se sont levés pour l'attraper, il a disparu, serré dans les mains d'une fille dont on n'entendait pas les cris, noyés dans ceux des autres, ils se sont encore baissés plusieurs fois sans que les cris ne cessent, et sont sortis de scène, pantelants, et lui, les dents serrées. Une fête les attendait, dans laquelle ils allaient côtoyer Rob Coltman, Noel Gallagher et Damon Albarn, ils allaient boire du champagne avec Sting et danser aux côtés de Lenny Kravitz mais il avait autre chose à faire. Il avait un démon à affronter, c'était décidé depuis deux jours. Il avait une voiture à prendre, le chauffeur l'attendait. Il avait une arme à acheter dans les faubourgs de Londres.

Ils ont roulé trois heures dans le silence et la nuit tombante, et c'était la première fois depuis longtemps que Nino sortait seul ou presque, qu'il allait dans le monde et la vie, mais bizarrement, il n'avait plus vraiment peur. Il allait en finir. Le chauffeur a tenté de parler un peu mais il n'a pas répondu. Quand ils sont arrivés vers Londres, il lui a demandé où il souhaitait se rendre au juste. Quand il lui a dit Brixton, il l'a regardé dans le rétroviseur, a demandé s'il était sûr dans un sourire un peu crispé. Il était une heure du matin, le quartier jamaïcain de la capitale anglaise n'inspirait plus confiance à personne, encore moins à un chauffeur de limousine.

Il a pénétré doucement dans les rues de brique rouge, aux aguets, les mains serrées sur son volant, Nino l'était aussi, il guettait, on distinguait des silhouettes çà et là, la voiture s'enfonçait lentement dans des rues aux réverbères défaillants. Au bout de quelques minutes à virer au hasard, Nino a distingué un type seul, fumant un joint sous un porche, et a demandé au chauffeur de s'arrêter. Le type s'est reculé d'un pas, s'est enfoui dans le noir, on ne voyait plus de lui que le petit fanal de ce que Nino avait pris pour un joint mais dont l'odeur, dès qu'il a mis le pied hors de la Mercedes, lui a indiqué qu'il s'agissait seulement d'une cigarette. Il s'est approché doucement. Le mec était immobile, il ne voyait rien de lui mais lui distinguait son visage, il l'a bientôt reconnu, il l'a vu se pencher en avant et s'approcher à son tour.

— Light Green ? a-t-il murmuré sans en revenir.

— *I need a gun*, a répondu Nino.

Tout est allé vite, très peu de mots, très peu de temps, juste une affaire, une vente et des billets, une arme au creux de la main après que le mec a été parti on ne sait où, revenant quelques minutes après muni d'un pistolet noir, le montrant d'un geste lent, six balles dans le chargeur, et Nino demandant combien, le prix, trois cents livres, et l'idée le traverse, il se dédouble et saute dans le vide en plongeant la main dans sa poche revolver, le type le regarde faire et lui tendre le billet de cinq cents euros qu'il garde au chaud depuis tous ces mois d'angoisse, il le prend et le regarde, sourit, il a fait le calcul dans sa tête et sait qu'il est gagnant, dit « *No change* », Nino met l'arme dans son dos, dans sa ceinture, contre sa peau, pas grave, il lui dit de tout garder et se recule doucement. Il sait que le chauffeur est là derrière lui qui le fixe et n'a rien loupé de ce qu'ils viennent de faire, qu'il a vu le billet, le flingue et leur accord, le type acquiesce en le regardant droit dans les yeux, il murmure *Love Power Peace*, comme s'il venait de le démasquer, lui l'usurpateur, le chantre de l'amour qui veut tirer sur quelqu'un, il sort une nouvelle cigarette de son paquet, lui en propose une, que Nino accepte, il lui dit qu'il fume toujours après avoir fait l'amour et le mec en face rigole, pas Nino, terrorisé par ce qu'il vient d'oser dire et faire, il l'allume et tourne les talons, s'enferme dans la limousine et demande au chauffeur de filer, vite, de rouler droit devant, loin de ce mec qui le regarde encore, et loin de la foudre qui s'abattra tôt ou tard sur ses nerfs, loin de ce faux billet, il lui dit d'appuyer, c'est ce qu'il fait, mort de trouille aussi, ils foncent et sortent, et bientôt l'autoroute.

À mesure qu'ils approchent de Glastonbury, le pistolet serré dans sa paume, le calme revient doucement dans sa tête et il met des mots sur ses actes, il revit la scène, le moment où il lui a tendu ce faux billet, lui qui a les moyens d'acheter tous les revolvers qu'il souhaite, il vient de tenter le diable et probablement de risquer sa vie, si ce mec avait su, il ne serait sans doute pas ressorti entier de cette ruelle.

D'une certaine façon, il vient pour la première fois de tenter de se suicider.

Le pistolet a trouvé sa place parmi ses affaires, et les semaines se sont écoulées d'une façon complètement identique à celles qui avaient précédé son achat, ça n'a rien changé. Il avait une arme. Le jour où Avanzato mettrait la main sur lui, il plongerait la sienne au fond du sac en cuir brun et le tiendrait en joue, et le tuerait probablement. Il ferait disparaître son corps comme il avait fait s'envoler les millions, il demanderait à Marcel de lui prêter main-forte, et tout se réglerait. Il avait assez d'argent pour pouvoir envisager tous les subterfuges possibles, louer des voitures, une ambulance ou un camion-citerne, faire traverser les mers au corps à bord d'un cargo, tout rentrerait tôt ou tard dans l'ordre, il le tuerait, et serait libre pour toujours, et jamais soupçonné de quoi que ce soit, lui la star, une détonation qui trouerait le conte de fées, et le conte de fées continuerait.

Nino Face était en train de devenir fou.

Il est retourné à Calais le débusquer chez lui, inverser la vapeur, il a monté les marches et trouvé sa porte, au deuxième, son nom toujours glissé sous la sonnette, sonnette qui n'était plus intacte, éclatée comme les autres. Le caïd avait perdu de sa superbe. Il a cogné deux fois plus fort contre le bois, le sac à ses pieds entrouvert, la crosse à portée de main, il a crié son nom, juste son nom, des gros « Avanzato ! » qui résonnaient de haut en bas mais rien, pas un signe, pas un mouvement, personne.

Il est redescendu, les dents serrées, il n'a pas pris la peine de monter jusqu'à chez lui, il n'avait de toute façon pas les clés, il est ressorti de l'immeuble et a regagné le taxi qui l'attendait, il a posé le sac à ses côtés et a refermé la portière.

— On va où, maintenant, monsieur Face ? a demandé le chauffeur, qui n'en revenait pas de l'avoir à bord de son véhicule depuis l'aéroport où il était venu le prendre.

— À Sainte-Maxime.

— Sainte-Maxime… Sur la Côte d'Azur ? Vous voulez dire, à l'aéroport ?

— Non, non, Sainte-Maxime. En voiture.

Il l'a prévenu que ce serait exorbitant, qu'il lui faudrait une chambre d'hôtel le soir, mais Nino a balayé ses remarques, il a failli sortir le flingue et lui foutre sur la nuque en lui demandant de la fermer, il a crié « Sainte-Maxime ! » et le chauffeur a démarré, Nino a avalé un somnifère et s'est endormi à peine arrivés sur l'autoroute.

Le soir, il a traversé la Villa Guillaume II sous les yeux de Mayerling et des deux Stefan sans leur lancer le moindre regard, et a regagné sa chambre, il était vingt-trois heures et il n'avait rien mangé depuis plusieurs jours, il avait soif, simplement soif, il a bu de l'eau au robinet de la salle de bain et sorti le pistolet de son sac, il s'est regardé dans le miroir, le canon posé contre sa tempe comme il l'avait déjà fait plusieurs fois, puis dans sa bouche, et contre son cœur, les yeux dans les siens sans sourciller, sans presque respirer non plus. Le silence.

Une fois revenu dans sa chambre, il a allumé l'ordinateur. Cela faisait des mois qu'il avait inversé la traque, qu'il le cherchait sur la Toile, tapant son nom quotidiennement, parfois même matin et soir, qu'il guettait les faits divers, son nom, qu'il voulait le trouver puisqu'il mettait tant de temps à venir, et en finir, évacuer la brume dans laquelle il se noyait.

Ce soir-là, cela s'est passé comme d'habitude, il a ouvert Internet plutôt que de vider son chargeur dans le plafond, il a tapé « Karl Avanzato » dans la barre de recherche, il n'y avait jamais rien, tout s'arrêtait à chaque fois là mais pas ce soir, un lien est apparu, qui l'a fait sursauter sur son siège : Libération.fr. Il a cliqué, la page s'est ouverte, un dessin, un croquis de lui, qu'il a reconnu du premier coup d'œil, son allure de lutteur, le crâne rasé, et un vacarme assourdissant sous son crâne en découvrant l'article, une chronique judiciaire pour un procès qui s'annonçait compliqué, un braquage sanglant dans une bijouterie place Vendôme, deux flics décédés, un autre paralysé à vie, et un gars tout seul sur le banc des accusés, unique responsable, un casier long comme le bras et du vert plein les yeux, balèze et pourtant faible, mais digne, qui allait faire parler de lui quelques jours dans la presse et, surtout, mettre fin au calvaire de Nino, le sortir du marasme noir dans lequel il s'enfonçait chaque jour un peu plus, et faire de lui un homme libre : Karl Avanzato risquait la prison à vie.

XX

Il aurait voulu se glisser dans la salle d'audience, se mettre sur un des bancs et le voir, l'écouter, savoir qui était ce Karl Avanzato qui lui avait sauvé la vie un soir, puis l'avait embarqué dans ce vol de voiture, savoir ce qu'il avait en tête et comprendre ce que lui et Fred manigançaient ce fameux soir à Bordeaux, il aurait voulu se faufiler parmi les journalistes et les badauds mais ça lui était impossible, il ne pouvait de toute façon plus se faufiler nulle part depuis que Light Green était sur toutes les ondes, et il ne pouvait pas non plus pénétrer dans ce tribunal, risquer qu'il le voie, que le scandale éclate. Impossible. Il ne pouvait pas mais il en brûlait d'envie, les dix-huit derniers mois de sa vie étaient liés à ce type du matin au soir et savoir ce qu'il dirait, ferait, vivrait, était un besoin vital, il fallait complètement qu'il sache, que ce fantôme s'exprime et qu'il en ait la preuve, qu'on lui dise en face ce qu'il adviendrait d'Avanzato, et par là même, de lui.

Lors de sa première sortie dans Sainte-Maxime, le jour où il avait découvert que le magot ne valait rien, en arpentant les rues de la vieille ville, il avait vu la plaque d'un détective sur la façade d'un immeuble, il avait eu un sursaut ridicule, l'impression qu'on allait le suivre à la trace. Le souvenir de cette plaque lui est revenu en mémoire, là se trouvait la solution. Payer ce type pour se rendre à l'audience à sa place. Ce détective entrerait dans le tribunal par la grande porte, assisterait à l'audience et lui ferait un rapport détaillé, peut-être même pourrait-il s'équiper d'un micro minuscule ou d'un invisible appareil photo. Il a sorti la Supercinq de sa cachette, elle a démarré du premier coup, sous les yeux de Marcel, sur la terrasse, qui lui a tendu son pouce en l'air pour lui signifier tout l'amour qu'il avait pour cette petite voiture, et il a franchi le portail en douceur, certain, cette fois, de ne pas croiser Avanzato. Dans le chemin des Ambres, il a vu venir une voiture incroyable qui roulait au pas, rouge candy, une Cadillac flamboyante au volant de laquelle se tenait Pento, fier comme un paon.

Une heure plus tard, il revenait à la Villa Guillaume II, délesté de plusieurs milliers d'euros, tandis que le détective décollait de l'aéroport de Toulon, direction Paris. La Cadillac luisait dans le soleil, entourée de tous les membres de Light Green.

— On boit un coup ? a-t-il crié en passant la tête par la fenêtre de la voiture sans s'arrêter, tandis qu'il roulait vers le fond du parc pour se garer, provoquant l'hilarité générale.

Quand il les a rejoints, ils se mettaient en chemin vers la terrasse, où des bouteilles les attendaient. Ralph Mayerling lui a tendu un verre en s'approchant.

— Vous êtes un garçon étrange, a-t-il murmuré au milieu du brouhaha, Pento vantant les mérites de son nouveau palace roulant. Depuis que je vous connais, votre vert pâle est resté le même, mais s'est chargé de tout un tas d'émotions difficiles à définir.

Et curieusement, j'ai l'impression que ce vert pâle, tout en demeurant le même, est sur le point de subir une fondamentale transformation, j'ignore laquelle et j'ignore pourquoi, mais je le sens.

Marcel avait entendu, il s'est approché, a trinqué avec eux et a acquiescé en silence avant de rejoindre les autres. Nino a failli promettre à Ralph Mayerling et Marcel de tout leur raconter un jour mais au fond, il n'en était pas sûr. Il est resté sans rien dire, et a bu son verre en chantant intérieurement sous le regard aussi curieux que bienveillant du brillant producteur et de son ami pianiste.

Le lendemain soir, Nino avait un long mail de son exorbitant détective, une sorte de pré-rapport, puisqu'ils étaient convenus qu'il lui en ferait parvenir un complet une fois le procès terminé. Pour l'heure, il semblait que Karl Avanzato ne cherchait nullement à minimiser les faits, il avait bien agi seul et à découvert, armé, et avait tiré pour tuer, oui, dans la fuite et l'instinct de survie. L'espion répétait deux ou trois fois que l'accusé semblait serein, prêt à recevoir la sanction qui s'annonçait définitive. Nino lisait le mail en sentant déjà poindre une forme de liberté. Il devinait pourtant qu'il ne saurait jamais vraiment ce qu'avait manigancé Avanzato ce fameux jour, de Calais à Bordeaux.

XXI

Le jour du verdict, Light Green donnait un concert au Botanical Garden de Berlin, un immense parc en centre-ville. Le public se dressait à perte de vue ou presque et Nino croyait être au seuil de sa liberté, il la sentait l'envahir, dansant comme rarement, aérien, gorgé de vitamines, l'impression de respirer comme ça ne lui était pas arrivé depuis longtemps, les différents morceaux s'enchaînaient, faisant à chaque fois hurler les spectateurs de plaisir tandis qu'il rugissait d'envie. Pendant qu'il sautait sur scène dans la musique et le soleil, en France, à Paris, un tribunal scellait le sort de Karl Avanzato, immobile entre deux policiers, devant un parterre de journalistes et de témoins divers. Il y a pensé plusieurs fois durant ce concert resté gravé dans sa mémoire, il a chanté plusieurs fois pour lui, en se demandant s'il savait où il était, ce qu'il faisait, pendant qu'il voyait sa vie se terminer, du moins celle du dehors, des bars et des virées nocturnes, des pas sur la plage et des voitures de sport. Le cœur de Nino s'est à plusieurs reprises serré, une vie devait finir pour que commence la sienne, oui, et il a même failli pleurer, quelques larmes sous son crâne, mais de joie et à la fois de honte. Il ne parvenait pas à s'en vouloir, il avait cédé, avait eu ce pactole sous les yeux et avait soudain viré de bord, il avait disparu, volé un voleur, leurs deux trajectoires s'étaient croisées et ils avaient l'un comme l'autre tenté de faire de leur mieux, leurs intérêts n'étaient simplement pas les mêmes, et Nino allait retrouver sa vie, son sens et le calme, voilà ce que se disait Nino pour tenter d'aller bien et ne pas s'écrouler de honte et de haine de lui-même, et tout ça tournoyait dans le ciel de Berlin pour finir dans ses yeux comme un éclair magistral.

Le soir, il a retrouvé sa chambre d'hôtel en parvenant à refuser les avances pourtant terriblement excitantes d'une Berlinoise radieuse, il s'est mordu l'intérieur des joues, elle continuait à le regarder s'éloigner tandis qu'il marchait à reculons en s'excusant comme il le pouvait, elle le dévisageait dans un sourire d'incompréhension et il se trouvait d'une force surhumaine tant elle était jolie, il était presque fier de lui, mais il avait une raison, évidente, qui gommait tout sur son passage : il était vingt-deux heures, le verdict dans le procès d'Avanzato était rendu, et il avait un mail à lire.

Il a refermé à clé derrière lui, et a allumé son ordinateur en retenant son souffle. Il a mis du temps à charger, plus que d'habitude, ou bien était-il plus impatient, tout se bousculait dans sa tête, il avait découvert Avanzato et ce procès pour homicide à peine deux jours plus tôt après ce long silence, et il était déjà sur le point d'apprendre ce dont il avait écopé, il transpirait sans faire le moindre mouvement, les yeux rivés sur l'écran bleu, où s'est enfin affichée la photo qu'il avait mise en couverture quelques mois plus tôt, Ralph Mayerling et Rosa, sur la terrasse à Sainte-Maxime, il les avait pris côte à côte sans qu'ils le voient, ils se regardaient en riant tous les deux, la tête un peu en arrière, à la manière d'un vieux couple, comme le lui avait dit Mayerling le jour où il lui avait raconté leur histoire.

Sa boîte s'est ouverte et il a cliqué sur ses mails, il en avait trois, l'un suite à l'alerte qu'il avait créée la veille sur « Karl Avanzato », qui lui annonçait qu'un nouvel article le concernait sur la Toile et il est allé voir tout de suite, et le gros titre lui a sauté au visage et lui a tiré une larme, une vraie larme qui s'est formée dans son œil et a roulé sur sa joue, qui s'est éclatée sur le clavier sans qu'il tente de la retenir, les yeux rivés sur ce titre qu'il recevait comme une libération et à la fois comme une honte, lui le petit merdeux qui s'était planqué durant tout ce temps : « Procès de Karl Avanzato : le braqueur emporte ses mystères et prend perpétuité. »

Karl Avanzato n'avait rien nié des circonstances dans lesquelles le braquage s'était déroulé, il avait assumé l'entière responsabilité de ses actes. Quand son avocat avait pointé du doigt l'enfance malheureuse et les quartiers pauvres de Calais, Karl Avanzato l'avait contredit, disant haut et fort qu'il avait été pauvre, oui, mais pas malheureux pour autant, jetant la consternation dans le tribunal, qui avait commencé à se demander où l'accusé voulait en venir. Mais justement, Avanzato ne voulait en venir nulle part. Son avocat avait à plusieurs reprises tenté d'apitoyer les jurés, qu'Avanzato fixait un à un sans jamais baisser les yeux. Le juge avait tenté lui-même de comprendre, alors, puisque l'argent ne semblait pas être sa motivation, ce qui l'avait poussé à pénétrer dans cette bijouterie, arme au poing chargée, et à finir dans ce bain de sang. Avanzato l'avait fixé pendant de longues secondes de silence, durant lesquelles l'auditoire était suspendu à ses lèvres.

— Ça, c'est mon histoire, avait-il enfin lâché.

— Mais vous vous rendez compte que vous avez tué deux personnes, qu'on est là pour essayer de comprendre, s'était emporté l'avocat général, vous vous rendez compte que vous risquez la prison à vie ?

— Je m'en rends compte plus que vous encore.

La journaliste décrivait un accusé calme, dans le regard duquel vivait une tristesse que rien ne semblait pouvoir atténuer, associé à une dureté de chaque seconde envers le monde et lui-même. Avanzato n'avait esquivé aucune des questions posées, mais avait parfois refusé d'y répondre, les yeux plongés dans ceux du procureur, du juge ou de son propre avocat. Il semblait être là sans le moindre espoir, et l'on devinait qu'il n'en aurait eu aucun non plus s'il avait été libre. Karl Avanzato avait la mine d'un condamné quoi qu'il arrive, ici ou ailleurs, libre ou emprisonné, qui se tiendrait néanmoins debout jusqu'à la fin. Chaque membre de ce tribunal avait à un moment ou un autre tenté de savoir ce qui se cachait au fond de cet homme, sans obtenir satisfaction.

Le verdict était tombé, il avait pris perpétuité, assorti d'une période incompressible de trente ans, la plus lourde peine possible en France, sans provoquer la moindre émotion supplémentaire sur ses traits. Il avait juste acquiescé. À ce moment-là, tandis que sa mère, au premier rang, explosait en sanglots, Karl Avanzato avait demandé à la cour la permission de prononcer quelques mots, ce qu'on lui avait accordé. Avanzato s'était alors levé, avait embrassé la salle d'un regard, puis les jurés, tout le monde, sans avoir l'air d'en vouloir à personne et avait parlé d'une voix claire, en mesurant ses mots.

Nino a lu l'article jusqu'au bout, jusqu'à cette conclusion, ce discours obscur prononcé par Avanzato dans le silence de ce tribunal, auquel la journaliste ni personne n'avait rien compris, le laissant parler en plissant les yeux, tentant de deviner ce que tout cela voulait dire mais non, l'article prenait fin sur cette énigme entendue par tous les gens présents, un Karl Avanzato parlant pour lui-même, et pour deux femmes au premier rang, la première, sa mère, et la seconde dont on ignorait l'identité, qui avaient hurlé ensemble, noyées dans leurs larmes, sans que personne d'autre ne comprenne ce que signifiait ce discours. Il y était question d'un Fred, d'une Supercinq, et d'une fille, Carole, et d'amour. Nino a senti de la sueur couler entre ses omoplates, jusqu'à ses reins, doucement.

Le deuxième mail venait de ses parents, c'était rare, c'était un mot d'une dizaine de lignes. Ils avaient reçu un couple d'amis d'Orléans qui se rendait en Angleterre, et qui s'était arrêté deux jours chez eux pour l'occasion. Le soir de leur départ, ils s'étaient tous les quatre rendus au Paradiso boire un verre avant l'embarquement et avaient découvert que le patron avait fait de Nino une star dans son bar, un immense portrait ornait un des murs, assorti d'une légende, « Nino Face, responsable karaoké au Paradiso de 2009 à 2012 », des clients posaient paraît-il tous les soirs leurs mains sur son visage en ayant l'impression de le voir en vrai, le patron ne manquant jamais de dire qu'il l'avait en quelque sorte lancé. Ils avaient regardé tout cela en rigolant, une serveuse aux bras tatoués leur disant au passage, sans savoir qu'elle s'adressait à ses parents, que ce beau Nino Face lui avait brisé le cœur un an et demi plus tôt. M. Gérard Face s'était penché vers elle, l'idée que son fils ait pu faire du mal à quelqu'un lui étant très désagréable. Elle avait souri, s'était reprise, se penchant à son tour vers eux :

— Je ne devrais pas vous le dire, avait-elle avoué, mais je crois qu'au lit, je lui ai appris plein de trucs.

En d'autres circonstances, Nino aurait sans doute ri tout seul face à son écran en la découvrant inchangée, brute et sans fard, tout ce qui lui plaisait en elle à l'époque, il aurait imaginé la tête que sa mère avait dû faire en l'entendant dire ça, mais là, quelque chose le peinait, il lui avait manqué, elle qui lui avait manqué aussi, il avait disparu comme le voleur qu'il était.

Quelque chose d'autre l'empêchait de rire ou de s'émouvoir vraiment : il y avait un troisième mail, émanant du détective. Et il était assorti d'une pièce jointe.

Il l'a ouvert, il était bref, il rendait compte du verdict, donnait deux ou trois grandes lignes mais rien de nouveau après le long article qu'il avait lu. Par ailleurs, il lui disait que le fichier joint pourrait l'intéresser. Nino apprit par la suite que lorsqu'il était allé le voir, il l'avait regardé partir par la fenêtre comme il le faisait à chaque fois qu'un nouveau client se présentait. Il l'avait donc vu sortir, marcher d'un pas vif vers une Supercinq blanche dans laquelle il s'était engouffré, et dont le détective avait pu constater qu'elle était immatriculée 62. Alors quand, dans ce tribunal, il avait entendu l'obscur discours qu'Avanzato avait au final prononcé, il était resté stoïque et avait entrevu ce pour quoi ce procès touchait tant le petit Nino. La pièce jointe était un enregistrement de ce discours demeuré mystérieux pour toute l'assemblée présente, et qu'Avanzato semblait avoir prononcé comme pour se soulager lui-même, fixant une fenêtre en face à travers laquelle on distinguait un bout du ciel. Nino a cliqué d'un doigt fébrile et il a vu le téléchargement s'opérer, il a monté le son des enceintes et s'est levé pour vérifier qu'il avait bien fermé sa porte à clé, et tandis qu'il regagnait sa chaise, la voix d'Avanzato a envahi la chambre, le clouant sur place, il l'a reconnue tout de suite, et ces mots secs et crus, mais une douceur, quelque chose de tendre et d'accessible, il a entendu ses premiers mots, qui sont tombés comme une lame, un coup de marteau définitif, il a retenu son souffle, immobile.

— *De toute façon, cette prison, je n'en ressortirai jamais.*

Un silence total entourait ses paroles.

— *Je ne voulais pas ça, je voulais qu'il vive, qu'on continue tous les deux comme toujours... Fred, c'était mon frère.*

Les sanglots d'une femme ont retenti. Le son résonnait contre les murs du tribunal, que l'on devinait suspendu à ses lèvres comme l'était Nino lui-même.

— *Quand il est venu me voir avec ce sac rempli d'argent, pour rejoindre Carole, j'ai su que tout allait changer. J'ai su que c'était fini. Je n'ai pas pu.*

Il y a des longs silences, pourtant sa voix ne tremble pas, il mesure ses mots, les soupèse un à un.

— *C'est pour ça que j'ai voulu qu'on nous vole la Supercinq, avec l'argent derrière.*

— *Mais de quoi parlez-vous ?* l'interrompt une voix que l'on sent agacée, probablement celle du procureur ou bien du juge.

Karl Avanzato ne répond pas, il continue doucement, à voix haute.

— *Je ne voulais pas ça, je ne voulais pas que Fred meure et je m'en voudrai toujours, j'aurai toujours son visage entre mes mains et son sourire, là, juste là...*

Une voix de femme, un cri étouffé, qu'Avanzato doit recevoir mais il enchaîne, il assume et se vide, et Nino est tétanisé.

— *Je suis allé le voir et je lui ai donné un double des clés, il nous a suivis, ça a duré la journée, jusqu'à Bordeaux, et il a volé la voiture comme je lui avais dit de faire. On a couru après dans la nuit, et Fred s'est fait percuter et je n'ai rien pu faire, et il est mort.*

Les cris de la femme redoublent, il se fait insulter mais une voix d'homme demande le calme, le silence revient. La voix reprend :

— *Monsieur Avanzato, vous êtes en train d'avouer un délit ayant entraîné la mort d'un homme, c'est extrêmement grave.*

— *Je veux le dire avant d'entrer dans ma cellule : je suis responsable de la mort de Fred. C'est ma faute, même si c'est involontaire. Je ne pouvais pas supporter que Carole et lui se retrouvent.*

— *Qui est Carole ?* demande doucement la voix.

Mais Karl Avanzato ne répond pas.

— *Je ne pouvais pas supporter qu'ils se retrouvent,* répète-t-il, *dans les bras l'un de l'autre, ils se seraient aimés comme avant, je le savais, et c'était trop dur, c'était impossible.*

Puis après un silence, sa voix se faisant plus basse, on dirait qu'il rêve :

— *Carole, moi aussi, j'en étais fou. Arriver chez elle, le sac plein d'argent... et l'emmener... les voir s'aimer sous mes yeux... Je ne sais pas ce que j'aurais fait de l'argent, je crois que je l'aurais planqué dans une maison en ruine. Et Fred et moi, on aurait simplement continué à vivre, loin d'elle, tant pis, mais c'était mieux qu'elle et lui ensemble sous mes yeux tous les jours.*

— Monsieur Avanzato... Pourquoi dites-vous tout cela aujourd'hui ?

— Il y a des gens dans la salle à qui je veux dire la vérité en face, sans vitre entre nous, je veux leur dire ce qui s'est passé, je veux leur dire que je n'ai pas voulu que Fred retrouve Carole, et qu'il en est mort. Je veux leur dire aussi que je n'ai jamais revu l'argent, que celui que j'avais engagé a disparu avec. J'aurais peut-être fait pareil à sa place.

— Monsieur Avanzato, vous voulez dire que vous protégez un complice ?

— Je ne protège personne. Je m'en fous. Je viens de prendre trente ans de prison, mettez-m'en dix de plus si vous voulez.

— Et de quel argent parlez-vous, combien y avait-il ?

— Deux millions d'euros.

Dans la salle, un murmure grondait et des cris ont fusé.

— Ce complice est toujours libre ?

— Oui.

— Vous l'avez recherché, par la suite ?

— Oui. Je l'ai même revu plusieurs fois mais je n'ai jamais pu lui parler. Mais peu importe qui c'est, peu importe d'où venait l'argent, peu importe tout ça, ça n'est pas de ça que je voulais vous parler, et je ne vous dirai rien de plus. Mettez-moi vingt ans supplémentaires si ça vous chante.

Les pleurs des deux femmes ont peu à peu pris le pas sur le murmure qui parcourait la salle. Le silence s'est fait progressivement, dans lequel on devinait une forme de consternation que l'article de *Libération* décrivait. Karl Avanzato a simplement ajouté, plus bas, un « Je suis désolé, Martine », et une femme, sans doute la Martine en question a demandé « C'est qui, Karl, c'est qui ? » en sanglotant, ce à quoi il n'a rien répondu, faisant sans doute signe qu'il ne dirait maintenant plus rien. Un marteau a cogné, suivi de :

— *La séance est levée !*

Et les deux femmes ont crié, ça a transpercé les tympans de Nino, leurs larmes, l'une qui voyait son fils lui échapper, pour toujours entre deux policiers, l'autre qui savait que le second responsable de la mort de son fils était toujours dehors, libre, et leurs cris l'ont terrassé. L'enregistrement prenait fin sur le brouhaha des gens qui sortaient de l'audience, on entendait quelques murmures, des commentaires à voix basse, et puis soudain plus rien. Il est resté plusieurs minutes sans faire le moindre mouvement, la respiration saccadée.

Il a tout doucement repris son calme, il s'est assis sur le lit.

Tard le soir, il a de nouveau écouté Karl Avanzato dans le noir, il n'arrivait pas à s'endormir, sa voix emplissait la pièce et son crâne. Il était libre.

Il était étendu sur son lit, les bras en croix, les jambes écartées, et il recevait ses paroles, il était libre puisque son poursuivant était incarcéré, jamais plus il ne croiserait sa route, l'histoire était finie, l'horrible et fantasque boucle se bouclait.

Sauf que cette nuit-là, Nino a rêvé d'une fille qu'il ne connaissait pas, et dont le souvenir l'habitait encore au réveil, une fille à laquelle lui et Fred et Karl devaient toute cette histoire, ce départ précipité de Calais, la mort de Fred et la fuite, la sienne, puis sa paranoïa, et le silence de Karl Avanzato qui donnait l'impression de s'être condamné lui-même dans ce sanglant braquage, une fille à elle seule responsable de toutes ces conséquences et il a voulu la voir, l'identifier, la saisir et comprendre, tenir dans ses mains la clé de voûte de ces destinées mêlées. Il n'avait qu'un prénom, un petit prénom derrière lequel se cachait l'immensité : *Carole*.

XXII

Même si les manières de ce détective exaspéraient Nino, cette façon de l'avertir en permanence que la tâche était ardue, et que les honoraires, en conséquence, seraient élevés, force était de constater qu'il avait réalisé un parfait travail sur le procès de Karl Avanzato. Il lui avait fourni un rapport détaillé de plusieurs pages, étayé par l'enregistrement complet des deux jours d'audience auxquelles il avait assisté, que Nino avait écouté d'un bout à l'autre, fasciné par l'aplomb d'Avanzato face à ses juges. Il lui avait aussi fourni tout un tas de photos prises en cachette on ne sait comment, précisant que ce qu'il avait fait était interdit, formellement interdit. Nino les avait examinées une à une, on y voyait Karl Avanzato dans le box des accusés, son visage dur recelait quelque chose d'inconnu jusqu'alors, une forme de tristesse ou d'affaissement global. Avanzato semblait avoir pris dix ans.

La note avait été salée mais ce type travaillait bien. Depuis ce jour où Nino s'était réveillé hanté par cette Carole inconnue, il n'avait cessé de penser à elle. L'idée de revenir voir cet agaçant détective pour la trouver où qu'elle soit s'était doucement imposée.

Il n'avait que peu d'indices, voire aucun. Il savait simplement qu'elle s'appelait Carole, qu'elle avait probablement l'âge d'Avanzato et Fred, à savoir la trentaine, et qu'elle se trouvait à Bordeaux dix-huit mois plus tôt. Le reste n'était que suppositions mais un détective savait démêler les nœuds, trier le vrai du faux, dénicher les passerelles.

— Monsieur Face, ça risque d'être long, avait-il dit. Très long.

Ce détective rond et luisant appuyait à tous les coups l'adjectif qu'il venait d'utiliser, le répétant dans la foulée, en lui adjoignant un adverbe, c'était systématique et pas loin d'être agaçant. C'était là sa façon de préparer le terrain, justifiant par la suite des honoraires démesurés, qu'il encaissait en faisant semblant d'être désolé mais le travail avait été compliqué, extrêmement compliqué. Nino a sorti son chéquier et lui a versé un acompte, il ne doutait pas qu'il retrouverait Carole, ce type était un pro, une petite fouine rusée, très rusée, connaissant les rouages et les endroits où chercher, les connaissant bien, même très bien.

— Qu'est-ce qui vous amuse ? avait-il demandé en prenant le chèque en main d'un geste qui se voulait tendre.

— Je suis simplement certain que vous allez réussir, et je m'en réjouis d'avance.

Nino s'était levé pour sortir, le détective le regardait, contemplait son sourire, fier du compliment qu'il venait de se voir adressé. Nino avait rejoint la Supercinq, qu'il conduisait désormais dans Sainte-Maxime sans craindre les regards, déjà l'idée d'un rythme en tête, un truc vague mais deux ou trois paroles qui lui étaient venues face à ce type, il était rentré chemin des Ambres, où il avait retrouvé le groupe au complet, ils partaient le lendemain pour Rome, et avait interrompu l'apéritif en proposant d'essayer quelque chose, le studio du sous-sol, pas longtemps, où son entrevue avec ce détective allait donner naissance à ce qui serait quelques mois plus tard le morceau-titre du second album : *Mister Double.*

À leur retour de Rome, il s'est enfin décidé à vider l'appartement dont il était toujours locataire à Calais, et dans lequel il n'avait jamais remis les pieds. Il a loué les services de déménageurs, et s'y est rendu avec eux, il a pénétré dans son ancien deux-pièces comme s'il avait pris place à bord d'un train fantôme, il a ouvert la porte, surpris qu'elle n'ait pas été fracturée depuis tout ce temps. À l'intérieur, rien n'avait bougé, le décor figé de sa vie d'avant qui l'a aussitôt mis dans un état de tristesse mêlée de chagrin. En allant çà et là dans le salon puis la chambre, il avait l'impression d'être passé d'une vie à l'autre sans avoir rien compris ni mesuré, le Sly Stone grandeur nature punaisé près de la fenêtre le regardait toujours avec cette étincelle de folie dans le regard, l'alu du frigo pendait jusqu'au sol, décollé d'un bout à l'autre. Sur une étagère, son casque à rayures était couvert de poussière. Par terre, les centaines de CD, parmi lesquels se trouvaient ceux qu'Avanzato lui avait offerts un matin, n'avaient pas bougé d'un pouce. Marcel l'avait accompagné, il regardait tout ça en souriant, heureux et ému de découvrir un peu comment il avait pu vivre avant qu'ils se rencontrent. Les déménageurs attendaient le signal pour vider les lieux de tous les meubles et objets, il avait décidé de ne rien conserver, de tout offrir à Emmaüs, si quelque chose parmi ce bordel pouvait encore se monnayer. Pendant que les gars s'activaient autour d'eux, Marcel lui avait montré la lampe d'ambiance du doigt, il la trouvait magnifique, l'avait allumée, les formes s'étaient bientôt animées dans l'épais liquide.

— Tu la veux ? avait demandé Nino.

— J'en ai une, presque la même, posée sur mon piano dans ma ferme. C'est Madeleine qui me l'avait offerte.

Et après un silence :

— Je la veux bien, oui. Je la mettrai à côté de l'autre.

Il s'était approché, tandis qu'autour d'eux, les gros bras s'activaient déjà.

— C'est incroyable, ce qui nous arrive avec Light Green. C'est une aventure que peu de gens connaissent dans leur vie, ça nous pousse et ça nous porte, ça nous oblige à aller chercher des choses tout au fond de nous, dont on n'aurait jamais soupçonné l'existence si on n'avait pas vécu ça. C'est dur, même si c'est formidable, mais c'est tellement intense que c'est lourd à porter.

Nino l'écoutait, il entendait sa douceur et voyait sa main tendue.

— Il y en a deux dans l'équipe pour qui cette aventure n'est pourtant pas suffisante pour qu'ils se livrent vraiment, deux qui restent une énigme à mes yeux.

Ça n'avait pas le ton d'un reproche, c'était juste un constat.

— C'est Mayerling et toi. Je ne te demande pas ce que tu as fait avant, ça te regarde, si tu ne veux pas en parler, c'est comme ça. Je prends cette lampe. Sûr qu'un jour, je distinguerai ton visage au milieu des formes, et sûr que ce soir-là, j'aurai l'impression qu'on est ensemble.

Il l'avait débranchée et serrée contre lui.

— Tu vas me prendre pour un dingue, avait-il souri. Mais des fois, je me dis qu'un de ces quatre, tu vas disparaître, et qu'on ne te retrouvera jamais.

Nino n'a rien répondu. Ce que venait de lui dire Marcel résumait pourtant en peu de mots tous les mystères de sa vie. Tout était là, le poids de cette aventure, Light Green, et tout ce que cela impliquait, mais aussi, tout simplement, le poids que nous pesons nous-mêmes, la difficulté qu'on a tous un jour ou l'autre, à vivre avec soi-même, se regarder en face, et tenter d'être bien, juste bien, là, tout seul, et sans raison. Les paroles simples que Marcel venait d'avoir, Nino, sur le coup, les a tant bien que mal esquivées, affrontées, digérées. Dans un coin sous son crâne, elles se sont aussi doucement et sûrement gravées, pour très longtemps. Suffisamment longtemps, en tout cas, pour qu'il y repense un jour, presque deux ans plus tard, sur une place de la Concorde à peine effleurée par le soleil et l'aube.

Les gars ont terminé de vider l'appartement, ils les ont regardés faire sans parler. Nino, regardant s'effacer pour toujours une partie de son passé, Marcel, imaginant la famille qui emménagerait ici bientôt, dans les murs du chanteur de Light Green, probablement de quoi, disait-il, susciter des vocations. Avant de partir, les déménageurs ont sorti des balais pour faire place nette, et Nino en a pris un aussi, il a contribué à chasser la poussière, et Marcel a rigolé :

— On pourrait peut-être aussi ouvrir les fenêtres, que le vent du Nord chasse en cadence les beaux fantômes de ton passé ? a déclamé Marcel avec lyrisme, les yeux rieurs. Que tout tourne et tout valse et tout meurt ? a-t-il insisté comme un poète face à la mer, se moquant ouvertement de lui et de son geste symbolique. Et qu'une grosse mouette pleine de vase finisse par venir chier partout là-dedans pour mettre tout le monde d'accord ! a-t-il conclu, hilare.

Le camion était chargé, les portes refermées. Nino a donné les clés de l'appartement aux déménageurs, qui se sont occupés de les rendre à l'office HLM, et a passé un coup de fil au Paradiso sans dire qui il était, il a simplement demandé si Laurie était là, on lui a répondu qu'elle était à Beyrouth pour quinze jours de vacances, et il a raccroché en souriant tout seul, il n'y avait que Laurie pour choisir de telles destinations.

— On y va ? a dit Marcel.

Ils avaient loué une voiture équipée d'une sono magnifique, ils avaient dix heures de route jusqu'à la Villa Guillaume II, et les maquettes de nouvelles compos à écouter. Ils avaient un super trajet à faire, la lampe d'ambiance et le sac en cuir brun sur la banquette arrière.

Ils ont démarré, direction le sud, la musique, et l'avenir.

*

— Ça a été compliqué, monsieur Face. Très compliqué.

Mister Double n'avait pas changé sa façon de présenter les choses, l'air compassé, les mains à plat devant lui. Côté Nino, *Mister Double* était presque au point, Mayerling envisageant déjà d'en faire le premier extrait de l'album à venir.

— Vous souriez encore, c'est curieux, avait-il remarqué en se recalant dans son siège.

— J'entends que vous l'avez retrouvée, c'est tout.

— En effet… Voici son nom, ainsi que l'endroit où vous pouvez la trouver.

— Vous lui avez parlé ?

Carole-sans-nom s'appelait en réalité Carole Sauvage, le détective l'avait retrouvée après deux mois d'enquête et de filatures en tous genres, qui l'avaient mené de Calais à Bordeaux en passant par la région parisienne, pour au final atterrir dans le sud de l'Italie, à Syracuse, sous le chapiteau d'un cirque surplombant la mer. La belle brune y était trapéziste. Des photos du cadre et d'elle s'étalaient sur le bureau, Nino regardait la mer et cette femme en l'air, les jambes gainées dans un collant moiré, la chevelure en suspens, tenant à deux mains le trapèze à quinze mètres au moins du sol où s'ébattaient des tigres autour d'un éléphant. Sur chacun des clichés, on voyait une femme athlétique et à la fois gracieuse, puissante et pourtant douce, quelque chose de presque masculin sur le visage mais une allure terriblement féminine, il voyait celle à qui ils étaient trois au moins à devoir quelque chose et c'était comme une apparition.

— Non, je ne lui ai pas parlé, je suis resté discret, très discret. Mais je n'ai pas pu m'empêcher d'aller voir le spectacle trois fois. Elle est magnifique, a-t-il ajouté à voix basse

— Vraiment magnifique, a ajouté Nino pour lui-même sans quitter les clichés des yeux.

XXIII

Les paroles de Marcel dans son appartement lui avaient trotté dans la tête, disparaître tout à coup, le pressentiment que le pianiste avait, c'était bizarre, et à la fois, il ne s'était pas senti complètement étranger à ce qu'il voulait dire, bien sûr. Disparaître, il l'avait déjà fait. Il s'était coupé du monde sans que personne ne le sache parmi les membres du groupe, ces quelques mois chez Mayerling. Mais indépendamment de cela, c'était difficile à définir mais oui, s'évaporer tout à coup dans la nature et l'atmosphère, il y avait déjà songé avant, de très loin, comme une espèce de fantasme, un peu comme une île déserte dont on rêve et sur laquelle on ne tiendrait finalement pas deux jours tant on s'y emmerderait. Faire croire à sa propre mort, et renaître en Argentine sous un nouveau visage, ou ailleurs, dans la forêt canadienne ou sur un rocher du Pacifique, dire au revoir à tout le monde sans un mot ni un geste, et se retrouver seul et neuf, faisait partie des quelques images qui le faisaient parfois rêver, tout du moins l'interpellaient, le fascinaient un peu. Une fois, il avait envisagé de plus près la chose, juste une fois, et simplement pour voir. Il avait imaginé le reste. Se retrouver loin, seul, la barrière de la langue s'était aussitôt dressée, ne lui laissant le choix qu'entre la Belgique et la Suisse d'un côté, les États-Unis, le Royaume-Uni et l'Australie de l'autre, ça n'était encore pas si mal. Va pour l'Australie. Il s'était assis dans son canapé à Calais, il rentrait d'une soirée au Paradiso, une fois de plus consterné par ce qu'il y avait vu, et surtout entendu. Il avait bu plusieurs bières en s'imaginant loin, un sac à dos, des lunettes de soleil et la peau burinée. Un steak de kangourou au barbecue, une Foster au goulot… Au milieu de sa rêverie s'était immiscée la question des billets qu'il aurait dans la poche, des billets chiffonnés, vieux, qu'il tendrait çà et là pour faire le plein de son old pick-up, de quoi traverser les grands espaces et dormir au motel, des billets gagnés comment ? Un plus aventurier que lui aurait répondu que les billets viendraient d'eux-mêmes, qu'un boulot en amènerait un autre, une combine, un lingot. Lui, cette question l'avait arrêté net au milieu de sa sixième bière, et l'idée de disparaître pour se retrouver animateur de karaoké à Sydney lui avait soudain semblé nettement moins romantique, voire tout à fait ridicule. Il avait terminé à petites lampées pour un atterrissage en douceur dans sa vie de tous les jours, un passage à basse altitude au-dessus de Calais, d'abord, puis un second dans l'autre sens, la mer, le sable, ça n'était pas si mal, et puis Laurie par-ci par-là, il avait posé le pied sur sa chambre vers six heures du matin, le décalage horaire lui coulait dans les veines, il s'était étendu, chez lui, son lit-bateau dérivant dans la nuit.

Cette nuit avait longtemps été son projet de disparition le plus abouti.

La deuxième fois que tout cela s'était mis en branle dans son cerveau chamboulé, il était au volant d'une Supercinq dans une forêt bordelaise et venait de découvrir un trésor dans un sac en cuir brun, ce matin-là, oui, il avait en quelques secondes pesé le pour et le contre et fait pencher la balance, ce matin-là il avait soudain décidé de disparaître pour toujours, et le coup de fil de Mayerling avait stoppé sa cavale avant même qu'il n'actionne le démarreur, modifiant instantanément le plan qu'il était sur le point d'élaborer, changement de programme, direction Sainte-Maxime, pour une disparition ressemblant plus à une piste de lancement pour la lumière.

Depuis, il n'y avait pour ainsi dire jamais repensé, même au plus fort de ses craintes vis-à-vis d'Avanzato. Il avait songé à mourir, à tuer, mais jamais plus à disparaître, lui qui, pourtant, en avait désormais les moyens. Sauf qu'aujourd'hui, s'il avait sur son compte largement de quoi vivre jusqu'à sa mort sans animer le moindre karaoké, il avait aussi un visage qui ne passait plus inaperçu nulle part.

L'enregistrement du deuxième album de Light Green venait de prendre fin, quatorze morceaux encore, dont *Mister Double*, sur lequel Marcel faisait un solo virevoltant, une sorte de pause magique et hypnotisante. Ralph Mayerling avait esquissé quelques pas de danse dans un costume anthracite au milieu du studio pendant qu'il jouait, le vieux Ralph avait une classe incroyable, une distinction et à la fois un sens du rythme et de la mesure qui les avait tous éblouis. Trois journalistes avaient été conviés à assister à une répétition, ils étaient repartis éberlués, les avaient chacun décrits comme étant probablement le meilleur groupe de rock de l'histoire, et à coup sûr le meilleur que Mayerling ait produit.

L'histoire, pour le coup, allait s'envoler complètement, ils étaient au seuil de la mise en orbite, ils le sentaient tous et la suite leur a prouvé qu'ils avaient raison : Light Green est devenu le groupe phare de ce début de vingt et unième siècle, sur tous les continents, en deux albums seulement. Light Green est devenu un groupe culte pour des millions de personnes à travers le monde. Nino s'est mué en icône pour toute une frange de la jeunesse, lui-même ignore laquelle au juste, mais des centaines de milliers de posters à son effigie se sont écoulés dans le monde sur les marchés, les uns à la suite des autres, étendus par terre, Bob Marley et son joint, Kurt Cobain et son désespoir, et entre eux deux, Nino Face, et son mystère.

Son mystère tient en peu de mots : quand tout a été réglé, son appartement de Calais rendu, nettoyé, quand il a eu ses parents au téléphone, qui lui ont dit tous les deux – pourquoi lui ont-ils dit ça à ce moment-là ? – quand ils lui ont dit qu'ils étaient heureux pour lui, simplement, quand il a rappelé au Paradiso et qu'il a appris que Laurie ne travaillait finalement plus là, qu'elle était enceinte d'un gars formidable, barman sur les ferrys, et qu'ils avaient emménagé ensemble, quand Marcel les a tous invités chez lui quelques jours, qu'il y est allé avec Pento, tous les deux dans sa Cadillac rouge candy comme dans un palace ondulant, quand ils ont vu sa ferme, le Vercors et le calme, quand il a vu les toiles au mur, Madeleine ici pour toujours et sa lampe d'ambiance sur son grand piano noir, quand il en a eu les larmes aux yeux, et que Marcel l'a vu et lui a souri, quand l'enregistrement de l'album a été terminé, quand on leur a prédit un raz de marée planétaire et total, quand tout cela a pris fin, et qu'avant la tempête il a voulu quelques instants de calme, probablement d'éternité, comprendre et tirer le rideau sur des choses, c'est là que se tient son mystère, son secret, sa légende, c'est là que se tiennent toutes les rumeurs qui ont ensuite vu le jour de par le monde : quand tout a été enfin prêt, sans mettre personne au courant, il est descendu voir *Carole*.

XXIV

Il avait toujours aimé rouler, de jour comme de nuit, il avait toujours aimé se trouver à bord d'une voiture, passager ou non, moderne ou pas, il avait toujours aimé voir le paysage défiler derrière la vitre, avoir l'impression que quelque chose l'attendait devant. Quand il était petit, à l'arrière de la voiture de son père, au retour de l'école, il lui disait d'aller tout droit quand il virait à gauche en direction du pavillon. Il rêvait qu'au bout de la rue se trouvait la joie, le soleil et l'aventure, son père lui souriait dans le rétroviseur que sa mère allait les attendre, il proposait de passer la prendre, et de repartir ensemble, ils s'accordaient là-dessus, le père se garait devant la maison, la mère sortait et serrait Nino dans ses bras, et il pensait à autre chose, le goûter, ou bien jouer.

Par la suite, il avait souvent roulé en s'imaginant soudain changer de route, prendre un raccourci qui le perd, ou bien se trouver dans les travaux d'un nouvel échangeur et pivoter sans y penser, rouler sans plus savoir vers où. Adolescent, il prenait son vélo et partait au hasard, il se retrouvait loin, à quelques kilomètres à peine, en ayant l'impression d'avoir accosté sur un nouveau continent. Il regardait les maisons, les îlots, se demandait qui vivait là, ce qui se passait derrière ces murs, il avait continué par la suite au guidon de sa Vespa, poussant un peu plus loin.

Quand il est parti pour Syracuse, il avait mille six cents kilomètres devant lui, quasiment tout le long de la mer, cette perspective l'éblouissait. Il allait vivre la quintessence de sa vie, faire un long trajet dans le soleil, seul, rouler vers la vérité, il se voyait le bras sur la portière, il entendait *Mister Double* en musique de fond, il s'était laissé aller à louer une Mercedes invraisemblable, les portes s'ouvraient vers le haut, une sorte d'avion de chasse fait pour filer dans un souffle. Il est parti un mardi soir, le petit sac en cuir brun sur la banquette arrière, qui contenait un peu d'argent, ses papiers, et son revolver, qu'il a pris car il lui semblait être un des objets liés à l'existence de cette Carole qu'il allait rencontrer, voir en face. À l'issue de leur entrevue, il le lancerait dans la mer du haut d'une falaise ou d'un pont, il rejoindrait de loin les liasses de faux billets, et tout se terminerait.

Il a passé la frontière sans encombre et sans stress. Depuis Light Green, la vie n'était plus la même. Il était à l'aise et beau et sexy, oui, et les gens étaient sympathiques, serviables, et confiants. Avant, s'il était perdu, il lui fallait accoster trois ou quatre personnes avant que quelqu'un s'arrête et le renseigne. S'il entrait dans un bar et demandait les toilettes, on lui rétorquait aussitôt qu'il fallait consommer d'abord. S'il lui manquait trois centimes sur le prix d'une baguette, la boulangère la reposait en passant au client suivant. S'il marchait et qu'une averse se déclenchait, personne ne lui proposait jamais de s'abriter nulle part. Depuis que Light Green faisait le tour du monde, des gens qu'il n'avait jamais vus de sa vie croyaient instantanément ce qu'il disait, lui faisaient confiance les yeux fermés. Il ne s'était plus jamais fait mouiller dans la rue, quelqu'un lui avait à chaque fois proposé de partager un parapluie. On lui faisait cadeau des dix centimes qui lui manquaient quand il s'achetait un sandwich, ça n'était rien. En sortant des toilettes du bar où il n'avait rien bu, il découvrait un verre plein sur le comptoir, que le patron se faisait un plaisir de lui offrir. Et il ne lui était de toute façon plus possible de se perdre, il y avait partout, et toujours, quelqu'un pour avoir l'œil sur lui. Au fond, depuis que Light Green inondait les ondes et qu'il était sorti de l'ombre, il vivait exactement ce que chacun rêve de connaître : les gens autour de lui lui rendaient service. C'était au fond extrêmement simple : être célèbre, c'était vivre dans le monde dont chacun rêvait en vérité, inutile d'être adulé, d'être idolâtré, rien là-dedans ne comptait mais on a tous voulu faire partie du monde, être accepté, compris, être ensemble, on a tous eu besoin de quelqu'un, un jour, au hasard d'une mauvaise route. Faire du stop en pleine nuit, sans que personne ne s'arrête de peur de tomber sur un dingue, le calvaire du type en panne ne prenant fin qu'au lever du jour. Ou bien se retrouver sans argent ni papier dans une ville inconnue suite au vol d'un sac à l'arrière d'une voiture, des circonstances improbables et à la fois tellement fréquentes. On a tous un jour ou l'autre mesuré combien les gens ont peur. Depuis Light Green, autour de Nino, les gens n'avaient plus peur. Tout était simple dans son périmètre. Il était retourné dans les quatre magasins de vêtements dans la vieille ville, où il était allé au départ. Les vendeuses avaient toutes reconnu le chanteur de Light Green, aucune n'avait reconnu le détenteur de faux billets qu'elles avaient vu des mois plus tôt. Il avait payé en liquide, sans qu'on passe ses billets sous le moindre rayon bleu. Il avait finalement regretté de ne pas en avoir gardé quelques faux : depuis qu'il était célèbre, ses billets étaient forcément vrais. L'absurdité de la situation le submergeait parfois mais au fond, le confort que tout cela lui apportait faisait rapidement taire ses révoltes naissantes. Depuis qu'il était célèbre, le petit rouquin qu'il était pouvait passer la frontière italienne au volant d'une voiture valant le prix d'une maison, un flingue chargé sur la banquette arrière.

Il a fait une halte tard le soir aux environs de Turin, il a dormi à l'hôtel, près des étoiles et la fenêtre ouverte, le sac en cuir brun posé près de lui sur une chaise. Le lendemain matin, il est allé en ville prendre des vêtements de rechange, il trouvait ça d'une liberté folle, acheter différents habits au fur et à mesure du chemin, partir sans autre bagage qu'une carte de crédit. Il a rejoint l'hôtel, a pris son petit-déjeuner, et a fait vrombir le vaisseau Mercedes sur le parking en démarrant doucement dans le soleil encore bas. Il avait une chemise blanche et un pantalon bleu, des chaussures de toile et des Ray-Ban d'aviateur, il était libre et roulait vers le sud.

Il est arrivé à Syracuse en fin d'après-midi après une journée de route et s'est émerveillé tout seul en serrant le frein à main dans un virage, sur le bord de la route. Le soleil faisait scintiller la belle eau turquoise, les rochers se dessinaient comme des lames et pourtant tout était doux, et là, au milieu de ces roches éclatées, se tenait la poésie comme un mirage au milieu des cailloux, un chapiteau multicolore et rapiécé, rouge et bardé d'étoiles jaunes, marqué en gras *Castiglione,* devant lequel passait un éléphant, suivi de trois girafes. Il a redémarré, au ralenti, les mains serrées sur le volant comme s'il s'y était cramponné, et il a emprunté le chemin irrégulier, bordé de pierres inégales et couvert de poussière rouge qui venait caresser la tôle. On devinait qu'ici passaient chaque soir des familles qui s'étaient certainement garées plus haut, laissant leurs voitures sur la route et finissant à pied, approchant à petits pas dans des bribes de rêves qui ne demandaient qu'à éclore, et puis en sens inverse dans la nuit pleine d'étoiles, émerveillés sans doute par tout ce qu'ils avaient entendu, imaginé ou vu.

Le coupé descendait le chemin, ballotté par les pierres qu'il avalait, Nino regardait tout cela, la vue, c'était irréel et magnifique. De là où il se trouvait, on aurait dit que le chapiteau se tenait en équilibre près du vide. Le thermomètre indiquait 32° dehors, il se tenait dans les 19° de l'habitacle, immobile et dans sa bulle et voyait au loin l'animation du cirque dans la chaleur du soir. Il devinait qu'on s'activait, probablement dans la préparation du spectacle, et commençait à se demander comment on allait l'accueillir. Il était à peine dix-neuf heures, le spectacle commençait dans une heure, sans doute les artistes étaient-ils en train de manger, et puis il allait probablement la troubler en lui parlant de ce Fred et ce Karl, il a décidé d'attendre, de se fondre dans le public et de la voir dans les airs, regarder le spectacle, les dresseurs et les clowns, il irait la voir ensuite, et la nuit les bercerait dans les confidences et l'échange.

Il a remonté le chemin caillouteux en marche arrière en prenant garde de ne pas aller vaciller près du ravin, a deux ou trois fois freiné d'un coup, lui qui roulait pourtant au pas, et a regagné la route, qu'il a prise au hasard, se disant qu'une gargote se dresserait tôt ou tard devant lui, et qu'il y mangerait n'importe quoi. Après quelques kilomètres, il a distingué une sorte de paillote sur le flanc d'une colline et il s'est arrêté. En sortant de la voiture, la chaleur lui a sauté au cou, il a d'instinct décollé sa chemise de sa peau pour se faire de l'air, il a fermé les portières et les vitres et s'est avancé, il est entré. Il faisait frais, quelques tables çà et là occupées par des touristes ou des vieux du coin, cinq ou six personnes au total, il a marché au hasard et un gros type lui a fait signe depuis la cuisine de s'installer où il le souhaitait, il s'est mis face au fond, où l'on aurait bien vu une baie vitrée dans un pays moins chaud : ici, le mur était simplement béant, grand ouvert sur une vue magnifique, la ville, là, en contrebas, qui s'illuminait à mesure que le jour déclinait. Il s'est assis dans le souffle d'un ventilateur, un gamin lui a apporté une bouteille de vin presque glacé sans rien lui demander, et il s'en est servi un verre avec bonheur, qu'il a bu en soupirant d'aise, tellement heureux d'être là. Personne dans la salle ne semblait l'avoir reconnu et cela contribuait à son plaisir, il s'en rendait compte.

Au cirque, il a payé sa place et s'est mêlé aux familles, aux gamins des premiers rangs, il s'est mêlé aux anonymes, serrés les uns contre les autres sur de petits bancs de bois assez inconfortables. Des ampoules de toutes les couleurs brillaient çà et là, jaunes, vertes, rouges ou bleues, un éclairage disparate et chaleureux, des spots et des phares de voitures d'où pendaient des fils courant le long des tubulures, une sorte de brocante brinquebalante comme le laissaient supposer les extérieurs du chapiteau rafistolé, et dans lequel, une fois passé le mélange de surprise et parfois de méfiance, tout le monde finissait par se sentir à l'aise. La piste au centre était bordée d'étoiles. Tout en haut, fixée sur l'un des pylônes, une machine à bulle tournait lentement, un minuscule cerceau, plongeant dans un petit bac empli de savon liquide, et faisant surface devant un ventilateur, des bulles se formaient et partaient au hasard en un flot continu et timide, discret, des bulles qui allaient et venaient, tournaient et planaient sur les têtes en amenant avec elles le silence et la futilité, les gens les regardaient descendre et voltiger et déjà, tout le monde était ailleurs. Quand le chapiteau a été plein, quand le silence a été total, on devinait la nuit à l'extérieur, un Monsieur Loyal a fait irruption sur une mobylette pétaradante, s'excusant de son retard en faisant apparaître divers animaux, une colombe et un lapin, puis un perroquet monumental et encombrant, qu'il a déposé sur les genoux d'une femme terrorisée, puis une espèce de chat bizarre, qui s'est carapaté sous les gradins, le numéro prenant des allures de grand capharnaüm quand, enlevant son manteau pour tenter d'attraper une colombe avec, le type s'est retrouvé torse nu sous les spots, le pantalon tenu par des bretelles dont on sentait bien qu'elles étaient trop fragiles pour durer tout le spectacle. Un démarrage un peu pompier mais drôle, que l'arrivée d'un éléphant a fait basculer dans une poésie magnifique et insoupçonnable, l'homme et l'animal semblant soudain frère et sœur, ou amis, puis une femme à cheval enchaînant des acrobaties, un jongleur et des clowns, cela faisait vingt ans que Nino n'avait pas mis les pieds dans un cirque et peu importe que celui-ci fût bon ou non, ou moyen ou médiocre, il était simple et franc. Les gens applaudissaient, riaient, tapaient dans leurs mains pour encourager l'un des artistes dans son effort, le prévenir qu'un danger se préparait, et Nino était ému aux larmes. Lui qui jouait sur les plus grandes scènes de la planète devant des milliers de spectateurs, ce soir, découvrait une famille, une petite troupe et ses caravanes, qui se donnaient corps et âme et recevaient autant, autant que lui, et même probablement plus, l'échange était là, la chaleur et l'amour, les cris, le bonheur, et Nino se disait que nous ne cherchions tous que ça dans nos différents métiers, nos différentes vies, un geste, un semblant d'affection, un soutien, un sourire. On ne restera pas longtemps, on sera vieux sans avoir rien vu venir, on le sait tous dans un coin sous nos crânes mais on s'en parle peu, et peut-être est-il temps de ne plus en perdre trop, de ne plus s'éviter, enfin de vivre ensemble. Voilà tout ce que Nino a ressenti sous ce chapiteau fragile et plein de joie et de cris et de bulles, puisque la machine a tourné sans jamais s'arrêter, qu'ils ont ri tous ensemble aux mêmes blagues un peu débiles et qu'ils ont tous eu peur en même temps, quand cette belle brune tout là-haut est passée d'un trapèze à l'autre sans la moindre protection ni le moindre filet mais avec tant de grâce.

Le spectacle a pris fin et le chapiteau s'est doucement vidé, quelques gamins descendant jusqu'à la piste pour toucher le sable, faire de grands pas comme des clowns avant de sortir. Nino a regardé les gens partir en essayant de se faire discret, sans trop savoir à qui s'adresser, il a marché au hasard parmi ses congénères et s'est bientôt retrouvé près du chemin qui menait à la route et aux voitures là-haut. La nuit était claire et les spectateurs s'éparpillaient. Il avait les mains dans les poches, il humait l'air de la Sicile en se disant que la vie, ici, pourrait s'éterniser, un voyageur sans but aurait pu rester là tant le calme y était, il a tourné sur lui-même en respirant l'air encore chaud qui lui caressait l'intérieur et il l'a vue, là, à vingt mètres, Carole marchait vers lui, il s'est figé en la voyant se dessiner, ses traits prendre forme dans son œil, s'affiner, elle avançait comme un rêve qui prend forme, comme une transformation qui s'opère, une mise au point miraculeuse. En trois secondes à peine, elle était face à lui.

— Carole ?

Elle s'est tournée, l'a regardé sans s'étonner ni reculer.

— Oui. Bonsoir.

Il a répondu « Bonsoir », troublé par sa présence, enfin là près de lui tandis qu'autour d'eux, les spectateurs partaient en la dévisageant, lui glissant des « Bravo » à l'oreille et des gestes du bras. Certains le regardaient ensuite mais les yeux revenaient sur elle. Elle était lumineuse. Il a dit « Bravo » aussi, dans un sourire timide et elle l'a reçu avec naturel, il a baissé les yeux. Le fait d'être célèbre le rendait paradoxalement fragile, il avait l'impression d'être un imposteur face à cette fille, qui le démasquait du premier regard. Elle, n'avait besoin ni de strass ni de foule, de rien ni de personne. Elle était superbe, brune, un visage un peu dur, quelque chose de masculin et les cheveux en bataille, une sorte de crinière, et à la fois complètement féminine, une allure tout terrain, naturelle et belle, les épaules un peu larges mais néanmoins fines, les bras dessinés, de longs biceps et des seins ronds tendant son maillot blanc.

— Ça vous a plu ? a-t-elle demandé, sentant sans doute qu'il avait autre chose à lui dire que ce « Bravo » timide.

— Oui, beaucoup. Vraiment. À un moment, j'ai cru que j'allais prendre mes voisins par le cou, les serrer fort et les embrasser.

Elle a souri. Elle lui a dit par la suite qu'elle avait reçu des compliments de toutes sortes depuis qu'elle se produisait ici. Un gamin lui avait dit qu'il voulait se noyer avec elle tant il la trouvait belle, un type lui avait dit qu'il avalerait dès le lendemain du savon liquide dans l'espoir de faire des bulles dès qu'il ouvrirait la bouche, une vieille femme lui avait avoué vouloir à tout prix faire l'amour un soir prochain, tant le spectacle avait soufflé sur des braises qui n'étaient finalement pas complètement éteintes. Le compliment de Nino, parmi ceux-là, ne l'a pas surprise outre mesure, elle l'a reçu, l'a remercié.

— Je suis venu pour vous voir, a-t-il avancé. J'ai fait mille six cents kilomètres.

Elle a plissé les yeux en le regardant, étonnée, et il a vu son visage se modifier soudain, un sourire étrange revenir sur ses traits.

— On se connaît, non ?

La question à laquelle il s'était un peu habitué depuis quelques mois, où qu'il soit, et qui facilitait souvent la vie, les choses et les contacts, son visage avait doucement pénétré les foyers du monde entier, des gens le tutoyaient avant de réaliser qu'ils l'avaient vu à la télé, certains lui tendaient la main sans le remettre vraiment, le prenaient pour un collègue, un vieux pote et rigolaient entre eux quand ils réalisaient leur méprise. Une brèche venait finalement de s'ouvrir et le dialogue allait s'engager, lui qui devant cette femme se sentait si petit.

— Non, a-t-il répondu en prenant le plus de précautions possible pour ne pas sembler hautain ni méprisant. Pas encore, a-t-il ajouté, revêtant du même coup son habit de charmeur et de star.

— Vous n'habitiez pas Calais, il y a une dizaine d'années ?

Il a tressailli sans comprendre.

— Si…

— Moi aussi, a-t-elle rigolé. J'ai fait quelques mois dans une école de cirque là-bas, j'habitais chez ma tante, rue des Canadiens. Vous étiez dans une petite chambre au sixième. Non ?

— Oui, a-t-il répondu sans en revenir.

Cette fille l'avait déjà vu, oui, quand la planète entière l'avait déjà croisé dans son salon *via* la télé ou sous la douche *via* les ondes, cette nana l'avait croisé aussi, oui, dix ans plus tôt, et semblait ne rien savoir du reste. Il n'avait tout d'un coup plus d'enveloppe, plus d'argent, plus de succès, il était à nouveau le petit rouquin du sixième. Il n'a rien ajouté, n'a pas levé le voile sur ce qu'il avait pu devenir depuis, il est resté Nino Face, il a tendu la main vers elle en se présentant, elle n'avait semble-t-il jamais entendu parler de Light Green et, il le découvrait, cela faisait en fait un bien fou. Elle a serré sa main et elle a souri, étonnée que leurs chemins se croisent à nouveau dix ans plus tard et deux mille cinq cents kilomètres plus bas, au milieu de la nuit sicilienne.

— Justement, je suis venu pour vous parler de ça, a-t-il dit comme on s'excuse. Calais, il y a dix ans. Je voudrais savoir.

Elle l'a regardé, l'a incité à continuer, douce et à l'écoute.

— Je suis venu pour vous parler de Fred et Karl, a-t-il lâché.

Sand trop savoir pourquoi, il craignait sa réponse.

Il se tenait immobile, prêt à recevoir des coups, à faire face. Autour d'eux, le chemin était désormais désert et les dernières voitures démarraient au loin. Des membres du cirque allaient et venaient en contrebas, les bras chargés, rangeaient le matériel. Une femme chantait. Carole Sauvage a plongé ses yeux dans les siens dans un air de surprise :

— Qui ça ? a-t-elle demandé.

XXV

Elle a dit « Qui ça ? » avec un naturel qui l'a désarmé, il a cru s'être trompé de cirque, de Carole et de pays, devoir faire demi-tour en s'excusant mais il a répété « Karl et Fred » sans y croire et elle a soudain acquiescé, remettant les pièces à leur place en s'excusant de n'avoir pas fait le rapprochement tout de suite. « C'est tellement loin », a-t-elle ajouté avec légèreté. Il est resté silencieux face à elle et à son innocence, les deux hommes dont elle parlait étaient mort pour l'un, emprisonné pour toujours pour l'autre, tandis qu'elle lui proposait de la suivre sur un petit chemin courant le long de la falaise. Au bout, à l'écart du cirque et des caravanes, se tenait une sorte de petit promontoire de deux mètres sur deux, sur lequel trois transats étaient disposés, comme un salon dérisoire, juste au-dessus du vide. Carole Sauvage s'est assise, lui a désigné d'un sourire un siège, il a pris place. Sous leurs pieds se tenait la Méditerranée qui scintillait sous la lune et que Karl et Fred ne verraient plus jamais.

— Je vais vous raconter quelque chose, a-t-il dit.

Elle l'a regardé, il a deviné son sourire dans la pénombre, et il a vu sa main glisser vers sa poche, en sortir un paquet de cigarettes, elle lui en a proposé une, qu'il a acceptée, et leurs deux visages se sont tour à tour éclairés sous la flamme du briquet tandis qu'il les allumait. Il a semblé à Nino que pour qu'elle lui raconte l'histoire, pour mériter ses confidences, il lui fallait au préalable faire de la place en lui, et s'offrir tout à elle. Il a commencé par le début, a raconté qu'un soir, en rentrant du Paradiso, il était tombé sur quatre fous qui avaient failli le tuer, et que Fred et Karl avaient fait leur apparition comme deux diables à ressort, ravageant ses agresseurs et lui sauvant la vie au beau milieu de la digue déserte. Elle l'a écouté, avec le sourire quand il lui a décrit l'efficacité de ses deux gardes du corps.

Il s'en est tenu aux faits. Il a raconté les enchaînements, leurs venues le soir au bar, ses chansons, et puis Avanzato sur le pas de sa porte un matin, la filature sans rien comprendre, la voiture bleu clair dans les vagues tandis qu'il était planqué dans les pins, il n'a rien modifié, rien caché de sa petitesse et de sa trahison, les yeux rivés sur les billets, il a dit sa fuite et sa disparition. Il a voulu se laver. Elle l'écoutait sans s'étonner, sans non plus être ailleurs, elle était là, bien présente, et rien de tout cela ne lui semblait incroyable ou bas, ou petit, ou minable. C'était simplement la vie. À mesure qu'il avançait dans le récit de cette journée si noire, il s'émerveillait lui-même de ses réactions si saines. Cette nana avait dans la tête et les veines des choses aussi solides que l'image qu'elle donnait d'elle, rien ne semblait difficile et tout était possible, tout avait un sens, à aucun moment il ne s'est senti jugé. Il avait gardé pour lui la mort de Fred, il voulait commencer par se salir, à savoir se laver, se dégager, vider ses poches. Il avançait dans sa fuite, et il ne lui a pas dit non plus ce qui l'attendait à Sainte-Maxime, il n'a pas voulu lui dire ce qu'il était devenu, elle qui semblait l'ignorer. Au fond, ça n'aurait rien changé. Il a parlé de la suite, il a occulté les concerts et les nuits à l'hôtel, mais il a dit les rayons bleus, les faux billets, et là elle a souri, elle a même presque rigolé, il lui a dit le bateau et Marcel et les liasses aux poissons et elle a rigolé encore, lui disant que les images étaient belles.

Il était tard, peut-être une ou deux heures du matin et la nuit était claire et il lui racontait sa vie sans qu'elle ne pose aucune question, elle l'écoutait en lui faisant confiance, voilà, elle le laissait dérouler son histoire en se disant que tôt ou tard, la boucle se bouclerait, qu'elle comprendrait pourquoi ce petit rouquin lui racontait sa vie, et plus Nino avançait dans son récit, plus il comprenait ces deux types loin de lui, Fred et Karl, deux voyous solides qui avaient vu en elle plus qu'une simple jolie fille. Ils avaient vu ce qui lui apparaissait à lui aussi dix ans plus tard : Carole Sauvage était limpide, cette femme faisait office de révélateur, de nettoyant intime et personnel, cette femme rendait la vie claire et simple, facile, les bassesses n'étaient qu'humaines, les gloires n'avaient plus de sens, tout s'aplanissait dans son sourire et son calme et l'on devenait soudain soi-même, illuminé par son regard et réchauffé par son aura. À deux ou trois reprises, Nino s'est interrompu dans son récit, plongeant les yeux dans les siens, s'attendant à une réaction, un rejet, un refus, à deux ou trois reprises il a aussi pensé qu'elle allait lui sourire et qu'il allait bomber le torse mais ça ne s'est pas produit non plus, il a raconté son histoire comme s'il s'était confessé, et elle l'a écouté sous la lune, dans le bruit de leurs bouches autour des filtres, et de leurs braises qui rougeoyaient.

Quand il a eu terminé de lui raconter tout son parcours, pourquoi sa trajectoire avait croisé celle de Karl et Fred, elle l'a regardé sans comprendre qu'il s'arrête ici, sans savoir pourquoi il lui avait raconté tout cela, un sourire avenant sur son visage, il a senti comme un flottement, un doute. Durant son récit, elle avait à deux ou trois reprises souri avec une forme de tendresse, quelque chose qui semblait lié au fait qu'elle avait elle aussi croisé ces deux lascars, mais Nino se rendait compte à présent qu'elle n'avait pas vraiment manifesté d'attachement pour autant. Le fossé paraissait large entre ce qu'éprouvaient ces deux mecs pour Carole Sauvage, et ce qu'en retour elle semblait ressentir pour eux. Elle était la femme qui avait guidé leur vie dix ans durant, ils semblaient n'être en retour que deux silhouettes ayant traversé les quelques mois d'études que la jeune fille avait effectuées dans le Nord. Il s'est redressé dans le transat, elle le regardait toujours.

— Voilà, a-t-il conclu. J'ai voulu vous voir parce que vous êtes celle à cause de qui, ou bien grâce à laquelle, tout ça s'est produit.

Et après un silence où ils se sont regardés, interdits, désaccordés :

— Quand j'ai fui avec la voiture dans Bordeaux, ils m'ont poursuivi, y compris Karl, qui m'avait embauché. Ils ont couru de toutes leurs forces et Fred s'est fait percuter par une voiture. Il est mort sur le coup, a-t-il ajouté dans un murmure.

Il avait l'impression d'être un messager, celui dans les bras duquel elle allait s'écrouler, voir sa vie se désarticuler, mais elle est restée là, ses yeux dans les siens, et a juste acquiescé. Elle était d'une immobilité glaçante, il a plissé les yeux sans comprendre sa froideur, une telle distance.

Elle ignorait qu'Avanzato et Fred roulaient pour la rejoindre.

Elle s'est redressée à son tour, semblant se rendre compte qu'il était désarmé, attendait quelque chose d'elle, peut-être simplement de savoir, un peu, qui elle était en vérité.

Carole Sauvage était née en banlieue parisienne d'un père ouvrier à la chaîne ayant peu à peu gravi les échelons jusqu'à devenir un jour directeur de l'usine, et d'une mère ayant effectué le chemin inverse, sortie diplômée de médecine, avant de se réorienter des années plus tard vers une carrière de coiffeuse, ouvrant un beau jour son salon, réalisant ainsi son rêve de petite fille. Carole Sauvage était née entre ces deux rêveurs, à la suite d'un grand frère d'un an son aîné, et précédant d'un an à peine celui qui la suivait. Elle et ses deux frères, à qui leurs parents avaient d'un bout à l'autre dit que tout, absolument tout, était possible dans la vie, avaient ainsi testé toutes sortes d'activités dans leur enfance, dans la limite des moyens dont disposait le ménage, et avaient pu découvrir tout ce que le monde pouvait receler de merveilles, jouer de la harpe, tirer à l'arc, sculpter des fruits, conduire un karting, monter à cheval, peindre sur un corps, faire de l'aviron, lire, courir tout nu dans un champ, chanter quand bon leur semble et croire en l'autre autant qu'en eux-mêmes. Les années avaient passé comme ça dans une des tours de Poissy, où la petite Carole avait grandi heureuse, entre ses deux frères, un peu casse-cou tous les deux mais malins et intelligents, et puis il suffisait que Carole s'approche et s'oppose pour que les deux frangins reculent. Ils la respectaient, l'écoutaient, parfois même mettaient au point quelques surprises pour elle, Carole Sauvage avait eu une enfance joyeuse, vive, Carole Sauvage avait eu des rêves et le droit de partir les vivre où qu'ils se cachent, Carole Sauvage avait grandi, était devenue une femme en même temps que ses frères s'étaient transformés en hommes, deux beaux mecs à moto dans les bals de banlieue, le cuir brillant sur les épaules et des filles s'agrippant à leur taille, et Carole avait croisé d'autres mecs, d'autres envies, toujours soudés tous les trois mais la vie galopait. Un jour Carole Sauvage avait voulu devenir jongleuse, ou acrobate, peut-être clown, il lui avait fallu partir, une école l'attendait là-haut, à Calais, et une chambre chez sa tante, rue des Canadiens. Carole était partie, interrompant sa première année de sciences-éco, direction les roulements de tambour et les beaux maquillages.

Nino l'écoutait lui raconter tout ça, il sentait le souffle de la liberté, les paroles de Mayerling dans sa chambre lui revenaient en mémoire, « Osez être heureux », et il voyait Carole Sauvage, là devant lui dans un transat, pour qui la vie semblait si simple. Il l'imaginait à vingt ans, jeune femme déjà solide, et ses deux frères, sûr qu'ils étaient un peu fous d'elle, ses chevaliers servants. Les premières semaines à Calais avaient été agréables et à la fois compliquées, la cohabitation avec sa tante s'avérant délicate, la femme ne supportant quasiment rien ni personne. Les cours de cirque, par ailleurs, la ravissaient ; Carole Sauvage avait mis le doigt sur sa passion, le sens de ses années à venir : elle serait clown, équilibriste ou acrobate.

— Et puis j'ai rencontré Fred et Karl… Je ne sais plus lequel j'ai croisé en premier.

Carole Sauvage avait vu ces deux balèzes, oisifs et rigolards, ils arpentaient la ville au volant de voitures à chaque fois différentes, accostaient les filles avec plus ou moins de finesse et semblaient la plupart du temps sur le point de faire un mauvais coup ou bien d'accomplir un miracle. Carole Sauvage avait un soir succombé aux avances appuyées de Karl, goûtant ses lèvres dans la cage d'escalier, trois étages en dessous de l'acariâtre tante qui guettait la pendule sitôt qu'avait sonné la fin des cours de sa nièce. Quelques semaines avaient ainsi passé, Karl Avanzato se montrant aussi charmant que possible à ses yeux, la tante à l'étage voyant d'un mauvais œil rôder ce loubard sous ses fenêtres. Après quelque temps, Karl avait un jour emmené Carole dans un endroit hors du temps, hors de tout, où sommeillait son presque frère, Fred : Fred avait pris plusieurs mois de prison pour on ne savait plus quel délit, et Carole l'avait découvert derrière sa vitre en plexi, fort et fragile.

Elle s'est arrêtée dans sa phrase.

— Vous devez me prendre pour une midinette, a-t-elle souri. Je n'aime pas forcément les voyous. J'aime les hommes qui se battent et qui pleurent.

À sa sortie quelques semaines plus tard, Karl et elle l'avaient attendu sur le trottoir, elle s'en souvenait encore, elle faisant du monocycle sous la pluie, les deux gars la regardant en souriant, des larmes se mêlant à l'eau qui ruisselait sur leurs visages.

— On a vraiment vécu de bons moments tous les trois, on a fait les quatre cents coups, a-t-elle dit.

Elle était passée de Karl à Fred sans quasiment s'en rendre compte, presque par hasard. L'un était fort et l'autre était robuste, le premier était drôle, le second spirituel, Fred était beau quand Karl avait du charme, Carole Sauvage gardait de ces deux hommes un souvenir presque vague, une période de sa jeunesse qu'elle avait vécue sans y penser, offerte et souriante, comme elle avait jusqu'alors traversé l'existence, au grand dam de sa tante, qui la voyait parfois rentrer au petit matin, trépignant dans l'entrée, lui faisant maintes réflexions sur son manque de sérieux. Les réponses de Carole n'y changeaient rien, la femme avait de toute façon la gent masculine en horreur depuis déjà plusieurs années, depuis, plus précisément, le divorce à l'issue duquel son ancien mari avait refait sa vie, tandis qu'elle avait contemplé les vestiges de la sienne.

— C'est fou, a dit Carole Sauvage, dans la nuit sicilienne. Elle devait avoir quarante-cinq ans, pas plus, mais tout était déjà derrière elle. Elle était sèche pour toujours... Et jalouse, je crois. Elle me regardait vivre et ça lui était insupportable.

Les relations entre la nièce et sa tante avaient lentement changé de couleur, l'une méprisant l'autre et inversement sans réussir à faire autrement, les yeux noirs remplaçant progressivement les mots, bientôt des brutalités, des gestes d'impatience et des souffles courts entre elles. La tante s'était révélée incapable de supporter plus longtemps la présence de sa nièce, qu'elle vivait comme une intrusion sous son toit, grignotant jour après jour son maigre espace vital.

— Je ne pouvais plus rester chez elle, c'était devenu invivable.

— C'est pour ça que vous avez quitté Calais ? a murmuré Nino.

Elle l'a regardé, a dit que oui, c'était là l'unique raison, son père était encore ouvrier à l'époque, quoi qu'ayant déjà gravi deux échelons dans la grille des salaires, et sa mère avait depuis peu bifurqué vers la coiffure, elle était apprentie dans un salon près des Halles.

— Et puis il y avait mes frères, l'aîné était dans une école assez chère, le plus jeune allait bientôt passer son bac et aurait besoin de faire des études aussi, mes parents ne pouvaient pas me payer une chambre.

Et devant l'air catastrophé de Nino :

— Mais ça n'est pas grave, a-t-elle souri pour le rassurer, je suis rentrée à Poissy, et j'ai intégré une école de cirque à Triel-sur-Seine, c'était très bien ! Et puis ça m'a évité de tuer ma tante.

— Vous avez quitté Fred et Karl Avanzato parce que votre tante ne supportait plus que vous soyez là ? a-t-il répété.

— Oui.

Elle a senti le poids que Nino mettait dans ces quelques mots, a réfléchi, a voulu elle aussi peser sa réponse.

— Vous avez eu une copine à dix-huit ou vingt ans ? a-t-elle demandé, comme si elle avait changé de sujet.

— Oui. Quelques-unes.

— Eh bien voilà, moi aussi. J'ai eu plusieurs petits copains, plus ou moins sérieux, des histoires plus ou moins longues, bref, la vie d'une fille de vingt ans. Parmi ces petits copains, il y a eu Fred et Karl.

— Mais pas plus que ça, a-t-il murmuré presque pour lui-même.

— Non, pas plus que cela, a-t-elle appuyé, une histoire parmi d'autres.

Et voyant qu'il ne la quittait pas des yeux :

— Pourquoi vous me regardez comme ça ?

Il était quatre heures du matin et le ciel scintillait. Face à Nino, Carole Sauvage était superbe, il distinguait son visage, qui s'illuminait parfois par le bas quand elle tirait sur sa cigarette, il entendait au loin les paroles de Karl Avanzato résonnant dans le tribunal, il revoyait ces gars courir dans son rétroviseur, leurs cris et leurs rêves, et il entendait le choc, le corps qui roule, tandis que cette femme allait et venait dans les airs dans son collant moiré, loin et haut et depuis si longtemps ailleurs.

— Je vais vous faire écouter quelque chose, a-t-il dit.

Ils se sont levés tous les deux, lentement, et ont marché vers le parking là-haut, sont allés à la voiture, qu'il a ouverte, et dans laquelle ils ont pris place. Là, il a branché son téléphone sur les enceintes. Lui faire écouter Karl Avanzato ne servait à rien, elle était loin de lui depuis si longtemps, dix ans, plus rien ne la reliait à ces deux gars et il lui a pourtant semblé évident qu'il devait tout lui dire, tout lui faire entendre, qu'elle sache, qu'elle sache ce qui s'était joué. Le destin de ces deux hommes la concernait puisqu'ils avaient fait tout ça pour elle. La lumière du plafonnier a progressivement baissé, et le son a d'un coup empli tout l'habitacle.

— *De toute façon, cette prison, je n'en sortirai jamais.*

La voix d'Avanzato les a soudain enveloppés, elle l'a regardé, posant son bras sur le sien comme un réflexe, les yeux ronds.

— *Quand il est venu me voir avec ce sac rempli d'argent, pour rejoindre Carole, j'ai su que tout allait changer. J'ai su que c'était fini. Je n'ai pas pu.*

Elle lui a fait signe d'arrêter, de lui expliquer, et Nino a réalisé que tout devait être bien obscur, il a fait pause et lui a expliqué d'où venait cette voix, le détective et son micro, d'où venaient ces paroles, de quelles régions du cœur tout ça était parti, il y a dix ans, sous la pluie calaisienne, dans les vies d'Avanzato et Fred qui, eux, n'avaient jamais eu d'autre histoire que celle qu'ils avaient vécue avec elle.

— Vous n'y êtes pour rien, a-t-il ajouté, mais vous êtes semble-t-il ce qui est arrivé de mieux à ces deux hommes…

Elle a souri, sur le point de deviner ce qu'il voulait lui dire, elle a jeté un œil sur son téléphone, qui contenait la suite des paroles d'Avanzato.

— Fred ne m'a jamais oubliée ? a-t-elle avancé.

— Non.

Elle a poussé un soupir incrédule, les yeux dans le vague au travers du pare-brise, et s'est tournée vers lui :

— Pourquoi êtes-vous descendu jusqu'ici ?

— Pour vous voir, vous rencontrer. J'ai entendu la voix de Karl Avanzato, comme vous ce soir, j'étais dans une chambre d'hôtel et ce prénom, *Carole*, m'est rentré dans la tête et ça m'a obsédé. Et depuis que je suis en face de vous, les paroles d'Avanzato tournent en boucle, ce qu'ils ont fait, ce qu'ils ont imaginé…

Elle lui a fait signe de remettre en marche la lecture et Avanzato a repris sa lente confession, sous les yeux désemparés de Carole Sauvage, qui n'avait rien vu venir et qui, bercée par les paroles et par les souvenirs, a vu le jour se lever tout doucement sur la mer, tandis qu'une larme, au moins une, roulait sur sa joue en silence.

Il l'a quittée à l'aube, après qu'ils eurent réécouté la bande une seconde fois. Carole Sauvage est sortie de la voiture et a fait quelques pas dans la lumière naissante, allumant une cigarette en regardant la mer. Le jour pointait son nez, détachant les contours de la roche sur le bleu foncé du ciel. Nino Face est arrivé dans son dos sans parler, elle s'est tournée vers lui et ils se sont souri, elle a sorti son paquet, lui en a offert une, qu'il a allumée sans parler. Ils sont restés là, immobiles.

— Je n'ai jamais repensé à eux, a-t-elle avoué en ayant presque honte.

— Vous n'avez pas à vous en vouloir. Vous n'y êtes pour rien.

— Je sais. Mais quand même, je ne peux pas m'empêcher de me sentir un peu coupable.

Puis après un silence, dans lequel elle a souri pour elle-même :

— Si, j'ai repensé à eux, une fois. C'était à Bordeaux, je venais d'arriver dans une structure municipale pour donner des cours de cirque aux enfants. J'avais une collègue dont le frère était incarcéré pour conduite en état d'ivresse, elle était morte de trouille. J'avais parlé de Fred…

Il l'a quittée à l'aube parce qu'ils avaient fini, ils ne pouvaient rien ajouter. Elle a dit qu'elle avait ensuite vécu, qu'elle avait regagné Paris, Triel-sur-Seine et cette école, qu'elle avait voyagé de piste en piste et d'un pays à l'autre, menant une vie de saltimbanque, revenant çà et là à Poissy en famille, mais jamais à Calais, où sa tante vivait toujours, désormais totalement recluse. Elle a dit tout cela et il l'a écoutée, mais elle et lui étaient déjà ailleurs, elle dans les airs et dans son cirque, lui dans des chansons, tous les deux loin du monde et des drames qui s'y jouent.

Au moment de se dire au revoir, elle lui a tendu la main, et il l'a saisie avec chaleur, il a aimé son geste, lui qui passait d'une fille à l'autre sans même connaître leurs prénoms, cette femme avec laquelle il venait de partager une nuit de confidences et d'intimité lui offrait sa main, une poignée de main dans tout son sens, quelques secondes qui ont scellé leur amitié, eux qui savaient qu'ils ne se reverraient probablement jamais.

Il a pris la route en douceur et sans avoir dormi, il a suivi la côte vers le nord, longeant la Sicile et la mer. Tout cela allait et venait sous son crâne, et il voyait Carole, *Carole*, magnifique et désarmée, il revoyait ces deux amoureux transis à distance, Fred et Karl Avanzato qui avaient construit leurs vies dans le souvenir de cette femme, il roulait dans le soleil en voyant en face les illusions qui nous entourent et les chemins que l'on se trace, il suffit d'un sentiment pour faire ou défaire une vie, quelques instants déterminants dont découlera le reste, quelques paroles, un regard, ou même un simple rêve qu'on prend pour la réalité, un faux reflet, juste un mirage. La route était belle et il plissait les yeux. Une vie peut-elle être plus dans le vrai qu'une autre, plus près d'une vérité ? Il n'en savait rien. Nous sommes en route et nous attendons quelque chose, un peu d'amour ou un sourire, et l'illusion suffit parfois. L'unique chose à faire était de continuer, de chercher, d'avancer, de ressentir et de vivre, on ne saura jamais à côté de quoi on passe, il se disait tout cela et les virages s'enchaînaient parfois sans qu'il s'en rende vraiment compte, le sourire de Carole Sauvage l'accompagnait le long de la falaise, le soleil lui faisait de l'œil. *Il suffit parfois d'un regard pour faire ou défaire une vie*, il s'est dit ça et un hôtel s'est dressé face à lui dans un virage, il a bâillé en l'apercevant et a soudain rêvé d'un lit, il s'est garé.

Il est sorti comme en apesanteur, son sac en cuir brun dans la main, la clé dans l'autre, avec laquelle il a verrouillé les portes d'un geste en arrière, regardant droit devant, l'hôtel, un lit, des draps, dans lesquels il allait se glisser comme on s'extrait du monde, il avait peut-être les yeux gonflés de larmes ou de fatigue et tout cela valsait dans ses veines, un gros type l'a regardé passer, qu'il a vu tout à droite, il s'est arrêté au milieu du parking et a tourné la tête, peut-être l'a-t-il reconnu, ou bien la voiture lui a-t-elle sauté aux yeux, et Nino avançait en songeant que ces deux secondes d'apparition dans le champ de vision de cet homme modifieraient peut-être sa vie et quelque chose le fascinait, il marchait et est entré dans cet hôtel et il a pris une chambre sans rien comprendre à ce que le réceptionniste lui a dit, il lui a fait signer le registre et lui a demandé un autographe. Il a vu dans son dos la porte s'ouvrir sur le type du parking, qui avait fait demi-tour et semblait émerveillé, il était là derrière lui, souriant, immobile, le contemplait de haut en bas et ses yeux luisaient quand ils s'arrêtaient sur son sac, sans un mot. Nino a machinalement serré la main sur la poignée de cuir, il était mort de fatigue et sa tête somnolait déjà, les images des regrets, les faux pas, les chemins courbes et les fragiles certitudes, tout cela formait un tapis sur lequel il s'est avancé à pas lents dans ce couloir, pas la force ni l'envie de parler à ce type, il était trop fatigué.

Il s'est étendu tout habillé sur le lit sans avoir pris soin de verrouiller la porte, et cela n'aurait de toute façon rien changé. Il suffit d'un regard pour modifier une vie, il s'est répété ça au moment de fermer les yeux.

Il ne croyait pas si bien dire.

Nino Face s'est endormi sans s'imaginer que le regard croisé sur le parking se tenait droit derrière sa porte.

Troisième partie

Serge

I

Il ne pensait pas le revoir un jour, ça a été un choc, une apparition, une boule de billard en plein foie sans y croire. Ça l'a saisi de la tête aux pieds et son cerveau a complètement viré, il a failli sauter au cou du gringalet tout de suite, l'attraper par sa tignasse orange et le traîner dans la poussière jusqu'à la voiture, il l'aurait tué. Mais il a réussi à se contenir et c'est comme si la joie l'avait paralysé, l'émotion l'a complètement saisi et il est resté là sans bouger à le regarder passer comme un miracle.

Il a regardé où ce type allait, il a fait demi-tour et l'a suivi du regard, il a vu sa chambre et sa voiture au loin derrière, sur le parking, dont il a crevé les quatre pneus de bonheur et de rage plutôt que de fracasser la porte de sa chambre à coups de tête comme un taureau, sûr qu'il aurait traversé le bois de tout son corps, il aurait fait irruption mais non, il a gardé son calme, il est juste ressorti en soufflant comme un bœuf, il a marché droit vers sa bagnole et a sorti son couteau, des années qu'il n'avait pas éprouvé ça, il a percé ses gros pneus les uns après les autres, accroupi contre la carrosserie, en vivant quatre extases. Après, il a fait quelques mètres jusqu'à sa voiture à lui, garée un peu plus loin, et il s'est installé à l'intérieur, et il a attendu. Il s'est mordu l'intérieur des joues en frappant son volant plusieurs fois, il bouillait dans son costume et la clim n'y changeait rien, il était en plein soleil mais il aurait bouillonné tout autant s'il avait été à poil étendu dans la neige, c'est en lui que ça prenait feu. Il est resté là dans son costume trois pièces noir, les yeux rivés sur la fenêtre de la chambre au premier et il a regardé sa montre, il s'est demandé ce que ce petit mec allait faire, dormir ou juste prendre une douche, il était neuf heures du matin, et lui, maintenant, il avait tout son temps.

Le petit con a roupillé douze heures, il l'a fait mariner toute la journée dans la voiture, obligé de se faire livrer une pizza qu'il a mangée sans couverts, il s'est essuyé les mains sur le siège passager, il est ressorti passer ses nerfs sur la carrosserie de la Mercedes, il l'a rayée tout du long avec le talon clouté de ses santiags et là aussi il a presque joui, incroyable le bien que ça lui a fait. Il a même percé ses pneus une nouvelle fois, qui étaient déjà ruinés, on aurait dit des vieilles valoches hors d'âge et toutes plates mais leur faire une deuxième entaille, bien large, bien grasse, ça l'a quand même calmé, ça a passé le temps et il s'est surtout contenu comme il a pu plutôt que d'aller le suspendre par les couilles au plafond en lui demandant de s'excuser.

Le merdeux est ressorti vers vingt et une heures, il l'a vu passer la porte du hall et se diriger vers le parking, vers sa voiture, et il l'a vu s'arrêter, les yeux écarquillés en se mettant à courir sans y croire, son beau vaisseau avait l'air d'une épave de travers, il était ressorti casser le pare-brise en milieu d'après-midi, il avait failli se broyer les phalanges en y allant à mains nues mais il s'était ravisé après le troisième coup de poing, il avait fouillé dans son coffre et avait trouvé son marteau, pareil, des années qu'il n'avait pas servi, il avait cogné dix coups avant que le verre éclate, des milliers de petits cristaux scintillants comme ses dents blanches ; quand le petit est arrivé devant sa bagnole en ruine, il a mis ses mains sur son visage comme un gamin catastrophé, sans bouger face au désastre.

C'est là qu'il est sorti, s'est approché, sans aucune idée de la façon dont il allait l'aborder, il y est allé en roue libre. L'autre ne faisait pas un seul mouvement, il avait laissé tomber le sac par terre de stupeur, il était là, posé dans la poussière. Il n'a pas réfléchi, il n'a pas tenté de l'amadouer, d'y aller en douceur ou je ne sais quoi, il lui a pris le poignet par surprise et il lui a tordu le bras dans son dos, il devait faire à peine soixante kilos et il a eu l'impression de soulever un enfant quand il l'a poussé vers le capot de sa bagnole, il lui a écrasé la face, la joue bien collée à la tôle en s'appuyant de tout son poids sur lui, et il a passé sa main entre ses jambes par-derrière, il lui a saisi les burnes et il a basculé en avant, et il l'a soulevé comme ça, il l'a porté à bout de bras, d'une main, tandis qu'il gigotait comme un bébé nageur et qu'il couinait sans parvenir à articuler le moindre mot, il a marché jusqu'à sa voiture, il a ouvert le coffre et il l'a balancé dedans, il l'a refermé d'un coup, l'autre n'a même pas dû voir son visage tellement il a claqué le coffre avec vigueur, il aurait juste aperçu ses dents, peut-être le sourire satisfait du travail accompli, douze heures que ce merdeux le faisait languir mais en une minute à peine, il l'avait saucissonné dans la malle arrière.

Il est revenu près de sa Mercedes en lambeaux et il a arraché les plaques d'immatriculation comme s'il avait apporté la touche finale au chef-d'œuvre, la pointe de truffe qui donnera la deuxième étoile au guide. Il est revenu sur ses pas, il a ramassé le sac qui gisait par terre, il l'a pris. Il l'a caressé pour en enlever toute la poussière et il a pris place à bord de sa voiture, le sac en cuir brun posé près de lui. Dans le coffre, le rouquin continuait de geindre le plus en silence possible et il lui a hurlé de se taire et le calme a surgi, complètement. Il a démarré, il a pris sur lui pour ne pas accélérer comme un dingue en faisant un grand arc de cercle au milieu de ce parking, envoyer valser de la poussière partout dans les rugissements du moteur, il a gardé la tête froide, il a respiré à fond en embrayant doucement, tout doucement, et ils sont partis comme sur du feutre, direction nulle part.

II

Ils ont roulé des heures en silence, des fois il accélérait d'un coup et pilait aussitôt, juste pour faire valdinguer l'autre dans le coffre, il l'entendait qui se cognait contre la roue de secours, c'était inutile mais il attendait cela depuis tellement longtemps, cela lui faisait un plaisir dingue. Ils ont remonté toute l'Italie au calme et sans rouler trop vite. Il avait tout son temps. À un moment, il a mis la radio et ce putain de morceau lui a sauté aux oreilles, *Mister Double*, il a mis plus fort encore. Il adorait. À la frontière, il n'a pas transpiré une seule goutte, il a ralenti, bien sûr, comme il se doit, mais on n'allait pas l'arrêter, il était du bon côté des apparences, malgré tout ce qu'on avait pu dire sur lui et tout ce qu'il avait pu faire, y compris quelques heures plus tôt sur ce parking en tordant ce merdeux d'un seul bras et en customisant sa Mercedes à mains nues mais non, cela ne comptait pas, à soixante ans, peut-être un cou de buffle mais les tempes grises, peut-être des santiags mais cachées par une Maserati, peut-être un cran d'arrêt mais au fond d'un costume, peut-être envie de mordre mais pas avant d'être arrivé chez lui, pas avant d'avoir ouvert le coffre pour y découvrir l'autre avorton recroquevillé comme un asticot, les yeux pleins de peur, il l'a empoigné par le col de la chemise et il l'a sorti comme un paquet de linge sale. Il a roulé sur le sol en geignant qu'il avait mal, il l'a traîné par la chemise à l'intérieur, il regardait dans tous les sens, il a vu que le jardin donnait de toutes parts sur les bois, pas âme qui vive à la ronde, il a dû voir les horizons se réduire en passant la porte sur le cul, il le tirait comme un sac et il l'a descendu comme ça, il s'est pris chaque marche avec le coccyx en poussant des petits cris jusqu'à la cave, où il l'a enfin assis sur une chaise au beau milieu de la pièce, passif d'un bout à l'autre. Il est même allé chercher du scotch en lui tournant le dos, il n'a pas bougé d'un pouce, paralysé par la peur et la douleur. Il lui a attaché les chevilles et les poignets aux barreaux, immobilisé comme un con sous l'ampoule.

Il s'est reculé pour contempler le tableau, il le regardait avec des yeux de chien battu et ça l'a énervé, il s'est approché, et il lui a mis une grande gifle qui l'a terrassé. Il n'était plus excité ou survolté ou sous le coup de sa découverte, il était juste sincère. Il a fait quelques pas vers la porte. Avant de sortir, il lui a parlé pour la première fois, il lui a balancé quelques mots qui sont sortis tout seuls :

— Il fallait réfléchir avant, a-t-il lâché.

Il l'a regardé sans comprendre, il a juste saisi qu'il n'était peut-être pas là par hasard, il a dû s'imaginer plein de choses, il a entendu que s'il était ici, c'était aussi sa faute.

Il est remonté et, là-haut, il a repris son souffle en tournant en rond dans le salon, de plus en plus doucement, le temps de se calmer, et il s'est rapproché des bouteilles. Il a pris un verre, il a ouvert le whisky, et s'en est servi un, il l'a bu vite, deux ou trois gorgées, à sa victoire, à cette rencontre en Sicile sur le parking d'un hôtel, un cadeau du ciel, ce petit rouquin qui traverse devant lui, le sac à bout de bras. Il a repris un whisky. Le sac était posé sur le canapé, il a bu son verre en le regardant de loin. Un verre en cristal. Le whisky était clair, un peu doré, il l'a regardé en connaisseur et a vu son reflet dans un miroir au fond sur la cheminée, il avait l'air d'un châtelain, la classe, il a toujours mis des costumes sombres, trois pièces. Il a toujours porté des chaussures impeccables, cirées, sans une trace, même les pieds dans la bouillasse, ses santiags en cuir rouge étaient rutilantes. Il a toujours montré qu'il avait du style et des moyens, même quand il n'avait pas un rond, il a toujours été certain qu'on obtenait plus en s'imposant, et montrer qu'on a du goût et du fric, c'est s'imposer.

Il est resté plusieurs minutes immobile comme cela dans son salon, en pensant au gamin qui se tortillait comme un ver de terre au sous-sol, il l'avait regardé pendant qu'il l'attachait, c'était la première fois qu'il voyait son visage depuis ce matin. Depuis, attaché sur sa chaise dans le noir, il doit voir en permanence le visage de son ravisseur, gravé dans ses pupilles, en se demandant qui c'est. Il sait qu'il a une bonne raison de le retenir ici scotché sur une chaise puisqu'il le lui a dit, mais on va garder ça secret pour le moment, et il va chercher, il va fouiller dans ses souvenirs, il va se triturer la cervelle et va tendre plusieurs perches, il va prêter toutes les identités possibles à son tortionnaire, il va le prendre pour un sadique, il va penser qu'il a choisi cette maison isolée pour justement y amener des types comme lui, les attacher, les bouffer. Il va croire qu'il en a après les petits blancs-becs dans son genre, il va le prendre pour un notable qui mène une double vie, mondain là-haut et terroriste en bas, sûr que la Maserati et la propriété lui ont crié qu'il était riche, il doit être sur une piste dans ce style, s'attendre à voir redescendre son geôlier à poil, muni d'une bougie, des peintures rouges en travers du visage, le genre sacrifice ou rituel.

En vérité, on est bien loin de ce genre de choses. Le geôlier en question va se faire quelques petits plaisirs, oui, mais juste histoire de lui rendre un peu la monnaie sur les deux millions que ce merdeux lui a volés il y a vingt-six mois, juste pour le principe. Le reste, la vraie raison, la douleur et les larmes, ce pourquoi il le retient sur une chaise en bas et qu'il n'a pas l'intention de le faire ressortir un jour, la raison pour laquelle, là, tout de suite, il a envie de redescendre pour le gifler à nouveau, la raison est posée sur le fauteuil à l'entrée. Le cuir brun, la broderie rouge. Il n'a même pas osé l'ouvrir tellement il a peur de s'effondrer, il repousse le moment où il palpera le cuir, les fils de coton rouge qui tracent les deux lettres, le D et le A qui s'entremêlent, les initiales de Dante Astigari qui sont de nouveau là devant lui, et il n'en revient pas. Mon Dante, mon amour, tout ce qu'il me reste de toi est là sur cette chaise, ce sac, comme une apparition et maintenant là pour toujours. Il a récupéré ce matin ce qui lui tenait le plus à cœur, il se sert un troisième whisky et il le boit à Dante, qui le regarde de là-haut, il se revoit à Calais il y a trente ans, quand ils se sont croisés la première fois, quand ils ont mangé côte à côte à l'usine, quand le petit Dante Astigari a plongé ses yeux dans les siens, et qu'ils se sont trouvés d'instinct. Quand ils se sont rendu compte qu'à eux deux, ils allaient devenir les rois du pétrole, que le monde entier tiendrait dans leur paume.

Trente ans plus tard, l'usine est loin, Dante aussi, il ne lui reste que son sac, qui vient de faire un long voyage, il passe toujours une heure dans la glace tous les matins et il s'appelle toujours Cimard, Serge Cimard, il ignore par où est passé ce sac, par quelles mains sales il a pu être touché, quels pays il a pu traverser en deux ans, mais il sait que c'est cet empaffé de Fred et son pote Avanzato qui le lui ont subtilisé dans sa villa du Touquet, foutant au passage sa Maserati à l'eau, celle qu'il avait achetée neuve avec Dante, il en était dingue. Il sait que c'est eux, ça lui a coûté une liasse de billets. Allez, il prend son souffle et tant pis si il pleure, c'est même à coup sûr ce qui va se produire, il s'approche et va le prendre en main, le sentir contre lui, rêver que Dante est là, qu'il arrive, il le caresse doucement, ses doigts effleurent la fermeture et il sent ses yeux qui le piquent, cela vient d'un coup comme si tout se terminait enfin, il le prend, le palpe et l'ouvre, il veut y plonger ses mains, son nez, et s'y noyer et les larmes arrivent, il pleure en tremblant sur son Dante envolé, il murmure son prénom, il lui manque, même dix ans après sa mort, et sursaute en arrière, au milieu des sanglots : il y a un flingue au fond du sac.

III

Il a toujours été malin, il a toujours été plus malin et plus brutal que la moyenne, il a toujours aimé ça, frapper fort et d'un coup, provoquer la stupeur et savourer le calme qui s'ensuit, le grand silence tout blanc dans lequel on peut tout faire, tout dire, frapper encore ou tout piquer, ou partir ou rire, tout, on est complètement libre, une fois l'assistance anesthésiée. Cela remonte à loin, déjà gamin, il avait des trucs à lui pour asseoir son pouvoir, des combines, il a appris par la suite qu'on appelait cela des subterfuges. Ça aussi c'est quelque chose qu'il a appris pour s'imposer : utiliser les mots justes. Quand on emploie les mots justes, un peu compliqués, l'autre en face devine à qui il a affaire, et se tait, il sent le double fond, le truc qui le dépasse, il se ratatine sur sa chaise et remballe ses sournoiseries.

Son premier subterfuge, il l'avait mis au point le jour de ses cinq ans. Sa mère lui avait fait un goûter, invité tout un tas d'enfants, ça courait dans tous les sens au milieu des confettis, des fanions de couleurs accrochés aux murs. Au moment du gâteau, tout le monde s'était massé autour de lui, les cinq bougies plantées dans la crème pâtissière en chantant, il avait posé la première pierre du personnage qu'il allait devenir : les cinq bougies, il les avait éteintes en pinçant les flammes à deux doigts, une à une et sans ouvrir la bouche, dans les cris d'effroi de tous les mômes autour de lui qui croyaient qu'il se brûlait les phalanges alors qu'il avait vu faire son père à peine deux semaines plus tôt, il savait qu'en se passant les doigts dans la bouche, on ne sentait rien, rien du tout, on ne sentait que l'effet qu'on produisait sur les autres, même sa mère n'en était pas revenue. C'était déjà un petit dur. Ce jour-là, c'était devenu une terreur.

Par la suite, des subterfuges, il en avait utilisé des tas, mis au point des dizaines, la différence avec les autres, c'est que lui, il osait. Il avait osé faire des trucs absolument inutiles et sans danger mais féroces, des trucs accessibles à tous, sauf qu'aucun élève n'a jamais balancé son bureau par la fenêtre du deuxième étage quand le prof d'histoire-géo lui demandait de se taire. Lui, si. Il avait quatorze ans, et même si on l'avait renvoyé, sa réputation s'était assise d'un coup dans tous les collèges de Calais. Pareil avec le car qui l'emmenait tous les matins, il avait un jour découvert que les gros rétroviseurs étaient fixés sur de simples pattes pivotantes, que les tiges en acier, le rétro gros comme un annuaire, tout ce truc pouvait se rabattre d'une simple pichenette. Le lendemain, il avait mûri son coup, et s'était mis sur le bord du trottoir, il avait vu le gros bus s'approcher, ralentir, il s'était calé comme il fallait. Arrivé à sa hauteur, il avait sauté, et mis un énorme coup de tête en plein dans ce gros rétro qui était allé claquer contre la vitre latérale, tout le monde avait crié, il était retombé sur ses pieds sans avoir presque rien senti, et s'était massé le front en silence, l'air sous pression, les gens s'étaient tous écartés pour le laisser passer et personne n'avait ensuite osé croiser son regard, il en aurait rigolé tout seul s'il n'avait pas été en train de façonner son personnage. Voilà la vérité : il est brutal et subtil, capable de tout, surtout pour faire croire qu'il est bien pire encore. Son imagination déborde, il connaît des ficelles sous son crâne qu'il suffirait de tirer un peu trop pour devenir animal et fou, il sait qu'il y a sous son crâne des zones de turbulences dont il n'a plus peur de s'approcher mais qui donneraient le vertige à n'importe qui d'autre. Lui, il ne s'impressionne plus, il se regarde et se dompte, il prend le risque. Les autres ont toujours préféré fuir, comme il a failli fuir lui aussi, il y a longtemps, il y a presque quarante ans.

Il avait dix-huit ans quand il avait écopé de sa première peine de prison, écopé, ça aussi c'est un mot qu'il case à droite à gauche et qui le pose en penseur. À dix-huit ans, ce mot-là, il ne le connaissait pas encore. Il ne connaissait que le buraliste qu'il avait fracassé derrière son bar parce qu'il avait osé lui dire qu'il n'aimait pas vraiment les femmes. Serge avait vu rouge, il l'avait attrapé par le cou, les cheveux longs sur sa nuque, il l'avait traîné comme ça jusqu'à la réserve en plein air à l'arrière de sa gargote, une cour pavée remplie de caisses de bière au milieu desquelles il l'avait avoiné dans tous les sens en le traitant de pédé, sous les yeux terrifiés d'une femme à l'étage, penchée à sa fenêtre en lui hurlant d'arrêter, qui avait appelé les flics. Bilan : le buraliste livide malgré ses yeux cernés de noir au tribunal, un bras cassé, quatre dents en moins, et le gros orteil droit fêlé, Cimard s'est toujours demandé comment cela avait été possible, le type s'était avancé à la barre avec des béquilles, il était méconnaissable, et lui, dans le box, jugé en urgence sous l'impulsion d'un préfet que le fait divers avait ému. Il avait pris trois mois ferme à la prison de Maubeuge, le temps de se recroqueviller sur son lit durant des heures, à se demander ce qu'il allait devenir. Des fois, il se fascinait. Souvent, il se faisait peur.

Il a fait des efforts énormes, bien plus gros que la plupart des gens qu'on croise, a voulu se ranger, devenir un gars normal, s'insérer, brûlant d'un feu pas croyable et dévastateur qui lui ravageait les veines et la cervelle mais il a tout tenté pour le canaliser, c'est juré, et ça a même presque marché. À l'époque, on ne parlait pas encore de développement personnel, de s'écouter, de se connaître, tous ces trucs dont on raffole aujourd'hui n'avaient pas vraiment lieu d'être à Calais dans les années quatre-vingt. À l'époque, dans les milieux ouvriers, on se cognait sur la gueule quand on n'était pas d'accord et tout rentrait dans l'ordre, les mecs se retrouvaient au bistrot dès le lendemain et la vie continuait, et quand on se croyait différent, on se taisait, on s'appuyait bien fort sur la partie du crâne où l'on pensait que se cachait le mal, et l'on se disait que cela passerait bien tout seul. Quand on se rendait compte qu'on était dix fois plus violent que la moyenne, on se disait qu'il fallait prendre sur soi, cela finirait bien par s'éteindre. Quand on constatait que les seins des filles avaient moins d'attraits que les épaules des mecs, quand on préférait les cambrures des copains de vestiaires à celles des copines de classe, quand on devinait que le feu ne brûlait pas dans le même sens que les autres, on baissait les yeux sans parler en ravalant sa salive. Et l'on passait des heures sans dormir à fixer le plafond dans le noir. C'est certainement toujours compliqué aujourd'hui dans la tête d'un petit homo de dix ans qui ne regarde pas les mêmes images que ses copains de classe dans le catalogue de la Redoute, c'est sans doute encore un combat à un moment ou à un autre, mais à l'époque, c'était une vraie guerre des tranchées. Il fallait se blinder, se battre avec la terre entière autant qu'avec soi-même, et c'est ce qu'il a fait et ça a duré dix ans, il a mordu les draps tout seul en vivant un enfer, dans le rang, tellement dans le rang. Il a fait des études, il se demande encore comment il a obtenu ce diplôme de comptabilité, il ne sait toujours pas comment la terreur qu'il était à seize ou dix-huit ans a pu devenir ce petit employé modèle chez Batelier Plastique, le géant de l'emballage industriel. Il est devenu calme en bouillonnant en permanence, il est devenu timide alors qu'il avait mis ses profs à genoux, il est devenu silencieux après avoir rendu sourds tous ses adversaires, ses bras d'ours maintenus dans des chemises à rayures, son cou de taureau serré par une cravate qu'il se mettait lui-même en songeant à une laisse. Bridé du matin au soir, mais dans les rails, il avait au moins réussi ça, il avait réussi à faire ce qu'on lui demandait depuis toujours : rentrer dans le rang. Il s'y sentait très à l'étroit, mais avait parfois la satisfaction d'y être parvenu.

Une fois par mois, il dépensait en un week-end ce qu'il avait économisé de hargne et d'argent en vingt-huit jours, il prenait un train pour Rotterdam ou Hambourg, ou Paris, ou le bateau pour Londres. Là, il arrivait comme un homme neuf, sans témoins, sans barrières, en liberté quarante-huit heures. La plupart du temps, il finissait soit par se battre et accrocher un mec à un portemanteau dans un bar en le bourrant de coups de poing, soit dans les WC d'une boîte en compagnie d'un autre, qu'il aimait et qui l'aimait, une maigre porte au verrou minuscule pour les protéger du monde hostile qui tournait autour d'eux.

Le lundi, il retrouvait ses chemises un peu serrées, son bureau terne et ses collègues, la petite vie dans laquelle il réussissait tant bien que mal à se glisser comme s'il s'était servi d'un chausse-pied. Il n'était pas sorti du même moule, mais il était rentré dans le rang. Batelier Plastique employait trois cents personnes, qu'il regardait chaque matin franchir la grille depuis sa fenêtre au deuxième en se demandant qui, parmi eux, était à sa place dans cette usine. Sans doute y en avait-il plusieurs. Être ouvrier était encore possible dans les années quatre-vingt, les gars avaient tous un appartement dans des immeubles encore blancs, vide-ordures et place de parking, les cadres avaient un pavillon trois rues plus loin, Batelier père et fils avaient, eux, chacun une villa au Touquet. Depuis sa fenêtre au deuxième, il imaginait les vies que pouvaient avoir ces hommes et femmes qui venaient ici tous les jours, comme lui, sans qu'aucun ne sache qui il était au fond. Il avait quelques chouchous, un grand barbu qui travaillait à la chaîne n° 3, il avait trouvé son nom dans l'organigramme, Vincent Desbois, il avait une démarche qui l'affolait en silence. Un autre, plus vieux, la quarantaine, Georges Fontaine, l'embrasait à distance, il était dans l'aile 2 et ses yeux brillaient à vingt mètres au moins. Ces deux hommes, il les aurait aussi bien embrassés ou bien pulvérisés, ils étaient l'un et l'autre mariés, il avait même déjà vu leurs femmes au Noël de l'entreprise, deux mamans gentilles dont le souvenir lui revenait chaque matin quand il voyait ces deux hommes magnifiques passer la grille. C'était là le seul moment où il laissait le naturel l'envahir, c'était bref, quelques secondes à peine de fantasme et d'envie, et la journée commençait.

Il avait vingt-huit ou vingt-neuf ans et était sur des rails, il avait deux ou trois repères à Amsterdam ou ailleurs, deux ou trois adresses où trouver son bonheur, même fugace et caché, un boulot, un salaire, et un poste d'observation privilégié sur les allées et venues du personnel. Cela aurait pu durer longtemps comme ça, plusieurs années, peut-être toute la vie puisque Batelier Plastique existe encore, il aurait fêté son départ en retraite il y a quelques semaines, il aurait terminé de payer son trois-pièces dans le centre il y a environ dix ans, il aurait vécu dans la grisaille excepté douze week-ends par an, il aurait eu la vie de tout le monde ou presque, en tout cas de tous ceux qui sentent une boule en eux mais qu'ils contournent plutôt que de l'absorber, la grignoter, vivre avec. Pas la moindre leçon à donner à quiconque, aucune remarque acide à formuler sur le manque de courage des gens qui nous entourent, on fait comme on peut et on ne doit souvent les grands changements d'une vie qu'à un hasard ou une rencontre, on n'y est pas vraiment pour grand-chose. Ce qui est certain, c'est qu'il y a des gens qu'on croise, et qu'il faut parfois en suivre un, au moins du regard. Ce qui est sûr, c'est que s'il n'avait pas été derrière la vitre de son bureau, un lundi matin, en train de se remémorer le week-end qu'il avait passé à Paris dans une discothèque à paillettes, s'il n'avait pas guetté Georges Fontaine et Vincent Desbois, il n'aurait pas aperçu ce petit mec nerveux, sec, qui marchait au milieu des autres d'un pas décidé. Il avait l'air tout en pression et n'avait jamais pénétré dans l'usine avant. Il portait un petit sac en cuir brun sur l'épaule, sur lequel Serge Cimard constaterait deux jours plus tard, debout en bas contre le mur d'entrée pour le voir de plus près, qu'il était brodé de drôles de lettres. Ce nouveau venu torpillerait non seulement très bientôt Fontaine et Desbois dans la galerie secrète de Cimard, mais il deviendrait surtout l'homme de sa vie, son amour et son détonateur, la grenade éclatante qui se visse dans son cœur, et explose, et l'inonde, pulvérise tous les rails, le sol et l'horizon.

Son sac de cuir brun était brodé d'un D et d'un A, initiales d'un nom que Serge découvrirait en cachette dans les registres du personnel, et qu'il n'oublierait jamais puisqu'il doit sa vie entière à ce petit homme incroyable qu'il a aimé jusqu'à sa mort et qu'il aimera jusqu'à la sienne : il s'appelait Dante Astigari.

IV

À partir de ce jour où il était descendu le matin, quittant pour la première fois son bureau pour voir de près les employés entrer, croiser ces visages juste là devant lui, et découvrir ce Dante Astigari qui l'attirait comme un aimant, à partir de ce matin-là, il n'a plus vu que lui. Il n'a plus pensé qu'à son petit corps sec et vif, moins d'un mètre soixante-dix, une cinquantaine de kilos, des cheveux châtains et ces yeux, ces yeux verts hypnotisants comme des éclairs, on voyait presque son cœur battre tant ses pupilles vibraient en permanence, on aurait dit que son corps entier subissait les pulsations, Dante était une boule d'énergie, un concentré de vie, il était dans le bâtiment B, il perçait les films qui allaient emballer les baguettes de pain dans les supermarchés, Cimard était passé deux fois déjà dans son dos sans aucune raison valable, engoncé dans sa chemise, faisant semblant de chercher quelque chose, juste pour sentir sa présence. La deuxième fois, Astigari s'était retourné d'un coup, et l'avait regardé. À ses pieds, il y avait ce sac en cuir brun qui semblait ne jamais le quitter.

Des années que Cimard vivait cloîtré dans son ombre, domestiquant ses pulsions d'où qu'elles viennent, des années qu'il rasait les murs de Batelier Plastique de peur d'être démasqué ou d'exploser d'un coup, et en neuf jours à peine, ce Dante Astigari faisait vaciller les fondations de son système entier. Dante Astigari le faisait sortir de son bureau le matin, le faisait traverser l'atelier, Dante Astigari lui avait même fait envie un midi au self, il n'avait pas bougé de sa place, le regardant passer au loin, son plateau en main, il s'était excité tout seul et sans le moindre mouvement, il s'était mis à bander sous la table, lui qui ne bandait qu'une fois sa porte fermée à double tour ou bien très loin d'ici, il était soudain dur au beau milieu du monde, au beau milieu de ses collègues qui allaient et venaient sans se rendre compte de sa présence, encore moins de son état. Il était resté plusieurs minutes devant son assiette vide en attendant que ça passe, incapable du moindre mouvement sans que cela reprenne aussitôt entre ses cuisses, mort de trouille à l'idée de devoir se lever, mort de désir, aussi. À partir de ce midi-là, il avait été sur ses gardes, certain que cet Astigari allait tôt ou tard l'obliger à se trahir, il allait tôt ou tard s'émouvoir sur son passage, s'arrêter de travailler pour le regarder passer, il allait tôt ou tard tomber le masque par inadvertance et vivre un enfer soudain, revenir dix ans en arrière. Ce Dante Astigari, il fallait s'en tenir le plus éloigné possible.

Sauf qu'évidemment, il n'a pas réussi, au contraire, ce Dante Astigari avait planté sa tente dans son jardin secret, il allait faire éclater les barrières construites morceau par morceau, Serge ne pensait plus qu'à lui à mesure qu'il tentait de s'en éloigner, ils n'avaient pas échangé la moindre parole depuis son embauche mais il avait l'impression de le connaître, de vivre avec lui, le matin il choisissait sa chemise en se demandant si elle lui plairait, un soir à Hambourg il n'avait pas touché un seul mec, ni aux WC pour une étreinte ni dans la rue pour une bagarre, pas le cœur à ça en vérité, lui qui n'avait pourtant toujours eu du cœur que pour ces deux choses-là, et sans jamais la moindre panne. Il voyait ce petit mec partout, son sac en cuir brun sur l'épaule, qu'il rêvait d'ouvrir, en plus de son magnétisme, Dante Astigari transportait avec lui un mystère, il le regardait passer comme une énigme qu'il brûlait de résoudre et commençait à se demander combien de temps tout cela pourrait encore durer, il allait devenir fou, exploser.

La pression est montée pendant quelques semaines encore, durant lesquelles il a multiplié les occasions de venir le croiser dans le bâtiment B comme s'il s'était approché du cœur d'un réacteur, sans lui dire le moindre mot de peur de se laisser aller. Jusqu'au soir où il a cru devoir intervenir, prêt à briser le silence et le carcan dans lequel il s'était enfermé mais la situation l'imposait, il était au volant de sa voiture et il rentrait doucement vers chez lui quand il l'avait aperçu au loin sur le trottoir d'en face. Il avait serré les mains sur le volant en ralentissant, le petit Rital rentrait aussi, le dépasser le plus tard possible, profiter de son dos, de sa démarche, et de son sac posé sur son épaule, le voir, et il l'avait vu croiser le chemin de deux types qui lui avaient ouvertement barré la route, deux espèces de merdeux dont Serge n'aurait fait qu'une bouchée s'il était intervenu. Il les aurait cognés l'un contre l'autre en les tenant par le cou, il aurait nettoyé le trottoir en les balançant dans le caniveau comme des nuisibles. Il avait ralenti en se préparant à serrer le frein à main, à sortir lui sauver la peau, mais avait vu le petit Dante tenir tête aux deux types. Il les regardait droit dans les yeux en trépignant plus qu'eux encore, Serge Cimard était resté là pour observer ce qui allait se passer, un des deux avait poussé Dante par l'épaule, l'autre lui mettant une gifle, il avait enlevé sa ceinture de sécurité pour bondir et le temps d'ouvrir la portière, Dante Astigari avait balancé son sac en travers de la gueule du premier, qui s'était écroulé sur le bitume sans un bruit comme un poids mort, laissant le deuxième sans voix, à qui Dante avait cassé les dents d'un grand coup de sac aussi, foudroyé. Cimard avait traversé la rue en courant, les deux terreurs allongées par terre, Dante Astigari leur sautant dessus à pieds joints en les traitant de tous les noms comme un diable. Il était arrivé pour sauver les deux caïds plutôt que le petit teigneux, il n'en revenait pas, réduits en poussière en quelques secondes à peine, un coup de sac à chacun, à bout de bras, plein d'élan. Cimard l'avait éloigné en tentant de le calmer, il avait ramassé les deux mecs, ils étaient presque assommés, il les avait assis le long du mur comme des mendiants, et Astigari était arrivé dans son dos, ouvrant sa braguette, la petite terreur leur pissant dessus pour conclure. Il l'avait regardé faire sans parvenir à s'empêcher de sourire, s'il n'avait pas été là, Dante Astigari leur aurait fait cracher leurs deux adresses, serait allé chez eux tout faire flamber. Cimard connaissait la sienne et savait qu'il avait encore un bout à faire mais il ne lui a rien dit de la petite enquête qu'il avait menée sur lui dans son dos, né à Naples, célibataire et sans enfant, vingt-huit ans, il lui avait simplement proposé de le ramener, sachant qu'il franchissait là le cap fatal, sachant qu'après ça, il ne pourrait plus reculer, il allait mettre le doigt dans un engrenage mais tant pis, il ne voulait que cela, il voulait vivre et le toucher, sentir son souffle et sa présence, il a dit oui, s'est installé côté passager, et a posé son sac entre ses pieds.

— Il y a quoi, là-dedans ? lui a demandé Serge avec un sourire complice avant de démarrer.

Il l'a sorti d'entre ses jambes et l'a ouvert. Ce que Serge a ressenti ce soir-là en découvrant le contenu de son sac, cela ne l'a plus jamais quitté, ça l'a mis sur un nuage, et le nuage s'est mis sur orbite dès le lendemain midi au self quand Astigari s'est assis face à lui sans un mot, ses yeux brûlant de désir au milieu de tout le personnel de Batelier Plastique dont il n'avait soudain plus rien à foutre, quand ils se sont tous les deux regardés comme s'ils venaient de découvrir une évidence, quand ils se sont avoué tous les deux qu'ils étaient fous d'amour pour l'autre. Dans ce sac, qu'il avait fabriqué lui-même en Italie quinze ans plus tôt lors d'un séjour en camp de redressement censé lui donner le goût du calme en travaillant le cuir, il y avait la sournoiserie que Serge Cimard n'osait pas regarder en lui, la violence qu'il tentait vainement de faire disparaître, il y avait la malice et la cachette, le double fond qu'il n'assumait pas, il y avait aussi la preuve qu'un petit gringalet pouvait avoir le dessus, la preuve au fond que tout était possible, qu'il suffisait de le vouloir et de bien s'y préparer, ce qui était le cas puisque le petit Dante avait en permanence ce sac à la main, prêt à servir, il y avait dans ce sac de quoi faire taire le premier venu sans rien craindre des flics, il y avait toute la liberté qu'il fuyait vingt-huit jours par mois, et à laquelle il allait dès le lendemain ouvrir les bras. Dans le petit sac que Dante Astigari tenait toujours à ses côtés, il y avait deux pavés de rue en granit d'un kilo chacun, et surtout, une détermination sans faille à ne jamais, jamais, absolument jamais, se laisser emmerder par quiconque ou quoi que ce soit.

V

Dante a été le détonateur de sa vie, celui grâce auquel il s'est regardé et aimé, celui grâce auquel il a explosé de désir et d'envie, grâce à lui il a gonflé ses poumons d'air et a déployé ses ailes pour toujours. Il a plongé dans son regard ce midi-là au self, il n'en est ressorti que seize ans plus tard, quand ce poids lourd n'a pas voulu freiner, que la Moto Guzzi de Dante s'est encastrée dessous sur les petites routes au-dessus de Saint-Paul-de-Vence et qu'il a arrêté la sienne deux cents mètres plus loin contre un arbre en se relevant sain et sauf mais veuf, orphelin, coupé en deux.

Ce midi-là au self, Dante Astigari l'a poussé dans le vide en sautant avec lui, ils se sont doucement élevés, comme s'ils s'étaient mis à léviter. Le soir, ils étaient allés chez lui aussitôt sortis du boulot, il avait servi deux whiskys, ce petit diable l'avait saisi par le cou avec une poigne incroyable, il l'avait dompté sans que Serge n'oppose la moindre résistance, Dante et lui avaient filé vers la chambre sans avoir touché à leurs verres et n'en étaient ressortis que le lendemain matin pour se rendre à l'usine. C'était parti.

Dante avait l'âge de Serge, et une trajectoire d'homme-canon. Né d'un père jockey dont le licenciement de l'écurie Milasi faisait encore parler d'elle presque trente ans plus tard : le petit homme, beau joueur, avait invité l'intégralité de l'équipe pour un banquet mémorable dans le jardin de sa maison napolitaine, on avait trinqué, bu, évoqué les victoires et aussi les défaites, les coups bas, les coupes et les médailles, on avait mélangé tout ça dans le vin blanc, la viande rouge et les haricots verts. En fin de banquet, le père de Dante avait réclamé le silence, s'était mis debout sur sa chaise dans l'hilarité et l'hypocrisie générale, et avait fait un discours, remerciant les uns et les autres à leur juste valeur, finissant en regrettant l'absence de Hocus Pocus à la fête, ce magnifique alezan qu'il avait tant de fois monté, fleuron de l'écurie Milasi maintes et maintes fois primé, cheval qu'aucun d'eux ne verrait désormais plus, étant donné qu'ils venaient de le bouffer. Tous les convives avaient bondi de leurs chaises sans y croire, le petit jockey les avait regardés détaler comme des lapins en les couvrant d'insultes, courant à l'étage et ressortant armé d'un fusil, avec lequel il avait tiré en l'air, couvrant les crissements des pneus des rats quittant le navire. Seule une des convives était restée, encore là en bout de table, une petite brune qui le fixait en terminant son verre, qui l'avait félicité pour la cuisson parfaite. Le jockey s'était approché, la jeune femme s'était levée, Dante Astigari naissait onze mois après.

Vingt-huit ans plus tard, Dante Astigari avait vécu en Inde, en Australie et au Pérou, totalisait un an de prison çà et là pour des motifs divers et souvent dérisoires, avait été figurant dans un obscur téléfilm dans lequel apparaissait aussi un blond qu'on verrait plus tard dans *Starsky et Hutch*, avait cambriolé sans se faire prendre la maison de campagne d'un ministre français et en était ressorti avec le miroir de la salle de bain, dans lequel il se regardait depuis en se disant qu'à l'endroit où se trouvait son sexe, se trouvait il y a quelque temps encore celui d'un décideur. Dante était arrivé à Calais sans raison deux mois plus tôt, sans y avoir rien à faire ni personne à aller voir, mais la plage lui avait plu, et puis l'Angleterre en face, il avait posé sa valise ici pour quelque temps, et avait commencé à arpenter la ville, son petit sac de cuir à bout de bras, garant de sa liberté.

Allongés tous deux dans les draps, ils se sont vite rendu compte qu'ils étaient un duo, un binôme, ils se sont vite dit qu'à eux deux, plein de choses allaient être possibles, sans savoir pourquoi mais il y a des choses évidentes, elles sont rares mais elles existent et quand on en croise une, il faut soutenir son regard, la voir en face et la saisir, lui faire un baiser sur la bouche et danser avec elle. Dante et Cimard, c'était évident. Ils étaient à tour de rôle le feu et la glace, la finesse et le poids, l'exhibitionnisme et la pudeur, le courage et la méfiance, ils déboulaient quelque part et l'un des deux sentait toujours où se trouvait l'endroit qui en valait la peine, ils allaient dans un bar de motards, se mettaient au comptoir et, après trois verres, s'embrassaient à pleine bouche au milieu des blousons noirs, et à la première réflexion, bondissaient de leurs tabourets, rentraient dans le tas, faisaient à coup sûr un carnage, Serge balançait les mecs par-dessus les comptoirs dans les bouteilles et les verres qui explosaient, Dante fracassait les types à grands coups de sac de cuir, et les deux tapettes finissaient par quitter les lieux en enjambant les corps, mettant les bars en ruine, Dante escaladait le comptoir et raflait le contenu du tiroir-caisse, ils couraient à la voiture avant que les flics arrivent.

Ils étaient terribles. Ils se sont rapidement crus invincibles. Ils l'étaient. Ils n'ont jamais essuyé le moindre échec, pas une fois. Tout ce qu'ils ont tenté par la suite, ils l'ont réussi. Ils se sont introduits dans une maison secondaire au Touquet une nuit et ils ont raflé tout ce qu'ils ont pu, des bijoux, des tableaux, ils ont fait le plein, ils ont tout revendu dès le lendemain aux puces de Clignancourt, ça les excitait plus que n'importe quoi. C'est ce qui les a menés d'un bout à l'autre : le plaisir. Là encore, on ne parle plus que de cela ou presque aujourd'hui, les librairies ont même des rayons entiers consacrés au bien-être et à l'art de vivre, mais à l'époque, on était dans le ventre mou de l'histoire, mai 1968 était loin derrière, on percevait les premiers effets de ce qu'on annonçait comme une crise à venir, le chômage grimpait déjà, et Dante Astigari et lui ne pensaient qu'à rire. Ce qu'il y a, c'est qu'ils ne riaient pas forcément des mêmes choses que tout le monde. Quand il voyait Dante saisir au bond des morceaux de phrases prononcées par les gens qu'ils croisaient dans la rue, par exemple, une jeune femme qui bâille en disant qu'elle est fatiguée, Dante se retournant sur elle en lui hurlant que si elle ne passait pas ses nuits à se faire enfiler par des ribambelles de types dont elle ne connaît même pas les prénoms, elle ne serait pas dans cet état-là, fixant ensuite la fille qui reste là les bras ballants, peinant à reprendre son souffle, lui, il était hilare. Dante était une boule de nerfs, une teigne, et Serge Cimard en était fou.

Ils étaient toujours employés chez Batelier Plastique et leur amour avait fait des vagues silencieuses autour d'eux. On murmurait parfois sur leur passage, ils s'en rendaient compte, mais il avait suffi qu'il colle un type au mur du self un midi, ses pieds battant l'air à vingt centimètres du sol, pour que les voix se transforment en un simple murmure. Un soir, Dante avait réduit ces murmures au silence d'un grand coup de sac, dans la cour de l'usine, un balèze avait piaffé sur leur passage, il s'était retourné d'un mouvement vif, sac à bout de bras, en pleine face de ce connard qui s'était écroulé, le nez cassé, terrorisé, reculant à quatre pattes. Depuis, tout était calme et ils le restaient aussi, ils se tenaient plutôt bien, à croire qu'ils avaient une sorte de conscience professionnelle. Le soir, ils couraient dans les bras l'un de l'autre et partaient faire les quatre cents coups, parfois juste marcher sur la plage, cela arrivait aussi.

Et puis un jour, s'est offerte à eux une opportunité qui a guidé tout le reste de leur parcours, un hasard, eux qui ne recherchaient en vérité qu'un sursaut d'adrénaline, eux qui pratiquaient le vol simplement comme un sport extrême, sont un soir tombés sur une mine d'or à ciel ouvert : ils avaient frappé au hasard, ils avaient pris la voiture et roulé tout droit, ils avaient deux jours devant eux, ils étaient descendus et n'avaient freiné qu'à Paris, ils avaient tourné au hasard, cherchant un bar, un hôtel, ils n'en savaient rien, ils avaient fini dans un square qui surplombait Belleville, ils étaient là sur un banc, ils attendaient on ne sait quoi, ils se tenaient la main, ils étaient bien, et ont vu un vieux type arriver. Il portait un sac plastique opaque bien tendu, il y avait un truc lourd à l'intérieur, le vieux s'est approché et a mis le sac dans une poubelle directement, et est reparti de sa démarche hésitante et lente. Il a disparu. Et ils ont trouvé très bizarre qu'il soit venu jusque-là pour mettre un truc aux ordures. Dante s'est levé, lui aussi, et ils ont marché vers la poubelle en regardant partout autour, il y avait du monde mais personne ne les regardait spécialement, ils ont pris le sac au milieu des détritus, et ils ont filé tout droit sans que personne ne leur dise quoi que ce soit.

Le soir, dans leur chambre d'hôtel, ils ont compté précisément ce qu'il y avait dans ce sac plastique qu'ils avaient ouvert dès la rue suivante, le refermant aussitôt en constatant qu'il était rempli de billets de banque. Ils ont étalé les liasses sur le lit, en faisant des paquets de dix, c'étaient des billets de cent et deux cents. En tout, il y avait trois cent mille francs. Ils sont allés au restaurant, médusés, ils se demandaient ce que ce magot venait foutre ici, d'où sortait ce vieux qu'on aurait pris pour une sorte de clodo, à qui était destiné ce paquet de fric qui sommeillait parmi les détritus. Ils avaient dû se faufiler dans un espace de quelques secondes à peine, peut-être le vieux était-il arrivé un poil en avance, ou l'autre à qui était destiné le paquet avait-il été retardé par un métro en panne, un camion de livraison, en tout cas, ils avaient été là au bon moment, au bon endroit, ils avaient ouvert le bon œil, et pris la bonne décision. Pas de doute : ils étaient bons.

En fin de repas, les billets de deux cents leur sont revenus sur le même petit plateau d'argent, le serveur en noir et blanc accompagné du maître d'hôtel, et du patron, tous les trois l'air compassé.

— Vous avez l'air compassé, messieurs.

Cimard avait déjà le goût du mot rare et précis.

— Un problème ?

— En effet, a acquiescé le patron, plein de déférence. Les billets que vous vous êtes fait remettre ne sont pas valables… Ils ne sont pas authentiques.

Bordel, des faux billets.

VI

Voilà la vie, voilà comment cela se passe, voilà comment ils ont arpenté le square de Belleville de long en large pour remettre la main sur le petit vieux, qu'ils n'ont jamais revu nulle part, ni dans le 20e ni ailleurs, ils n'ont jamais su comment fonctionnait sa combine exactement. Le reste, il leur a fallu l'imaginer. Ils avaient la première pierre, le petit pied à l'étrier, juste une étincelle qui leur avait pété sous les yeux, débrouille-toi pour la suite. Si on reste assis en attendant que ça vienne, il ne nous arrivera pas grand-chose : ils ont réfléchi.

Ils ont envisagé des tas de trucs, sûrs qu'au milieu de tout cela, ils ont un jour mis le doigt sur la combine du vieux mais ils n'ont jamais su. Ce qu'ils savaient, par contre, c'est qu'ils avaient trois cent mille faux francs, et que cela valait quand même sans doute un peu d'argent, du vrai, du qui sonne et trébuche.

Ils ont réfléchi longtemps. Ils ont maudit plus d'une fois ce petit vieux, ils auraient donné cher pour qu'il leur raconte tout, qu'il leur dise exactement comment tout cela marchait, d'où ça venait, où ça allait, pour quel prix, ils ne savaient rien.

Ils ont dépensé quelques billets par-ci par-là, en se rendant compte que plus les magasins étaient petits, moins on faisait attention aux billets qu'ils tendaient à la caisse. Faire un achat. Se faire remettre la monnaie. Voilà. Transformer des faux billets de cent en soixante-dix ou quatre-vingts francs, en ayant au passage acheté une connerie.

OK.

Sauf que leurs trois cent mille francs, à ce rythme-là, ils mettraient vingt ans à les écouler et ils ne trouveraient jamais assez de boutiques sur leur chemin pour en voir le bout. Il fallait voir plus fort, écouler plus en masse. Mais rogner sur leur marge, cela devait aller de soi. Voilà. Vendre leurs faux billets à quelqu'un qui les leur achetait avec des vrais en toute connaissance de cause. Lui, ferait pareil en faisant différents lots, et ainsi de suite. En bout de chaîne, les types devaient avoir trois ou quatre bouts de papier en poche, et devaient simplement faire leurs courses avec, juste histoire d'améliorer l'ordinaire. Eux, ils étaient tout en haut, leur pactole au chaud dans la gazinière, ils piochaient dedans de temps en temps mais le but n'était pas là : il fallait trouver un grossiste, un type à qui tout fourguer.

Ils n'ont pas pris le risque de tomber sur la filière qu'ils avaient interceptée à Belleville, ils ont évité Paris, ça aurait été trop bête, se balader dans les puces de Clignancourt à la recherche d'un regard évocateur, des gestes infimes qui en disent long, se retrouver au fond d'une cour à faire du troc, et voir le vieux surgir d'une caravane en donnant l'alerte, leurs billets volant dans des rafales de chevrotine, non, hors de question. Ils sont allés à Nantes. Ils ont rôdé dans tous les sens, ont traîné dans les rues qu'on leur avait déconseillées, il a fallu montrer patte blanche, cela s'est fini dans la cave d'un bar à hôtesses, trois types en face d'eux, qui ont reniflé les billets qu'ils leur avaient tendus, il leur restait presque tout, ils n'en avaient écoulé qu'une petite cinquantaine, ils les ont regardés sous tous les angles, ils ont négocié et se sont mis d'accord sur cinquante mille francs en échange de leurs trois cent mille, le plus bavard leur offrant en prime une fille pour la nuit chacun, qu'ils ont refusée, au grand étonnement des Nantais.

Le lundi suivant, ils passaient la grille de Batelier Plastique en se disant que ça n'allait pas durer, ils s'aimaient, et avaient le monde à leurs pieds depuis qu'ils avaient croisé ce petit vieux dans Belleville. Il leur avait donné la clé magique, l'adrénaline à portée de main, et la belle vie, la rigolade assurée, le double fond permanent, dans lequel Dante et lui se sentaient chez eux, les illusions d'optique et les tours de magie, un tas de papier qui te permet soudain de t'offrir une respectabilité, le grand écart facial entre une vie d'ouvrier dans le Nord et une existence pleine d'aisance dans les plus beaux quartiers de Paris, tout cela sans rien d'autre qu'une bonne imprimerie. Il suffisait de ça. Il suffisait d'un peu d'argent pour qu'on ne les voie plus comme deux types un peu louches, ils étaient retournés au restaurant qui leur avait dit que leurs billets étaient faux, avec des vrais, cette fois, qu'ils avaient tendus aussitôt arrivés pour qu'on les autorise à s'asseoir, les serveurs avaient reculé, avaient fait semblant de s'offusquer, mais avaient vérifié quand même, ils s'étaient installés, servis comme des seigneurs, il suffisait de vrais billets pour mettre à genoux la classe et le bon goût, être accueillis comme des habitués où qu'ils aillent, recevoir des sourires entendus qui te disent que tu fais partie du club. Ils jubilaient.

Il suffisait de mener à bien leur entreprise, et toutes les portes s'ouvriraient. Il suffisait de trouver comment faire, comment imprimer des faux billets, comment les transporter, comment les vendre, il suffisait de faire du faux, le transformer en vrai, c'était aussi débile que cela.

C'est ce qu'ils ont fait. Ils ont cherché, cela leur a pris des mois, ils ont visité des tas d'imprimeries qui changeaient leur matériel, ils ont essayé des tas de machines, toujours dans le sud de la France, le plus loin possible de chez eux, ou bien en Belgique, une aussi en Allemagne, ils se sont documentés dans tous les sens, ils ont sillonné l'Europe à la recherche de leur machine et du papier de leurs rêves, et un jour, ils ont trouvé. Un jour, ils ont loué un hangar à la sortie de la ville, c'était presque en ruine mais ça convenait, et puis ils n'avaient rien à perdre, si ça foirait, ça foirait. La presse est arrivée un matin d'Italie, et le papier a suivi, quelques semaines après, d'Autriche. Dante et lui ont pris chacun deux semaines de vacances, qu'ils ont passées collés l'un à l'autre dans les vrombissements de leur énorme jouet, qui leur a craché sans discontinuer de quoi subvenir à plusieurs destinées. On était en 1973 et le SMIC mensuel était à huit cent soixante et un francs. En quinze jours, ils ont imprimé trois millions.

Ils n'ont jamais rêvé d'être riches, ils ont juste voulu vivre comme ils en avaient envie, ils ont voulu s'amuser, faire un pied de nez au monde. Serge sait qu'on ne le croira jamais. On le regardera comme un simple malfrat s'il tombe un jour, on l'accusera de n'avoir aimé que le luxe et son enrichissement personnel mais c'est faux, Dante et lui n'ont voulu qu'une chose : se foutre de la gueule du monde comme le monde se foutait de la leur, et comme il continue de le faire. En 1973, on leur disait déjà en permanence ce qu'il fallait faire, ce qu'ils devaient acheter, la pub inondait déjà les vies, et l'on se rendait bien compte à quel point tout ça n'avait qu'un but, et le dire est une banalité en 2014 tellement tout cela semble normal, tellement tout le monde a baissé la garde et avale au quotidien la soupe qu'on lui sert, tout ça ne servait qu'à faire la fortune d'une poignée de types prêts à tout, et surtout à mentir, pour gagner plus de fric encore. En 1973, on disait sans rougir que fumer était bon pour la santé et que l'alcool favorisait les réflexes au volant. Quarante ans plus tard, on dit que les nitrates sont bons pour les muscles, que les sportifs se dopent à ça, on nous dit que la métallurgie n'est plus rentable tandis que le type à la tête du scandale est le sixième homme le plus riche du monde. Serge aussi a baissé la garde. Lui aussi, il n'a pensé qu'à lui, et à Dante. Ils ont fait cavalier seul. Ils ont fabriqué du faux, ils l'ont vendu, ils ont vécu comme ça sur du vent qu'ils ont monnayé cher. Il ne cherchera ni à s'excuser ni à se disculper. Ils ont bravé la loi, et s'il tombe un jour, il ne cherchera pas à fuir. Ils ont bien rigolé. Ils ont fait au monde ce qu'il leur faisait au jour le jour.

VII

Pour écouler le stock de faux billets, ils ont trouvé à Paris une sorte de grossiste, c'est Dante qui l'avait rencontré par le passé, un gars qui faisait plutôt dans le trafic de cartes grises mais qui cherchait à se diversifier. Le problème était d'écouler l'argent sans se faire repérer, vivre au-dessus de tout soupçon, sans attirer les regards.

Blanchir le fric qu'ils gagnaient dans l'ombre.

Ils connaissaient plus ou moins le principe du blanchiment d'argent, acheter un bar, vider les fûts la nuit dans l'évier en déclarant au fisc un chiffre d'affaires excellent, déposer les billets à la banque et payer ses impôts, ses taxes. Oui, mais il fallait ouvrir un bar. Et ça, ils n'en avaient absolument pas envie. Faire travailler quelqu'un à leur place, d'accord, sauf que Dante et lui étaient plus malins que la moyenne. Hors de question de commettre la moindre erreur, ils étaient là pour jouer, mais aussi pour gagner. Et acheter un bar et mettre aussitôt quelqu'un dedans pour le gérer aurait semblé louche. Non, ce qu'il fallait, c'était se lancer dans le commerce de la même façon que n'importe qui, commencer petit, exactement comme tous les autres, et acheter une deuxième boutique un peu plus tard si les affaires étaient bonnes, et les leurs le seraient puisqu'ils possédaient une pompe à fric au fond d'un hangar.

Dante a démissionné de chez Batelier Plastique, Serge a gardé son poste parce qu'ils étaient la prudence incarnée, et ils ont acheté un magasin de fleurs à la sortie de la ville. Dante est devenu fleuriste. Le soir, ils se balançaient des bouquets dans la figure en riant tellement tout ça les enchantait, ils étaient commerçants, ils revenaient de Paris avec de pleines enveloppes d'argent frais chaque semaine en échange des faux billets qu'ils livraient par cartons entiers. Chaque matin, un fournisseur déposait à la boutique les roses et les aubépines que Dante mettait la journée à faire disparaître dans tout un tas de sacs-poubelle qu'il jetait le soir en rentrant. Le vendredi, Dante se rendait à la banque en déposant des recettes que son conseiller voyait grossir de semaine en semaine, trouvant leur petit commerce vraiment très lucratif. En prime, Dante avait bien sûr des clients, qu'il se faisait un plaisir de servir, confectionnant des bouquets plutôt bizarres mais ça ne semblait pas déranger grand monde, Dante avait l'accent italien, les gens le prenaient pour un artiste dès qu'il avait le sécateur en main. Ils se sont renseignés sur les réussites éclatantes, les gars qui grimpaient les marches plus vite que tout le monde, et se sont dit qu'ouvrir un nouveau magasin tous les six ou huit mois serait un rythme possible. Effréné, mais plausible. C'est ce qu'ils ont fait. Au troisième magasin, soit environ un an après l'ouverture du premier, Cimard a démissionné à son tour de Batelier Plastique et est officiellement devenu comptable et cogérant de Vérifleur, société anonyme à responsabilité limitée se donnant pour objectif le rachat, la création et l'exploitation de magasins de fleurs, plantes et bouquets.

C'était un vrai boulot, le temps de mettre en marche cette usine à fric. Effectuer les livraisons de faux billets sur Paris, récupérer les vrais, rentrer à Calais, calculer à combien de bouquets correspondait le fric dont ils disposaient, faire les achats en conséquence, tenir à jour les livres de comptes, ils se regardaient parfois en se disant que vraiment, ce fric, ils ne le volaient pas.

Deux ans que Dante et lui étaient ensemble et ils avaient déjà quatre boutiques de fleurs, ils commençaient à ressentir les effets bénéfiques de leur combine, ils commençaient à officiellement très bien gagner leur vie, les quatre magasins ronflaient. Pour ses trente ans, Serge a offert à Dante le bolide de ses rêves : une Maserati Indy bleu métallisé, la plus grosse, 4L9, 320 chevaux ; quand il l'a découverte garée devant la boutique un lundi matin, un gros nœud la ficelant comme un paquet, il en a laissé tomber son petit sac en cuir brun, à quelques centimètres de son pied seulement. Cette voiture, il en rêvait. Pour ne pas faire de jaloux, Serge s'était offert une Lamborghini Espada, c'était une folie, les quatre boutiques ne leur permettaient pas de se payer ça d'un coup, mais il avait tenté le diable : il était allé voir son banquier, et le diable, il avait non seulement décidé de le tenter, mais de le retourner sur son bureau en le prenant bien fort et longtemps, le faire couiner comme une danseuse et voir lequel des deux dominerait l'autre. Les deux voitures, il les a achetées à crédit. Ils flambaient sur un tapis de faux billets, grâce auquel, cerise sur le gros gâteau plein d'air, on hypothéquait l'avenir pour eux. Rien là-dedans n'avait plus le moindre sens, et Dante et lui roulaient côte à côte sur l'autoroute, en direction de leur prochaine boutique, ils avaient décidé de ne plus s'arrêter, ils étaient fleuristes, ils effeuillaient les pétales, ils se sont organisés, ils ont fait faire les livraisons de billets vers Paris chaque jour par des gars à moto qu'ils embauchaient au coup par coup et auxquels ils ne disaient rien de ce qu'ils transportaient, ils les laissaient s'imaginer qu'ils trimballaient des kilos de drogue, leur client à l'autre bout leur faisait chaque jour parvenir ses vrais billets en retour par un canal équivalent, ils passaient dans chacun de leurs magasins plusieurs fois par semaine pour les écouler, ils avaient su créer une véritable équipe, chaque boutique abritant un employé tout acquis à leurs pratiques, qui recevait les enveloppes qu'ils lui remettaient, les incluait au chiffre d'affaires, jetait le nombre de fleurs équivalent, sans jamais oublier de leur faire un beau bouquet quand ils venaient lui rendre visite.

En seize ans, Dante Astigari et lui ont ouvert vingt-sept magasins et fabriqué des palettes de faux billets, ils ont roulé dans toutes les voitures possibles et visité les plus beaux endroits de la planète, ils ont acheté au Touquet la villa qu'ils avaient cambriolée quelques années plus tôt (l'agent immobilier avait voulu garder le mystère et les avait conduits en silence, ils se regardaient sans parler, reconnaissant le chemin au fur et à mesure), trouvant au passage que la vie réservait de sacrées surprises. Comme un pied de nez au destin, ils ont décidé de toujours laisser la clé de la maison sur place, juste là, sous une grosse pierre au milieu du jardinet, une idée de Serge. Ils ont mené la vie qu'ils voulaient en s'aimant au grand jour, ça a duré seize ans, seize ans de feu, les seize plus belles années de sa vie, c'est déjà beaucoup, d'autres n'en vivent même pas une, il en a eu seize, durant seize ans il a eu la certitude que sa vie avait du sens, il le regardait rire et chanter, et il était soudain certain de servir à quelque chose, à quelqu'un, les années ont passé et Dante et lui sont partis un été sur la Côte d'Azur à moto, chacun la sienne, deux superbes Moto Guzzi, on aurait dit les deux motards de *Chips* qu'on voyait à la télé patrouiller sur les *highways*, ils allaient de criques en villages et tout était si beau, si terrible et si chaud, qu'il n'a rien vu venir. Dante non plus. Ils n'ont pas vu le poids lourd qui descendait la route. Ils n'ont pas vu que ça ne passait pas quand ils ont doublé le car en pleine ligne droite, ils n'ont pas vu sa grosse caisse carrée leur foncer dessus, il est passé par la droite et Dante a tenté par la gauche mais a ripé on ne sait où, il a filé dans un trou de souris et a entendu le bruit énorme, plein d'étincelles et de sang sur la route, il est tombé plus loin dans les pins et la panique. Il s'est relevé et il savait déjà, il a couru en se tenant les cuisses de douleur, et il a vu son Dante, son amour cassé sous les pneus, écrasé, sa moto pliée plus loin, et Dante ne souriait plus, il était mort sous les roues du camion dont le chauffeur pleurait en tremblant, et Serge était dans le soleil, accroupi sur lui et ses plus belles années, son souffle et le vent dans ses voiles, Dante Astigari qu'il regardait encore, et dont l'image est là, toujours là, dans ses yeux pleins de larmes.

VIII

Il a continué à vivre et cela lui a été insupportable, il a continué à tenir Vérifleur en ayant l'œil à tout mais plus rien n'avait de saveur ni de sens et il n'a jamais retrouvé le goût des choses, il a continué parce qu'il ne savait pas quoi faire d'autre. Il a conservé la villa du Touquet, au sous-sol de laquelle il a remisé la Lamborghini et la Maserati, il descendait parfois les voir et cela l'émouvait toujours, il passait la main sur la tôle, il sentait presque une chaleur. Il s'est senti vide et nu mais il a dormi à nouveau, et a mangé encore. Un jour, il a même touché un homme, un autre homme, jeune et beau, qu'il a effleuré sans y croire. Il l'a même aimé le soir sans que le bel éphèbe ne comprenne rien aux larmes qu'il versait, il les prenait pour lui, tellement sûr de son charme, de sa force, de son corps, Serge Cimard aurait voulu le gifler pour qu'il cesse de bomber le torse et il a failli le faire, il a failli le tuer tellement il lui en voulait d'être en vie plutôt que Dante, mais il a transpercé les nuages et il l'a laissé vivre et l'autre n'a rien su de ce qui se passait sous son crâne. Au petit matin, il lui a dit de partir, et il a songé que cela faisait deux ans que Dante était mort. En deux ans, rien dans sa vie n'avait bougé, et il ne se sentait pas le cœur de changer quoi que ce soit, il sommeillait. Mais ce mec, cette nuit-là, avait réveillé quelques trucs en lui, au moins physiques, et s'il était certain qu'il n'aimerait plus jamais personne, il devinait aussi qu'il jouirait peut-être un jour, à nouveau, presque comme avant. Il n'avait aucune envie de chercher un homme dans les parages, il voulait se cloîtrer, décider de tout, il a pris un billet pour la Thaïlande, il y était allé avec Dante, il savait qu'il trouverait là-bas. Là-bas, on pouvait tout trouver dès lors que les recherches se déroulaient au-dessous de la ceinture. Il est revenu quinze jours plus tard avec un grand Noir qui ne parlait pas un mot de français mais auquel il avait bien fait comprendre les termes du contrat : pendant un an, il venait avec lui en France, lui servait de chauffeur, de garde du corps, de tout ce qu'il voulait, et d'amant. Serge lui avait sur-le-champ donné une liasse de billets. Au bout d'un an, il rentrait avec lui à Bangkok, et lui en donnait une seconde en guise d'au revoir. Le grand Noir avait accepté.

Cimard n'a jamais repris goût à la vie mais il a fait ce qu'il a pu, il a survécu, il a même ri à nouveau, il a continué d'imprimer des billets et de les écouler *via* le vieil ami de Dante à Paris, et *via* un autre canal qu'il avait découvert, plus proche et plus risqué, mais aussi plus rémunérateur, un type à Bruxelles. Il suffisait de passer la frontière. Pour ça, il avait mis au point une combine, il faisait pédaler un gamin dans les bois, son sac à dos chargé de fausses liasses, en échange de quoi il lui glissait un billet, vrai, celui-là, au retour. Avec le recul, il n'en est pas fier. Mais depuis que Dante était mort, il ne tournait plus rond. Un jour, Avanzato a pédalé pour lui, ou bien son pote, en tout cas l'un des deux. L'argent rentrait, les magasins se portaient bien.

Les gars dont il s'adjoignait les services à domicile, eux, lui apportaient parfois du souci. Il n'avait pas toujours le flair approprié. Et une fois à Calais, dans ses murs, pas facile de s'en débarrasser, pas facile de se rendre compte qu'il avait ramené le mauvais cheval, et que le gars risquait de lui faire perdre gros. Le pire a été le troisième, un colosse grec qui a un soir volé un fourgon en Allemagne, qu'était-il parti foutre là-bas ? Il a renversé un flic à moto, a chargé la bécane à l'arrière et le flic avec, qu'il a balancé devant l'hôpital avant de faire crisser les pneus, direction la France. Il avait expliqué ça avec des gestes une fois rentré, la bécane entre eux dans l'entrepôt, Serge était consterné, il l'avait giflé, le mec s'était écroulé sans en revenir. Depuis, la bécane était là, marquée *Polizei* sur le réservoir. Et ce Grec de merde avait récidivé trois semaines plus tard, il avait volé un taxi, comment avait-il fait ? Et pourquoi, surtout ? Il était arrivé tout fier un matin, avait montré son trophée, qu'il avait garé au beau milieu de l'entrepôt, Cimard avait vu rouge, il avait couru à son bureau, en était ressorti avec son revolver et avait criblé la bagnole de balles sous les yeux stupéfaits de l'autre débile, les détonations avaient résonné sous le toit en tôle, et le colosse s'était presque mis à pleurer tellement il ne comprenait rien au carnage qui se produisait. Serge avait écourté son séjour à la suite de cet incident, il avait pris deux billets pour la Thaïlande et l'avait remmené là-bas, où il l'avait trouvé.

Sa force, c'est qu'il a toujours utilisé les embûches ou les faits divers obscurs pour ajouter une pierre au mensonge que Dante et lui avaient commencé à bâtir ensemble. Ils vivaient dans l'illusion, le faux, et tout ce qui a pu se produire par la suite, Serge s'en est servi pour alimenter les rumeurs qui commençaient à circuler sur son compte, il le sentait. Depuis que Dante était mort, il ne vivait plus dans l'insouciance. Il suspectait tout le monde, il se retournait quand il marchait dans la rue. Depuis peu, il conduisait avec un flingue sous son siège. C'est à la mort de Dante qu'il a pris l'habitude de systématiquement offrir un whisky aux mecs qu'il embauchait pour faire les navettes à moto sur Paris, et de conserver le verre dans une grande armoire, munie d'un carton portant le nom et l'adresse du pilote.

Et sa salive sur le bord.

Et ses empreintes tout autour.

IX

Bizarrement, c'est quand il a vraiment fait la connaissance de Fred que tout a commencé à devenir plus difficile, les tuiles se sont enchaînées, cela dérivait dangereusement depuis des années mais quand il a croisé de plus près le regard de ce jeune aux yeux durs, la spirale s'est accélérée comme s'il y avait été pour quelque chose, il n'a pas pu s'empêcher de le voir par la suite comme un oiseau de mauvais augure.

Il était toujours collé à son pote, ils avaient la même dégaine de cogneur, exactement le genre de mecs que Dante et lui adoraient réduire en poussière à l'époque de leurs frasques. Depuis, Serge Cimard s'était calmé. Il les regardait de loin, les observait donner dans tout un tas de combines minables, les plans foireux succédaient aux planches pourries, il les voyait se débattre sans trouver la sortie en magouillant des cartes grises et les compteurs kilométriques à la perceuse sur le parking de leur HLM, il avait presque envie de leur donner la pièce. Par ailleurs, il se disait que ce Fred était peut-être un gars sur lequel il pourrait compter. Il avait un truc dans le regard. Un truc qui lui disait qu'il était fiable. Le problème, c'était son acolyte, Karl Avanzato, Cimard avait des réticences, et ce qu'il a dit lors de son procès il y a quelques mois lui a prouvé qu'il avait eu raison. Sur Fred, il s'est fait avoir sur toute la ligne, il n'a toujours pas complètement compris comment il avait pu le baiser sans qu'il ne voie rien venir.

Il a fallu que son pote Avanzato se fasse serrer à la frontière au volant d'une Fiat pourrie et qu'il prenne trois mois ferme pour que Fred et lui puissent faire pour de bon connaissance. À l'époque, Cimard traînait dans son sillage un gigantesque Yougoslave qu'il avait trouvé sur la plage de Pattaya, complètement abruti mais il impressionnait tout le monde. Et puis Serge y trouvait son compte. Un soir, il a invité Fred dans une boîte en Belgique où il allait parfois traîner, les videurs lui donnaient toujours la meilleure table, il savait que ce genre de détail impressionnerait le petit Fred malgré ses épaules de catcheur et son crâne cabossé. C'était un môme. C'était un môme mais Cimard se disait qu'il pourrait devenir son unique chauffeur pour convoyer les faux billets sur Paris, ne faire qu'un voyage par semaine, mais plus fort, en voiture, le coffre rempli. Il commençait à envisager son repli, calmer le jeu. Et ce Fred avait des allures de second. Ils ont bu des verres dans cette boîte en Belgique et il l'a laissé titubant sur le trottoir au petit matin, il avait des étoiles plein les yeux, Cimard lui en avait mis plein la vue, le gamin avait un peu tout mélangé. Côté Cimard, la décision était prise, il se foutait dans la mouise jusqu'au cou sans le savoir, il s'en rendrait compte dix ans plus tard : Fred allait bosser pour lui.

Pour entériner leur accord, il l'a convié comme tous ceux qui l'avaient précédé à boire un whisky avec lui au fond du hangar, où il s'était installé un bureau plutôt cosy pour gérer Vérifleur. Sauf qu'au moment où il l'a appelé pour lui fixer rendez-vous, il a eu un appel en panique de son Yougoslave sur l'autre ligne : cet abruti venait de démolir un type dans une forêt, il roulait vers l'entrepôt, le corps dégingandé de sa victime dans le coffre de la voiture. Cela aurait dû l'interpeller, il aurait dû se rendre compte qu'au moment même où il appelait Fred, une tuile lui tombait dessus, il aurait dû raccrocher, tirer un trait sur Fred en même temps que sur son Yougo mais il avait le nez dans le guidon, ça n'a pas fait tilt : il a appelé Fred, il l'a invité, et quand Pavic est arrivé, ils ont déchargé le corps du type qui était mort en route, et ils l'ont posé sur une chaise dans la chambre froide à l'entrée, en se disant qu'ils régleraient le problème plus tard. Il s'est reculé, a regardé le corps, il était dans un état pas possible, complètement défoncé, il a demandé à Pavic ce qui s'était passé et l'a écouté lui raconter que ce type et lui s'étaient toisés sur la route, l'un faisant une queue de poisson à l'autre, un doigt d'honneur, un pied qui s'enfonce et les pneus qui crissent, son Yougo avait surgi de la Mercedes, le type avait voulu redémarrer en voyant le colosse lui foncer dessus mais il avait calé, et tout s'était enchaîné.

Il n'y avait pas eu le moindre témoin, il n'y avait de toute façon plus rien à faire. Serge Cimard allait se retourner vers le Yougo et le mettre à genoux à coups de poing dans le foie, excédé, mais Fred était arrivé, frappant contre la porte en tôle, ils avaient refermé la chambre froide en allumant le groupe frigorifique qui s'était ébranlé tandis qu'il avait ouvert à Fred. Il l'avait invité au fond, il avait laissé Pavic sur le seuil en surveillance comme s'il l'avait mis au coin, et avait servi deux whiskys. Il bouillonnait, brûlait d'envie de se ruer dehors sur le Yougoslave, lui serrer le cou tellement il était con, mais il s'était retenu, Fred et lui avaient trinqué, Fred se faisait tout petit, impressionné, c'était plutôt bien pour commencer, il ne fallait pas qu'il prenne ses aises. Quand on débute quelque part, on observe, et on se tait. Cimard avait écourté, pas le cœur à la détente, il avait bu son verre d'un trait, le môme en avait fait autant, surpris, et il s'était relevé, le bras tendu vers la porte. Avant de le mettre dehors, il avait ouvert la chambre froide dans un sursaut, et lui avait inventé une histoire, il avait senti que ce petit Fred serait bon élève, il méritait des attentions particulières, il le sentait aussi vicieux que lui, il n'imaginait pas à quel point :

— Ce merdeux me devait dix mille francs. Il m'a promené pendant deux mois avant de me dire qu'il ne me les rendrait jamais, avait-il lâché. Imagine le reste.

Il avait refermé, il rigolait tout haut sous son crâne en fusion. Fred était livide, il était parti, et Cimard avait giflé le Yougoslave qui le regardait en souriant, qui s'était écroulé contre la voiture, mort de trouille à son tour.

Ensuite, Cimard était allé dans le bureau, il avait écrit *Fred* suivi de la date sur un bristol, il avait sorti son mouchoir et saisi son verre sur la table. Là, il s'était approché de son armoire fermée à clé, qu'il avait ouverte. Il l'avait disposé à la suite des autres, il y en avait cinquante au moins, chacun pourvu d'un petit carton blanc, c'était en quelque sorte son registre du personnel, son fichier génétique. Il avait refermé.

Fred s'est mis à faire la navette pour lui sans lui poser la moindre question, il faisait ça bien, le revendeur à l'autre bout le guettait à chaque fois depuis un recoin, et envoyait toujours un SMS dès la livraison effectuée, Fred ne dérapait jamais, jamais le moindre faux pas, jamais la visière relevée, jamais de retard. Y compris le jour où le contact avait cru qu'il s'agissait de quelqu'un d'autre, même casque et blouson que d'habitude mais moins large d'épaule, plus frêle, Cimard lui avait répondu que non, c'était bien Fred, et il s'était excusé, sans doute une illusion d'optique, un reflet dans la vitre de sa voiture, peu importait, tout s'était de toute façon très bien passé. Cimard avait quand même froncé les sourcils dans son coin. L'après-midi, il avait vu Fred revenir, même heure que d'habitude, même blouson, même tout. Cela s'était arrêté là.

Et il avait eu raison de ne pas se poser plus de questions, puisque c'était le revendeur à Paris qui avait eu des visions, le petit trafiquant de cartes grises voulait tellement se diversifier qu'il était allé chercher des filles en Ukraine, qui travaillaient pour lui, il n'avait pas remarqué qu'il était suivi depuis des semaines par la brigade des mœurs. À peine deux mois après que Fred avait été embauché comme chauffeur exclusif, le revendeur parisien s'est fait mettre les menottes au lit, tandis qu'il s'occupait d'une de ses chéries, Cimard a reçu un coup de fil l'après-midi lui disant de tout arrêter sur-le-champ et de se faire le plus petit possible. Pile au moment où il venait d'imprimer une nouvelle fournée, qu'il avait emmenée au sous-sol de la villa du Touquet avec son Yougo pas bien malin mais auquel Serge reconnaissait tout de même une belle et savoureuse qualité. Bref. Pile à ce moment-là, donc. Pile au moment où il avait rempli le sac de Dante, qu'il gardait comme le plus précieux des souvenirs de cet homme formidable, son homme, son amour.

Son petit sac en cuir brun lui servait à transporter les faux billets quand ils sortaient de la presse, il allait les stocker au sous-sol entre les deux belles italiennes, comme au cœur d'un sanctuaire.

Fred est arrivé le lendemain matin pour la nouvelle livraison mais il fallait tout arrêter sans rien lui dire, impossible, il ne savait rien des combines, et il ne fallait pas prendre le moindre risque. Cimard lui a simplement dit qu'il n'avait plus besoin de lui, il est resté coi quelques instants, durant lesquels il lui a dit de dégager. Le Yougo a glissé une main sous sa veste comme s'il allait en sortir un flingue, et Fred a reculé en murmurant « Au revoir ».

Fin de l'histoire.

X

Il a fallu se débarrasser du corps qui n'avait pas bougé de la chambre froide. Serge aurait voulu que le Yougo s'en occupe seul, ne rien avoir à faire dans cette histoire aussi dérisoire que sinistre mais ce connard pouvait aggraver la situation en ayant une idée lumineuse, tenter de faire entrer le corps dans une poubelle du centre-ville, déposer le cadavre à l'entrée d'un centre commercial, cet abruti était capable de tout, surtout du pire. Il s'en est occupé lui-même, ils ont chargé le corps un matin à l'aube et ont roulé vers les mines désaffectées, ils ont avancé là-dedans comme des reptiles, au pas dans la grosse Mercedes. Pavic a voulu parler mais Cimard lui a hurlé de se taire. Et puis il a freiné, ils ont stoppé devant un puits, et il a dit à ce connard de Yougo de prendre le corps à bout de bras, et de le balancer le plus loin possible, les trous faisaient des centaines de mètres de profondeur, le corps de ce pauvre type a disparu et quand Pavic s'est retourné, Serge le tenait en joue avec son flingue.

Le colosse a blêmi d'un coup, s'est mis à chialer, il s'est mis à genoux tout seul, d'instinct, et Serge lui a enfoncé le canon dans la bouche, il lui en a voulu d'être vivant, bien plus encore qu'à celui qui lui avait redonné goût à la sensualité quelques années plus tôt, et auquel il avait laissé la vie sauve sans qu'il se doute d'avoir frôlé le pire. Pavic le regardait en tremblant, ses dents s'entrechoquaient autour du canon, des larmes le long de ses paupières, son menton carré d'homme viril allait se décrocher, ses mains larges étaient à même la terre, et Serge Cimard a rangé son flingue en remontant en voiture. Il a démarré, l'autre l'a regardé partir sans oser se relever, tétanisé dans le jour qui se levait.

Au terme de son contrat, il l'a ramené en Thaïlande et là-bas, il l'a couvert de coups de poing un soir en guise d'adieu. Puis il est allé dans les combats de boxe thaïe et les salons de massages, à l'aveuglette, comme il le faisait depuis tant d'années à date fixe, sans vraiment de passion mais le pli était pris. Parfois, il avait simplement l'impression d'attendre de mourir un jour.

*

Il s'appelait Hiro, né en Polynésie, il avait la trentaine, et le soir où il l'a connu, il faisait office de garde du corps à une starlette dont on a tout oublié depuis. Il était massif, les yeux et les cheveux noirs, un cou dans le prolongement de sa tête, des bras comme des cuisses et un torse rond comme un sac de ciment, il devait faire cent vingt kilos pour un mètre quatre-vingts tout au plus, il était physiquement complètement du genre à faire un bon homme de main capable de le protéger en cas de besoin, et il était aussi porteur dans le regard d'une lueur qui lui disait qu'il serait tendre. Serge Cimard le fixait au comptoir d'un bar, il se tenait en retrait de la petite blonde qui jouait la star, et son regard croisait le sien à intervalles de plus en plus réguliers. Serge commençait à lui sourire, Hiro commençait à baisser les yeux.

Ils sont rentrés en France ensemble, Hiro était un aventurier au sourire triste, il avait peu d'attaches et n'avait peur de presque rien si ce n'est de l'orage, et était capable de manger des steaks hachés tout droit sortis du congélateur, Serge le regardait à chaque fois faire sans en revenir. Serge aurait sans doute pu l'aimer.

Serge aurait pu l'aimer mais il avait de gros soucis. Son grossiste en faux billets sur Paris ne s'était pas relevé de ses affaires de proxénétisme et aucun gars sérieux n'avait pointé son nez pour reprendre le flambeau, du moins aucun qui lui ait inspiré confiance. Il avait depuis longtemps mis un terme aux échanges qu'il menait avec Bruxelles, le type là-bas n'était pas fiable. Ses histoires avec le Grec et le Yougoslave avaient ébranlé la confiance qu'il avait en son propre flair, il marchait sur des œufs. Et puis les vingt-sept magasins de fleurs payaient des charges, des impôts, des employés, vendaient certes quelques bouquets mais pas du tout assez pour fonctionner sans actionner la pompe à pognon dans le hangar. Il fallait un nouveau filon, il fallait écouler les faux billets, et il fallait vendre les boutiques une à une, le vent était en train de tourner et il avait mis assez d'argent de côté pour vivre comme il le souhaitait jusqu'à la fin. De toute façon, depuis que Dante était mort, il ne souhaitait plus grand-chose.

En un an, Hiro l'a parfois fait rire comme il ne pensait plus en être capable. Il cachait des objets dans les endroits les plus bizarres, combien de slips a-t-il retrouvés dans le frigo ? C'était sa blague favorite. Il tentait de se cacher derrière des meubles, ne se rendant pas compte à quel point il dépassait. Il imitait Louis Armstrong et s'étranglait tout seul, pris de quintes de toux. Il enfilait des nuisettes qui se déchiraient dans son dos, et sortait l'air de rien sur la terrasse, hilare.

Un an plus tard, Serge Cimard avait réussi à vendre treize des magasins de Vérifleur et trois compromis étaient en cours, il les bradait mais n'essayait pas d'arnaquer les acquéreurs, le chiffre d'affaires annoncé ne correspondait en rien à celui qu'ils réaliseraient par la suite. Il en restait onze à liquider, qu'il espérait bien vendre dans l'année à venir. L'heure de rentrer en Thaïlande approchait pour Hiro, qui tentait chaque jour un peu plus de le faire changer d'avis, il ne voulait pas repartir, il ne voulait surtout pas qu'ils se séparent, il regardait parfois Serge avec des larmes plein les yeux, Serge détournait le regard. Là aussi, son flair l'a trahi. Il n'a rien vu venir de la vague qui grossissait en Hiro, il n'a rien mesuré de la douleur qu'il pouvait ressentir à l'idée que tout ça se termine. Il était temps, grand temps de se retirer des affaires, des faux billets, des fausses boutiques et des relations fausses, tellement fausses qu'il n'y voyait plus la vérité quand elle éclatait parfois, pourtant, sous ses yeux, dans ses bras, quand il repoussait Hiro, quand il lui disait de se relever, d'arrêter, quand il ne voulait pas voir qu'Hiro était fou d'amour pour lui et qu'il aurait pu l'être en retour s'il s'était ouvert.

Il n'a rien vu de tout ça et il a tout gâché, il a gâché cette seconde chance qui s'offrait à lui, il n'a pas voulu saisir la main qu'Hiro lui tendait. Ils ont pris cet avion pour Bangkok et il avait l'impression d'emmener avec lui le chien qu'il laisserait sur une aire d'autoroute à mi-parcours, Hiro ne disait pas un mot, Serge ne s'imaginait pas à quoi il pensait en vérité, ne soupçonnait pas le contenu de son sac, il ne sait même pas comment il a passé les portiques, ni d'où sortait cette arme, ce flingue dont Hiro a fait tourner le barillet, et qu'il s'est braqué sur la tempe au milieu de la nuit dans ce gîte en plein triangle d'or, tout là-haut, face au Laos et à la Birmanie. Il l'a regardé faire, Hiro lui a demandé encore, l'a supplié de le ramener avec lui mais il n'a rien compris, il n'a pas compris qu'il allait le faire, qu'il allait tirer, il a cru qu'il jouait à la roulette russe, et il n'a rien compris quand il a pressé la détente et que son crâne a explosé, il n'a même pas pleuré, il est resté stupéfait, il s'est approché sans en revenir et a pris le flingue en main, il l'a ouvert et il a vu qu'il jouait à la roulette russe, oui, mais en sens inverse. Hiro avait mis cinq balles sur les six, ne s'était donné qu'une maigre chance de survivre. Il se l'est braqué contre la tempe aussi, le canon brûlant sur sa peau, il avait deux chances sur six de percuter le vide, quatre d'y passer sur-le-champ, de s'écrouler sur lui, et il se demandait s'il allait ou non tirer, il a pressé la détente.

Clic. Rien.

Gagné.

Ou perdu.

XI

Mais puisque depuis la mort de Dante, il n'avait plus vraiment ressenti grand-chose, le suicide de Hiro sous ses yeux ne l'a pas mis à plat. C'est incroyable aujourd'hui quand il y pense mais non, sur le coup, il était tellement opaque et cloîtré qu'il a continué à vivre au ralenti comme avant, le sourire carnassier pour ne pas paraître tendre, la démarche chaloupée pour ne pas montrer qu'il avait peur de tomber, de la musique dans les enceintes pour faire croire qu'il dansait, des billets froissés dans les poches pour montrer son aisance. Il est rentré à Calais avec un Libanais colossal en se disant qu'il serait probablement le dernier homme à partager sa vie. Il le garderait un an comme les précédents mais la soixantaine approchait, il lui restait onze magasins de fleurs à vendre et une société à liquider, il avait décidé de prendre sa retraite ensuite. Ironie ultime, il avait, en tant que patron de Vérifleur, cotisé au plus haut taux, il allait légalement percevoir une retraite seigneuriale. Cela aurait dû le faire rire le jour où il a fait une simulation sur Internet au fond de son hangar, depuis son bureau si cosy, mais cela n'a pas été le cas, il n'a pas eu la satisfaction d'avoir baisé tout le monde, lui-même ignore pourquoi. Peut-être parce que d'un coup, le pays lui rendait quelque chose. Ce jour-là, il a eu un geste fou : il a consulté l'annuaire et a noté le numéro des Restos du Cœur. Quatorze mois plus tard, quand il a touché son premier mois de retraite, il les a appelés. Depuis, chaque mois, la rente que lui verse la France repart directement, au centime près, sur le compte de l'association. Là, d'accord. D'accord pour que l'État lui verse tous les mois de quoi nourrir des pauvres.

À son retour, les trois compromis en cours ont débouché sur des ventes et les magasins restants n'ont pas tardé à suivre. Chacun des acquéreurs s'étonnait du bas prix qu'il demandait, il expliquait tout en demi-teinte que le chiffre d'affaires était tellement aléatoire de nos jours qu'il préférait ne pas se baser dessus pour céder ses boutiques. On le regardait en le prenant pour un sage, quelqu'un de bien, il ajoutait avoir de toute façon bien assez d'argent comme cela, ce qui était vrai. Il n'avait surtout pas envie de courir le moindre risque de voir un acquéreur se retourner contre lui après six mois d'exploitation calamiteuse en comparaison du chiffre espéré.

L'empire en Lego que Dante et lui avaient fondé se réduisait petit à petit, retournait à la poussière, il imprimait encore un peu de billets, il avait retrouvé les Nantais du tout départ, il n'en restait plus qu'un, le deuxième était en prison, le troisième était mort, le survivant avait l'air d'avoir pris cinquante ans, il était gris, fripé comme un pruneau, toujours dans la cave de ce bar à hôtesses qui, lui, n'avait pas pris une ride. Il lui prenait de quoi faire tourner les boutiques qui tardaient à se vendre, Serge faisait le trajet lui-même une fois par mois. Le Libanais se demandait parfois pourquoi il avait été embauché, il passait son temps à faire du cerf-volant sur la plage au Touquet, parfois de la moto, Cimard tournait au ralenti. Le soir, il allait parfois se coucher seul dans la chambre du fond, le Libanais le regardait sans comprendre. Lui, Cimard-le-dur, si on l'avait vu se recroqueviller tout seul dans ses draps le soir, les yeux humides en voyant tout cela s'enfuir, il y en a quelques-uns qui auraient bien rigolé.

C'est même certain.

Il en a eu la preuve quelques mois plus tard, quand il est revenu de Thaïlande, seul, cette fois, seul pour la première fois depuis tellement longtemps, comme si l'éternité s'était ouverte devant lui. Il avait vendu la dernière boutique juste avant de partir, il avait ramené son Libanais là où il l'avait trouvé un an plus tôt, sur la même plage, et quand il a posé le pied sur le trottoir devant l'aéroport, à Orly, devant la file de taxis, il lui semblait qu'un grand vide l'attendait. Il allait monter dans une voiture, il allait rouler vers le nord sans avoir rien à y faire ni personne à y voir, il allait soi-disant rentrer chez lui alors qu'il se sentait étranger partout, il a allumé son téléphone après quinze jours de silence et savait qu'il n'aurait pas eu le moindre appel entre-temps, c'est là qu'il en a eu la preuve, c'est là qu'il a su que deux ou trois types avaient envie de le voir pleurer, quand son écran a clignoté, que le taxi a démarré tandis qu'il appelait son répondeur en fronçant les sourcils, la voiture s'insérant dans le trafic et la voix d'un type à l'autre bout, c'est là qu'il a su que quelqu'un dans l'ombre avait l'œil sur lui, quelqu'un qui le connaissait et voulait le torpiller, le couler, s'en prendre à lui personnellement mais à distance, un fils de pute planqué quelque part qui lui avait déclaré la guerre en foutant à la mer ce qu'il avait de plus cher, la Maserati Indy qu'il avait offerte à Dante, immobile au milieu des vagues sur la plage du Touquet. Le gendarme lui laissait un message en cherchant ses mots, il ne comprenait rien à ce qui avait pu se produire, et Serge Cimard sentait naître en lui une colère dévastatrice, un sang rouge et chaud qui battait contre ses tempes, et cette colère, il la laissait naître et se déployer en se sentant ressusciter à l'arrière de ce taxi qui s'enfonçait sur le périph, comme s'il avait été en train de se réveiller, doucement, calmement, une machine à broyer qui démarre, ce fils de pute à l'autre bout de sa vie venait de lui rendre un service incroyable et salvateur en croyant le mettre à genoux : il venait de souffler sur les braises juste avant qu'elles ne s'éteignent.

XII

La voiture était face à lui comme une revenante déglinguée, toute la peinture était terne, bouffée par le sel, on aurait dit qu'elle était prête à faire des cloques ou à partir en lambeaux. Serge Cimard la regardait sans complètement la reconnaître, et le gendarme, derrière lui, murmurait des phrases inutiles.

— Le sel, répétait-il à voix basse, c'est dévastateur.

Ils étaient à la fourrière de Calais, la voiture était sous une sorte de préau, ils l'avaient mise là pour sauver ce qui pouvait encore l'être, la protéger d'on ne sait quoi. Il la regardait en voyant Dante au volant, faire rugir le moteur, il lui disait qu'il comprenait le moindre des bruits que cette voiture émettait, « Elle vibre en italien », disait-il, « tu ne peux pas comprendre ! », Serge la regardait salie par cette eau de mer qui l'avait caressée durant des heures, s'infiltrant partout sous le capot, les pistons, les rouages et les amortisseurs, et les sièges en cuir, les moquettes beiges, tout était rongé, on aurait dit un viol.

— On a tenté de relever les empreintes sur les poignées de portières ou le levier de vitesse mais il n'y en a aucune, a regretté le gendarme. L'eau de mer…

Il s'est arrêté avant de se répéter, et a enchaîné :

— Chez vous, nous n'avons trouvé que deux empreintes différentes. Les premières sont probablement les vôtres, elles sont partout. Les secondes sont celles d'un Libanais qu'on a arrêté il y a six mois suite à une bagarre dans un bar. On ignore où il se trouve, on a lancé une recherche.

Le Libanais était retourné en Thaïlande, il l'y avait déposé lui-même quelques jours plus tôt. Il ne lui avait pas dit qu'il s'était battu dans un bar, ce devait être un des soirs où il s'était recroquevillé seul dans ses draps sans lui avoir dit un mot, sans doute était-il sorti s'amuser un peu.

— Quel bar ? a simplement demandé Cimard.

— Le Paradiso, un karaoké près du terminal. Il avait mis une main aux fesses de la serveuse, une petite tatouée, elle lui avait répondu en lui balançant un espresso au visage, ça avait dégénéré.

— Laissez tomber.

— Comme vous voulez, monsieur Cimard. Vous portez plainte quand même, n'est-ce pas ?

— Non.

Il a regardé la voiture se faire charger sur le camion plateau comme si on avait ramassé un corps. Il avait envie de se battre, il avait envie d'attraper un type au hasard et de le remplir de coups de poing, ses bras, son ventre se contractaient sans qu'il l'ait décidé, il avait les dents serrées, cela ne lui aurait sans doute pas fait ça si on s'en était pris à la Lamborghini. Là, il avait soif de violence. Il s'est contenu. Il s'est retenu des mois, et même des années, et quand la violence a surgi, il tenait ce petit rouquin par les couilles et le traînait vers son coffre en tournant le dos à une Mercedes qu'il venait de réduire en miettes à mains nues, sur un parking désert.

Il ne voulait pas porter plainte parce qu'il ne voulait pas d'aide, cette attaque était une bouée de sauvetage, une raison de vivre, et l'impression s'est décuplée quand il a pénétré dans sa villa au Touquet. Quand il en a fait le tour au pas, de pièce en pièce, constatant que rien n'avait bougé, pas même une canette vide ou un mégot par terre. Le petit enfoiré qui avait noyé la belle bleue n'avait touché qu'à ce qui lui tenait à cœur, une frappe chirurgicale qui l'aurait mis à genoux si elle ne lui avait pas sauvé la vie. En prime, il avait pris tout ce qui lui restait de Dante, son fabuleux sac en cuir, celui qu'il conservait comme une relique, un vestige de sa période heureuse. Il a regardé l'endroit où il l'avait posé quelques semaines plus tôt, là, entre les deux voitures, celle de Dante avait l'air d'une vieillarde et la sienne semblait inutile. Il a failli pleurer mais ça ne s'est pas produit, il était trop dur, trop déterminé. Il avait trop en tête et en ligne de mire le haut du volant de la Maserati, il ne regardait que lui. On voyait jusqu'où la mer était montée, on le voyait bien sur la peinture métallisée, cela s'arrêtait au bas du pare-brise, tout ce qui se trouvait en dessous était blanc de sel et terne, mais les vitres étaient encore limpides. Et le haut du volant, le haut du grand volant que Dante tenait à bout de bras enfoncé dans son siège, le haut de ce volant immense dépassait du niveau auquel la mer était montée. On en voyait un bout, là, une vingtaine de centimètres gainé de cuir qui n'avait pas cédé à l'engloutissement, qui était resté sec, et peut-être plein d'empreintes.

Serge Cimard n'avait pas d'amis mais il avait croisé beaucoup de monde. Et puis il avait du flair, même s'il en avait perdu. Il savait où chercher quand il s'agissait de manœuvrer dans l'ombre, sans savoir pourquoi, une sorte de sixième sens. Dante était pareil. Il disait qu'ils étaient nyctalopes. C'est Serge qui lui avait appris le mot, il l'adorait, il se trompait parfois, l'utilisait comme une insulte, les mecs le regardaient sans comprendre.

Pour trouver un gars capable de faire un relevé d'empreintes et de les comparer à toutes celles qu'il avait sur ses verres à whisky, il suffisait de fouiller dans sa mémoire, voir un peu les flics, jeunes ou pas, qu'il avait pu croiser, la plupart du temps de très loin, mais il pouvait aujourd'hui s'approcher de n'importe qui sans craindre de représailles : c'était un retraité honnête, absolument rien de plus.

Il a dégotté un vieux flic, retraité comme lui aujourd'hui, qui passait au magasin rue de Turenne acheter un bouquet de roses, il le croisait parfois à l'époque. Sûr que ce type saurait faire le relevé, sûr, surtout, que ce type aurait besoin d'argent, vu les sommes qu'il perdait sur les hippodromes. Les roses, le dimanche, étaient destinées à sa femme dans le but qu'elle le pardonne, il avait confié ça à Serge au comptoir du PMU un jour. Serge l'a retrouvé au bar, où il continuait de se rendre. Quand il est arrivé, il fixait l'écran sur lequel avait lieu une course, un bouquet de roses posé sur sa table et au moment où Serge s'est approché, il l'a vu chiffonner la grille qu'il avait en main avec une grimace de dégoût.

— Encore perdu ?

Le vieux flic l'a regardé en acquiesçant, avant de le reconnaître et de se lever en lui tendant la main. Serge lui a aussitôt dit de rester assis, et a pris place face à lui en jetant un œil à son verre presque vide.

— Deux kirs ?

Il a accepté, Cimard a fait signe au patron.

Cimard a ouvert les deux battants de l'armoire et le vieux flic a poussé un sifflement en mettant les mains sur ses hanches. Il avait eu à peu près la même réaction au sous-sol de la villa du Touquet en découvrant les deux bolides. Serge n'avait pas su s'il avait admiré ces deux italiennes aux lignes incroyables ou s'il avait sifflé face au carnage qu'avait fait l'eau de mer sur le bleu métal de la Maserati. Il avait ensuite traversé le hangar de Calais sans un mot, ses yeux allant et venant sur tous les objets entreposés là comme dans la brocante de Bonnie and Clyde, la bécane de la police allemande, le taxi criblé de balles, il avait suivi Cimard sans en revenir. Face à son enfilade de verres tous pourvus d'une étiquette, il a émis le même petit bruit fluet, mélange d'admiration et d'on ne sait quoi d'autre. Si ç'avait été un plombier face à son lave-linge en panne, Serge Cimard aurait aussitôt su que la réparation serait exorbitante. Là, le vieux flic devait découvrir la face cachée du marchand de fleurs. Les sifflements, dans sa tête, avaient probablement des bruits de sirène.

— Et chaque verre a été tenu par un type différent, a-t-il compris en s'approchant, découvrant les bristols sur chacun d'eux.

— Oui.

Il l'a prévenu, cela risquait d'être long et Cimard l'a coupé, il avait tout son temps, d'une part, et, d'autre part, les moyens. Il a dû être convaincant, l'autre n'a pas insisté. Il l'a juste regardé, en souriant très timidement.

Il avait commencé par examiner la Maserati en émettant encore quelques sifflements, Cimard était suspendu à ses réactions. Au départ, il avait cru qu'il parlait pour eux deux, pour l'informer de l'avancement des investigations qu'il menait, mais on se rendait rapidement compte qu'il parlait tout seul, comme il devait parler aux chevaux à travers l'écran du PMU. Il s'était penché sur le volant, chaussant de grosses lunettes en forme de loupe et s'était tourné vers lui, l'air malin et satisfait, les yeux difformes derrière ses carreaux bombés. Il y avait des empreintes. Et cela ne pouvait être que celles du fils de pute que Cimard allait traquer jusqu'à sa mort ou la sienne, puisque lui ne conduisait qu'avec des gants.

— Et si aucun des verres ne correspond ? avait-il avancé une fois dans le hangar, face à son armoire remplie.

— Je suis sûr que le coupable est là-dedans.

Il n'avait pas demandé de précision, Cimard n'avait pas eu à lui expliquer que tous les mecs qu'il avait croisés depuis la mort de Dante, absolument tous, étaient passés par ce bureau, et avaient eu droit au whisky seize ans d'âge servi en connaisseur, il n'avait pas non plus eu à lui dire que le coupable était forcément l'un d'eux, un petit enfoiré qui le connaissait de près, de plus près encore qu'il ne pouvait le croire.

Et des mecs, il en avait finalement croisé pas mal, plus qu'il ne le pensait, lui qui croyait en avoir fait entrer une petite cinquantaine ici, y compris ses hommes de main multitâches recrutés en Thaïlande, il avait en vérité quatre-vingt-seize verres posés là les uns à la suite des autres. Le vieux flic les examinait de près, courbé en deux sur le bureau, son pinceau en main, l'un après l'autre. Le premier soir, il en avait ausculté dix-sept, aucun ne correspondait. Il était formel.

Le quatrième jour, il a relevé les yeux avec un air différent et Serge a su en le voyant de loin qu'il avait trouvé qui parmi les buveurs de whisky avait plongé la voiture de Dante au beau milieu des vagues. Il a enlevé ses grosses lunettes et a repoussé le bristol portant le nom du coupable, il l'a mis de côté. Puis il s'est levé, et a marché, il avait l'air concentré, comme s'il avait porté quelque chose de lourd. Cimard l'a laissé s'approcher, il savait qu'il avait trouvé, il a sorti de sa poche le paquet de billets sur lequel ils s'étaient entendus au départ, il n'allait pas poser la moindre question ni sur l'objet de la recherche ni sur le foutoir qui régnait dans le hangar, les billets qu'il allait lui tendre avaient la couleur des casaques, l'odeur des box et le bruit des galops, rien n'existait autour, Cimard l'avait vu dès le départ et c'est pour cette raison qu'il l'avait embauché, lui et non un autre. Il n'a pas dit un mot, il a baissé les yeux en tendant la main, a pris la liasse et l'a fourrée dans sa poche, et il a murmuré un « Au revoir monsieur Cimard » qui faisait presque froid dans le dos, on aurait dit que ce pauvre type allait pleurer en remontant dans sa voiture et Cimard a failli lui demander pourquoi mais le bristol était sur le coin du bureau derrière, il lui a juste dit au revoir aussi, et l'a regardé s'éloigner. Lui s'est avancé vers le bureau, il a presque retardé le moment où il se pencherait, prendrait le carton en main, découvrirait le nom de celui qui l'avait humilié comme cela, celui qu'il allait retrouver tôt ou tard même à l'autre bout du monde, et étrangler. Il a caressé le carton d'un doigt, l'a pris, et l'a approché de ses yeux avides et l'a reposé comme s'il venait de perdre pied.

Il ne l'avait pas sous-estimé, c'était bien pire que ça, il avait carrément été aveugle. Fred. Le petit Fred impressionné par tout le décorum, par le mec dans la chambre froide et livide au petit matin quand il l'avait congédié sans la moindre explication. Il a repris le carton, il l'a mis dans sa bouche et l'a mâché, longtemps, et l'a avalé d'un coup comme s'il avait pressé la détente.

Quand la boule de carton mâchée est arrivée dans son estomac, il jubilait d'avance en imaginant ce qu'il allait lui faire subir, il voyait d'ici sa tête quand il l'aurait en face de lui, il tremblerait comme une gamine, sans même le toucher, il allait le digérer, le faire danser sur des braises, il implorerait le pardon dans toutes les langues et Cimard baverait de plaisir en imaginant Dante les regarder d'en haut, il voyait déjà ça, la vengeance froide et brûlante, implacable et brutale, et il s'est pris une seconde gifle, avant même de faire le moindre mouvement vers la sortie, il a vu la porte du hangar se rouvrir, et son petit flic à la retraite revenir vers lui, toujours aussi lentement, toujours l'air accablé.

Il l'a regardé s'approcher, qu'est-ce qu'il avait, qu'est-ce qu'il foutait encore là ? Il a sorti le paquet de billets de sa poche et le lui a tendu, il n'en voulait plus. Cimard a regardé son bras, sa main, et il a vu ses yeux si lourds, il a refusé, il a voulu paraître calme et a insisté pour qu'il les prenne mais non, il n'en voulait plus.

— Le travail que j'ai fait pour vous, ça ne va vous

servir à rien, monsieur Cimard. Vous savez qui a mis votre voiture à l'eau, mais le coupable…

Serge a vu de la tristesse dans ses yeux, comme s'il avait été sur le point de lui annoncer une fatalité. Il a écarquillé les siens en le fixant.

— Fred Abkarian, c'était écrit sur le carton, a-t-il appuyé doucement. On le connaissait, il était dans nos fichiers… J'ai vu mes anciens collègues il y a trois jours, c'est eux qui m'ont mis au courant. Il s'est fait écraser par une voiture à Bordeaux la semaine dernière. Il est mort, monsieur Cimard.

XIII

Fred Abkarian avait traversé les activités de Cimard durant trois mois à peine, le temps de faire des allers et retours à fond de train Calais-Paris, puis avait disparu de son champ de vision, et revenait tout fracasser dans sa vie d'un coup, le retournait comme un sablier plein d'éclairs après dix ans de silence, tout ça juste avant de mourir et Cimard apprenait tout cela trop tard. Comme s'il avait voulu saisir le coupable à la gorge, resserrant soudain ses mains sur du vide. Il enrageait tout seul au milieu de son hangar, il avait eu confirmation de ce que lui avait dit son petit flic tout penaud, il avait regardé sur Internet, avait trouvé un article sur sudouest.fr, un accident banal sur un boulevard suite au vol d'une voiture, le propriétaire avait couru derrière, Abkarian s'était fait écraser comme un chien fou sans laisse. Il y avait un type avec lui. Sûr que c'était son pote, dont Cimard avait oublié le nom mais pas l'adresse, il habitait dans les tours à la sortie de la ville, les HLM pourries, il était allé voir aussitôt, avait gravi les escaliers en serrant les poings, son revolver contre son ventre, passé dans sa ceinture, mais il allait l'écraser à mains nues comme le moustique qu'il était, il avait trouvé, c'était au deuxième, il y avait vu son nom sur la porte, Avanzato, il avait sonné longtemps sans que ça réponde, et avait pulvérisé sa sonnette d'un coup de poing avant de tourner les talons. Il était rentré, avait fait les cent pas dans le hangar envoyant tout valser, prenant les verres de whisky, les lançant contre la tôle, ils explosaient les uns après les autres comme des grenades, il était fou de rage et le tumulte battait sous son crâne, il n'y avait plus qu'une chose à faire, pister Avanzato, le trouver, le serrer entre ses mains, pas sûr du tout que cela suffise à calmer ses nerfs un jour : Fred Abkarian, en mourant, l'avait baisé pour la vie. En prime, il avait emporté avec lui le mystère de ses motivations, Cimard ne saurait probablement jamais pourquoi il avait voulu l'humilier de cette façon.

La seule chose à faire était d'essayer de retrouver son pote, Karl Avanzato, de l'attacher sur une chaise et de le cogner jusqu'à ce qu'il parle, lui mettre du gros scotch autour des poignets, des chevilles, le tenir là sous une ampoule qui se balance au bout d'un fil et lui faire dire pourquoi, lui faire avouer qu'il était là, c'était certain, ils étaient ensemble tout le temps, et qu'il dise pourquoi ils avaient fait cela, peu importait le fric, ça il pouvait comprendre, et il n'aurait même sans doute rien fait pour remettre la main dessus, ils avaient dû tomber de haut en constatant que tout était faux. Le sac de Dante, oui, ça l'aurait fait pleurer, il aurait sans doute versé des larmes en y pensant parfois, mais là encore, cela ne l'aurait probablement pas tiré de sa léthargie. Mais la Maserati, c'était la gifle de trop, la provocation qui ne passait pas. Et Avanzato avait disparu puisque Cimard était retourné tous les jours cogner contre sa porte, sans succès.

C'est au moment où l'on aurait pu croire que Serge Cimard baissait les bras qu'il a au contraire complètement pris confiance. Il a cessé de tourner au ralenti dans Calais à toute heure du jour ou de la nuit, l'arme sous le siège et les dents serrées. Il y allait en Maserati, il l'avait fait réparer sans toucher aux meurtrissures, le cuir gondolait, la moquette était tachée, la peinture était terne en bas, il y allait en Maserati pour montrer qu'il irait jusqu'au bout, que rien n'était mort. Il se garait en centre-ville, là où s'arrêtaient les bus, si Avanzato passait par là, il la verrait forcément, et saurait qu'il était de retour, mais ça n'a jamais rien donné. Au fur et à mesure, la hargne est retombée, s'est transformée en une sorte de force souterraine, quelque chose de moins impulsif mais d'immuable, doublé d'une confiance inébranlable : tôt ou tard, Avanzato ressurgirait, et Serge Cimard serait là, derrière lui.

Il a continué le ménage qu'il faisait dans sa vie, il a commencé à envisager de vider le hangar de tout le bordel qu'il renfermait, y compris la presse à billets que Dante et lui avaient achetée tant d'années plus tôt. Il a mis la villa du Touquet en vente, un agent immobilier lui a trouvé un couple de Hollandais plein aux as qui a signé sans discuter. Puis il est allé aux puces de Clignancourt à la recherche de ferrailleurs, il a marché comme il savait le faire, et une semaine plus tard, une famille de gitans débarquait à Calais dans son hangar, et embarquait tout, jusqu'à la dernière petite cuillère, sans qu'il leur demande rien en retour. Ils ont mis deux jours à tout vider sans poser la moindre question, lui jetant quand même deux ou trois regards interloqués, notamment quand ils ont chargé le taxi criblé de balles au fond de leur gros camion.

Voilà.

Vider une vie, cela va très vite. Il suffit de mettre sa maison en vente quand on en est propriétaire, de rendre les clés quand on en est locataire, de se débarrasser de tout ce qu'il y a à l'intérieur sans rien demander en retour et tous les objets défilent, en quelques heures il ne reste plus rien. Ils sont allés à la villa du Touquet et ont fait la même chose, un grand vide. En partant, le plus vieux lui a serré la main en le regardant droit dans les yeux, Serge a senti qu'il brûlait d'envie de savoir ce qu'il fuyait, pourquoi il liquidait tout comme cela sans essayer de rien vendre mais il n'a pas ouvert la bouche et Cimard n'a pas levé le voile. Leur gros camion s'est mis en marche, sûr que toutes les rumeurs ont couru sur son compte tandis qu'ils regagnaient Paris. Lui, il était sur la plage du Touquet en regardant tout ça, la villa, les souvenirs, il était à peu près à l'endroit où la Maserati avait été retrouvée quelques semaines auparavant, il était seul et une impression de liberté totale l'enveloppait, il en avait presque froid tellement c'était intense. Il s'est allumé une cigarette avec difficulté, la braise rougeoyait dans le vent. La Maserati l'attendait là-haut dans le chemin, il serrait les clés dans sa poche. À l'arrière, il avait un petit sac qui contenait deux ou trois chemises, un pantalon. Il avait confié la Lamborghini à un musée automobile, en leur précisant qu'il ne reviendrait peut-être jamais la reprendre. Voilà ce qui restait après soixante ans passés dans les faux billets, l'amour et la désolation, le chemin vers lui-même et les mensonges aux autres : une voiture italienne bleu ciel, un peu de sable au fond de ses souliers vernis, une cigarette qui se consumait toute seule, et l'absolue certitude qu'un jour ou l'autre, dans un an, dans cinq ans, dans vingt ans, Avanzato rendrait gorge en demandant pardon.

*

Il s'est noyé dans la masse, il s'y est fondu, il a pris le maquis en pleine foule. Il a dormi dans des hôtels, mangé dans des selfs, à droite à gauche et au hasard, marché sur des trottoirs en sachant que personne ne prêtait attention à lui, il est allé à Paris, Lyon, Marseille, et dans des petites villes aussi mais il avait aussitôt l'impression qu'on allait le repérer, il n'avait rien à cacher mais il voulait disparaître aux yeux d'Avanzato, ne lui laisser aucune chance de se cacher de lui, le laisser commettre un faux pas, sortir en pleine lumière, et lui, surgir de l'ombre. Ça a duré des mois, durant lesquels il a chassé, en alerte permanente, comme un terroriste ou un flic infiltré. Avanzato devait être retourné à Calais, devait croire qu'il avait disparu, il devait penser qu'il ne craignait plus rien, devait se balader en roulant les mécaniques comme il l'avait toujours fait, en attendant de se faire écraser.

Ses ronds sur lui-même au milieu du territoire l'ont mené dans les villes et les campagnes, il a emprunté des routes désertes en ayant l'impression qu'elles se jetaient dans un abîme, là, au bout, il a fait des pointes sur l'autoroute, a roulé au pas le long de chemins forestiers comme s'il avait voulu s'enterrer lui-même, et tous ces va-et-vient sans but l'ont mené un matin devant un portail clos, un mur d'enceinte circulaire entourant un parc de plusieurs hectares, et une maison au centre, une sorte d'enfer vert à plusieurs kilomètres du premier voisin, loin de tout, sans autre bruit que celui des oiseaux, et porteur d'un panneau « À vendre » qu'il a arraché. Il l'a mis dans le coffre de l'Indy. Exactement ce qu'il lui fallait. L'endroit idéal pour une retraite au calme, pas un bruit ni un souffle. L'endroit rêvé pour y cloîtrer Avanzato le jour où il lui mettrait la main dessus. Il le ferait courir dans le parc en lui tirant dans les jambes depuis la terrasse au fusil à lunette, il sortirait les enceintes et mettrait James Brown, le disque qu'ils avaient mis dans la Maserati au moment de la noyade, il l'avait retrouvé dans le poste, il lui mettrait ça dans les oreilles au beau milieu du parc et ses balles le frôleraient, il hurlerait autant qu'il le voudrait quand il lui écraserait des cigarettes sur le front, ses joues brûlées par les braises n'inquiéteraient jamais personne, et les coups de batte de base-ball qu'il recevrait dans les genoux n'attireraient pas les soupçons du voisinage. Voilà à quoi pensait Cimard en voyant les livreurs monter un à un les meubles à l'intérieur comme un gentil retraité mettant sur pied son antre, lui demandant son avis, plutôt ici ou plutôt là, tandis qu'il agençait ce qui serait la dernière demeure d'Avanzato.

Sauf qu'une fois tout installé, une fois les semaines de chantier terminées pour faire creuser la piscine, dans laquelle il le balancerait, menottes aux pieds, pour le regarder gigoter en panique, une fois le parc muni d'un système de vidéosurveillance, une fois tout enfin prêt, Serge Cimard a écarquillé les yeux sur l'écran de son ordinateur : on avait retrouvé Avanzato avant lui. Il s'était fait serrer dans un braquage à Paris, il avait tué deux flics. Il risquait la prison à vie.

En découvrant sa photo sur l'écran assortie du gros titre, il bredouillait des insultes pour lui-même et pour la terre entière. Ce fils de pute n'avait rien d'autre à craindre que le courroux d'un procureur, il était planqué, hors d'atteinte où qu'il aille. La seule chose à faire, l'unique façon de se retrouver face à lui, était de se faire incarcérer aussi. De passer les grilles dans le même sens, de donner ses affaires, se faire fouiller, traiter en bagnard, tout ce qu'il avait connu à dix-huit ans, et qu'il avait toujours fui depuis. La seule façon d'assouvir sa vengeance et de rétablir l'équilibre était de faire une connerie, il ignorait laquelle, et de se faire prendre, et de se retrouver dans la même prison que lui. Il a allumé une cigarette au milieu du salon. Aller en taule. Là où Avanzato se croirait à l'abri, sans savoir que la pire des menaces serait en train de passer les sas, Cimard, lui, là pour le tuer.

En écrasant le mégot par terre, Cimard a regardé à nouveau l'article : Avanzato était jugé dans deux jours au tribunal de Créteil. Cimard a décidé de s'y rendre.

XIV

— Et en vérité, j'ai repoussé l'échéance.

Puis après un long soupir :

— Je vais te dire comment ça s'est passé, puisque tu es scotché sur une chaise et que tu n'as rien d'autre à faire, tu vas m'écouter, et je t'interdis d'oublier le moindre mot de ce que je vais t'apprendre. Je suis allé au procès d'Avanzato. J'étais dans la salle d'audience, j'y étais, je l'ai vu, entre les deux flics, dans son box, je ne l'ai pas quitté du regard pendant deux jours. Il m'a vu aussi, il a plissé les yeux sans frémir, le premier jour, au tout début. Après, il ne m'a plus regardé. À la fin, il s'est adressé à moi sans me désigner, il a dit que le sac de billets avait disparu, qu'il n'avait jamais remis la main dessus. Il a dit ça pour moi, je le sais, pour m'avouer qu'il s'était fait baiser aussi, presque pour s'excuser mais ça m'a fait l'effet inverse : il est parti en taule sans savoir à quel point il s'était trompé depuis le début. Il n'a jamais su que les deux millions étaient faux. J'enrageais. J'aurais tellement voulu qu'ils sachent, consternés, en panique, ils auraient couru dans tous les sens en découvrant que tout ça était toc, qu'ils avaient volé du vent. Ça l'aurait puni pour toujours d'avoir tué son pote pour rien, vraiment rien, ç'aurait été insupportable. Tu te rends compte ? Tu imagines, Avanzato qui réalise à quel point tout ça était débile, inutile ? C'était la seule vraie claque qui pouvait l'enterrer pour toujours, bien plus que trente ans de prison mais non, il est passé au travers. Au fond, il a eu de la chance, il n'a rien su de tout ça. Il est resté sur l'illusion de s'être fait avoir. J'ai failli me lever pour lui dire, fendre sa confession, dire tout haut la vérité sous le plafond de ce tribunal, sûr qu'il aurait explosé de hargne et de tristesse. Mais je suis resté assis sans rien dire, je l'ai écouté jusqu'au bout comme tous les autres. Il a dit qu'ils partaient retrouver une fille, une *Carole*, que c'est après elle qu'ils couraient tous les deux. Je l'ai écouté raconter tout ça, j'avais envie de me lever, de courir vers lui tête baissée comme un bulldozer et de l'attraper par le col, ça aurait hurlé et je suis sûr que je l'aurais écrasé mais je suis resté sur mon banc, je n'ai pas bougé d'un pouce. Tu ne peux pas imaginer les efforts que j'ai dû faire pour ne pas exploser, me contenir, rester à ma place, calme, en le voyant se lever, les deux flics de part et d'autre, et m'échapper pour toujours. Tu ne sais pas ce que j'ai vu à ce moment-là. À ce moment-là, j'ai vu que pour serrer le cou d'Avanzato dans mes mains, voir ses yeux s'écarquiller, sentir son corps se raidir d'un bout à l'autre pendant plusieurs minutes, avant de le voir se dégonfler d'un coup dans le silence, et savourer ça en sachant que je me suis vengé, que j'ai rétabli l'équilibre, pour ça, il allait me falloir entrer en taule. Voilà ce que j'ai vu. Pour aller jusqu'au bout, comme j'étais persuadé de vouloir le faire, pour tuer cet enfoiré, il allait me falloir revenir quarante ans en arrière. Tu es déjà allé en taule ? Non, avec ta tête de premier de la classe, ça se voit, tu es né du bon côté, et tu y es resté.

Tu as peut-être fait deux ou trois trucs pas nets, la preuve, c'est toi qui as le sac de Dante, mais malgré ça, non, la prison, tu ne connais pas. Moi, j'y suis allé. Et c'est pour ça que j'ai repoussé l'échéance. J'ai repoussé le moment où j'entrerais dans une bijouterie avec un flingue, où je me ferais filmer, coincer, juger, le moment où je me ferais mettre en taule à mon tour, j'ai repoussé le moment où j'allais me mettre à le traquer derrière les murs de huit mètres de haut, les miradors, les promenades dans la cour, les plateaux au self et les bagarres dans les douches, espérer tomber dans la même taule que lui, miser sur les transferts, me renseigner, faire jouer mon avocat, mon âge, peu importe le temps que ça prendrait, mais tomber sur lui tôt ou tard, voilà, j'ai repoussé tout ça. En sortant du tribunal, une autre idée s'est vissée dans ma cervelle et a pris toute la place, une dernière chose à voir en face avant de tourner le dos au monde : voir cette *Carole*. Voir sa tête, son corps, voir celle pour laquelle ils avaient fait tout ça. Bien sûr qu'en vérité, cette fille, je n'en avais rien à foutre. Cette envie de voir à quoi elle ressemblait, c'était de la poudre aux yeux. Je te le dis parce que je sais que tu ne le répéteras jamais à personne, parce que tu ne ressortiras pas d'ici, écoute-moi, tu vas payer pour lui et tous les autres, je te tiens et j'arrête là : même si je sais que je me trompe, que je prends deux ou trois raccourcis, même si tu me racontes tout un tas de choses pour me dire que tu n'y es pour rien, j'ai décidé de terminer tout ça en te faisant porter le chapeau, même s'il est beaucoup trop lourd pour toi et qu'il n'est pas à ta taille. Tu vas payer. J'ai accumulé trop de peine et de violence pour que ça ne sorte pas et c'est toi qui vas prendre, je te désigne ultime et unique responsable. Je sais que c'est lâche et je le dirai une fois seulement, c'est un aveu énorme, c'est presque un honneur que je te fais : je baisse les bras. Je recule. Ce que j'ai vécu en prison il y a quarante ans, je n'aurais plus la force de le revivre aujourd'hui. Ça aussi, c'est un aveu, j'espère que tu t'en rends compte : je vieillis. C'est en sortant de ce tribunal, que j'ai vieilli. En descendant les marches au milieu des gens qui parlaient, en sentant que cette *Carole* prenait de la place dans ma tête, tout en sachant que je m'en foutais, justement, je me suis laissé faire, je l'ai laissée se déployer sous mon crâne sans la chasser, devenir importante, c'est là que j'ai baissé les bras, c'est là que j'ai vieilli : j'ai tourné le dos à la taule, j'ai reculé, et j'ai décidé d'aller la retrouver, savoir qui c'était, aller la voir, ça m'a d'un coup paru plus important que tout le reste. J'ai enquêté, j'ai fouiné dans tous les sens, et j'ai fini par mettre la main dessus. C'est comme ça que je me suis retrouvé sur ce parking en Sicile, devant toi, je sortais de l'hôtel où j'avais passé la nuit, j'avais assisté au spectacle la veille. Tu sais quoi ? Je rentrais. Sous le chapiteau, j'avais regardé cette fille voler là-haut sur son trapèze, et j'avais pleuré en silence, tu sais pourquoi ? Moi je ne sais pas. J'ai pleuré en la voyant voler sous ce chapiteau rouge, avec ces étoiles jaunes, j'ai pensé à Dante, à ma vie, mon âge, et même Fred, et Avanzato. J'ai pensé que je n'aurais pas la force de le mettre KO, plus maintenant, même si j'ai encore assez de poigne pour mettre un avorton comme toi sur le carreau. J'ai pensé que sur Avanzato, je n'aurais plus le dessus, plus maintenant. J'ai pensé à tout ça. Quand le spectacle s'est terminé, je suis sûr que j'ai applaudi un peu plus fort que tout le monde. J'étais fatigué comme jamais ça ne m'arrive, calme, calme d'un bout à l'autre, comme si j'avais dormi vingt heures. Et puis je suis parti sans rien dire, sans parler à personne, et j'ai roulé vers l'hôtel me coucher. Le lendemain, quand je t'ai croisé sur le parking avec le sac de Dante, tu sais quoi ? Je partais. Je rentrais. Je retournais à la voiture, et je tirais un trait sur tout ça en acceptant d'avoir vieilli, d'avoir peur. Peut-être que je me serais tiré une balle dans la bouche en arrivant ici. Et tu es apparu. Je t'ai regardé, vraiment, c'était un miracle. Tu imagines ce que j'ai traversé, tu imagines comme ça a pu être horrible pour moi ? Me faire humilier comme ça, puis apprendre que le coupable est mort, et voir son complice partir en taule, là, sous mes yeux, et me rendre compte en même temps que je n'ai plus la force, plus ce qu'il faut dans le ventre pour le suivre jusque-là, tu imagines ? Tu imagines ce que ça fait quand on se rend compte qu'on s'est trompé, qu'on poursuivait un but qu'on n'est plus capable d'atteindre, simplement parce qu'on n'a pas vu le temps passer ? Tu imagines ce que ça fait quand on a vécu sa vie comme un combattant, de se voir rapetisser dans son propre miroir ? Je vais me répéter, sûr que tu vas m'excuser, je suis vieux, je radote : je baisse les bras. Je m'enfonce dans le mensonge, je le sais, je fais un énorme amalgame mais tant pis, c'est comme ça que je vais garder la face, au moins face à moi-même : c'est toi qui vas prendre. Pour tout. C'est toi qui vas me servir de porte de sortie. Grâce à toi et à ce que je vais te faire subir, je vais partir en ayant l'impression d'avoir bouclé la boucle. Non, non, ne dis rien. Je vais remonter boire un whisky seize ans d'âge, celui que je servais à l'époque. Je redescendrai plus tard. Si tu veux on parlera un peu. Mais là, après les aveux que je viens de te faire, j'ai besoin de silence.

Quatrième partie

All Together

I

Gérard Face décrocha sa guitare du mur, et la regarda de près, passa sa main sur ses courbes et le manche. Depuis combien de mois ne l'avait-il pas prise contre lui ? Il s'assit dans un fauteuil, presque timide après tout ce temps, et gratta les cordes avec son pouce, qui produisirent des sons disparates, la belle était à l'abandon.

Mylène Face l'entendit faire depuis la cuisine, et sourit en relevant la tête de la tarte qu'elle préparait : elle reconnut ces sons qui s'affinaient, Gérard accordait sa guitare. Elle soupira d'émotion. Son mari n'avait plus touché à l'instrument depuis son départ en retraite. La disparition de leur fils avait fait des parents de Nino Face deux naufragés, ils guettaient tous les jours un sursaut, un indice, une nouvelle, appelaient encore les gendarmes, la police, avaient même eu recours à quelques voyantes et mentalistes en tous genres, sans jamais parvenir à relever un peu la tête.

Gérard Face plaça sa main gauche sur le haut du manche, et passa la droite lentement sur les cordes, et sourit, en même temps que sa femme pénétrait dans la pièce, souriant, elle aussi, en reconnaissant le premier accord de *Malagueña.* Il joua, hésita, trembla, comme s'il avait émergé d'un long sommeil, comme si une fenêtre s'était soudain ouverte sous leurs yeux pleins de larmes, continuer, juste ça, respirer encore et se tenir debout, accepter que la vie dure, même si l'on trébuche et croit sombrer, mais avancer, jouer la note suivante et tant pis si ça n'est pas parfait, pas très lisse, et même si les absents nous manquent.

Rien ne manquait à la Cadillac rouge candy de Pento, qui *filait dans le vent chaud comme un pétrolier dans une mer d'huile*, impassible et lourde. À son volant, le saxophoniste, le bras sur la portière, fredonnait du Elvis en remuant çà et là la tête, dans le silence et le bruit du V8, et se disait que vraiment, cette bagnole était terrible. La route était longue jusqu'à Almeria, et cela constituait en soi un motif suffisant pour s'y rendre : mille huit cents kilomètres au départ de Paris, trois jours de croisière dans le moelleux des sièges en cuir et la force tranquille de l'énorme moteur. Raison supplémentaire, Gainsbourg citait cette ville dans *Initials BB*, lui donnant immédiatement tous les attraits d'un mythe, qu'il fallait bien, tôt ou tard, aller voir de plus près. Et puis on était le 21 mai, et l'été approchait. Pento voulait du soleil, du sable et des jolies filles, boire un cocktail en trouvant la vie belle, entendre rire dans une autre langue, si possible chantante. Va pour l'Espagne.

À bien y réfléchir, un petit quelque chose manquait peut-être à la belle américaine : la climatisation. Pento venait de passer Montauban, avait Toulouse en ligne de mire, et la température grimpait déjà, on frisait certainement les 30° dehors, ce dont il s'accommodait encore, dans sa chemise de pompiste modèle Highway Patrol 1956. Rouler dans la chaleur allait bientôt l'obliger à baisser les vitres, la ventilation ne suffisait plus. Et baisser les vitres allait créer un courant d'air certes très agréable, mais dévastateur pour sa coiffure. Poser le pied sur Almeria pourvu d'une banane tirant sur la droite ternissait d'avance le plaisir qu'il se préparait à prendre. Pento mit son clignotant, décida d'une petite pause. Boire un Coca frais lui ferait le plus grand bien, et le rafraîchirait peut-être assez pour lui permettre de passer la frontière sans courant d'air supplémentaire. Une banane de travers, ça n'était pas digne de l'Espagne.

L'Espagne, Marcel avait failli y vivre, presque quarante ans plus tôt, quand il avait connu Madeleine. À l'époque, et dans les bras l'un de l'autre, le monde s'était offert à eux. Mais après différents voyages, c'est dans le Vercors qu'ils avaient trouvé refuge. Le Vercors, Marcel y était encore, sachant aujourd'hui qu'il n'en partirait plus. Marcher dans la cour de sa ferme en regardant quelques rapaces faire des ronds dans le ciel était un spectacle dont il ne s'était jamais lassé, il buvait son café en levant les yeux, sentait l'air frais pénétrer ses narines et gonfler ses poumons, sortait parfois son piano sur les rails qu'il avait fait installer, et se plantait là sous le ciel gris granit, et jouait, il lui semblait que les oiseaux battaient des ailes en cadence. Il l'avait justement sorti la veille, après le repas du soir, et avait joué une heure au moins, mêlant quelques standards à son inspiration, voyageant au hasard tandis que la nuit tombait. Au moment de rentrer, et de rapatrier le piano dans la grange, Marcel avait fixé le câble au corps de l'instrument, et avait ensuite actionné le petit treuil, qui n'avait pas frémi. Marcel s'était étonné, avait insisté, on/off à plusieurs reprises, sans que le moindre sursaut ne vienne. Marcel avait levé les yeux vers le ciel, la nuit s'annonçait claire. Et puis lui était revenu un souvenir, vieux d'au moins trente ans, un soir de fête à la ferme où des copains et lui, ivres morts et pleins de forces, avaient sorti du hangar un vieux piano droit, qu'ils avaient entrepris de laver à grande eau, brosses et lessive en main, sous les yeux hébétés de Madeleine et de plusieurs copines.

Hier soir, Marcel avait décidé de laisser dormir son piano dehors, sans craindre la pluie ni la rosée. En ce matin du 21 mai, il l'avait retrouvé, avait actionné le petit treuil sans plus de succès que la veille. Marcel était maintenant assis sur une chaise au milieu du jardin, regardait l'instrument, et se demandait, non pas s'il allait changer le treuil, mais s'il n'allait pas simplement laisser le piano là. C'était joli. En hiver, peut-être suffirait-il d'une simple couverture pour le protéger du froid.

Le froid, c'était une sensation que Sandra n'avait plus éprouvée depuis une éternité, depuis, pour être exact, qu'elle et Jérémy s'étaient découvert quelques passions communes. Outre son génie, son charme lunaire et ses manies bizarres, ce petit mec était un révélateur, le seul, en vérité, à l'avoir jamais comblée. Sandra qui, elle le savait, faisait rapidement naître pas mal d'émotions dans le slip et l'esprit des hommes, n'avait, avant Jérémy, jamais pris un plaisir pareil. Elle n'avait même, pour être honnête, jamais pris de plaisir du tout. Quelques mecs avaient cru faire illusion, elle-même s'était parfois crue toute proche de quelque chose mais au final non, il fallait bien s'y résoudre, les années n'avaient pas fait d'elle une femme épanouie sur ce point, quelles que soient les couleurs, les âges ou les statuts sociaux des partenaires. Parfois se disait-elle d'ailleurs que son jeu s'en trouvait probablement nourri. Peut-être n'aurait-elle pas eu le même son si elle n'avait eu cette frustration au fond du corps, qui pouvait savoir ? Peut-être était-ce un mal pour un bien.

Et puis Jérémy avait surgi, cet enfant lune au visage d'ange sur lequel peu de filles, et moins d'hommes encore, auraient misé pour faire un bon amant. Jérémy qu'elle avait d'abord regardé comme un garçon qui semblait tendre, ce qu'il était, et sensible, ce qu'il était aussi. Tellement sensible et tellement tendre qu'il n'avait eu d'yeux, et d'oreilles, et de sens de tout poil, que pour elle, ses tressaillements, ses impulsions, ses réticences et ses désirs, ses failles et ses doutes, ses envies, ses délices, il avait tout senti tellement, dès la première seconde où leurs doigts s'étaient frôlés, qu'elle s'était senti pousser des ailes. Depuis, les pieds de Sandra n'avaient plus touché le sol.

Le plus étrange dans cette révélation était que Jérémy ne semblait s'être rendu compte de rien. Là où d'autres, probablement tous, auraient bombé le torse tôt ou tard en se flattant d'avoir eu ci ou ça de plus que la moyenne, ce petit mec ne s'enorgueillissait jamais de rien, ni de son génie musical, ni de son magnétisme animal. Sandra se regardait dans le miroir, nue, se trouvait belle et sensuelle, et sourit toute seule. Jérémy dormait dans la chambre à côté, et du haut de ses vingt-huit ans, Sandra se disait que de tout ce qu'elle avait pu vivre depuis sa naissance, de son déménagement d'un somptueux appartement place des Invalides à une caravane à Ivry suite à la banqueroute de son père alors qu'elle n'avait pas dix ans, de la mort de son frère quelques années plus tard tué d'une balle dans la tête dans une affaire de drogue à ses années de fac passées à jouer du trombone dans une cave au grand désespoir de ses parents, de ses débuts sur scène à ses presque deux ans dans Light Green, durant lesquels tout, absolument tout, était devenu possible, de tout ce foutoir sans queue ni tête n'émergeait finalement qu'une seule chose, aussi horrible que cela fût pour ce qui demeurait sur le bord : Jérémy. Et cet épanouissement vécu, assumé, consommé mille fois déjà tout en ayant l'impression de n'y avoir trempé que le bout des lèvres, une fois cet épanouissement visité de fond en comble en promettant à chaque fois de revenir tout à l'heure, tiens d'ailleurs, c'est pas la peine d'éteindre, laisse allumé, ça va pas être long, une fois tout ça bien mis à plat, on pouvait voir le reste en face : Sandra n'avait rien perdu de son souffle sur scène, le son de son trombone n'avait pas perdu le moindre éclat, la profondeur et le scintillement s'en donnaient toujours à cœur joie dans ses lèvres, tout ça brillait toujours autant, peut-être même un peu plus encore. Jérémy dormait à côté, oui, et Sandra pensait à lui, se trouvant de plus en plus belle, miracle qu'elle savourait en ce 21 mai. Ce mec était fabuleux. Ce mec était un mâle pour un bien.

— Un mal pour un bien, murmurait Martine. Un mal pour un bien…

Martine serrait sa lettre contre elle, l'avait relue vingt fois pour être sûre de bien comprendre et le doute n'était plus permis, non, c'était certain. Elle, Martine Abkarian, à qui le courrier était adressé, pas d'erreur non plus sur ce point. Une courte lettre, quelques mots sonnant comme des excuses et à la fois une violence entre les lignes qui gommait toutes les formules de politesse possibles. Cinquante-huit ans en novembre prochain, dont trente-six passés dans la même usine, qui lui annonçait aujourd'hui son déménagement à l'autre bout du monde.

— Mais on ne vous laisse pas tomber, avait prévenu le responsable de la *refonte de l'outil de production* envoyé par le siège devant le parterre d'ouvrières.

Il était comme à la télé, comme tous ces petits mecs bien propres qu'on nous montre au journal, trente ans à peine, ou peut-être quarante, la salle de sport et le bronzage impeccable, un aplomb surnaturel, un gros diplôme, un gros salaire, et des gros mots, que ça, des très gros mots dans sa toute petite bouche.

— On ne vous licencie pas : vous êtes prioritaires pour les embauches sur le nouveau site.

Les femmes s'étaient regardées, une cinquantaine d'ouvrières incrédules pas certaines de bien comprendre, les messes basses s'étaient propagées, des coups d'œil entre elles, que le type en face avait rompu comme un maître d'école, écartant les bras comme s'il leur avait offert la lune :

— Pour être clair, nous déménageons l'unité de production dans trois mois dans le sud de la Chine, et nous vous proposons de nous suivre. Vous conserverez votre poste. Aux conditions locales, bien sûr.

La stupéfaction avait suivi, à laquelle le type avait fait face sans sourciller ni rougir. Une des femmes s'était mise à pleurer, bientôt suivie d'une autre. Une troisième s'était avancée, et avait giflé le type, qui avait d'un coup perdu les trois quarts de son bronzage, reculant devant la meute qui s'approchait de lui.

Tout ça n'avait évidemment rien changé. L'usine fermait, déménageait, et à moins de partir vivre en Chine et de tout sacrifier, les femmes iraient grossir les rangs des demandeurs d'emploi. Aucune n'avait suivi.

Toutes avaient donc reçu le même courrier, officialisant la fin de cette longue et fructueuse collaboration, assortie d'un chèque censé compenser l'offense : un an de salaire. Dix-neuf mille euros que Martine Abkarian serrait contre son cœur en se répétant que oui, c'était un mal pour un bien, que ce 21 mai marquait le début d'une renaissance. Cet argent avait un sens, celui d'une procédure, d'une enquête, d'une justice : Karl l'avait dit au tribunal, quelqu'un avait volé la Supercinq, s'était enfui avec, et c'est en courant derrière que son Fred était mort. Et ce complice courait toujours, Karl gardait le secret pour lui. Voilà le sens qu'avaient ces dix-neuf mille euros, voilà ce que signifierait cette prime : payer un détective, retrouver ce coupable, cet assassin par ricochet, le traîner devant les juges et demander justice.

— *Justice.* C'est bizarre d'appeler un groupe comme ça, non ? Tu crois que ça ressemble à *Police* ?

Laurie parcourait le rayon disque de ce grand magasin, son bébé tout contre elle, en commentant les pochettes d'album qui s'offraient à son regard. Le nourrisson babillait sans comprendre les traits d'esprit de sa maman tatouée. L'ancienne serveuse du Paradiso vivait à Londres depuis plusieurs mois déjà, et n'aimait rien tant que se promener en ville en commentant la vie. Depuis son départ de Calais, beaucoup de choses avaient changé, Mike, son chéri, barman sur les ferrys, l'avait emmenée jusqu'à chez lui, un petit deux-pièces en plein Camden où elle s'était aussitôt sentie chez elle, et puis Théo, petit homme tout rose et rond depuis déjà six mois dont les yeux s'ouvraient chaque jour davantage sur le monde et les gens, sans parler du travail, vendeuse de fripes sur un stand aux puces, au cœur des vieux jeans et des blousons en cuir, tout ça semblait s'être emboîté d'un coup. Rien d'étonnant, donc, tout ordre alphabétique mis à part, à ce que le regard de la jeune femme effleure ensuite un disque de Grace Jones, dont elle fredonna le titre, en continuant son chemin, aux oreilles de son joli bébé : *Quand il me prend dans ses bras, qu'il me parle tout bas, je vois... la vie en rose.*

La vie en rose, pour les deux Stefan, tenait finalement à très peu de choses. Il avait suffi à ces deux gars de se croiser, de se reconnaître l'un en l'autre, et de s'accoler comme deux égales parties d'un tout. Leur ressemblance, leur instrument commun, leurs prénoms, même, tout était si semblable et complémentaire que c'en était troublant pour tout le monde. Pour eux, cela semblait au contraire naturel, les deux Stefan ne s'étaient quasiment plus quittés depuis le jour de leur rencontre, et se sentaient bien, simplement bien, tout le temps, et partout. Depuis un an déjà, les deux jeunes hommes occupaient un vaste appartement dans Paris, qu'on leur avait loué sans leur demander quoi que ce soit ou presque, leur statut de rock stars ayant fait figure de fiche de paye. Les deux Stefan passaient le plus clair de leur temps à jouer de la guitare face à face au milieu du grand salon blanc, les fils traînaient par terre, les amplis autour d'eux, se faisant livrer ce qu'ils souhaitaient manger. Une femme de ménage passait tous les matins tandis qu'ils dormaient encore, et quelques copines passaient le soir pour leur souhaiter bonne nuit. Les deux Stefan avaient fait une simulation en s'installant ici : en vivant tel qu'ils l'aimaient, à ce rythme et sans emmerder personne, ils avaient sur leur compte commun de quoi tenir cinq cent sept ans.

Cinq cent sept ans, c'était peut-être le temps qu'il faudrait à Rosa pour terminer ce livre, le sien, entamé plusieurs mois plus tôt, et dont elle ne voyait en vérité ni le début, ni le milieu, ni la fin, un paquet de déjà deux ou trois cents pages raturées s'étalant sur le bureau face à elle. La vieille femme avait enlevé ses lunettes depuis plusieurs minutes, se pinçait à deux doigts le haut du nez, fatiguée, se demandant quel axe il lui faudrait choisir pour mener à bien ce qu'elle nommait ses *Mémoires*. Quoi que cet axe, elle le connaissait au fond très bien, et ce depuis le début. Les feuilles éparpillées face à elle ne parlaient que de lui, son patron, mot qu'elle employait pour elle-même en souriant, tant cette relation de travail était trouble et faussée, étrange depuis le premier jour. Voilà l'axe qui éclipsait tous les autres, peu importaient les disques, les milliers d'anecdotes qu'elle avait encore en tête, glanées par la servante qu'elle avait été sa vie durant, peu importaient les détails d'une vie passée dans le sillage du brillant producteur. Le secret de sa vie brillait de tous ses feux dans ses pupilles et sous son crâne, vouloir parler d'autre chose était une vaine tentative : la seule chose qu'elle ait en vérité voulu décrire depuis le départ était cette relation, cet homme, leur couple. Ralph Mayerling était le soleil de sa vie.

Le soleil brillait aujourd'hui, même à Fresnes, oui, mais la vie, ici, n'avait le goût de rien. Pour Karl Avanzato, la vie n'aurait de toute façon pas eu plus de goût ailleurs. Mais ici, le meurtre des deux flics faisait de lui un caïd, on s'écartait sur son passage, on le respectait, et ces honneurs, loin de le satisfaire, au contraire, l'exaspéraient en silence. Lui qui était entré dans cette bijouterie parce qu'il n'avait pas eu le courage de retourner l'arme contre lui, et avait cherché à se faire abattre parce qu'il était incapable de se supprimer tout seul, se retrouvait aujourd'hui auréolé, salué, respecté. L'absurdité de tous ces hommages le submergeait, et lui rappelait quotidiennement combien il avait été lâche.

— Lâche ! Lâche ça, je te dis !

— Mais cette sangle-là, elle va où ?

— Pas ici, en tout cas. Là, c'est le mousqueton numéro trois.

— Fais voir le schéma ?

— Je crois qu'on a une poulie en trop.

Pedro regardait les deux installateurs se dépêtrer avec la notice de montage et commençait à se demander si l'appareil serait opérationnel d'ici le week-end.

— Mais là, c'est la vis sans fin, non ?

Pedro sentait déjà qu'il lui faudrait avouer à Cindy (sa maîtresse la plus régulière), que la surprise promise n'était pas encore totalement prête.

— Excusez-nous mais c'est la première qu'on monte, d'habitude on livre la Lady First, c'est la plus connue.

La Lady First, Pedro l'avait bien vue sur le catalogue en ligne, mais celle-ci était tellement plus belle, tellement plus confortable avec ses deux nacelles en cuir molletonné *finition concours équestre*, tellement plus luxueuse avec ses sangles tressées roses et ses lanières dorées, surtout tellement plus prometteuse, elle regorgeait d'options, tout semblait avoir été prévu, les moindres désirs, les plus petits vices, chaque position prenait des airs de promesses, elle était aussi nettement plus chère, le prix de l'Éden exactement, mais à quoi servait d'avoir vendu des millions de disques si l'on ne pouvait s'offrir la Fucking Machine – modèle Hard Sky & Black Shadow, *la partenaire rêvée de tout couple qui s'aime* ?

— On est désolé, monsieur, mais on va devoir la remmener. Il manque l'arceau de force, celui qui assure toute la rigidité. Si vous l'utilisez sans, même tout seul, vu votre gabarit, la machine va se refermer sur vous comme une grosse pince.

— Ça peut faire des dégâts.

Pedro rassura les deux livreurs d'un geste amical, il n'était pas à une semaine près. L'attente créerait même un frisson supplémentaire le jour de la mise en route.

La mise en route avait été immédiate, le petit moteur toussant un peu, mais tournant rond très vite, un nuage de fumée bleue mais bientôt plus qu'un filet de gaz, la Supercinq n'avait pas bougé depuis des années mais avait démarré dès que Ralph Mayerling avait tourné la clé. Marcel avait raison, ces petites voitures étaient robustes et fiables. Laissant le moteur tourner, le vieux producteur était ressorti, et avait fait le tour de cette antiquité, vestige d'un autre temps. Lorsqu'elle était entrée ici, cette voiture était blanche et elle était désormais verte, ou grise, elle était en tout cas bien plus sombre, ternie par les embruns, la mousse et l'immobilité. À l'époque de sa blancheur, elle avait à son bord un petit chanteur aux cheveux rouges et c'était leur couleur naturelle, recroquevillé dans ses craintes et probablement détenteur d'un secret. Aujourd'hui, plus personne ne se tenait derrière le volant, et tout le monde croyait tout savoir à propos de Nino Face, excepté ce qu'il avait pu devenir. Les pages sur le Net alimentaient toutes les rumeurs possibles et chaque mot était écrit comme étant la vérité pure. En vérité, personne ne savait rien. Ce qu'il y avait de sûr, pour Ralph Mayerling, c'est qu'entre l'arrivée de cette voiture ici, et le moment où il en avait tourné la clé, dix-sept millions d'albums de Light Green s'étaient écoulés de par le monde, qu'un petit mec traqué par ses craintes ou quelques créanciers s'était mué en une star planétaire, avant de disparaître comme une bougie s'éteint. Ne restaient de tout ça qu'une montagne d'argent, et cette petite voiture. Ralph Mayerling tenait dans sa main une carte grise au nom de Jacqueline Avanzato, qui habitait Calais. Et en regardant le parc, et la mer, et entre ses doigts ce bout de papier gris, ou peut-être bien vert, Ralph Mayerling se demandait qui était cette femme, quelle était sa vie, et si cette voiture lui manquait.

— Oui, tu me manques, évidemment que tu me manques, répétait Dan au bord des larmes. Mais ta mère et moi, on ne revivra pas ensemble. Pour nous aussi, c'est dur. Une semaine sur deux, c'est comme ça que ça se passe depuis trois ans, et ça continuera comme ça, mais tu sais, c'est beaucoup mieux ainsi. Je suis sûr que tu as plein de copains qui ont leurs deux parents à la maison, mais qui les voient se disputer tous les jours, et ça, c'est horrible. Ta mère et moi, on n'a pas voulu te montrer ça. On a voulu te montrer que quand on est malheureux, il faut faire ce qu'on peut pour que ça change, et si pour que ça change, il faut se séparer, eh bien il faut se séparer. Même si c'est dur. Et tu sais pourquoi ? Parce que la vie, elle est courte.

Dan s'était arrêté sur cette phrase en se rendant soudain compte qu'il était sur le point de parler davantage pour lui-même que pour son fils, qui le regardait, l'écoutait, et lui souriait.

— La vie, elle est courte ? répéta le gamin.

— Non. En fait, je voulais dire « La vie, elle est belle ». Du coup, ça semble court.

Un temps de cuisson un peu court, tel était le problème de cette côte de bœuf, elle était entre le bleu et le saignant, un délice au départ mais passé le premier tiers, ça n'était plus assez chaud. Les pommes de terre sautées, par contre, étaient parfaites, l'ail et l'oignon dorés comme il fallait, un délice. Il faisait, en prime, ici comme sur la France entière, un temps superbe aujourd'hui. Manger sur cette terrasse sur l'arrière donnait vraiment le sentiment d'être à l'écart du monde. Bizarrement, la sensation d'isolement n'était pas la même de l'autre côté de la maison, pourvu d'une terrasse aussi, et ne présentant pourtant pas le moindre vis-à-vis non plus, que des arbres, des fougères et les herbes hautes. Cette propriété n'était qu'un immense havre de paix, où qu'on se trouve, mais cette terrasse sur l'arrière était un vrai refuge, le bourgueil y semblait encore meilleur que n'importe où ailleurs. Serge Cimard reposa son verre en faisant descendre le vin dans sa gorge, et huma le calme alentour. Face à lui, Nino Face le regarda faire en souriant.

— Ça, c'est vraiment un geste à toi, remarqua-t-il.

— Lequel ? demanda Serge Cimard en souriant à son tour.

Nino Face délaissa quelques instants sa viande, posa sa fourchette et son couteau sur le bord, et prit son verre en main. Il se cala dans le fond de son siège, prit une pose d'homme satisfait, l'air de se complaire, un peu théâtral, et but une gorgée comme si ç'avait été la dernière de sa vie, ou bien un grand honneur, un vin rarissime, un nectar, ferma très légèrement les yeux en reposant son verre et expira longuement, comme un souffle qui suit l'extase, apaisé. Serge Cimard se mit à rire.

— Je fais vraiment ça ? Je suis aussi ridicule ?

Nino fit semblant de se vexer.

— Oui, oui, insista Serge Cimard. Tu étais ridicule.

Les deux hommes se mirent à rire, et Nino mangea une bouchée de viande. En reprenant son verre, Serge suspendit soudain son geste, fit semblant de mesurer son entrain, comme s'il avait voulu maîtriser son enthousiasme, ce qui fit rire Nino, et c'est durant ce bref moment, ce dixième de seconde, c'est durant ce minuscule et dérisoire instant qu'un éclair traversa l'esprit de Serge Cimard : nous étions mercredi 21 mai. Pour chacun des personnages de cette histoire, il s'agissait de la période approximative où, deux ans plus tôt, quelque chose avait changé, où tout avait basculé, même, mais aucun ne savait quand de manière plus précise. Le seul, en vérité, à savoir exactement, c'était lui, Serge Cimard. Nino aussi, aujourd'hui, puisqu'ils en avaient souvent parlé depuis, mais vu l'air qu'il avait en mastiquant sa viande, il semblait ne pas y avoir songé. Nino, justement, s'arrêta sans comprendre.

— Qu'est-ce qu'il y a ? demanda-t-il. Pourquoi tu me regardes comme ça ?

— On va boire le champagne, répondit Serge.

Et devant l'air étonné de son interlocuteur :

— On est le 21 mai, appuya-t-il. Ça fait deux ans aujourd'hui que tu vis ici.

II

La première semaine, Serge Cimard avait fait subir à Nino Face maints supplices, principalement à base de grandes baffes dans la gueule. Le chanteur, scotché sur sa chaise, en avait pris de toutes sortes, de la droite vers la gauche, de haut en bas, de la gauche vers la droite, et aussi de bas en haut. Cimard avait jubilé, ce petit mec semblait être élastique, une face de lune perchée sur une sorte de ressort, sa tête allait et venait en cadence comme un jouet pour enfant, infatigable et flexible. Cimard s'arrêtait en se massant les paumes, tout sourire. Face à lui, Nino reprenait son souffle sans pouvoir faire quoi que ce soit d'autre, hormis lui demander d'arrêter. Serge Cimard s'asseyait alors et le contemplait, le regardait reprendre forme comme par magie, et finissait toujours, malgré lui, par lui demander comment il se sentait.

Matin, midi et soir, il lui descendait un plateau, qu'il posait à ses pieds, détachant ses liens d'un grand coup de cutter, prenant au passage le risque de lui ouvrir les veines. Nino écartait alors les bras, les remuait pour faire circuler le sang, sentait ses membres se désengourdir sous la lumière blafarde, pleurait parfois, et mangeait, doucement, comme s'il avait eu peur de s'étouffer, sous le regard fixe de son tortionnaire, qui lui souhaitait souvent bon appétit avec une sincérité qui mettait immédiatement les deux hommes mal à l'aise. L'un car il était le jouet d'un homme qui lui prouvait d'heure en heure qu'il ne lui souhaitait justement rien de bon du tout, l'autre parce qu'il sentait son personnage de tortionnaire s'effriter d'un coup quand ce genre d'attention lui échappait.

Le septième jour, Cimard avait comme tous les matins posé son café devant son ordinateur, qu'il avait allumé, parcourant les nouvelles du monde et maintes petites annonces, plus par habitude que par réel intérêt. Mais ce jour-là, tout d'un coup, ses yeux s'étaient écarquillés : sur l'écran, en pleine page d'accueil du site qu'il consultait quotidiennement, s'était affiché le portrait du petit rouquin qui dormait à la cave depuis une semaine. Il avait bondi en arrière sous l'effet de la surprise, mais s'était rapproché tout doucement à la lecture du gros titre : « Mystérieuse disparition du chanteur de Light Green ». Cimard avait dévoré l'article, découvrant l'identité de son prisonnier, découvrant en prime à quel point ce petit mec semblait manquer à la planète : le Web bruissait de mille rumeurs sur le lieu de sa retraite, on l'avait déjà croisé aux quatre coins du globe. Cimard découvrait en outre que Nino Face, puisqu'il s'appelait comme ça, était à la tête d'une véritable fortune, allant du simple au centuple suivant les sources, mais quand bien même il n'aurait possédé que le simple, il y avait déjà de quoi motiver bon nombre d'arnaques, de rapts et de coups fourrés. Serge Cimard avait étendu ses bras sur les accoudoirs, songeur, impressionné par l'identité de celui qu'il avait soudain brièvement considéré comme son hôte, avant de se reprendre. De longues minutes avaient passé. La faille avait alors grandi en lui.

Car s'il était presque parvenu à en faire le bouc émissaire universel de toute sa haine, il fallait bien admettre qu'il n'y était, justement, pas parvenu de manière totale. Et cette nouvelle, le fait que Nino Face soit aimé, le fait que ce petit rouquin ait des admirateurs dans le monde entier, tout ce truc un peu débile et dérisoire, tout ça, sans que Cimard comprenne pourquoi, l'avait d'un coup ébranlé. Il s'était redressé, et était descendu, pénétrant doucement dans la cave.

— Tu es chanteur ? avait-il avancé.

Nino l'avait regardé, terrorisé comme depuis huit jours, sans rien comprendre à ce calme soudain, sans imaginer non plus que son geôlier ait pu ignorer ce que le monde entier savait.

— Oui, avait-il balbutié, sûr de rien.

— Light Green ? avait dit Cimard avec un accent trempé dans le béton.

Le gros n'en revenait pas. En face, le petit n'en revenait pas non plus : le tortionnaire s'était mué en homme, un parmi tant d'autres, juste un homme.

Cimard dut le sentir, ou bien se sentit simplement perdre pied, sentit qu'il serait bientôt trop tard et que sa peine, ses douleurs et son deuil, toute la noirceur de sa vie, qu'il avait cru pouvoir faire endosser à ce petit mec sur cette chaise, tout ça ne regarderait bientôt plus que lui, il lui faudrait baisser les armes et voir en face toutes ses misères, seul, il lui faudrait bien avouer, à lui-même comme à la terre entière, que ce petit Nino n'y était pas pour grand-chose, que le sac en cuir importait peu, que seul avait compté Dante, absent, envolé, enterré pour toujours, et que bourrer de coups de poing Nino Face n'y changerait rien, peut-être sentit-il tout ça battre contre ses tempes quand il s'approcha de la chaise, peut-être sentit-il qu'il était encore temps, juste là, de frapper pour toujours et pour la dernière fois, sans doute regroupa-t-il tout cela en lui en levant son bras en l'air, prenant son élan, et son souffle, une dernière, probablement l'ultime qu'il mettrait dans sa vie, mais une bonne, une énorme, une définitive, une qui marque et veut tout dire, non à tout, au plus futile et au plus grave, non à l'argent et à la mort, et son bras s'abattit sur la face de Nino, sonore, superbe, Nino Face et sa chaise roulèrent ensemble deux mètres plus loin dans des gémissements encore humains liés aux frottements du métal sur le sol, et Cimard expira, une interminable goulée d'air, comme un soupir.

Il tourna les talons, éteignit la lumière, et remonta.

L'après-midi même, Cimard redescendait et remettait Nino et sa chaise sur pied, avant de faire quelques pas autour de lui, s'offrant une dernière occasion de le terroriser, une toute petite dernière blague, comme un bonus, sortant le flingue trouvé dans le sac en cuir, et le braquant sur sa propre tempe.

— Je vais tirer, avait-il dit. Je vais me faire sauter la tête devant toi, avec ton propre flingue, et je vais crever là, sous tes yeux. Et toi, tu vas me voir, la tête éclatée, et tu seras toujours attaché, pas le moindre mouvement possible. Toi aussi, tu vas crever. Tu vas crever assis, de fatigue, de faim, d'épuisement, un truc comme ça, ça doit prendre quelques jours, peut-être quatre ou cinq, peut-être moins. Mais je peux t'assurer que ça va être long, et que tu vas avoir tout le temps de te mordre l'intérieur des joues en regrettant d'avoir volé ce sac.

Et sans laisser le temps à Nino de répondre quoi que ce soit, Cimard avait pressé la détente.

Clic.

Les yeux grands ouverts de Nino avaient plongé dans ceux, grands ouverts, de Cimard. Les deux hommes s'étaient regardés dans un silence de plomb. Nino haletait. Cimard avait baissé l'arme vers le sol, et l'avait jetée comme un objet hors d'usage.

— Tu croyais que tu avais un flingue dans ton sac et moi je croyais que j'allais te séquestrer. Tu vois, on s'est trompés tous les deux. Tu voulais tuer quelqu'un, avec ça, tu voulais te défendre, jouer les caïds ? Tu croyais que c'était un vrai ?

Nino l'avait regardé sans répondre, incrédule.

— C'est un jouet ! avait rigolé Cimard. Tu as l'air surpris. Tu l'avais acheté pour un vrai, c'est ça ?

Et il s'était repris :

— Moi, c'est pareil, avait-il murmuré. Je pensais que j'allais être dur, m'enterrer là-dedans, regarder ma folie en face et lui faire l'amour.

Et relevant soudain la tête :

— Mais c'est pas mon truc. Je suis un dingue parce que j'ai fait ma vie sans frontière, sans barrière, quasiment sans lois, j'ai mis les pieds là où je voulais, et j'aurais pu tuer un mec à mains nues si on avait voulu m'en empêcher, je suis un dingue pour tout ça. Mais ça ne fait pas de moi un malade. Je me suis trompé parce qu'au fond, te séquestrer et t'en foutre plein la gueule, ça ne m'intéresse pas.

Un long silence avait suivi, au terme duquel Serge Cimard avait attrapé le cutter, s'était approché de Nino, et avait tranché les liens qui le retenaient sur cette chaise depuis huit jours.

III

La suite aurait semblé ahurissante à quiconque aurait assisté à la scène. Les deux hommes avaient gravi les marches côte à côte, Cimard soutenant Nino, dont les jambes s'étaient ankylosées. Ils étaient arrivés dans le salon, où Nino Face avait aperçu l'ordinateur, son visage en plein écran, et s'en était timidement approché, jetant un œil à Serge Cimard, qui lui avait tiré le fauteuil afin qu'il s'y installe, lui proposant même un café.

Il y avait dans l'œil et la voix de Cimard quelque chose d'accueillant, de simple, qui aurait sans aucun doute fait frissonner n'importe qui. Mais, pour sa part, Cimard savait qu'il ne lèverait plus jamais la main sur Nino, et probablement sur personne d'autre non plus. Et bizarrement, en retour, c'est cet homme affable et doux que Nino prenait pour le vrai Serge, sans savoir encore expliquer pourquoi. Il frappait fort et en cadence, il le laissait moisir dans le noir et le tenait scotché sur une chaise, mais il lui demandait tous les jours comment il se sentait, ou bien s'il avait mal, comme des éclairs de bienveillance dont il semblait vouloir se défaire sans y parvenir. En vérité, Nino Face n'avait pas vraiment eu peur. Il avait craint les coups, redouté la suite et maudit l'obscurité, oui, mais il avait eu dès les premières minutes, presque dès le premier regard qu'ils avaient vraiment échangé, le pressentiment que tout ça prendrait fin dans le calme. Les deux hommes eurent de longues discussions sur le sujet par la suite, et ne parvinrent jamais à comprendre pourquoi la peur s'impose parfois, et parfois pas. Cimard citait une nuit passée dans un hôtel meublé en plein Paris dans sa jeunesse, un taudis fréquenté par une faune indescriptible, un type avait fait irruption dans sa chambre vers trois heures du matin, défonçant la porte d'un coup d'épaule et le tirant du sommeil, une sorte de fou, armé d'un marteau, qui aurait certainement terrorisé n'importe qui. Cimard s'en étonnait encore, il n'avait pas eu le moindre frisson face à lui. Il lui avait parlé sans la moindre crainte, lui avait dit de ressortir, et tout s'était éteint d'un coup. Pourquoi n'avait-il pas eu peur ? Mystère. À l'inverse, Nino racontait avoir vu son patron, un soir au Paradiso, faire face à une dizaine de types, sur le point de partir sans payer. Le bar était désert, Laurie mettait les chaises sur les tables et Nino passait la toile, et les dix types, debout face à la caisse, expliquaient qu'ils reviendraient bientôt, régleraient tout en une fois, plus pratique, plus simple. Nino se préparait à voir voler le mobilier, la vitrine et tout le reste, et son patron, pas plus impressionnant que n'importe qui, avait eu cette phrase capable de mettre le feu aux poudres :

— Moi, messieurs, je n'ai peur de rien. Alors il faut me payer.

Nino avait ravalé sa salive en frottant le pavé sans y croire, Laurie avait crispé ses mains sur les pieds d'une chaise en se préparant à bondir, un silence interloqué avait parcouru le bar désert, et le plus bavard des types avait ouvert son blouson. Il en avait sorti des liasses de billets, dont il avait extrait le compte exact, avait payé l'ensemble, et tout le monde était parti.

— Et je sais pourquoi, avait expliqué Nino : ce qu'il leur a dit, c'était vrai.

Dans cette cave, attaché sur sa chaise et cloué par le regard de Cimard, Nino avait senti que quelque chose, dans tout cela, sonnait faux. Tout comme Cimard, qui n'y croyait pas complètement lui-même. C'était inexplicable mais les faits étaient là : quelques heures à peine après que Cimard eut libéré Nino, les deux hommes buvaient un café côte à côte en parcourant le Web, découvrant tous les deux ce qui se disait de par le monde à propos de Light Green et de son chanteur envolé.

Quelques jours avaient passé, Serge offrant le gîte à Nino afin qu'il se remette du temps passé dans la cave, Nino prenant cela comme une sorte de pause, une parenthèse. Bientôt, la vie reprendrait, la musique et les tournées, il n'avait disparu que depuis huit jours et, à en croire ce qui se disait sur Internet, le monde ne tournait déjà plus tout à fait rond. Il serait assailli de questions en tout genre, on le regarderait droit dans les yeux en croyant y deviner tant de choses, et, au calme dans cette maison perdue au fond d'un bois immense, tout ça – et il s'en étonnait lui-même – le fatiguait un peu d'avance. Rester là lui donnait l'impression de prendre quelques jours de repli supplémentaires avant le retour dans la fosse aux lions. Le calme, ici, était total. Le seul bruit provenait du vent dans les feuilles et des cris des oiseaux. Nino n'avait connu cela nulle part ailleurs, même chez Marcel, où le bruit d'une voiture au loin résonnait parfois contre les flancs des montagnes alentour. Le silence, ici, était probablement le même que sur une île déserte, la fameuse île à laquelle il rêvait parfois, les soirs d'ennui dans le canapé, à Calais, île dont il pensait toujours qu'il s'y emmerderait très vite. À mesure que les jours avaient passé, force avait été de constater qu'au final, non, il ne s'emmerdait pas du tout. Il ne s'en rendrait compte que deux ans plus tard mais, au sortir de cette semaine passée attaché sur une chaise, Nino Face entra tout sourire et calmement dans ce qui n'était rien d'autre qu'une longue dépression.

Le matin, Nino se levait tard. Il sortait sur la terrasse, où Serge était la plupart du temps installé devant un café, lisant les informations sur un ordinateur portable. Nino sautait alors dans la piscine, que Cimard avait à l'origine fait creuser dans l'idée d'y plonger parfois sa victime pieds et poings liés, avant de la ressortir quelques secondes plus tard, à bout de souffle et terrorisée. Là, Serge regardait Nino aller et venir dans l'eau chaude, et trouvait le spectacle beaucoup plus à son goût. Les deux hommes prenaient ensuite un petit-déjeuner sous le soleil, et commentaient ensemble la marche du monde, l'écran face à eux. Parfois, ils le refermaient et profitaient simplement du calme alentour en discutant de choses et d'autres. Entre une rock star et un faux-monnayeur, les sujets de discussions ne manquaient pas, les anecdotes se succédaient sans temps mort. Le repas du midi arrivait vite, durant lequel ils continuaient à échanger sur tout et rien, faisant petit à petit connaissance, dévoilant leurs secrets l'un à l'autre. Serge Cimard parlait de Dante, de la fenêtre sur le monde et sur lui-même qu'il avait été, de tout ce qu'il avait représenté pour lui. Nino Face se rendait compte qu'il n'avait, lui, véritablement aimé personne. Cimard n'en revenait pas. Comment pouvait-on monter sur scène et se mettre à nu – c'est du moins l'impression que cela lui donnait – devant des milliers de personnes sans en aimer vraiment aucune ? Nino répondait que justement, ceci expliquait peut-être un peu cela, ou bien l'inverse, enfin tout ça était complexe, et l'après-midi débutait sans qu'ils aient su répondre à la question posée. La discussion se prolongeait parfois autour du billard, que Cimard avait à l'époque fait installer en songeant qu'il calerait sa victime dessus, jambes écartées, sur le beau tapis vert, et qu'il ferait cogner les boules en plein contre ses couilles, il en jubilait d'avance. Ça non plus, ça n'avait pas eu lieu. Le billard ne servait finalement qu'à y jouer, ce qui le satisfaisait au moins autant que le supplice qu'il avait au départ imaginé. Et puis le billard, ces coups loupés, ces rebonds, ces effets, volontaires ou pas, ces chocs frontaux, tout cela leur plaisait autant à l'un qu'à l'autre. Parfois, ils cessaient de parler.

Noël était vite arrivé, et Nino n'avait toujours pas évoqué la possibilité, ni l'envie, de passer le mur d'enceinte de la propriété. Lui et Serge vivaient ensemble depuis plus de six mois déjà, et étaient devenus amis, deux complices, qui rigolaient ensemble et se confiaient sur tout, et n'avaient au final pas besoin de quoi que ce soit d'autre : ces deux éclopés s'étaient trouvés. La seule ombre au tableau, l'unique sujet de discorde entre les deux copains, était que Nino, depuis tout ce temps, n'avait donné le moindre signe de vie à personne, ce que Serge comprenait aisément, mais n'avait pas non plus adressé le moindre geste à ses parents, ce que Serge, par contre, ne comprenait plus du tout. Pour toute réponse, Nino disait qu'il ne se sentait pas prêt, ce qui laissait Cimard perplexe, et la situation restait la même.

À Noël, justement, Serge Cimard s'était dit qu'en cette occasion, Nino ferait peut-être un pas. Appeler. Un coup de fil, juste rien, un indice, une simple carte.

— Si tu veux, on l'envoie à quelqu'un à New York dans une enveloppe, il la poste depuis Central Park, il y aura le cachet de la Poste américaine, tout le monde croira que tu es là-bas, insistait-il. Ou bien tu les appelles, je peux t'emmener loin dans le coffre de la voiture, personne ne verra ta tête, on achète un téléphone en Espagne, tu les appelles et on rentre.

Mais Nino ne voulait pas. Nino Face vivait dans une bulle, au cœur de la campagne, et n'avait plus envie de quoi que ce soit d'autre, surtout pas de prendre le risque d'en sortir ou qu'on vienne faire le siège devant le grand portail, qu'on essaye même d'escalader le mur. Ce qu'il avait vécu comme un luxe au départ, la célébrité, la vie facile que cela semblait représenter, lui apparaissait aujourd'hui, au contraire, comme la pire des servitudes. Ici, il était tranquille, et tenait à ce que rien d'extérieur ne vienne mettre ce calme en péril.

Rien, excepté le cadeau de Noël, justement, que Serge et lui s'étaient concocté un soir, en prenant l'apéritif. Tout ici était idyllique, hormis le mal qu'il faisait peut-être à ses parents mais il passait vite à autre chose, évitait le sujet, tout ça aurait pu durer mille ans, oui, mais il manquait deux choses : une fille à poil pour Nino, et un mec à poil pour Serge. Les deux copains s'étaient regardés, avaient ensemble acquiescé, et décidé que le réveillon serait d'un genre nouveau. Deux étrangers pénétreraient dans la propriété, que Serge irait chercher sur les grands boulevards de Paris.

Deux professionnels, à qui il banderait les yeux aussitôt passé le périphérique, et qu'il conduirait ainsi à travers la France jusqu'au repaire au fond des bois. Une fois dans une chambre avec Serge, l'homme pourrait se découvrir les yeux, puisqu'il aurait vu son visage au départ. La fille, en revanche, passerait la nuit dans le noir intégral, et repartirait sans avoir vu le jour, sans se douter une seule seconde qu'elle aurait enlacé et ravi une rock star disparue.

C'est ce qu'ils firent.

Au milieu de la nuit, la fille fit semblant d'enlever le foulard qui lui masquait les yeux, et Nino vit rouge, se raidit comme une pierre en une seconde à peine et s'imagina contraint de la tuer, d'enterrer le corps, un délire immédiat que la fille ne soupçonna pas, éclatant simplement de rire en l'air quand elle sentit les poignets de son client se resserrer sur les siens comme deux mâchoires, elle continua d'onduler, tout sourire, et Nino se détendit d'un coup, tout près, tout près du Nirvana.

Joyeux Noël.

IV

Avanzato partageait sa cellule avec deux autres mecs. Le premier était là avant lui, un petit gars malingre, professionnel des arnaques à la carte bleue, multirécidiviste et crachant ses poumons à la moindre occasion. Malgré la grisaille entourant son personnage, qu'on distinguait au premier coup d'œil, cet antihéros voûté se faisait appeler *King*. Tout le monde ignorait pourquoi, parce que tout le monde s'en foutait, à l'exception d'Avanzato, qui avait un soir consenti à écouter l'histoire. King s'était redressé sur son lit, avait bombé le torse et ajouté une foule de détails à un récit rocambolesque qui prenait fin dans le Pacifique à bord d'un yacht appartenant à une reine dont il avait préféré taire le nom à son compagnon de cellule, par respect pour elle, avait-il précisé en semblant bien y croire lui-même. Une reine qu'il avait séduite et ravie à son falot mari, et enchantée un mois durant.

— Elle me disait : « *You are a king* », rêvait-il. Et puis on est rentré au pays. Le sien, je te dis pas lequel par respect pour elle. Et je l'ai laissée retourner avec son guignol, je n'avais pas envie de foutre la merde dans le royaume…

Karl Avanzato avait écouté sans relever, les yeux

rivés au plafond. Depuis, il l'appelait King, puisque cela semblait lui faire plaisir.

Un troisième était arrivé peu après, Omar. Avanzato lui avait donné son lit, gardant pour lui le matelas au sol. Le dealer de vingt-deux ans avait pris cela pour un signe de soumission, avait fixé Avanzato droit dans les yeux sans prononcer le moindre merci, se croyant dès la première seconde propriétaire des lieux. Avanzato n'avait pas relevé. Omar parlait fort, aboyait dès qu'il ouvrait la bouche, ne savait rien dire sans que ça sonne comme un ordre ou une menace, et Karl Avanzato l'avait supporté trois jours sans répondre, le temps le calmerait. Le matin du quatrième jour, Karl Avanzato était sorti de ses gonds sans prévenir, l'avait mis par terre en deux coups de poing dans le ventre, suivis d'un genou en pleine face, ses mains lui tenant la nuque, le relevant d'un bras par le col, pour un incroyable coup de tête final qui avait laissé le caïd étendu sur le sol comme s'il avait explosé en plein vol. Sur sa couchette là-haut, King pouffait de rire entre deux quintes de toux, rouge comme une écrevisse ternie par la nicotine. Avanzato s'était alors baissé sur Omar, qui grelottait de peur, et lui avait dit tout bas qu'il n'avait rien ni personne à perdre, qu'il avait tué deux flics, qu'un cadavre de plus, surtout celui d'un merdeux dans son genre, ne changerait rien ou presque à la longueur de sa peine. Omar avait ouvert de grands yeux, balbutié des excuses inaudibles, et s'était mis à pleurer.

Depuis, King, Omar et Karl cohabitaient à peu près. King était un mythomane infatigable, à qui les deux autres demandaient de se taire quand ils en avaient marre, et il obéissait, rendant sa folie supportable. Omar adoptait des airs de dur durant la promenade, prenait du galon, mais restait à sa place dès lors qu'il rentrait en cellule, traçant au mur des bâtons à la craie comme dans les films. Karl le regardait faire. Chacun son style, chacun ses trucs. Lui, depuis le départ, notait des chiffres dans sa tête et les ramenait à des modèles de voitures, toujours des belles, des bolides, excepté la petite Renault de sa mère à laquelle il avait pensé le cinquième jour, la Supercinq blanche qui s'était imposée à lui. Trois jours plus tard, la R8 Gordini qu'ils voyaient passer dans les rues de Calais avec Fred quand ils étaient gamins était revenue dans ses rêves, ce bleu, les deux bandes blanches, et puis ce bruit… Depuis, les voitures avaient défilé sous son crâne, pendant qu'Omar blanchissait le mur de ses petits bâtons, et que King séduisait à voix haute toutes les princesses du globe. Il y avait eu la Ford GT 40, Fred en avait une en poster dans sa chambre quand ils s'étaient connus, et quelques mois plus tard, l'Alpine A110. Les vrombissements rythmaient les journées d'Avanzato, seule fenêtre sur le reste du monde tandis qu'il fabriquait des enveloppes kraft six heures par jour, amassant un pécule dérisoire, mais légal. Les voitures, que Fred et lui avaient tant aimées, la Fiat 126 rouge qu'ils avaient failli voler un jour, détalant quand les fenêtres à l'étage s'étaient allumées. Puis l'Alfa 175, il y en avait une dans leur quartier, ils bavaient devant. Les peintures nacrées succédaient aux pistons huilés, les volants sport s'enchaînaient, les jantes en alliage, et les jours défilaient sans que jamais rien ne change. La lumière déclinait, la Mercedes 300 SL, avec ses portes papillon, lui arrachait un sourire en ce jour gris, puis la Ferrari 308 GTB de Magnum la semaine suivante, la 400 ensuite, la seule à quatre portes, puis la BB 512, qu'il trouvait laide à l'époque, bordel, déjà cinq cent douze jours qu'il moisissait ici. Le jour du coupé BMW 635 CSI, son rêve d'enfant, était arrivé derrière. La peine ne prendrait jamais fin, trente ans, et toutes les voitures de la terre ne suffiraient pas à l'adoucir. Omar était parti, un transfert parmi d'autres, un Chinois avait pris sa place, qui n'avait pas prononcé plus de trois phrases depuis son arrivée, et auquel King n'avait rien raconté.

— Je sens qu'il ne me croirait pas, avait-il soufflé à Karl, qui s'était demandé quels éclairs de lucidité lui traversaient parfois l'esprit. Je ne sais pas pourquoi. Je ne le sens pas, ce mec.

Avanzato dormait toujours par terre, lui qui aurait pu faire sa loi, exiger la meilleure place et l'obtenir, lui à qui on laissait sa chaise quand il n'y en avait plus de libre à la cantine, et qui la refusait toujours, pas envie de jouir du moindre privilège. Peu importait, surtout, qu'il dorme à même le sol et mange accroupi dans un coin, quand il regardait dehors, les barreaux dans ses paumes, il ne faisait pas plus clair sous son crâne. Dehors aussi, les fantômes de Fred et de Carole danseraient dans ses pupilles, même en fermant les yeux. La prison n'y changeait rien, rendait peut-être le quotidien plus sordide encore mais en vérité, peu importaient la promiscuité, les douches sales et les promenades en rond, le pire était ailleurs, dans sa cervelle exactement, et pour toujours, bien plus que ces trente ans dérisoires, ou ces neuf cent onze jours déjà passés ici, 911, comme la Porsche, une autre voiture de rêve mais qui n'avait aujourd'hui plus le moindre éclat quand il s'imaginait en conduire une. Deux ans et demi qu'il était incarcéré, deux ans et demi durant lesquels il n'avait rien lâché, pas le moindre indice, à Martine Abkarian venue le voir plusieurs fois au parloir, la plupart du temps en compagnie de sa mère. Les deux femmes se serraient l'une contre l'autre comme avaient pu le faire leurs deux fils durant toutes ces années, elles le regardaient ensemble avec des larmes dans les yeux, le suppliaient de parler, qui, qui conduisait la voiture ? Dis-le-nous, Karl, qu'on le retrouve, qu'on l'inculpe, tu payes seul ce que vous avez fait à deux. Avanzato ne bronchait pas, s'en voulait de les faire souffrir, oui, mais refuserait toujours d'en dire plus, tout ça ne regardait que lui, il payait, et il payerait. Il était seul responsable, et le silence dans lequel il se terrait était une punition qu'il s'infligeait à lui-même : il payerait seul, et jusqu'au bout. Parfois, dans la cellule, le soir, les trois détenus tombaient sur les clips et, parmi eux, Light Green arrivait tôt ou tard. Avanzato fixait l'écran, regardait Nino Face danser, le fixait sans cligner des yeux, sans prononcer le moindre mot. Petit à petit, les deux mères avaient espacé leurs visites, continuant néanmoins à lui faire parvenir un colis, dont il donnait de plus en plus souvent le contenu à King, qui riait aux éclats devant les tablettes de chocolat et les revues pornos qu'il découvrait à l'intérieur. Personne ne s'en rendait compte, tant Avanzato faisait figure d'indomptable et de caïd, mais Karl était tout simplement en train de se réduire comme un feu qui s'éteint. Deux ans et demi qu'il était ici, deux ans, surtout, que le petit Nino Face s'était évaporé dans la nature et dans l'incompréhension de tous, toutes les légendes couraient sur son compte et Karl Avanzato savait désormais qu'il ne remettrait plus jamais la main sur lui, il ne le tiendrait jamais par l'épaule en la serrant fort, en lui parlant droit dans les yeux. Trop tard. Il avait essayé, l'avait pisté, s'était rendu à quatre concerts différents, il y avait même une photo sur laquelle il apparaissait, impassible au milieu de la foule, mais le service d'ordre était toujours là, et si quelques membres du groupe apparaissaient parfois en public, le petit chanteur, lui, semblait vivre reclus dans ses chambres d'hôtel ou retranché derrière des barrières de sécurité. Il n'avait jamais pu s'en approcher à moins de cent mètres. Trop tard pour ça, trop tard pour tout depuis que Fred était mort sous ses yeux. Trop tard aussi pour aller voir Carole un jour et tout lui raconter, la revoir, tout lui dire, trop tard pour lui avouer, lui dire l'amour, les non-dits, sa blessure et les mensonges, Fred, les billets, le voyage, et l'hôtel au Portugal. Carole devait vivre, être heureuse loin de lui et de ces hauts murs gris, et jamais elle ne saurait à quel point ils l'avaient aimée.

Ce neuf cent onzième jour, dans le silence de sa cellule, puisque King était à l'infirmerie pour ses bronches, et que le Chinois dormait, Karl Avanzato décida qu'il était temps. Ou plutôt, il sentit qu'il était prêt. Que la force qui lui avait manqué, qui l'avait poussé dans cette bijouterie dans le but d'en finir, cette force, aujourd'hui, il l'avait, elle était là, dans ses paumes ouvertes devant lui, qu'il fixait. Tant pis pour les bolides à venir, l'Alfa 1500 Sprint, la Volvo P 1800, la BMW 2002 Tii, et puis toutes les suivantes, la Maserati 3500 GT, viendrait un jour la Saab 9000, il aurait cinquante ans et ne serait pas au bout de sa peine, et peu importait, toutes ces bagnoles qu'il ne toucherait plus jamais, il était l'heure, un dernier tour de circuit dans sa tête, une dernière feuille et quelques mots, il s'assit à la petite table encombrée, il poussa tout ce qui s'y trouvait, étala une feuille blanche et prit un stylo, et se lança. Les mots vinrent dans la douleur mais il fit face et insista, et décida de ne rien raturer, d'écrire, jusqu'au bout, d'éclairer les ombres et de crier les silences, raconta tout, il mit une heure au moins et sécha plusieurs larmes, et plia la feuille en s'interdisant de la relire. Il la glissa dans une des enveloppes qu'il confectionnait chaque jour, il la referma, et ajouta une adresse incomplète, sur le devant, d'une main tremblante. Puis il prit une seconde feuille, et, là, recommença plusieurs fois le petit texte, il le mit au point avec difficulté, voulant être clair sans trop en dire, mesurer le nombre de mots, tout dire mais tout cacher, il insista une heure au moins.

Puis il sortit une troisième feuille, une dernière, sur laquelle il griffonna son nom, son adresse, ici, dans cette prison, et dit qu'il s'agissait là de ses dernières volontés, deux choses minuscules, qu'il demandait au directeur des lieux d'accomplir en son nom. La première était de poster la lettre qu'il venait d'écrire à l'adresse indiquée sur l'enveloppe. La seconde était de faire passer une annonce dans un grand quotidien, le texte était là, sur la feuille numéro deux, énigmatique mais le destinataire le comprendrait. Karl le relut, ce petit texte, et en frissonna tout seul en se remémorant les différentes étapes de cette histoire, précisa par écrit que son petit pécule pourrait certainement payer les frais d'insertion, et qu'il n'y aurait qu'à renouveler les parutions jusqu'à son épuisement, ou bien tabler sur plusieurs journaux, faire de ce court message une bouteille à la mer, sur lequel peut-être, son destinataire tomberait un jour. Avant d'en finir, il ajouta quelques mots, griffonnés dans la douleur : « Dites à ma mère que je suis désolé, que je l'aime. »

Et puis Karl Avanzato remit le capuchon sur le petit stylo, et se tourna vers le Chinois, qui dormait encore, et le regarda plusieurs minutes sans savoir pourquoi. Il se leva, se demanda ce qu'il allait faire, mais il avait eu neuf cent onze jours pour y penser, et savait très bien qu'il ne ferait rien d'autre. Rien d'autre que nouer ses deux lacets, deux longs lacets de chaussures montantes, qu'il avait demandées à sa mère en prévision de ce jour funeste, l'aboutissement foireux d'une trajectoire chaotique, pleine de bosses et de creux. Il avait fait ce qu'il avait pu, s'était battu, et avait cassé son plus beau jouet, la plus belle chose qu'on lui ait jamais donnée, son pote Fred, qu'il allait retrouver. Il se disait ça en nouant la corde autour du barreau, puis autour de son cou, il pensait à Carole, à sa mère, à Cimard, qu'il avait vu au tribunal, de loin, à tout ce qui s'était produit, puis à Light Green, et serra le nœud, pensa encore à Fred, son sourire et son auréole rouge, et se laissa tomber de tout son poids, un coup sec qui lui entailla la peau sans le tuer mais il resta ainsi, pendu par le cou en sentant les forces le quitter sans que rien ne bouge autour, inconscient bientôt, tandis qu'au loin vrombissait une Maserati, que les vagues encerclaient, tout là-bas, vers Porto.

V

Le directeur de la prison relut plusieurs fois les différentes lettres qu'Avanzato avait laissées en évidence sur le bureau avant de se pendre aux barreaux de la cellule, il avait été découvert par son codétenu chinois au réveil, qui avait bondi sur la porte en hurlant, frappant de toutes ses forces pour qu'on vienne, puis on l'avait transporté à l'infirmerie, où l'on avait constaté sa mort, le reste avait suivi. Karl Avanzato avait été brûlé la veille, en présence de sa mère et de Martine Abkarian, deux femmes ayant perdu leurs deux fils, serrées l'une contre l'autre dans l'immense et vide crématorium. Le matelas d'Avanzato, le soir même, était alloué à un nouveau détenu de vingt et un an, les dents serrées sur la vie comme autour d'une méchante blague, qui fixa le plafond sans y croire et sans trouver le sommeil.

Le directeur soupira encore. On ne pouvait décemment pas refuser ses dernières volontés à un détenu suicidé, fût-il l'assassin de deux policiers. La lettre cachetée était adressée à une certaine Carole Sauvage, *chez sa tante*, suivi d'une adresse imprécise, un nom de rue sans numéro, *face au magasin de vêtements pour enfants*, à Calais. L'homme avait allumé son ordinateur et fait quelques recherches, parcourant l'avenue de façon virtuelle. Un immeuble, au 3 bis, semblait correspondre, dans lequel habitait une Maryse Sauvage, il l'avait trouvée dans l'annuaire. Il lut la lettre une dernière fois, et considéra qu'elle ne comportait rien qui justifie de ne pas la poster, la plia doucement, et la rangea dans une enveloppe neuve, sur laquelle il inscrivit l'adresse complète.

La levée eut lieu à midi comme tous les jours, un petit utilitaire de la Poste apportant le sac de courrier quotidien à la centrale, et les nombreux colis. Parmi tout ça, des lettres d'amour, des photos d'enfants autour de gâteaux d'anniversaire, des promesses et des rêves de retrouvailles, quelques nouvelles et beaucoup de désir. Dans les paquets, la plupart du temps, quelques douceurs à se mettre sous la dent, un morceau de téléphone portable dans un cake, que l'employé chargé du contrôle coupait en plusieurs morceaux, trouvant tôt ou tard la pièce dissimulée, une lame de cutter glissée dans un gros livre, parfois une culotte, un soutien-gorge.

Le postier chargeait ensuite le courrier sortant, toujours contrôlé, lui aussi, lu et relu, et finalement envoyé quand on n'avait rien trouvé de louche entre les lignes. Parmi les lettres ce jour-là se trouvait la missive de Karl Avanzato, noyée parmi les autres. La camionnette démarra.

Au centre de tri, les sacs furent ouverts, les enveloppes dispatchées suivant les codes postaux, toutes ces lettres de détenus s'éparpillèrent et se diluèrent dans le flot des factures et des offres promotionnelles, les magazines par abonnement, les contrats divers et les cartes postales, une fourmilière dans laquelle la lettre d'Avanzato fut brinquebalée, soulevée, compmée, lancée, un gros sac en toile balancé dans un camion, puis dans un autre, avant de ressurgir, sans le moindre pli, le lendemain à l'aube dans le centre de Calais, dans les sacoches d'une factrice débutante, qui se demandait parfois ce que renfermaient toutes ces enveloppes. Ses collègues l'avaient prévenue, cela faisait ça au départ, et puis ça passait. Surtout, ne jamais sauter le pas. Ne jamais en ouvrir une, même quand la tentation est grande, que l'enveloppe est mal cachetée, qu'on y voit des choses par transparence. Elle rangea les différents plis en ordre, préparant sa tournée. Quand les paniers furent remplis et tout le chariot vide, la jeune femme alla prendre un café rapide qui lui brûla les doigts au travers du gobelet, et se mit en route, sur son vélo. Il ferait beau.

Il faisait effectivement très beau quand la jeune femme mit le vélo sur sa béquille devant le 3 bis de la rue des Canadiens. Le grand immeuble avait été ravalé, il éclatait dans le soleil. Elle entra, un paquet de lettres en main, se posa face aux boîtes et commença la répartition, les noms commençaient à entrer, certains plus que d'autres, un « Pier Pastori », à l'autre bout de la ville, s'était par exemple gravé dans sa tête dès la première tournée. « Jessy Cata », *idem*, s'était imposée dès la première missive. Dans cet immeuble, un nom de femme avait déjà deux fois attiré l'attention de la factrice, sans toutefois s'être installé dans sa mémoire de façon définitive, la femme ne recevant que peu de courrier : Maryse Sauvage. Le nom était écrit sur l'enveloppe et son regard balaya les étiquettes accolées sur les boîtes. Elle finit par trouver. Le cachet « Centre Pénitentiaire de Fresnes » sur le coin gauche de l'enveloppe l'interpella tandis qu'elle glissait le pli dans la fente, elle se retrouva bientôt les mains vides, et ressortit enfourcher son vélo, vers l'immeuble suivant.

Le soir, elle raconta à son mari qu'elle avait posté une lettre émanant d'une prison, se demandant ce qu'il pouvait bien y avoir à l'intérieur, rien de bon, probablement. Son mari se moqua d'elle, fit semblant de s'inquiéter pour son cas, et la prévint qu'ouvrir le courrier lui coûterait un jour son poste.

— Tu as raison, il faut que je fasse attention, parfois j'en meurs d'envie, sourit-elle.

Maryse Sauvage, elle, ne mourut pas d'envie de découvrir les mots que renfermait l'enveloppe. Elle la considéra d'un œil torve, s'en tenant à bonne distance, la lettre posée sur la table de la cuisine, la vieille femme pourtant pas si vieille, les mains dans sa robe de chambre, la regardant comme une menace, un pied de nez, une intrusion dans son antre. Carole n'avait jamais remis les pieds ici, n'avait jamais rappelé, n'avait même pas envoyé la moindre carte par la suite, elle qui l'avait accueillie à bras ouverts, sans se douter que sa charmante nièce amènerait sous ses fenêtres la pire racaille de tout Calais, il était hors de question qu'elle lui fasse suivre cette missive. Dix ans après, les fréquentations détestables de Carole continuaient de la harceler, la preuve, une lettre, ici, chez elle, postée à son adresse, qu'ils n'avaient donc pas oubliée. Elle recula vers la porte d'entrée, ferma les trois verrous à double tour et se jura d'en faire mettre un supplémentaire, revint vers la salle de bain, dans laquelle elle prit un anxiolytique, qui lui donna suffisamment de force pour chasser le diable de chez elle, saisir l'enveloppe à deux doigts, tant pis si ça fait mal, et ouvrir le gaz, la flamme bleue, elle y jeta la lettre, qui s'embrasa difficilement mais ça vint, la flamme vira au jaune, puis au vert, et tout disparut comme ça, les mots d'amour de Karl Avanzato, les derniers et les seuls, les premiers, même, uniques, les seuls de sa courte vie, des mots d'excuse, aussi, une plainte et une confidence, une mise à nu juste avant de partir, et du papier mouillé de larmes. Carole Sauvage ne sut jamais que Karl Avanzato s'était donné la mort pour ne plus vivre sous le poids du remords, et des regrets aussi, ceux de ne jamais avoir osé, jamais tenté, qui sait si elle n'aurait pas été séduite s'il avait au moins essayé, Karl avait choisi de disparaître et Carole ne repensa à lui que des années plus tard, quand elle rencontra en Sardaigne un clown équilibriste du nom d'Avanzato, ce nom lui parla, elle fit le lien un jour, exactement celui où elle et lui se marièrent et ça la fit sourire. Karl Avanzato ne sut jamais que sa belle Carole avait épousé un gars portant son nom, là, comme si c'était tombé tout près, comme si cela avait pu être lui. Carole ne sut rien du drame qui s'était entre-temps joué derrière les murs de Fresnes, elle ne sut pas non plus qu'un matin sur Calais pourtant plein de soleil, sa tante au bord du gouffre avait brûlé une lettre, quelques secondes et tout qui disparaît, et qu'au moment de couper le gaz, elle avait soufflé avec une telle hargne que les cendres avaient volé pour retomber en une toute fine pluie de poussière grise.

VI

Light Green avait explosé en plein vol depuis la disparition de son chanteur, ce mystère décuplant au passage l'intérêt qu'on avait jusqu'alors porté au groupe. Ralph Mayerling avait profité de ces rumeurs éparses se muant en légendes pour enfoncer le clou de manière définitive : *Light Green, live at Glastonburry*, était sorti de par le monde, enrichi d'un livret magnifique. On y voyait Nino Face sous tous les angles, à genoux, torse nu dans la lumière des spots sur le *Sunny* final, personne, à l'exception d'un petit dealer de Brixton, ne se doutant que quelques heures à peine après ce show magique, le chanteur achetait un flingue au fond d'une ruelle sombre. Le dealer en rigolait encore, qui lui avait refilé un jouet, bien lourd, mais un jouet, en échange de cinq cents euros, billet qu'il n'avait déposé dans aucun bureau de change, le punaisant au mur de sa chambre miteuse comme un trophée sublime. Il avait baisé une star. Un jour, le dealer en arriverait peut-être à devoir se séparer de ce gros billet mauve qu'il regardait en bombant le torse, une urgence, une dette immédiate, dans sa vie sur un fil, et découvrirait alors qu'il s'était fait avoir aussi.

Jacqueline Avanzato non plus ne savait toujours pas

que la liasse de billets que lui avait remis son fils quelques années plus tôt, en échange de sa Supercinq, était fausse. La suite tragique des événements l'avait empêchée de prendre en main l'une des coupures, d'aller dépenser, acheter, non, c'était impossible. La liasse était toujours intacte, dans un des placards de sa cuisine, comme un mauvais souvenir.

Le live posthume avait dépassé les chiffres de vente réunis des deux albums. Ralph Mayerling avait encaissé des sommes astronomiques, procédant à une répartition rigoureuse auprès de chacun des membres, son dû étant lui aussi viré à Nino, puisqu'il n'était pas mort officiellement. Le dernier mouvement sur son compte avait eu lieu en Sicile, un paiement par carte en règlement d'une nuit d'hôtel. Depuis, plus rien, pas un centime n'avait filé. Serge Cimard réglait tout sans y penser, Nino avait bien sûr maintes fois proposé de s'acquitter de leurs dépenses communes mais Serge avait balayé cela d'un geste, peu importait l'argent, il en avait lui aussi bien plus qu'il n'en aurait jamais besoin. L'agence bancaire de Nino, à Calais, tenait au chaud sa fortune, son conseiller guettant chaque jour un mouvement sur son compte. Chaque soir, ses deux enfants lui demandaient s'il y avait eu du nouveau. Chaque soir, l'homme soupirait que non.

Côté musique, ce succès colossal et ces montagnes d'argent avaient eu des effets divers sur les différents membres du groupe. Chacun avait dû poursuivre sa vie. Les priorités, force était de le constater, n'étaient souvent plus les mêmes que quelques années plus tôt. Dan, par exemple, avait pensé refaire sa maison de fond en comble, mais avait renoncé dès le premier jour, posant les outils, trouvant soudain cette bicoque sans le moindre charme. Il l'avait mise en vente le jour même. Pento avait envisagé de revenir à ses premières amours, un groupe de rockabilly rugueux, la banane de rigueur et le blouson Teddy, manches relevées, jean court et Creepers aux pieds, un truc qui a de la gueule et qui joue dans les bars, contrebasse laquée rose et beau micro chromé mais, après la folie qu'avait été Light Green, Pento se demandait combien de dates il assurerait avant de trouver ça débile et fatigant. Pour l'heure, il jouait sur les albums de quelques copains, et sillonnait l'Europe dans sa Cadillac rouge Candy qui n'avait toujours pas la clim. Les deux Stefan, eux, n'avaient rien modifié à leur vie, toujours face à face dans leur immense appartement, une forêt de fils à leurs pieds, des guitares posées partout. Pedro continuait de frapper en cadence, postait même encore parfois une vidéo de démonstration sur YouTube, vidéos qui, en revanche, dépassaient le million de visionnages en quelques semaines à peine, arrachant au batteur des sourires satisfaits. Le reste de son temps, Pedro le passait désormais dans les bras d'une femme, toujours la même, qui avait su canaliser ses forces. Elle s'appelait Vicky, n'avait rien d'une bombe sexuelle, avait pouffé de rire devant sa Fucking Machine – modèle Hard Sky & Black Shadow, *la partenaire rêvée de tout couple qui s'aime*, que Pedro avait remisé au garage comme un gamin puni –, et faisait dire au batteur qu'elle était la première à lui faire prendre conscience de ce qu'était une femme, « une vraie », soulignait-il. Vicky balayait ses mots d'un sourire amusé, l'embrassait avec beaucoup moins de fougue que la plupart des filles dont Pedro avait consigné les numéros dans un répertoire spécial, qu'il n'avait plus ouvert depuis longtemps. Pedro se disait qu'il était amoureux. Le seul, parmi les membres du groupe pour qui le succès n'avait rien changé du tout était Jérémy. Le petit garçon nourrissait toujours les mêmes envies de mélodies, mais désirait à présent passer d'un genre à un autre : un orchestre symphonique le faisait rêver. Il s'était inscrit au Conservatoire National Supérieur de Musique de Paris, bien que ne remplissant quasiment aucune des qualités requises, mais avait bénéficié d'une dérogation au vu de son curriculum vitae. Depuis, Jérémy s'entraînait au maniement de la baguette et passait des nuits blanches sur des portées multiples. Sandra, elle, jouait du trombone avec autant d'entrain qu'avant, apparaissant sur différents disques dès lors qu'on l'y invitait. Seule différence, elle reversait désormais l'intégralité de ses cachets à une association militant pour l'enseignement de la musique dans les banlieues les plus tristes. Elle et Jérémy vivaient ensemble dans Paris. Sandra, depuis peu, ne prenait plus la pilule.

Chacun suivait son chemin, il était de toute façon impossible aux différents membres du groupe de faire quoi que ce soit de musical ensemble, encore moins sous le nom de Light Green : ils avaient un jour évoqué l'idée, un troisième album, un nouveau chanteur, pourquoi ne pas essayer, ou bien un instrumental, ce pouvait être formidable. Ralph Mayerling, en bout de table, avait levé une main douce et pourtant ferme, et leur avait dit qu'il s'y opposait. Et avant qu'un parmi eux veuille répondre on ne sait quoi, le vieil homme, déclinant, avait clos le débat en leur disant que Light Green était son œuvre, sa toile de maître. Il était détenteur du nom, tous les contrats le stipulaient, il était même détenteur de la *réunion des personnes physiques.*

— Le nom Light Green m'appartient, avait-il expliqué. Et le fait que vous soyez réunis m'appartient aussi, j'ai été l'ordonnateur de votre rencontre, l'architecte. Vous n'avez pas le droit de jouer ensemble sans mon accord. Sans Nino, il faut vous faire une raison, Light Green n'enregistrera plus jamais rien.

La consternation avait suivi, arrachant un sourire presque désolé à Mayerling.

— À ma mort, c'est Rosa qui héritera de tout. Elle décidera, fera ce qu'elle voudra. Vous êtes mon chef-d'œuvre, s'était-il ému.

Le seul autour de la table qui ne s'était pas étonné, tout ça lui semblant plutôt normal, c'était Marcel qui, depuis le départ, avait eu l'impression de n'être rien de plus qu'une des pièces du puzzle. Peu lui importait qu'on lui donne tel ou tel droit, le pianiste avait depuis longtemps le sentiment d'être un homme libre. Sa vie n'avait en rien changé, ses journées se déroulant au rythme de la nature, une voiture s'arrêtant parfois dans la cour de sa ferme, dont sortaient quelques touristes impressionnés, voulant voir de plus près, et en vrai, ce pianiste incroyable. Marcel les recevait avec un naturel déconcertant, offrait un café aux visiteurs, qui repartaient toujours en ayant l'impression d'avoir vécu quelque chose d'incroyable tant cet homme était simple. Le succès, la fortune n'avaient pas eu le moindre effet sur lui, modifiant simplement quelques détails du quotidien. Ces rails, par exemple, qu'il avait fait poser pour sortir son piano sous la lune, comme un jouet de millionnaire. Et puis cet abri en verre, intégralement escamotable, qu'il avait ensuite fait installer plutôt que de faire changer le moteur du petit treuil. Le piano dormait dehors, protégé du temps qu'il faisait, et se retrouvait à l'air libre quand le ciel était clair, Marcel jouait, deux lampes d'ambiance posées devant lui dans la nuit, Madeleine et Nino dansant dans ses pupilles, Madeleine, pour toujours, et Nino, où était-il, qu'avait-il fait ? Marcel n'en savait rien, repensait aux billets qu'ils avaient éparpillés ensemble en pleine mer sans avoir jamais su d'où ils provenaient, et puis ces secrets, ce déménagement de Calais comme une disparition, Marcel jouait en fixant les formes orange qui se mouvaient devant lui, et souriait toujours au final.

Marcel fut le premier à tomber un jour sur une curieuse annonce, qu'il lut sans la comprendre, parmi d'autres, un matin. Rien dans les mots utilisés ne lui indiqua qu'il aurait pu en saisir le sens, qu'elle s'adressait à l'un de ses proches, quelques mots obscurs, et signés, qu'il parcourut. Marcel aimait ces petites annonces étranges que faisait paraître *Libération*, cela lui évoquait parfois des choses, s'imaginant des scènes, des histoires. Ce matin-là, un homme écrivait : « Station Opéra, jeudi dernier 18 heures, vous jolie blonde en manteau noir ; moi, grand, chapeau. Aimerais vous revoir. » Un numéro de téléphone suivait. Une autre annonce décrivait un petit chat perdu, et proposait une récompense pharaonique à qui le retrouverait, sans donner le moindre indice sur la façon de joindre son propriétaire. Marcel souriait. Quand il lut l'annonce suivante, il sourit encore en fronçant les sourcils, sans deviner que l'auteur de ces lignes s'était donné la mort après les avoir écrites, et que le destinataire était son ami Nino.

Marcel continua sa lecture en terminant son café. Une buse un peu bizarre tournait dans les airs, il plia le journal et courut à l'intérieur attraper ses jumelles.

Ce matin-là, Serge Cimard passa au tabac-presse du village. Face aux journaux, il hésita, sa main frôla

Libération, mais il ne prit finalement rien d'autre que des cigarettes. Il ressortit, et marcha vers la Maserati, autour de laquelle tournaient deux gamins admiratifs. Il monta à bord et fit vrombir le moteur pour leur plus grand plaisir, avant de disparaître.

Le directeur de la prison, lui, reposa le journal en constatant que l'annonce était bien publiée. Il restait de quoi la faire paraître trois fois. Quatre s'il ajoutait deux euros cinquante de sa poche. On verrait ça. Une sorte de bonne action. Pourquoi pas ? Il la relut, sans la comprendre davantage.

« Je t'ai appelé cent fois, je t'ai couru après mais je n'ai pas réussi à te parler, je voulais te le dire et que tu m'entendes. Tu te cachais. Je voulais te dire de tout garder. Je n'en voulais pas. Bye. Karl Avanzato. »

VII

Cette curieuse annonce, plusieurs des protagonistes de cette histoire la survolèrent sans jamais la comprendre. Dan la vit en épluchant des pommes de terre en compagnie de son fils, *Le Progrès* étalé devant eux, les mots d'Avanzato bientôt recouverts par la peau des patates. Laurie la vit en lisant *Libération*, petit morceau de France au milieu du marché de Camden durant sa pause, sans savoir que Karl Avanzato était ce gars balèze qu'elle avait vu des années plus tôt, chez Nino, un matin. Ralph Mayerling s'arrêta dessus en parcourant *Ouest-France* au comptoir d'un pub à Saint-Malo, où il s'était rendu pour une cure de thalasso, sursautant en lisant ce nom, Avanzato, le même que sur la carte grise de la Supercinq qui sommeillait toujours dans le jardin à Sainte-Maxime. Il s'était arrêté dans sa lecture, interloqué, la jolie serveuse rousse lui demandant même si tout se passait bien. Il l'avait rassurée, s'était repris, et avait décidé de faire disparaître l'auto aussitôt retourné dans le Sud, un casseur la prendrait, la réduirait en cube. Avant de disparaître, puisqu'il sentait l'heure venir, le producteur ferait un dernier ménage et laisserait la place propre.

Mais cette curieuse annonce, malgré les deux euros

cinquante qui manquaient au pécule d'Avanzato, et que le directeur de la prison mit de sa poche pour rendre possible une ultime parution, n'arriva jamais devant les yeux de Nino Face, qui pensa jusqu'au bout avoir, dans sa jeunesse, baisé d'un bout à l'autre un mec qui lui avait pourtant sauvé la vie. Ce remords fit de lui pour toujours un homme en dette envers le monde dans son entier. Il songea souvent par la suite qu'il avait une balle à renvoyer, une main à tendre, et même plusieurs, se demandant combien de bonnes actions il lui faudrait accomplir pour rétablir une sorte d'équilibre. Serge Cimard se moqua de lui à maintes reprises quand il lui exprimait tout cela, lui disait qu'il lui offrirait un jour une aube, mais au fond, les deux amis tombaient d'accord. Là encore, aussi étrange que cela puisse paraître, l'ancien geôlier et son ex-prisonnier, l'un faux-monnayeur et l'autre, voleur, se disaient ensemble qu'il ne fallait dans la vie faire de mal à personne, tout du moins essayer. Avanzato était mort sans savoir que le trésor était faux, Nino Face ne sut jamais qu'il n'avait en réalité baisé personne.

Il apprit un jour, en revanche, qu'il s'était donné la mort dans sa cellule à Fresnes. Il écarquilla les yeux sur l'écran, Serge arrivant derrière lui en le voyant trembler. Son nom était là, au milieu d'une liste noire, celle de détenus qui, las de tout, avaient dans l'année décidé d'en finir, et auxquels le site tentait de rendre hommage. Nino avait pleuré d'émotion sur ce gâchis énorme, n'avait pas pu s'empêcher de se sentir en partie responsable même si non, bien sûr, il n'y était pour rien, mais les larmes avaient coulé sur ses joues en silence.

Il n'y avait désormais plus la moindre épée de Damoclès au-dessus de son crâne, puisqu'il ignorait que Martine Abkarian avait au fond d'elle le désir de le retrouver, retrouver le complice, le chauffeur. Le chèque de licenciement remis en banque, la femme avait hésité à aller voir un détective, elle hésitait encore, et n'avait pour le moment rien entrepris. Pour l'heure, quand elle prenait son souffle, elle finissait toujours par soupirer. Ralph Mayerling, lui, n'hésita pas. Rentré dans le Sud, il emmena lui-même, malgré les avertissements de Rosa qui s'inquiétait toujours, la Supercinq dans un parc de casse à la sortie de Fréjus, et donna aux trois types sur lesquels il tomba une petite liasse de billets mauves, en échange de laquelle il demanda que la voiture soit broyée sous ses yeux, ce que les casseurs acceptèrent. Le bruit fut énorme, les vitres explosèrent, tout se tordit comme du papier d'alu en une minute à peine et la petite Renault disparut pour toujours, prise par les pinces d'une énorme grue, qui la fit tomber sur une montagne métallique et multicolore où dominait le gris acier. Ralph Mayerling rentra en taxi, le long de la corniche, contempla les rochers rouges de l'Estérel où quelques accidents fameux avaient eu lieu. Il songea qu'il venait là, certainement, de conduire pour la dernière fois de sa vie.

Martine Abkarian buvait un chocolat. Face à elle, Jacqueline Avanzato avait pris dix ans depuis quelques semaines, comme elle quelques années plus tôt. Les deux femmes se regardèrent, et se prirent la main en silence, esquissant un sourire.

— Je t'invite au cinéma, ce soir. Et à la pizzeria, aussi.

Quelle fut celle qui prononça cette phrase ? Peu importe. Ce qui compte, c'est que l'autre accepta.

revint du village, une pile de journaux sous le bras, il avait tout pris, un de chaque, ne voulait rien louper. Ce matin-là, Nino parcourut tous ces quotidiens en y relisant à peu près les mêmes choses, rien qu'il ignorât vraiment, sur le vieux producteur. L'éditeur du livre de Rosa avait, avec son accord, choisi de publier les quelques premières pages de son incroyable manuscrit, et de faire imprimer le livre dans l'urgence. C'est ce premier chapitre que lut Nino, tombant nez à nez avec Ralph Mayerling, accompagné de cette jeune et belle chanteuse reconnue la veille au soir malgré tant d'années d'écart entre la fille radieuse et l'impassible gouvernante qu'il avait pu connaître : Rosa Collins avait vingt-quatre ans à l'époque du cliché, qui datait de 1974, et enregistrait son premier disque, en présence de l'homme qui changerait sa vie pour toujours.

Nino Face découvrit que Rosa Collins était née à Detroit en 1950 de parents ouvriers dans l'automobile, et amateurs de musique, de gospel, bien sûr, comme beaucoup d'Afro-Américains à l'époque, mais aussi de soul, de rock, même de classique. La musique, chez les Collins, était une sorte de seconde nature. Le père, le soir, jouait sur le vieux piano droit, tandis que sa femme chantait du Sarah Vaughan, les six enfants, autour, assurant les chœurs en dansant, ce dont Rosa Collins se souvint toute sa vie : la musique était ce qui rassemble, et si ça n'était pas le cas, il valait mieux s'arrêter là. Nino lut ce préambule et eut les larmes aux yeux, la musique qui relie les hommes, c'était aussi ce que lui disait son père, et ce qu'il avait répété sa vie durant à ses milliers d'élèves, son père qui parlait d'amour, et lui qui se terrait là depuis toutes ces années, sans même un mot pour lui ni pour sa mère, Nino eut l'impression que la bulle éclatait.

Il poursuivit sa lecture en se sentant rapetisser, s'en voulant d'avoir ainsi pris la fuite plutôt que de faire face, mais enchaîna, avala, découvrit une Rosa chanteuse gorgée de soul, sur laquelle Ralph Mayerling s'était un jour penché, lui proposant d'enregistrer un album, que les collectionneurs s'arrachaient encore aujourd'hui dans sa version vinyle, album qui n'avait alors pas rencontré le succès escompté, faisant dire au producteur qu'il n'y en aurait probablement pas d'autre. Rosa avait ressenti une profonde tristesse à l'idée que tout cela s'arrête, mais pas pour la raison qu'on imagine, le succès, la musique, tout ça n'avait plus grande importance depuis qu'elle connaissait cet homme, dont la seule présence suffisait à la faire s'animer. En croisant Ralph Mayerling, Rosa Collins avait rencontré son étoile. Malgré tous les discours qu'il lui fit, les manigances qu'il mit au point, Ralph Mayerling ne parvint pas à la faire changer d'avis, et entrevit, au contraire, peu à peu, en elle, celle qu'il cherchait en vérité depuis toujours. Ralph Mayerling et Rosa Collins s'étaient mariés au printemps de l'année 1976.

Nous ne sommes jamais apparus ensemble à aucune occasion, et s'il en a parfois aimé d'autres, je sais qu'il ne m'a jamais trompée. Ralph est le plus fidèle des hommes, à ce qu'il aime, ce qu'il croit, à ce qu'il veut être : un homme libre. Personne n'a jamais su que nous étions mariés, mais depuis quarante ans, il ne s'est pas passé douze heures sans qu'il me serre dans ses bras. Le paradoxe et la folie de cet homme que j'aime depuis quatre décennies est qu'il n'a jamais cessé de se rêver, il n'a jamais cessé de bâtir sa légende, pour lui-même avant tout. Je crois pouvoir dire que je l'ai rendu heureux, et affirmer que sans moi, Ralph Mayerling serait devenu fou. Fou, je l'accepte. Mais alors, fou de moi.

Nino relut plusieurs fois ce premier chapitre, où Rosa dévoilait aussi, dès le départ, que Mayerling n'était pas plus daltonien que n'importe qui d'autre, entretenant cette lubie dès que l'occasion pointait son nez, sans qu'elle ait jamais compris pourquoi, et apprit un peu plus loin que le couple avait eu deux enfants, Rosa ne précisant ni quand ni ce qu'ils étaient devenus. Nino mélangea tout, revit cet homme à Brighton, en dégradé bordeaux, son regard, ses envies, sa lumière, et entrevit ses ombres, tellement là, évidentes, un mythe qui se fendillait mais aussi qui prenait corps, ses paroles qui résonnaient, la fameuse heure des choix, celui qu'il avait fait lui-même pour ne pas devenir fou, Rosa, son ange bienfaiteur, devenue peu à peu sa servante, qu'il aimait, qu'il aimait toujours, qui le regardait chaque jour en secret, veillait sur lui, ce couple si étrange mais quel couple ne l'est pas ? Nino l'entendait, là, juste là, près de lui sur le lit, à la Villa Guillaume II, le vieil homme lisait en lui comme dans un livre et lui disait d'oser mettre les pieds dans la vie, la sienne, sa vie, comme il avait osé mettre les pieds dans l'amour, ce vieil homme qui n'avait pas pour autant cessé de fantasmer la sienne et tout était dit là, l'heure des choix qui n'en étaient pas, on pouvait tout avoir, le réel et les rêves, marcher sur un fil et tant pis si ça casse, tomber, se faire mal, pas toujours, essayer, prendre un chemin plutôt qu'un autre, et se rendre compte qu'aucune voie n'est bloquée, voilà ce que lui avait dit Mayerling ce soir-là dans sa chambre en tête à tête, oser vivre sa vie, au moins celle-là, et pourquoi pas plusieurs. Un détail parmi le reste heurta Nino dans un article : l'album de Rosa Collins, cette pépite jamais rééditée à l'époque passée inaperçue, cet album s'appelait *Light Green*.

Quand le jour se leva, Nino n'avait pas bougé de sa chaise, immobile sous la lampe du salon, les journaux étalés devant lui, les yeux fixant le mur d'en face. Serge arriva dans son dos, en silence, il contourna la table et s'arrêta sans un mot, en lui glissant un sourire. Nino avait les traits creusés, il avait semble-t-il pleuré, il ouvrit la bouche avec calme :

— Je veux aller à son enterrement, dit-il doucement.

VIII

L'enterrement avait lieu deux jours plus tard, au cimetière du Père-Lachaise, où Ralph Mayerling avait acheté une double place, cadeau qu'il avait fait à Rosa lors de leur mariage, une façon parmi d'autres de lui signifier qu'il voyait en elle celle qui l'accompagnerait jusqu'à la mort. Leurs deux noms y étaient gravés, ainsi que leurs dates de naissance, le marbrier, puis son fils, attendaient la suite depuis quatre décennies.

La veille de son départ, Nino dormit toute la journée ou presque, comme s'il avait effectué une si longue traversée qu'il était épuisé. Serge lui apporta un petit-déjeuner au lit, ce qui les fit rire tous les deux, ce genre d'attention ne se voyait que dans les films, et tous deux comprirent pourquoi quand Nino bougea une jambe, faisant vaciller le plateau entier, se couvrant de café brûlant, qu'il refroidit aussitôt en y versant son jus d'orange, un vrai fiasco. Voir Nino rire ainsi rassura Serge Cimard, qui espérait depuis quelque temps que Nino exprime le souhait de sortir. Cela tardait à venir. Il avait émis quelques idées, çà et là, lui avait dit qu'il était jeune, qu'il avait une vie devant lui, ça n'avait pas semblé avoir le moindre effet. Nino était simplement bien ici, comme les différents membres de Light Green étaient bien partout ailleurs, puisqu'ils avaient vu ensemble sur différents blogs de fans ce que chacun des membres était devenu.

— Mais libres, soulignait Serge. Ils vont, ils viennent. Toi, ça ne te manque pas ?

— C'est toi qui m'as dit que je ne ressortirais jamais d'ici, rigolait Nino. Eh ben voilà : je reste !

Hier, quand Nino avait dit vouloir sortir, Serge s'était soudain inquiété pour lui, il semblait si troublé, si ému. Les deux hommes avaient noué de tels liens durant tout ce temps passé ensemble que l'idée de se séparer les avait ébranlés. Serge avait trouvé le sommeil après un somnifère, Nino avait au contraire sombré comme un naufragé s'échouant sur une île.

Ce matin, en voyant Nino rire aux éclats en renversant son café puis son verre dans ses draps, Serge s'était dit que ce petit mec avait du ressort. Dehors, la folie l'attendait.

— Tu sais que tu peux revenir quand tu veux, avait dit Serge tandis que Nino s'habillait.

Les deux hommes s'étaient regardés, sans un mot, se disant l'un comme l'autre que Nino ne reviendrait pas, la parenthèse prenait fin, une sorte de bulle belle et douce mais à l'écart de tout, l'heure était venue de refaire partie du monde. En vérité, Nino Face voyait une longue dépression prendre fin. Personne, encore moins lui, n'aurait su dire si elle avait duré dix jours ou bien sa vie entière.

Cimard le regarda se vêtir, et lui glissa qu'il était beau, Nino sut qu'il n'y avait rien d'autre que de l'amitié dans ce regard intense, et un peu du temps qui passe. Il était encore jeune et avait une vie à vivre, il était encore temps de remonter à bord, c'est à ça que pensait Serge en le regardant ainsi, lui qui venait de passer ses soixante-six ans, jeune encore, oui, aussi, et en forme, mais pour combien de temps ? Et puis Serge avait aimé, il avait connu cela, il y avait goûté, il avait eu son Dante, Marcel avait aimé Madeleine, et Rosa avait eu son beau Ralph, tout ce qui semblait de plus beau dans la vie, quand Nino n'avait eu que des groupies d'un soir, ou Laurie à l'époque, avec qui il aurait peut-être pu vivre un peu plus mais il était trop loin, trop caché à lui-même, trop enfoui, et l'heure était venue de rejoindre la vie, d'aller vers elle, de s'y ouvrir et l'enlacer, et de voir ce qui arrive sans avoir peur de se faire mal. Voilà tout ce que se dit Nino Face lors de sa dernière journée passée près de Serge Cimard.

Il n'émit qu'un seul souhait pour son retour à bord du monde, celui d'ouvrir les yeux dans le matin, au milieu de la place de la Concorde, à Paris, voir le bel obélisque, ce que Cimard accepta, faisant des calculs intérieurs sur le temps de trajet, puisqu'il était convenu qu'il le conduirait lui-même. Quand le soir arriva, ils servirent le repas, qu'ils prirent en se souriant. Serge prenait son temps, Nino prenait son souffle. Et puis minuit passa, et Serge dit qu'il leur faudrait bientôt se mettre en route. Nino rassembla ses affaires, Serge lui offrit le sac de Dante, et ce cadeau entre eux résonna sous leurs deux crânes.

Une fois à bord de la Maserati, quand Serge mit le contact, Nino sortit de sa poche un ruban de tissu noir, qu'il se noua sur les yeux.

— Je ne veux pas savoir où on était, dit-il sans tourner la tête. Ça restera un endroit coupé du monde.

Serge préféra croire qu'il ne voulait pas se donner la moindre chance de faire un jour machine arrière et de revenir se cacher loin, y compris de lui-même.

Ils passèrent le portail, qui se referma dans leur dos, roulèrent au pas le long de ce bois sombre durant plusieurs kilomètres, et arrivèrent sur la départementale déserte, puis une autre, bordée de champs, et une troisième, et la nationale plus rapide, Serge accéléra par plaisir, revit Dante et leurs virées, l'autoroute arriva et le V8 s'emballa, Nino, au fond de son siège, esquissa un sourire, que Serge prit pour lui.

La route fut longue et silencieuse, les deux hommes s'étaient tout dit depuis quelques heures.

Arrivés en Île-de-France, Nino sentit le jour poindre au travers de son ruban noir et demanda s'ils étaient encore loin. Serge estima qu'il leur restait une petite demi-heure à bonne allure. Cette phrase en appela une autre, une question anodine, comme pour meubler, se réhabituer, parler, mais la discussion fut trouée par de longs silences, que les deux hommes savouraient comme leurs derniers moments de réelle connivence. Serge, sans raison, demanda soudain à Nino s'il voulait des enfants, il lui répondit que oui. Plus loin, Nino demanda à Serge ce qu'il allait désormais faire, et Serge lui dit qu'il n'en savait rien. Probablement partir en Italie, s'installer là-bas, vers le sud. On verrait.

Et puis arriva Paris, et le périphérique encore désert, qu'ils empruntèrent. Serge crispait ses mains sur le volant en respirant un peu plus fort à mesure que les portes passaient, et Nino sentait le grand saut approcher. Il le fallait, c'était comme ça, on ne pouvait pas passer sa vie sans y goûter du mieux possible, c'est Mayerling qui l'avait dit. Accomplir son devoir, celui d'être plus heureux que nos parents, au moins essayer. L'heure approchait. On verrait bien ce que nous réservait la suite, pour le savoir, il fallait au moins la vivre.

Imaginer le reste était une chose merveilleuse. Faire tout ce que l'on peut pour voir en face son destin s'accomplir était une chose plus belle encore.

— Un beau travail d'équilibriste, dit Nino à voix haute.

Serge ne répondit pas, ne sut pas de quoi il parlait, peu importait. Ils venaient sans le savoir de passer sous les fenêtres des deux Stefan, qui dormaient à poings fermés, chacun dans sa chambre d'étudiant, dans leur appartement de grand bourgeois. Trois rues derrière, se tenaient les bureaux de l'éditeur de Rosa Collins qui, lui, ne dormait pas encore, à quatre jours de la sortie du livre. La Maserati filait dans Paris, dont Nino sentit l'air en baissant un peu sa vitre, comme un premier palier vers la surface. À Calais, sans savoir que leur fils allait bientôt revenir à la vie et vers eux, le père de Nino se recouchait après être allé boire un verre d'eau, sa femme se blottissant contre lui dans son sommeil. Un peu plus loin sur le boulevard, une fenêtre allumée là-haut vit la Maserati passer, et le bruit du moteur eut cet effet étrange de provoquer une nausée supplémentaire : Sandra prenait le frais, son chef d'orchestre de génie dormait à poings fermés, la jeune femme caressait son ventre et souriait pour elle-même malgré les mouvements de son cœur. La voiture stoppa à un feu, et Nino se raidit. Serge posa une main sur sa cuisse en le calmant.

Et puis la place de la Concorde arriva, dont Serge fit le tour au pas, profitant une dernière fois de la présence de Nino, son ami. Il finit par s'arrêter, et murmura qu'on y était, laissant le moteur tourner pour ne pas traîner ensuite. Nino resta sans bouger quelques secondes et enleva son bandeau d'un geste lent. Son premier regard fut pour Serge, son ami, qui n'espérait que cela. Puis il regarda autour, s'émerveilla devant la beauté de la place immense, l'obélisque, les pavés, il ouvrit la portière et posa les pieds dehors comme sur une plaque de glace, timide, fit deux pas, les bras écartés, et se tourna vers la voiture, dont Serge sortit. Il lui donna son sac et les deux hommes se fixèrent, ce fut bref.

— Comment je fais pour te joindre ? demanda Nino réalisant soudain qu'il partait sans le moindre contact.

— Tu n'as qu'à passer une annonce dans *Libération*, répondit Serge. Tu me fixes un rendez-vous, un lieu, une date, tu signes Nino. J'y serai. Les petites annonces de *Libération*, à partir de maintenant, je les lirai tous les jours.

Il retourna vers la voiture, glissa un pied à l'intérieur, et s'arrêta.

— Merci, ajouta-t-il. Sans toi, je serais devenu fou.

Il referma la portière.

Serge Cimard fit vrombir le moteur et embraya, la Maserati Indy s'engagea sur la place, Nino regarda partir son ami, un coup de klaxon intervint, un gros au revoir dans le soleil levant, il agita le bras, le sac en cuir brun sur l'épaule en voyant rapetisser la belle italienne qui avait séjourné dans la mer.

Serge Cimard s'engagea sur les Champs-Élysées et ressentit un vide immense, oui, mais ne put s'empêcher de sourire. La veille, il avait fait quelque chose de bien. Il avait vu l'annonce de Karl Avanzato, celle dont, en revanche, il ne sut pas qu'elle était la dernière, passée grâce aux deux euros cinquante de rallonge du directeur de la prison. Il avait vu qu'Avanzato n'avait jamais cherché vengeance et ses bras lui en étaient tombés mais il avait tenu, il n'avait pas craqué, il était parvenu à ne pas le dire à Nino, ça l'aurait abattu, il se serait senti seul pour toujours, minable avec ce vol pourri, petit parmi les hommes. En ne lui disant rien, Nino conservait une place dans le puzzle, ni meilleure ni moins belle, juste une place, c'est tout ce que l'on cherche, et quand on en a une, on s'y sent beau et fort, ou tout du moins, vivant.

Voilà ce que se disait Cimard, le gros Cimard dont Fred et Karl avaient eu si peur, tandis qu'il progressait sur la plus belle avenue du monde, il ne distinguait plus Nino dans son rétroviseur, évanoui, déjà, dans l'histoire et la ville, une brindille dans un fagot énorme, que l'on voudrait décortiquer, savoir comment tout ça s'emboîte, et comprendre, et prévoir, dominer, sans jamais vraiment admettre que tout cela est vain, qu'on ne décide pas de grand-chose mais alors quoi, arrêter là ? Non, continuer, rouler, passer ce feu vert et s'arrêter quand il est rouge, comme il le fit, l'avenue magnifique était déserte et le jour serait beau. Tout cela valsait dans sa tête en embrayant à nouveau, première, seconde, troisième et les rugissements des pistons, on ne sait rien, une phrase ou un regard peuvent modifier le cours d'une vie, Cimard pensait à ce qu'il savait de cette histoire si compliquée, et à la fois tellement simple, dans laquelle chacun des personnages a un jour ou l'autre imaginé le reste, et s'est trompé. Il songeait aux illusions, celles dont on se berce, que l'on choisit de croire et suivre, celles que l'on se refuse, aussi, parfois, sans que l'on puisse jamais s'en vouloir, le tout étant de continuer, de vivre encore et d'essayer, de regarder, de s'écouter, de parfois se laisser aller.

Serge Cimard sourit. Dans son rétroviseur, il voyait encore l'obélisque. Il devinait, cachés au fond, les contours de verre de la pyramide du Louvre. Devant lui, se dressait l'Arc de triomphe. Plus loin encore, dans le même axe, la Grande Arche de la Défense, quatre monuments, sur une même ligne. Au centre, pile au centre de l'Arc et de l'Arche, un gros soleil orange se levait, lui faisait un merveilleux clin d'œil, et Cimard pensa que voilà, la vie était exactement comme ça, parfois, juste là, c'est fugace et c'est magique, les astres et les monuments s'alignent, et les hommes sont ensemble.

Cet ouvrage a été composé et mis en page
par Nord Compo

Imprimé en France par CPI
en février 2018
N° d'impression : 2035361

POCKET – 12, avenue d'Italie – 75627 Paris Cedex 13

Dépôt légal : septembre 2015
Suite du premier tirage : février 2018
S25731/05